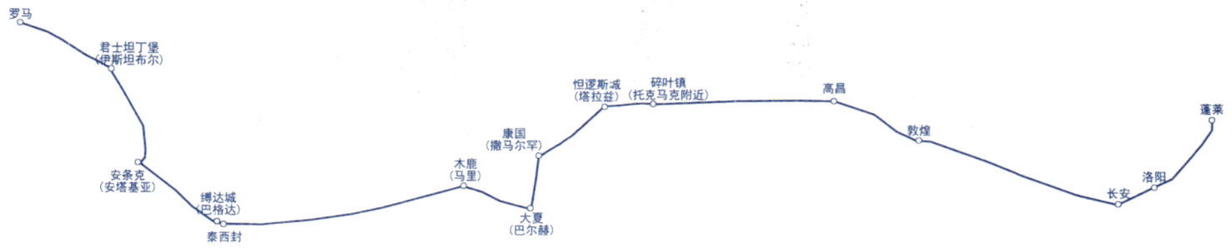

高洪雷 著

丝绸之路

The Silk Road

从蓬莱到罗马

From Penglai to Rome

人民文学出版社

审图号:GS(2019)5632 号

本书中国国界线系按照中国地图出版社 1989 年出版的 1 ∶ 400 万《中华人民共和国地形图》绘制

图书在版编目(CIP)数据

丝绸之路:从蓬莱到罗马/高洪雷著. —北京:人民文学出版社,2020
ISBN 978-7-02-016068-6

Ⅰ. ①丝… Ⅱ. ①高… Ⅲ. ①报告文学—中国—当代 Ⅳ. ①I25

中国版本图书馆 CIP 数据核字(2020)第 019445 号

责任编辑 付如初
装帧设计 陶 雷
责任校对 李义洲
责任印制 王重艺

出版发行 人民文学出版社
社 址 北京市朝内大街 166 号
邮政编码 100705
网 址 http://www.rw-cn.com

印 刷 三河市中晟雅豪印务有限公司
经 销 全国新华书店等

字 数 294 千字
开 本 680 毫米×1000 毫米 1/16
印 张 19 插页 20
印 数 1—10000
版 次 2020 年 4 月北京第 1 版
印 次 2020 年 4 月第 1 次印刷

书 号 978-7-02-016068-6
定 价 58.00 元

山东省传统文化项目

目　录

引　子

丝绸之路，是人类创造的最曼妙的词汇之一，也是当今世界公认的热词。依照多数学者的观点，古代丝绸之路主要有四条：一条是贯穿日本海、黄海、东海、南中国海、印度洋、阿拉伯海、波斯湾、红海、地中海的海上丝绸之路；第二条是沿北纬50度线，跨越蒙古草原、准噶尔草原、哈萨克草原、俄罗斯草原、乌克兰草原、匈牙利平原的远古草原丝绸之路；第三条是从中国的中原地区出发，经四川、云南、缅甸、印度，前往中亚、西亚和欧洲的南方陆上丝绸之路；第四条就是在北纬33度到41度之间飘荡，从中国启程，出河西走廊，经塔里木盆地、费尔干纳盆地、伊朗高原、美索不达米亚前往罗马，直线距离12000公里的北方陆上丝绸之路主干道。我所要讲述的，就是这条主干道。

它之所以成为主干道，是因为在这个地理维度上，气候宜人，雨量充沛，地势平缓，沿线分布着许多河流、绿洲和富庶的国家，是古代商品交易、文明交汇、宗教传承的黄金线路。但是，由于战争阻隔、气候变化等原因，它在不同时期又分出许多岔道，沿线的城市也有很多，这就给笔者增加了讲述的难度。

因此，我决定重点讲述唐代丝路及其沿线的15座城镇，兼顾汉代和其他时期的丝路。

故事的脉络，我准备交给行走在这条干道上的几个人物——日本使者高元度、大唐高僧玄奘、被俘虏的杜环、班超的副使甘英。

但需要提示读者的是，整个行程需要讲210天，因为按照唐代马队的行进速度，他们一天只能走70公里。而且遇到大海，需要换乘帆船；遇到大漠、高山，还要下马步行。210天，是行程紧凑，却可以兼顾地理风光、历史风云和文化多元的旅程，是走笔丝绸之路的一种最充实又最丰富的方式。

接下来，让我们把目光投向刚刚爬上岸来的日本人吧。

第1天　蓬　莱

13日上午，习近平冒雨来到位于山东半岛北端的蓬莱市，这里曾经是古代海上丝绸之路的一个起点。

——2018年6月14日新华社

一、爬上岸来的“遣唐使”

那是唐乾元二年(759)金秋十月的一个午后，天空澄澈得像一句谎言，大海安静得像雪后的原野，海岸隽永得像一首日本的俳句。

登州(今蓬莱)海面出现了一艘外国使船。

“前方就是大唐登州!”听到报告，一个日本官员模样的中年人躬身跨出船舱，举目凝望着南方金色的海岸。奇怪的是，他并未表现出抵达目的国的欣喜，而是愁容满面，眉头紧锁，形同一个被押赴刑场的囚徒。

他叫高元度，是一名具有渤海国①血统的日本使者。在一般人看来，他就是史上有名的日本遣唐使。

位于亚洲东部海上的岛国——日本，陆地面积37.8万平方公里，是一片文明的春风难以吹到的区域，3世纪中叶才出现“大和国”。那时的日本，简直就是一个“关住大门朝天过”的范例。隋代，日本推古朝廷先后4次派出遣隋使，一直在礼仪和用辞上咄咄逼人。②其中隋大业三年(607)，第二

① 渤海国是高句丽被新罗吞并后，由居住在今东北地区的古老民族靺鞨族人建立的君主制国家。698年粟末靺鞨首领大祚荣建立震国，713年大唐册封大祚荣为渤海郡王，762年大唐册封大祚荣的孙子大钦茂为渤海国王。渤海国强盛时期曾享有“海东盛国”的美誉，926年被辽国所灭。

② 见王海燕《日本古代史》，昆仑出版社2012年版。

次遣隋使小野妹子来到中国,呈上了日本君主的国书,国书的抬头赫然写着"日出处天子致日没处天子",看到这封国书,隋炀帝那张白净的脸因愤怒而扭曲,没好气地对鸿胪卿①说:"蛮夷的书信再有如此无礼的,不要让我看了!"但日本又是一个令人深思的矛盾体,傲慢起来令人扼腕,谦虚起来让人掩面。当唐帝国这轮7世纪的艳阳,穿透欧亚大陆,成为世界文明的伟大中心之后,日本立刻摇身变为谦恭无比的向阳花,对着大唐妩媚绽放。从贞观四年(630)到乾宁元年(894),日本共组建了19次遣唐使团,人数从100人到600人不等,成员除了官员,还有大量的医师、画师、乐师、史生、工匠、学问僧、留学生。许多官员、留学生为唐的繁华深深折服,一住就是几年、十几年,有的干脆在唐娶妻生子,终生不归。日本遣唐使次数之多、规模之大、时间之久、影响之远,可谓世界文化交流史上的空前盛举。正是这些遣唐使和留学生,将围棋、马球、相扑带回了日本,更关键的是,给日本政坛带来了一股新风,推动日本进入了"和魂汉才"时代。其中大化二年(646)孝德天皇发起的从贵族垄断走向中央集权、一举奠定日本发展方向的"大化改新",就是全盘克隆唐朝律令的结果。可以说,遣唐使代表了无上的荣耀,在日本无人不知,无人不晓。

可令人费解的是,在历次日本遣唐使名册中,却找不到高元度的名字。按照入唐的时间顺序,他应该是第12次遣唐使。那么,究竟是哪里出了问题呢?

原来,他不是官阶为从五位下②的遣唐使,而是官阶稍低的迎入唐使——负责迎回遣唐使的特使。好比伴娘不是新娘一样,他在本质上是个"跑龙套"的角色。

当时,可供高元度选择的入唐路线共有三条。第一条是北路,就是从日本九州岛向西北,沿着朝鲜半岛西岸、辽东半岛南岸航行,南跨渤海,在山东半岛的登州登陆。这条线沿海岸航行,相对安全,是东方海上丝路的主要航线,也是东北亚各国入唐使的必经之路,因此被称为"朝贡道"。但

---

① 九卿之一,主掌鸿胪寺,从三品。鸿胪寺是朝廷负责管理外宾事务和朝会礼仪的机构。

② 古代日本仿照隋唐建立的位阶制度共分8位16阶,从正一位到从八位不等。官位一至三位的属于高官,只有正、从之分;四阶开始,在四位里不但分正、从,在正从内还分正上、正下、从上、从下四阶。

朝鲜半岛的新罗[1]在吞并百济、高句丽之后，开始与日本抗衡。于是，在7世纪70年代到8世纪60年代的百年间，日本不得不开辟第二条路线——南岛路，就是从九州岛南下，经种子岛、屋久岛、奄美诸岛（琉球群岛中部）转向西北，横跨东海，在长江口的明州（今宁波）登陆。这条线最大的风险来自"黑潮"[2]，木帆船时代，在如此恐怖的洋流之上航行，只能听天由命。正因为如此，8世纪70年代以后，遣唐使转而开辟了第三条路线——南路，就是从五岛列岛直插西南，横渡东海，在扬州登陆。这条线优点是所需时间短，最快3天，最慢只需10天，比前两条线节省近20天，缺点仍然是需要经历风涛之险。[3]

依照常规，高元度应该走南岛路。因为北路面临着巨大的风险，尤其是高元度出行这年，新罗对日本使节无礼，日本权臣藤原仲麻吕动员了394只军船、4万名兵士，准备发起对新罗的远征，只是因为孝谦上皇[4]极力反对才暂时搁置。然而，高元度偏偏走了北路，难道他不怕掉脑袋吗？

问题不在于他怕不怕，而在于容不得他选择。因为高元度此行，除了迎接入唐未归的第11次遣唐使藤原河清回国，还附加了一项使命，就是送以杨承庆为首的渤海使团回家。

好在，他们没有走传统意义上的路经新罗海岸的北路，而是选择了穿过日本海北上，直接前往渤海国上京龙泉府（今黑龙江宁安市渤海镇）的路。

早春二月，以高元度为正使、内藏全成为判官的99人日本使团，陪同23人的渤海使团从日本敦贺港启程。由于他们选择的路线避开了新罗的势力范围，所以几乎没有出现一丝波折，就顺利抵达了渤海国上京。在

---

① 朝鲜半岛古国，660年和668年，新罗联合唐朝先后灭亡百济和高句丽，统一了朝鲜半岛。900年和901年，新罗分裂出后百济、后高句丽。918年新建的高丽王朝，于935年、936年吞并了新罗和后百济，开启了朝鲜半岛的高丽时代。

② 又称日本暖流，它沿着台湾岛东侧、琉球群岛西侧向北流向日本列岛西北，宽100至200公里，最大流速每天60至90公里，平均流量每秒2200万立方米，最大流量每秒6500万立方米，为世界第一大河亚马孙河流量的360倍，是北太平洋西部最为恐怖的一股暖流。

③ 见韩昇《遣唐使和学问僧——世界的中国》，中华书局2013年版。

④ 圣武天皇之女。749年继位，成为第46代天皇；758年让位给淳仁天皇，她成为太上皇；764年因藤原仲麻吕之乱废除淳仁天皇重登皇位，是为第48代天皇；770年逝世。

那里，他见到了渤海国第三代君主——文王大钦茂，代表淳仁天皇送上了丝绢锦帛，达成了共同夹击新罗的意向，还受邀参观了白山黑水间的壮美景色，难得地享受了一次衣锦还乡的待遇。

美梦总是在最香甜处被打断。高元度正在兴头上，渤海王就收到了一封来自长安的书信，来信者正是日本遣唐使藤原河清。他在信中说，7年来，我无时无刻不想返回故国向天皇复命。6年前，我从扬州东渡回国，但我乘坐的船只不幸触礁，一直漂流到越南才侥幸被唐帝国救回。后来，唐又发生动乱，东返之路过于凶险，所以至今未能归国，请求渤海王派人赴日本“告迟归之故”。于是，渤海王与高元度商定，日本使团一分为二：一路由正使高元度等11人组成，由渤海国贺正使杨方庆陪同，前往长安迎接藤原河清；另一路由判官内藏全成等88人组成，由渤海国辅国大将军高南申陪同，返回日本汇报藤原河清迟归的原因。①

就是在这段航程的一个午后，高元度一行看到了唐的海上门户——登州。

按说，他该高兴才是，他将有幸进入富甲天下、美女如云的国际大都市长安，这是多少日本人一生的梦想呀！但是，杨承庆带来的坏消息一直萦绕在他的心头，唐国爆发了“安史之乱”②，一个驻守边关的大将看中了皇帝的女人，已经攻占长安。去兵连祸结的唐本土迎接遣唐使，与虎口拔牙有什么区别？因此，高元度愁容满面就不难理解了。

“抛锚上岸——”高元度整理了一下衣冠，然后叹了口气。

二、神话蓬莱

上岸不到一里半，就是登州城了。

登州城周长四里，城外沿东北城墙有密水流过，城东北侧是法照寺，东侧是集市，西侧是州署衙门，南侧从东到西依次排列着龙兴寺、渤海馆、

---

① 见《渤海国志长编》卷十。

② “安史之乱”是中国唐代玄宗末年至代宗初年（755年12月16日至763年2月17日）由唐朝将领安禄山与史思明发动的与唐朝争夺统治权的内战，是唐由盛而衰的转折点。

日本遣唐使到中国路线示意图

新罗馆、开元寺①。渤海馆和新罗馆类似今天的外宾楼。他们住到了哪里,《蓬莱志》里没有记录。我推测,杨方庆应是住进了渤海馆,而高元度一行是断不可能住进以敌国名称命名的新罗馆的,他们只能下榻开元寺。我的依据是,高元度信佛,开元寺僧舍也不陈旧,高元度应该乐意入住,而且他还为开元寺供献了壁画。唐开成五年(840)三月,日本留学僧圆仁、惟正、惟晓、丁雄万一行四人路经登州回国,在等待官府发放"公验"期间,也住进了开元寺,然后惊喜地发现了日本老乡高元度一行供献的壁画②,佛像两侧还留有8个供献者的官位及姓名,他们都是高元度的随从。

据载,高元度是一个闲不住的人。他一双脚闲不住,借机寻访了当地的人文地理、风土人情;一张嘴也闲不住,他向当地官员询问最多的,就是蓬莱的传说和登州的来历。

当地官员介绍,蓬莱之名,源于神话。《列子》记载,渤海以东有"岱舆、员峤、方丈、瀛洲、蓬莱"五座仙山,天帝安排15只大龟分别驮着它们,可是龙伯巨人一口气钓走了6只乌龟,于是"岱舆、员峤"沉入大海,只剩下方丈、瀛洲、蓬莱三座仙山。《山海经》也记载,"蓬莱山在海上"。

蓬莱,位于东经120.75度,北纬37.8度,是一个仙气氤氲、如梦如幻的人间仙境。而蓬莱北部海面,常出现虚幻瑰丽的海市,它散而成气,聚而成形,虚无缥缈,变幻莫测。古人便以海市为由头,演绎出一个个奇幻美妙的故事,"八仙过海"便是最著名的一个。

相传,"八仙"过腻了神仙日子,一起来到八仙之首吕洞宾③的别馆——蓬莱,把酒畅饮。酒到酣处,八仙纷纷亮出法宝,先是何仙姑脚踩莲花率先入海,然后是铁拐李仗起铁杖及葫芦,汉钟离手摇芭蕉扇,张果老骑上纸叠驴,蓝采和挑起花篮,吕洞宾手握长剑,韩湘子吹起横笛,曹国舅拿起玉板,八仙过海,各显神通,共同演绎了一段与东海龙王斗法的传奇。

---

① 开元寺落成于唐开元二十八年(740),遗址位于现蓬莱市府前街西侧,是唐代登州80多座佛教寺院中名气最大的。1938年毁于日本侵略军,寺中的18尊铜罗汉像被日军运到了日本。

② 见圆仁《入唐求法巡礼行记》,广西师范大学出版社2007年版。

③ 吕岩,字洞宾,道号纯阳子,道教全真派祖师,唐宝历元年(825)进士,后来辞官游历天下并长期住在蓬莱,《全唐诗》收入他的诗300首,其中多首诗写到他的别馆蓬莱。

众所周知，人类有三大梦想：飞天、长生不老、预知未来。在飞天尚不现实、预知未来还不靠谱的古代，似乎长生不老最能麻醉人的神经。“安得不死药，高飞向蓬瀛？”完成统一六国伟业的始皇帝嬴政曾提出这样的问题，推动西汉进入极盛的汉武帝刘彻也发出过同样的疑问。

为把梦想变成现实，嬴政曾亲自东巡求药，但无功而返。始皇帝二十八年（前219），山东方士徐市（又称徐福）粉墨登场。他上书说，海中有蓬莱、方丈、瀛洲三座仙山，山上住有神仙，有长生不老之药。嬴政大喜过望，派他率众带上三年的粮食、衣履、药品、耕具和蚕桑种子入海求仙。但徐市出海数年，并未找到神山。始皇帝三十七年（前210），嬴政东巡至琅琊，徐市第二次拜见，说他之所以没有得到仙药，是因为巨鲛在途中阻碍，要求增派射手对付巨鲛。嬴政又一次信了他，派他带上童男童女三千人驾船出海。[1]之后，徐市沿庙岛群岛、辽东半岛、朝鲜半岛海岸东去，在济州岛稍事休整，然后渡过对马海峡，最终抵达了人生的另一个起点——“平原广泽”（可能是日本九州岛）。由于没有得到仙药，怕回国掉脑袋，只能永久居住下来，教当地人农耕、捕鱼之法，过起了渔歌唱晚、男耕女织的田园生活。他虽然不同于1500年后的郑和，也不比发现新大陆的哥伦布（Christopher Columbus），但称他是有文字记载的最早的航海家和探险家，中日友好的使者，应该不算夸大其词。

汉武帝求仙之切，较始皇帝有过之而无不及。他8次巡幸大海，历时23年，几乎每次都驾临蓬莱。太初元年（前104），他第五次巡幸到达蓬莱时，安排手下修筑了一座小城，称之为“蓬莱”。从此，这个传说中的仙境，有了人间的地名。

到了贞观八年（634），唐太宗为征服高丽，决定建立水师基地，因此才设置了蓬莱镇，隶属于黄县（今龙口市）。

而蓬莱改名登州，则是唐太宗的孙子当政时期了。

---

① 见司马迁《史记·淮南衡山列传》，中州古籍出版社1994年版。

三、从文登走来

其实，登州早在唐太宗的父亲当政时就有了。不过，彼登州非此登州，最早的登州并不在蓬莱。

隋末，天下大乱，群雄并起，战国名士淳于髡(kūn)的后人淳于难与弟弟淳于郎也在文登自立为帅，独霸一方。经过一番血腥的争夺，隋朝贵族李渊成为最后的赢家，建立了唐朝。武德四年(621)，唐高祖李渊给尚未征服的边远地区捎去口信：归顺者加封，反抗者灭族。于是，淳于难率部归降。为了安抚淳于难这样的归附者，李渊一口气设立了360个州、1557个县。其中山东半岛东部新设一州，因州治设在文登县①而取名登州。淳于难成为首任登州刺史，封晋国公。淳于郎成为莱州刺史，封燕国公。

这种安抚性设立州县的政策，尽管在稳定大局上发挥了立竿见影的效果，但也使得"州府倍多于前代"②，大量财力被冗员吃掉。贞观元年(627)，唐太宗李世民一上台，就大刀阔斧地裁撤州县，人口稀少的登州由此成为牺牲品，被归并于莱州。之后，经过李世民、李治父子驰而不息的努力，唐帝国成长为世界级巨人，一时间众星捧月，八方来朝，胶东半岛也成为东北亚国家使团的入境通道。如意元年(692)，刚刚称帝的武则天宣布恢复登州，州治设在黄县，与我们所要讲述的蓬莱距离不远，已能听到蓬莱海面澎湃的涛声。

神龙元年(705)，也就是武则天驾崩那年，二度为帝的唐中宗李显派出侍御史张行岌前往东北，招抚震国③国王大祚荣。大祚荣是个聪明人，尽管贵为一国之尊，但也不想得罪那个抡圆了拳头想找茬的大唐，因此表示臣服，并派次子大门艺到长安做人质。从此，震国的两条入唐通道得以开通：一条是从安东经营州(今辽宁朝阳)入唐的陆上通道，另一条是登州

---

① 因城东北有文登山而得名，相传秦始皇东巡时召集文人登此山论功颂德而得名文登山。

② 见杜佑《通典》，中华书局1981年版。

③ 高丽被新罗灭亡后，由粟末靺鞨首领大祚荣于698年建立的国家，占据东北地区东部、南部及朝鲜半岛北部、今俄罗斯沿海州一带，唐玄宗时期称渤海国。

海道。但是不久，唐与边关民族爆发战争，陆上通道因防卫原因被迫封闭，震国及新罗使团入唐只剩下登州海道。

就连一块不走的钟表，每天也有两次是准时的，何况是武则天的三儿子这个看似平庸木讷、实则大智若愚的人了。神龙三年(707)，为了便于接待震国、新罗、日本使臣，李显宣布在黄县下辖的蓬莱镇设县，登州移治蓬莱，州治设在蓬莱镇南一里处。从此，这个千年古港凤凰涅槃，升格为州。

我想，李显所作的这个决定，肯定不是什么拍脑袋工程，一定有充足的理由。除了他应该考虑的政治、外交、军事因素之外，地质方面的原因也不容忽视。恰巧，我有14年地质工作的经历，正好可以从专业角度帮读者做些分析。古蓬莱港位于一个半封闭马蹄形的地理空间内，东北方向是一望无际的大海，沿海岸从西到东依次是高高的田横山(丹崖山)、黑峰台、西峰台，海岸南部是坡度较缓的赤山、庙山，河流从南部山凹中流出，形成了一方冲积扇谷地。考古资料显示①，在唐代以前，这里是一片阔大的水域，西北部的山势挡住了冬季的西北季风，南部的山势挡住了夏季的东南季风，使得这里成为一个难得的避风港湾。而且，田横山插入海中，既为海上航行提供了坐标，又为观察海上形势提供了制高点。因此，古人选择蓬莱作为山东半岛的主要港口，也就不足为奇了。

四、登州道

如同很多人知道直布罗陀海峡(Strait of Gibraltar)，却很少人知道直布罗陀一样，在古代世界地理版图上，“登州道”比登州的名气大得多。

古人之所以把由山东半岛蓬莱港、庙岛群岛、辽东半岛老铁山(今旅顺口)共同构成的海上航道称为“登州道”，原因有三：一是蓬莱港位于山东半岛北部正中，向北至辽东半岛的老铁山仅有50海里(计90公里)，是从山东半岛前往辽东半岛的最短行程；二是在蓬莱港与老铁山之间的渤海海峡，散落着庙岛群岛的数十个岛屿，可以随时停靠，并通过逐岛航行

① 见《山东省蓬莱、烟台、荣成市贝丘遗址调查简报》，《考古》1997年第5期。

安全抵达对岸；三是这条水道正好处于黄海与渤海交界处，内海——渤海平均水深18米，外海——黄海平均水深40米，渤海与黄海对流，浪潮在此汇聚，由于潮流和海底地沟的作用，形成了一条清晰的水线，这条水线甚至成了万千航船的天然航标。就连独木舟和木板船时代的古人，都能挺起胸脯走这条水道。

登州道起源于新石器时期，形成于秦汉之际，繁盛于唐宋元代。先秦时期，各种陶器和种子，后来是瓷器，由此传到东北亚，这条通道一度成为“陶瓷之路”。秦汉时期，中国丝绸就零零星星地通过这条海道到了朝鲜、日本。自唐代起，这条“循海岸水行”的黄金通道，一直到日本遣唐使船7世纪70年代改取南岛路之前，都是官方往来的必经之路。作为航程的起点与终点，登州港承担了输送“移民”“贡使”“货物”的多重使命，中国的蚕丝、蚕茧由此大规模输出到朝鲜、日本，中华文明也由此走向东北亚。整个唐代，日本任命的遣唐使团共19批，实际到达中国的15批，早期的5批和第12批均从登州登陆，第18批从登州返回。朝鲜半岛的高丽、百济、新罗各国经登州中转的朝贡使团更是高达79批。隋唐五代时期，登州就与泉州、扬州、明州并称“中国四大古港”，一派“日出千杆旗，日落万盏灯”的繁盛景象。后唐时期，由于陆路被辽国阻断，登州道成为高丽人前往中原的唯一通道。史料显示，登州港是中国古代北方最大的港口，也是海上丝绸之路的首航地，还是目前中国北方保存最古老的港口。2005年蓬莱水城清淤时发现的两艘朝鲜、韩国大型双桅远洋古船，就是例证。

行文至此，可能有读者会问，既然蓬莱是海上丝路首航地，那么扬州、泉州等南方古港处于何种位置？在此我要负责任地告诉大家，中国古代海上丝绸之路可分为两条：一条是以登州道为代表的东方“海上丝绸之路”，交往对象是东北亚；另一条是从江、浙、闽、粤起航的南方“海上丝绸之路”，交往对象是东南亚、南亚、西亚以及非洲。两条道根本没有可比性，因为第一条道开辟于远古时代，扬名于汉唐宋元时期；而第二条道出现在晋代之后，僧人去印度（India）取经都不敢走这条海道，东晋时期的高僧法显从师子国（今斯里兰卡，Sri Lanka）回国时侥幸走了一次，结果遭遇暴风差点儿葬身鱼腹。至于这条海道成为焦点，则是明朝郑和下西洋时期了。

有人问我，为什么这本书是从蓬莱到罗马(Roma)，而不是从长安到罗马？

五、鲁缟齐纨

鉴于本书刚刚开篇，我不想过早介入丝绸之路起点之争，这个问题河南人最感兴趣，需要写到洛阳再说。今天，我只想谈谈丝绸的源头。

我似乎有点跑题了，但跑题的不是我，而是历史。历史从来没有固定的剧本，也不太喜欢走直路，总是抑制不住对旁支小径的偏爱，并且总能取得意外的发现，丝绸就是在中西交往大历史中发现的“东方绚丽的朝霞”。

古代，希腊人[①]只知道遥远的东方有一个国家叫“赛里斯”(Seres)，那里的人养了一种小昆虫叫“蚕”(Ser)，但他们不了解丝绸制作过程，更不清楚丝绸的产地。其实，长安作为当年张骞出使西域的出发地，并不是桑蚕和丝绸的主产地。关中地区以种植粮食为主，丝织业不仅产量少，而且档次低。唐朝皇帝曾下令：“关辅寡蚕，诏纳米粟。”

那么，丝绸的主产地在哪儿？

《诗经·曹风》中有一首诗，名叫《鸤鸠》：

鸤鸠在桑，其子七兮。
淑人君子，其仪一兮。
其仪一兮，心如结兮。

鸤鸠在桑，其子在梅。
淑人君子，其带伊丝。
其带伊丝，其弁伊骐。

鸤鸠在桑，其子在棘。
淑人君子，其仪不忒。
其仪不忒，正是四国。

---

① 据戈岱司《希腊拉丁作家远东古文献辑录》，中华书局1987年版。

鸤鸠在桑，其子在榛。
淑人君子，正是国人。
正是国人，胡不万年？

诗歌以古曹国（今山东定陶）的桑林为背景，以在桑林筑巢的鸤鸠（布谷鸟）托物起兴，深情歌颂了仪容端庄、品性善良的君子。远古的桑林，既是祭天求雨之地，也是男女幽会之地，更是养蚕的原料基地，由此可以推知，齐鲁大地桑蚕业之发达。

山东之所以成为桑蚕业最重要的产地，原因之一是气候。仰韶文化到殷墟时代（前5000至前1300年），黄河流域气候温暖潮湿，接近或相当于今亚热带气候水平。①山东东部沿海属海洋性气候，温暖潮湿；中西部河湖遍布、丘陵较多，既适合桑树种植，也利于蚕茧越冬。因此《史记》记载："齐带山海，膏壤千里，宜桑麻；邹鲁②滨洙泗，颇有桑麻之业。"原因之二是土壤。《尚书·禹贡》把中国九州的土地分为上上、上中、上下、中上、中中、中下、下上、下中、下下九个等级，今山东所在的兖州为上中，青州为上下。尤其是青州，土壤肥沃，略含碱性，适宜桑树生长。台湾学者邹景衡认为，世界上桑树的分布大致限制在北半球，其中以白桑最为普遍，此桑为古青州原产。有桑才有蚕，才有对野蚕的驯化，进而产生了桑蚕业。他据此认定，山东是中国蚕业的发源地。原因之三是技术。《管子》说，莱人③善染练，尤其善于染紫④。春秋战国时期流行的纺织机，被称为鲁机。汉代青州培育出的便于采集桑叶的地桑，被称为鲁桑。"鲁缟齐纨"⑤曾经是中国优质丝绸的代名词。原因之四是政策。齐鲁古国一直把桑蚕业作为经济支柱予以培育。齐桓公时期对养蚕能手和防虫能手予以大张旗鼓地奖励，并且诏令百姓住宅四周只准种植桑树，从而出现了《考工记》中"齐鲁千里

---

① 见竺可桢《中国近五千年来气候变迁的初步研究》。

② 邹鲁，指邹国、鲁国故地，也就是今山东枣庄、济宁一带。

③ 西周初年的古莱国，涵盖今山东临朐以东至胶州半岛的区域。莱人泛指山东东部古居民。

④ 指用紫草植物染制的紫绸，当时紫绸的价格数倍于素绸。

⑤ "鲁缟"指产自传统鲁国地区的细白生绢，"齐纨"则是传统齐国地区所产的一种洁白光滑的细绢。《汉书·韩安国传》中说"强弩之末，势不能穿鲁缟也"。

桑”的景象。“男耕女织”这种场景,也最早出现在齐鲁大地。

考古发掘也证实,山东自古就是丝绸的主要源头。龙山文化遗址出土的纺轮、骨针、骨梭,证明早在悠远的古代,山东就出现了丝织业。西方探险家斯坦因(Marc Aurel Stein)曾在敦煌发现“任城国(今山东济宁)亢父缣一匹”。1985年,济阳县刘台西周墓出土玉蚕22个①,以雕刻手法再现了蚕的一生。临淄郎家庄一号东周殉人墓出土的两块纬锦,也反映了齐国丝织技术之高超②。

水满则溢。日渐过剩的山东丝绸产量,迫切需要一个出口。由是,伟大的丝绸之路应运而生。

六、从丝绸源头到丝路起点

汉代丝绸之路开通之后,高度集权的中原王朝一直通过朝贡、互市、和亲等方式,牢牢控制着丝绢贸易的主导权。《唐律疏议》卷八中的“关市令”赫然写着:“锦绫、罗縠、绸、绢、帛、布……不得度西北边诸关及至沿边诸州贸易。”也就是说,丝绸如同今天的枪支、炸药一样,不仅是贵重物品、紧缺物品,而且是违禁品,只能官方经营。

从汉代开始,官方就在大中城市划出一个或多个区域作为“市”。市的四周有围墙,与居民区分隔,市内由官府建造店铺,所有买卖必须在市内进行。市楼上插旗表示开市,降旗表示罢市。管理长安东、西市的官员叫“市令”,一般城镇管理市的叫“市长”。市的官员负责为商贾注册登记,为大宗交易契约加盖官印,定期评定物价、检验商品质量、验定度量衡。每一种丝绸商品都要区分等次,如细绵绸、次绵绸、粗绵绸;每一品又分为三等价格,称为上估、中估、下估。物价十日一定,不得擅自变动。倘若官府收购丝绸,就按中估定价,不准讨价还价。

异域商旅进入中国,一般要随使团前来,零星商旅很难入境。进入中

---

① 见齐涛《丝绸之路探源》,齐鲁书社1992年版。

② 山东省博物馆《临淄郎家庄一号东周殉人墓》,见《考古学报》1977年第1期。

唐代中期丝绸产地与等级示意图

国后，要凭申请到的“符传”或“过所”①到指定的市进行交易。外国商旅购买的锦帛，须立文契，买卖双方要与保人签字画押，并经官方验证。中外贸易一般在边关政府所设的边市进行，朝贡贸易则在京城进行。

这样一来，朝廷驻地自然成了丝绸的主要集散地，而生产丝绸的地区只能扮演生产者角色，利益也就大打折扣。

尽管如此，由于丝绸价格远高于粮食，就使得丝绸技术在全国的传播有了强劲动力。《唐六典》②载，在全国十个道③中，有六个道向朝廷贡赋丝绢，它们是：今山东大部所在的河南道的24个州府，河北道（今河北）的16个州府，剑南道（今四川）的11个州府，山南道（秦岭以南）的6个州府，关内道（秦岭以北）的4个州府，淮南道（江淮地区）的3个州府。由此可见，中国丝织业的版图，已经由秦汉时期的山东一枝独秀，演变为隋唐时期的万木竞芳。必须指出的是，唐代今山东地区向朝廷交纳丝绢的州府共有16个，数量仍居全国之首，分别是曹州（今定陶西）、濮州（今鄄城）、郓州（今东平）、济州（今东阿）、齐州（今济南）、淄州（今淄川）、青州、莱州、登州、兖州、徐州、德州（今陵城区）、博州（今聊城）、棣州（今阳信南）、沂州（今临沂）、密州（今诸城）。另外，宋州（治河南商丘，辖今山东曹县、单县）、魏州（治河北大名，辖今山东冠县、莘县、阳谷）、贝州（治河北清河，辖今山东武城、夏津）也是缴纳丝绢的重点地区。天宝元年（742），山东纳绢州府总户数101.7万，占全国纳绢州府总户数的三分之一；上交丝绢228万匹，占全国的34%，平均每户2.24匹，仍是全国最密集、最普遍、最集中的丝绸供应地。

至于秦汉两代山东丝绢的质量，有三个典型的例子。一是《史记》记载，秦朝宫中最常用的丝绢就是“阿绢”。二是司马迁说，齐鲁之人如果拥有千亩桑麻，这个人的财富就可以与千户侯相比。三是《汉书》记载，朝廷设有两个纺织厂，名叫服官。一个设在襄邑（今河南睢县），历史记载不多；一个设在山东临淄，负责为皇帝生产冬春夏三季服装，所以又

① 汉代叫符传，唐代叫过所，即通行证。外国商旅通过关戍、渡口时需出示符传或过所文书。无文书行走者，视为“私度”，被查获就要治罪；文书所载物品与实际携带数不符的，也要处罚。

② 由唐玄宗撰，李林甫注，成书于739年。

③ 相当于今天省一级的行政建制，道下辖府、州，府、州下领县。唐太宗时全国设10道，358个府、州，1551个县；唐玄宗时设15道，328个府、州，1573个县。由于道始终以监察为目的，并无长期设置的长官，到后期被节度使掌控。

称三服官[1]。汉武帝时期，三服官每年动用织工数千人，耗资数万万，也只能产出一百件左右的御服，那将是多么精细、多么美观的纺织精品呀。

那么，丝织业已扩展到大半个中国，山东的丝织品质量是否有所下降呢?《唐六典》将各州贡赋的丝绢分为八等，三等以上叫上绢，四、五等叫次绢，六、七、八等叫下绢，八等之外属于等外绢。山东生产上绢的州府9个，生产次绢的州府7个；河南生产上绢的州府7个，生产次绢的州府3个，生产下绢的州府4个；河北生产上绢的州府4个，生产次绢的州府11个；安徽生产次绢的州府3个；湖北生产次绢的州府1个，生产下绢的州府2个；陕西生产下绢的州府1个；四川生产下绢的州府30个；福建生产下绢的州府3个。其余州府生产的皆为等外绢。山东不仅生产上绢的州府居全国首位，而且所产的丝绢全部列入了上绢与次绢，其中大部分是贡品。贡品主要有曹州、濮州、郓州、德州、棣州的绢，青州的仙纹绫，兖州的镜花绫，齐州的丝葛，博州的绸。由此可见，唐代丝织品的质量，山东居首，河南、河北次之，四川、江南又次之。《太平广记》中说，开元初年，天下唯北海(青州)绢最佳。台湾史学家严耕望在《唐代丝织工业之地理分布》一文中也说："有唐一代，巴蜀所产丝织品要胜于江南所产，但巴蜀丝织品质量的总的趋势比山东所产为差。"

综上所述，从汉到唐，京城长安、洛阳是全国丝绸的集散地，山东是丝绸的主要源头。但上述结论只是统一王朝时代的典型表现，而在汉唐之间的分裂时代，情况就大相径庭了。

三国、西晋和北魏时期，中国北方尚且处在一个政权控制之下，丝绸传输的格局并未发生根本变化。北魏灭亡后，西魏、北周相继占有关中，控制了丝绸之路；东魏、北齐则占据黄河下游，控制着丝绸源头。西魏、东魏时代，长安丝绢不能再通过贡赋征调，西北地区的丝绢价格陡然上升，商人们只能前往黄河下游尤其是山东采购。到了北周、北齐时代，北齐一直限制向北周输出绢帛。直到570年，北齐后主高纬为了取悦皇后，向北周索取真珠，对方提出以上乘的丝织品相交换。高纬派人带上3万匹锦

---

① 汉官名，设在山东，负责制作皇帝冠服。春做冠、帻，为首服；冬做纨素，为冬服；夏做轻绡，为夏服。

彩前往北周换取真珠，才阴差阳错地打开了丝绢大门。随后，大量胡商涌向山东。《周书·吐谷浑传》记载，一个吐谷浑使团从北齐返回时，就有随行胡商240人，驼、骡600头，带回杂彩丝绢上万匹。青州出土的北齐墓石刻画像中，有一幅胡商与齐商贸易图，图上的胡商让仆从捧着一件地中海特产——红珊瑚，而齐商跷着二郎腿坐在绣墩之上，居高临下，泰然自若，一副老谋深算的奸商派头。正是在这样一个大动乱时期，山东扮演了丝绸源头与丝路起点的双重角色。也就是说，丝绸之路的起点已经由长安、洛阳东移到了山东。

而且，据专家考证，中国丝绸先东传到朝鲜、日本，后西传到中亚、西亚直至欧洲。①今日本奈良的正仓院藏有17000件古代染织品，法隆寺也有3000件古代染织品，其中大部分是产自中国东部的夹缬、纹锦、纹绫等。

而运输这些丝绸的港口，多是登州。

七、知州苏东坡

苏轼曾写过一首名为《海市诗》的诗。在创作缘由中，他说，我听说登州海市已经很久了，当地父老说，海市一般出现在春夏季节，如今已近年末，海市是不会出现的。我到任五天就被迫离任，以见不到海市为遗恨，所以向海神广德祠祈祷，第二天居然见到了海市，于是欣然创作了这首诗，时间是元丰八年（1085）。

那么，苏轼到底是何种原因来到登州，又为何到任五天就匆匆离开呢？这得从他这个人说起。

苏轼，四川眉山人，字子瞻，世称苏东坡、苏仙，生于景祐三年（1037），是宋代最有才华、最有风骨、仕途最为坎坷的人。

说他最有才华，证据之一，是20岁就高中进士，他那篇可以排在首位的策论，因主考官欧阳修误认为是弟子曾巩所作，为了避嫌，被评了个第二。证据之二，他24岁参加制科考试②，被录入最高等——第三等，成为

---

① 见赵丰《锦程——中国丝绸与丝绸之路》，黄山书社2016年版。

② 由皇帝亲自出考题，宋朝只进行过22次，成功通过的只有41人。

宋代唯一进入该等次的人。证据之三，他做事情，要么不做，做就做到极致。他的散文，位列“唐宋八大家”①；他的词，领衔宋代三大文豪（苏轼、陆游、辛弃疾）；他的诗，与黄庭坚并称“苏黄”；他的书法，入列“宋四家”（苏轼、米芾、黄庭坚、蔡襄），他的《寒食帖》被誉为“天下第三行书”②；他的画，在描绘墨竹、怪石、枯木上别有风致。就连做菜，都能做出名堂，风靡九州的“东坡肉”相传就出自他手。

说他最有风骨，集中体现在对变法的态度上。熙宁二年（1069）拉开帷幕的“王安石变法”（又称“熙宁变法”），是继商鞅变法之后又一次大规模的社会变革运动，尽管变法在客观上充实了政府财政，提升了国防实力，但由于内容过于激进，加上执行中的不良运作，因此自始至终都遭到部分人的强烈抵触，从而形成了变法派与保守派两大阵营。说不说新法的好话，成了划派的唯一标准。从根子上说，苏轼乃求新之人。变法初期，他也写了一些变革文章和奏疏，有的观点比王安石还要激进。可当他发现变法不切实际，对百姓不利时，便开始为新法的不足进言，结果受到执政者一再打压。多年后，终于熬到保守派上台，他重受重视了，按说应该感恩戴德地站在保守派一边。但他认定，说真话是一个文人的良心。因此，在保守派不加选择地全面废除新法时，他再一次站了出来，公开反对废除免役法。由此，他又得罪了保守派，再次遭到贬斥，甚至受到一再戏弄。

说他仕途坎坷，是指他一生三起三落。第一起，通过科举考试，顺利踏上了仕途；第一落，因“妄议”变法被贬出京城，八年换了四个地方；第二起，宋神宗驾崩后，高太后临朝听政，保守派首领司马光接管内阁，高调起用屡遭打压的苏轼。他先是由团练副使升任正六品朝奉郎，知登州。任命仅仅发出5天，他就被召回朝廷，高太后还公开赏赐了他。此后半年内又三次升迁，成为正三品的皇家近臣。第二落，是身居高位的他反对全盘废除新法，结果惹恼了保守派，被外放杭州知州（从三品）。第三起，两年后，被保守派召回朝廷。第三落，回到朝廷不久，他又因对变法的评价与保守派发生争执，得了个“顽冥不化”的恶评，然后被外放。被外放的第三

---

① 指韩愈、柳宗元、欧阳修、苏洵、苏轼、苏辙、王安石、曾巩。

② 前两位是王羲之的《兰亭集序》、颜真卿的《祭侄季明文稿》。

年，高太后去世，宋哲宗亲政，新党卷土重来。但在新党看来，在本质上他仍然属于保守派，只能把他管得更严，整得更狠，踢得更远，结果被贬到南海边的惠州，进而贬往天涯海角的儋（dān）州，直至病逝。

调任登州，是苏轼第二起的第一站，职位是知登州军州事，也就是登州最高军事行政长官。

元丰八年（1085）十月十五日，苏轼到任。二十日，接到进京赴任的诏书。十一月七日左右，正式离开登州。他在蓬莱的时间充其量只有二十几天。

此时的登州，尽管仍有商船与使船停靠，但已不复宋朝初年千帆交错、百舸竞渡的繁华。早在庆历二年（1042），为防范契丹从海上进攻，宋朝就在登州修建了"刀鱼寨"①，标志着这个千年古港由自然港变成了人工港，由热气腾腾的商贸港口变成了死气沉沉的海防要塞。

苏轼在极其有限的时间内，不仅浏览了登州的奇观，留下了十多篇诗文佳作；而且以一颗赤子之心，马不停蹄地视察海防、巡查官仓、走访民户，回京后立即向朝廷上了两个奏折，一是《登州召还议水军状》，请求强化登州海防建设，二是《乞罢登莱榷盐状》。依照他的建议，朝廷废除了当地的食盐官营专卖制度，改为由沿海盐民（灶户）直接卖给地方百姓，官府只收盐税，既保护了盐民的生产积极性，又降低了交易成本，减轻了百姓负担。

五日登州府，千年苏东坡。尽管他的才华尚未得到施展，但登州父老已经认识并记住了这个天天笑呵呵、没有官架子、名气大如天的人，后来集资在蓬莱阁上建了苏公祠。尽管他是任期最短的长官，但登州没有忘记他，把他刻入了《登州志》。尽管他永远作别了登州，但并未忘记这个给他带来视觉冲击和人生欢欣的地方，八年后写下了关于登州美石的名作《北海十二石记》。

他离开那天，寒风扑打着海岸，发出呜咽般的声响。他没有惊动登州百姓，而是简易的马车，简单的行李，不舍的表情。只有苍老的登州城和几个同事目送着他，直到这个接近50岁的小老头儿，徐徐走进如血的夕阳。

当时，苏轼前往东京（开封府）的道路有两条，第一条是南下密州，然

① 宋朝在此设"刀鱼巡检"抵御契丹，并设营扎寨，故名"刀鱼寨"，是登州水城的前身。

后西去东京。第二条是西去青州、齐州，继而南下，经泰山灵岩寺、曲阜、兖州，转身向西，前往东京。第二条道还有一条岔路，就是从齐州转向西南，经今平阴、东平抵达今定陶，然后西去。

苏轼选择的是南下密州的路。因为他做过两年密州知州，留有太多的足迹和牵挂，在那里曾写下“但愿人长久，千里共婵娟”“十年生死两茫茫，不思量，自难忘”“会挽雕弓如满月，西北望，射天狼”的千古名句。更重要的是，9年前他调离密州时，天降大雪，当地百姓遮道哭泣，他也掩面垂泪不止。20多天前，闻听他路经密州北上赴任，密州百姓又成群结队在路旁迎送，令他百感交集。

心告诉他，他必须再看一眼密州，看一眼淳朴可爱的密州乡亲。

八、寂寞的军港

苏轼所服务的宋朝，是一个崇儒尚文、排斥阳刚的时代，一个男人填词、女人缠足的时代。朝廷被党争搞得乌烟瘴气，军队被文人管得萎靡不振，只有艺术一花独放。那时的丝路仍在开放，食盐、茶叶、香料、钾碱、酵母、酒醋、生丝是国家税收的主要来源，精美的定窑、钧窑、哥窑、汝窑及景德镇瓷器源源不断运往海外，其中销往日本、朝鲜的瓷器、丝绸大多通过登州港。那时的日本仍在向中国学习，不过，学去的不是政治和军事，而是活字印刷术、瓷器制造术，还有所谓的文人生活“四艺”——品茶、焚香、插花、挂画。但宋仁宗当政以后，为了防备辽国、金国的海上进袭，登州刀鱼寨就基本失去了海上丝路的贸易功能，变成了以防御为主的寂寞的军港。

此后的元朝，和阴柔的宋朝截然不同。元朝的大一统江山和空前绝后的外向扩张，开阔了中国人的心胸，激发起他们探求世界的强烈欲望。忽必烈宣称：“我很喜欢知道各地的人情风俗。”就在这一时期，欧几里德(Euclid)的著作以及阿拉伯的数学、天文学、历法学传入中国。中国的印刷术、火药、罗盘针也经西亚传入欧洲。特别是元朝织造的纳石失(Nasich，金锦)，也沿着丝路传到西方。马可·波罗(Marco Polo)曾在报达(Bagdad，今巴格达)见到过这种来自东方的金锦。

这种金锦也传到了高丽,却很少传到日本,因为忽必烈很快就和日本闹翻了。一开始,在中朝战场屡战屡胜的忽必烈,连续5次派使团漂洋过海要求日本人前来进贡,均遭到了日本镰仓幕府的断然拒绝。于是,他在至元十一年(1274)派出数万蒙古、高丽联军,在九州东部的福冈登陆,但一场突如其来的大风暴,使联军几百艘战船和13000名士兵葬身海底。时隔7年,也就是灭亡南宋之后,忽必烈又发动了对日本的远征。远征军总数达到10万人,引路的高丽水军也有15000人,而且采取了分进合击的战术,一切都筹划得天衣无缝。然而,历史再次重演,老天又在8月15日鼓起双颊吹气,直到额上青筋乱暴,一场台风横扫了九州海岸,900艘战舰在怒风骇浪中像蛋壳一样被撞得粉碎,战士的尸体漂满海面,风暴吞噬了远征军一半的军事力量,第二次远征不了了之。日本神道教僧人把这两次葬元军于鱼腹、救日本于转瞬的暴风称为"神风"。蒙古人也迷信地认为老天与自己为敌,从此淡化了对日本的征服欲望。两次失败打破了蒙古人战无不胜的神话,也使得从登州前往东北亚的海上丝路从此中断。

明朝大幕一拉开,同样弥漫着火药与血腥的味道。四周战事不断,边关城门紧闭。在丝路西端,西方国家要与明朝进行贸易,必须派遣使者带上"贡物",进入明朝进行"朝贡",明朝以"赏赐"的方法收购贡品,这是与明朝进行贸易的唯一合法形式。按照中国和西域七八个国家的旧协定,每6年允许这些国家有72名商人进入中国。而在东部,时值日本南北朝对抗,在战争中失败的南朝诸侯,组织武士、商人、浪人到中国沿海进行武装走私和抢劫,史称"倭寇"。倭寇像一股股黑色风暴,活跃在从辽东到广东的漫长海岸线上,沿海居民深受其扰。无奈之下,朱元璋加强了海防,修筑了海上16城。史载,洪武九年(1376),大明对宋代刀鱼寨做了大规模改造,建立了周长2200米、用于驻扎和操练水师的蓬莱水城,还考虑到登州濒临大海,是高丽、日本往来的要道,"非建府治、增兵卫,不足以镇之",于是决定将登州升格为府,管辖蓬莱县、黄县、福山县、栖霞县、招远县、莱阳县、宁海州、文登县8个州县①;将登州守御千

① 见《明太祖实录》卷一零六,上海书店1982年版。

户所升格为登州卫，统领左、右、中、前、后、中左、中右七个千户所。升府立卫并得到扩建的登州城，周长九里，高三丈五尺，厚二丈，东门叫春生门，南门叫朝天门，西门叫迎恩门，北门叫镇海门，城楼高耸，威震海疆。

明朝唯一的一抹外交亮色，来自永乐大帝时期。永乐三年（1405）开始的郑和下西洋，是中国航海史上空前的壮举，比哥伦布发现美洲早了87年，比达·伽马（Gama Vasco da Gama）到达印度早了93年，比麦哲伦（Ferdinand Magellan）环球航行早了110多年。这一壮举，在客观上疏通了海上丝路，扩大了明朝影响，引发了中国渔民南洋迁徙潮。但从主观意图上说，永乐大帝此举，不过是帝王"虚荣政治"的典型症状，是一场耗资巨大的巡回表演。明英宗上台后，由于不堪重负，断然中止了这一劳民伤财的表演。

明英宗被蒙古俘虏之后，特别是嘉靖执政后期，朝廷吏治腐败，海防松弛，倭寇趁机与中国海商大贾狼狈为奸，视朝廷海禁令如儿戏，疯狂进行海上武装走私，公然在沿海杀人越货。

倭寇肆虐的年代，登州人戚继光走进历史的视线。16岁时，父亲因病去世，他承袭了父亲的职位，就任登州卫指挥佥事（指挥使属官，正四品），走上了永不回头的铁血之旅。

嘉靖三十二年（1553），他擢升为山东备倭都指挥佥事（都指挥使属官，正三品），驻扎在蓬莱备倭城（水城）内，总督登州、文登、即墨3营24卫。他整顿卫所、编练营哨、修造器械、组建民兵，主持建造了性能和装备均优于倭寇的大小战船，使登州成为大明沿海最为牢固的防区。两年后，他又奉调浙江，从义乌招募了4000名新兵，创建了军纪严明、战术多变的"戚家军"，直到将东南沿海的倭寇赶尽杀绝。正是由于在荡平倭寇和戍守北关中的卓越表现，他成为与白起、韩信、岳飞齐名的常胜将军，并与郑和、于谦、张居正、郑成功一起，被黎东方称为"千古不朽的豪杰"。

但这一切，只是为了防御。固守住疆界，笼络住人口，成为明朝实行海禁的真正目的。在他们眼中，世界上最大的海洋与世界上最高的山脉一样，不过是上天赐给他们的免费长城。

明朝实行海禁后，日本的海外贸易异军突起，因而早于中国进口了西方的天鹅绒(Velvet),以至于《天工开物》的作者宋应星将天鹅绒称为"倭缎",闹了一个大大的历史笑话。

九、英国佬来了

万历十五年(1588),民族英雄戚继光病死在登州。56年后大明就落山了,脑袋后面拖着辫子的满洲人就来了。不过,登州还是登州,海港还是海港。只是,由于马背上的大清不喜欢大海,实行了最严厉的海禁,采取了闭关锁国的国策,登州人已经很久没有看到外国船队了。直到一个叫英吉利、一个叫法兰西的强盗,从海上入侵中国,攻陷了大沽炮台,打到了天津城郊,逼迫大清于咸丰八年(1858)签订了城下之盟——《中英天津条约》《中法天津条约》。

名义上是条约,实际上是霸王条款。上面写着:英法公使常驻北京,并在通商各口岸设领事馆,英国增开牛庄、登州、台湾、潮州、琼州、汉口、九江、镇江、南京为通商口岸,法国增开琼州、潮州、台湾、淡水、登州、南京为通商口岸,外籍传教士可以入内地自由传教,外国人可以入内地游历、通商。依照条约,登州等十个口岸应立即对外开放。

但条约并未立即实施,一方面,在大清看来,允许外国人自由进出口岸,形同开门揖盗,是比赔款还要大的侮辱;另一方面,第二次鸦片战争——英国人称之为"亚罗号战争"(The Arrow War)——尚未结束,英、法帝国并不满足,咸丰帝也不服气,双方还在角力。直到咸丰十年(1860),英法联军攻入北京,洗劫并烧毁了圆明园,300多名太监和宫女葬身火海,逃往承德避难的咸丰帝这才派出"鬼子六"奕䜣与英法订立了《北京条约》,作为《天津条约》的补充。条约规定,开天津为商埠;准许英法招募华工出国;割让九龙给英国;任法国传教士在各省租买土地,建造自便;增加战争赔款。每一条,都扎在大清的动脉上。

让人看不明白的是,在不该有效率的地方,清廷的效率反而很高。咸丰十一年(1861),大清宣布在天津设北方三口(天津、牛庄、登州)通商大臣,归总理各国事务衙门管辖,任命候补京堂、满洲人崇厚为三口通商大臣。上谕特别交代崇厚:"登州向系私设口岸,隐匿多年,现即新立口岸,自应派员专理。”①

同一天，受英国驻华公使卜鲁斯(Frederick William Adolphus Bruce)指派，新任英国驻登州领事马礼逊(Martin C.Morrison)前往登州，筹办领事馆和开埠事宜。行前，马礼逊亲自走访了曾在山东沿海驻扎过的法军将领，详细询问了山东半岛的地理及港湾情况。随后，马礼逊从天津出发，由陆路赶到德州，然后沿着古运河，详细考察了临清、东昌府、济宁、曲阜。3月7日，马礼逊在济南会晤了山东巡抚文煜，一再申明，所有内地码头地隘水浅，外国大船难以进出，通商口岸只能选择登州。对此，满洲人出身的文煜本想横加阻挠，但由于收到了崇厚关于协助在登州开埠的书信，只能隐藏起满腔的不甘，安排青州候补知府董步云陪同马礼逊前往登州。

马礼逊来到登州，兴致勃勃地登上蓬莱阁，但见阁东的水城浅可见底，目测水深也就是3米，只能停靠300吨以下的帆船，无法开进至少在千吨以上的铁船。港口外，便是一望无际的大海，根本没有船舶避风的场所。马礼逊耸耸肩，继而摇头叹息。

接下来，马礼逊顺着海岸东行，因为他听那位法军将领说过，蓬莱以东有一片适合做港口的水域，法国军舰曾在那里停靠。

不久，这伙人就见到了中国最大、世界上最典型的陆连岛——芝罘②岛。两座岛屿的怀抱里，是呈U型向东和东北方向敞开的芝罘湾。这里地处山东半岛东端，扼渤海湾入海口，靠近国际主航道，是兴办良港的绝佳区域。

“这里叫什么?”马礼逊通过译员兴冲冲地问。

“芝罘。”

“就是它了！芝罘。”马礼逊的嘴巴咧到了腮边。

接着，马礼逊向董步云提出，开埠地点以登州下辖的芝罘(烟台③)取代登州府治所蓬莱。几乎未加思索，董步云就同意了对方的提议。因为在他看来，第一，芝罘是登州的辖区，开埠地点并未超出登州地面；第二，

---

① 见贾桢等修纂《筹办夷务始末(咸丰朝)》卷71第20页。

② “芝”即灵芝，指芝罘岛的形状恰似一株巨大的灵芝；“罘”即屏障。《大不列颠百科全书》中称烟台为CHEFOO。

③ 因境内有烟台山而得名。

在此开埠，可以重开刚组建就因1860年法军进驻芝罘而被迫迁往福山县的厘局①。

董步云与登莱青兵备道道台②崇芳、登州知府戴肇辰协商草拟了一份《通商章程》，上报给了崇厚。崇厚，满洲镶黄旗人，一个让人不得不多说几句的人物，我在《大写西域》中也曾提到他。这个时期，曾经让人闻风丧胆的群体——八旗兵已经演变为好吃懒做、死要面子、抱残守缺的代名词，崇厚也不例外。刘锦棠收复新疆后，朝廷派崇厚前往俄国交涉收回伊犁事宜。临行前，这个满脑袋浆糊的人通过占卦得知此行不利，为了尽快回国，自作主张与俄国签订了《里瓦几亚条约》。按照条约，大清只收回伊犁孤城，城西和城南的土地全部丧失。朝野一片哗然，崇厚被弹劾入狱。如果不是曾国藩的次子曾纪泽与俄国人重新谈判，据理力争，中国的新疆版图就不是今天的样子了。尽管这是18年后的事，但此时的崇厚已经长成一副媚外嘴脸。他认定，面前的《通商章程》"与新议条约章程多有不符之处"，这些地方官员没有忠实履行大清与外国的约定，所以建议朝廷派直隶候补知府、蓬莱人王启曾，候补知府袁文陛，河工候补县丞曲纪官，到烟台筹划开埠事宜。派出王启曾，也许是崇厚一生所做的唯一的明智决定。

王启曾一行到达烟台后，对东西沿海做了周密考察，不仅发现烟台厘局"抽收厘金，办理诸行含混"，而且发现"除芝罘岛外，尚有石岛、庙岛和武定府所属大山、利津等口，统计大小海口不下数十处之多，中外商船皆可随时卸货"，港口一片混乱，急需建立海关，规范沿海秩序。

要建立海关，必须逐级请示。依大清官场的效率，文书批复回来，少则半年，多则数载；如果不请示，起码也要同僚共商吧，但董步云因厘局内部混乱被撤职，崇芳在莱州被捻军缠住，马礼逊在烟台山上忙着建设领事馆，王启曾几乎无人商量。就这样，一道人生难题摆在了王启曾面前。尽管他是道光年间的进士，但仍保持着山东大汉的本色，一向敢作敢为，曾因此而受到曾国藩的保举。眼下，如果按部就班走程序，听任混乱局面持

① 是清朝为筹集镇压太平天国军费在各地设立的征收厘金的机关，局下设卡，卡又有分卡、巡卡。逢卡抽厘，加重了商人负担；局员勒索刁难行旅，严重阻碍了商品流通。这是清朝的一大恶政。

② 道台，又称道员，正四品，是省（巡抚、总督）与府（知府）之间的地方长官。

续，他就不叫王启曾了。他断然决定：咸丰十一年七月十七日（1861年8月22日）开关征税。近代史上有名的“东海关”，就这样在没有“准生证”的情况下诞生了。

在古代官场，大凡不倒翁都是循规蹈矩的人，即便出了问题也无法怪罪到此人头上；而敢作敢为者往往跌跤，因为谁也无法保证凡事滴水不漏。由于准备不足，开关仓促，港口出现了一些纰漏，这就给了不怀好意者攻击他的口实。一时，口诛笔伐者有之，讽刺挖苦者有之，从旁起哄者有之，就连亲人们也担心他会被唾沫淹死。好在，朝廷里还有一个聪明过人的“鬼子六”——总理衙门领班大臣奕䜣。史载，“鬼子六”不但没有责备他，还奏请皇帝将登莱青道道府从莱州迁到烟台，山东沿海5府16州县自行管理的23个海口厘局，也改制为东海关监督衙门监管下的23个常关。

烟台开埠后，英国人抢先在烟台山盖起了领事馆。之后，法国、美国、挪威、瑞典、德国、日本先后在烟台山设立了领事馆。许多国家的商行、银行、洋行、教堂、学校、医院及其侨民纷纷落居烟台，形成了庞大的外国近代建筑群。外国人的落居，给当地带来了繁荣也带来了辛酸。因为《北京条约》准许英法招募华工出国，所以，英法不仅把物产丰饶的胶东变成了原料基地和商品集散地，而且把人口稠密的山东半岛变成了劳动力市场。仅1904年到1906年，从烟台口岸运往英国的华工就达16444人。

就这样，曾经的小渔村烟台，成为山东最早的通商口岸，胶东半岛的新中心，中国北方货物的集散地。

英国人马礼逊东去后，美国传教士填补了英国在登州的空缺。海雅西（Jesse Boardman Hartwell）在登州北街观音堂创立了华北地区第一座浸信会教堂；狄考文（Calvin Wilson Mateer）创办了登州文会馆，即后来的齐鲁大学；梅尔斯（Mills）夫妇创办了中国第一所聋校——启喑学馆；倪维思（Nevius）夫妇创办了女义塾——中国最早的女子学校。倪维思还在“广兴果园”培育苹果新品种，使得烟台成为西洋苹果与中国苹果嫁接的发祥地，这才有了享誉世界的“烟台苹果”。

尽管如此，蓬莱仍然不得不接受一个残酷的现实：随着烟台港的勃兴，蓬莱港的地位随之下降，如今蓬莱港只是烟台港下属的四个港口之一。世事沧桑,过去烟台是登州的辖区,如今蓬莱归烟台管辖。

在登州稍事休整,高元度就冒着“安史之乱”的狼烟西行了。当时,山东境内的路有两条,一条是后来苏轼走过的南行密州、海州然后西去的路;一条是经莱州直接西去的路。高元度究竟走的是哪条路,目前尚无史料支撑和考古证据。

第15天　洛　阳

乾元二年(759)秋后,高元度从登州启程,唐代马队一天差不多走5驿①,他抵达1000公里外的洛阳附近时大概是第15天了。此时的洛阳已被史思明叛军占领,因此他不可能进入洛阳,也就没有留下什么故事,留下故事的是另一个外国人。

一、被围观的“洋鬼子”

清同治九年(1870)仲春,古老的河洛大地比往年更为缠绵、撩人、婉转。高大的白杨枝叶繁茂,低矮的桑林绿意婆娑,粉红的杏花在天边结成云霞,飘零的梨花纷飞着一场春雪。

“年年岁岁花相似,岁岁年年人不同”。对于河南人来说,今年的“人不同”,是大街上多了个鬼一般的怪物——白皮肤、蓝眼睛、秃脑门、满脸胡子的“洋鬼子”。

他叫李希霍芬(Ferdinand Von Richthofen,1833—1905),来自地球背面的普鲁士王国(Kingdom of Prussia),是一个地理学家。

“在人口繁密的大营镇,也不知道他们是如何得知的消息,反正我们到的时候已经有上千人在等着看了。以前遇到这样的情况我们多是落荒而逃,但现在我们使用了新招数,那就是干脆主动穿大街过小巷,让他们看个够。人群都欢呼起来,他们甚至要求我们站到桌子上去,好让他们看

① 吴慧主编的《中国商业通史》显示,唐代一尺为31.04厘米,5尺为一步,300步为一里,一里相当于今465.6米。唐代1驿为30里,每天走5驿相当于今70公里。

个清楚，这我是无论如何不会答应的。”①李希霍芬在日记中写道。

这样的场景一场接着一场，有的上千人，有的上万人，不仅围观，而且尾随。李希霍芬虽不胜其烦，但也知道民众并无恶意，相反还有点夹道欢迎的意味。他兴致勃勃地考察了洛阳南关的丝绸和棉花市场，顺便参观了山陕会馆和关帝庙，感觉既有意思又很舒适。

然而，李希霍芬可不是来享受春光的，因为他肩负着一项不可言传的重大使命。

道光二十年（1840）之后，随着第一次鸦片战争的失败和一系列不平等条约的签订，闭关锁国的大清被迫打开国门，西方列强纷至沓来。普鲁士也向东方派出庞大的使团，试图与大清、日本、泰国等建立外交关系，缔结商约。使团中，一个年轻人接受了秘密勘测选址的任务，他就是毕业于柏林大学地质学专业的李希霍芬。其间，由于太平天国运动如火如荼，加上原先承诺资助他的汉堡银行家突然变卦毁约，他不得不临时改变计划，乘船横穿太平洋到了北美洲。1862年至1868年，李希霍芬对加利福尼亚的地理学考查和采矿业研究，竟带来了两个意外惊喜：一是间接导致了美国西部的“淘金热”；二是加利福尼亚的银行家们表示愿意资助这个“能猜透西部秘密的普鲁士人”，开展一项旨在发现商业机会的对华考查活动。按照约定，加利福尼亚银行控制的上海欧美商会给他提供旅华四年的经费，条件是：他必须把获取的地理和地质资料，以及物产、人口、交通、风土人情等社会经济概况，用英文及时向商会作专题报告。

同治七年（1868）秋，他初次踏上大清国土。为了入乡随俗，他特意在护照上加了个“李”字，这不仅更为中国化，还与权倾朝野的李鸿章“攀上了亲戚”。此后四年，他对大清18个行省中的13个做了地理考察和地质勘查，足迹遍布大半个局势动荡的华夏大地。考察途中，他脖子上总是用绳子挂着一支铅笔，以便随手以绘画的形式将见闻记录下来。他一一画下路过的山脉和平原，并从地质学角度潜心研究，进而形成专题报告呈给普鲁士政府以及资助他的“东家”——上海欧美商会，他甚至秘密致函普鲁士首相俾斯麦（Bismarck），提出普鲁士“有必要发展海军以保护这些重要的利益和支持已订的条约；要求在万一发生战事时普鲁士商船和

---

① 见《李希霍芬中国旅行日记》，商务印书馆2016年版。

军舰有一个避难所和提供后者一个加煤站”。他还在给父母的信中表示，对中国“或许最后将不得不使用武力，那时我之前在中国的考察将会派上用场了”。来到大清的第二年，李希霍芬就迫不及待地向普鲁士政府提议，夺取胶州湾及其周边铁路修筑权，将使华北的棉花、铁和煤等更为方便地为德国所用。这样一来，不但可就此将山东纳入势力范围，而且又拥有了广大的中国腹地。应当说，28年后，德意志联邦共和国(The Federal Republic of Germany，普鲁士扩张后的国名)悍然发兵侵占胶州湾，把山东划为势力范围，不可能没有李希霍芬的参谋之功。在德国海军元帅阿尔弗雷德·冯·提尔皮茨(Alfred von Tirpitz)报请德皇威廉二世(Wilhelm II von Deutschland)批准的出兵计划中，就多次引用了李希霍芬的考察结论。

对此，鲁迅1903年在《中国地质学略论》中指出，李希霍芬“碧眼炯炯”“狼顾而鹰睨”，实为“幻形旅人，变相侦探”，他向国人发出警告：“毋曰一文弱之地质家，而眼光足迹间，实涵有无量刚劲善战之军队。”

可惜，当时没有一个中国官员认为他是“间谍”。

二、定义“丝绸之路”

做“间谍”居然能做成一个世界级地理学家，还能赢得被“侦探”国的欢迎和敬佩，这就是李希霍芬的过人之处。

凭借非凡的敬业精神和严谨的学术素养，李希霍芬一生出版著作近200部，多次荣任德国地理学会会长，最终成为近代地质地理学的先驱。其中，他在中国的考察成果尤为丰硕，回国后写成了五卷本传世巨著《中国——亲身旅行和据此所作研究的成果》(1877年出版第一卷。以下简称《中国》)，第一个指出了罗布泊的位置，最早提出了中国黄土的“风成论”，最先提出了“五台系”和“震旦系”等地层术语。他对中国造山运动所引起的构造变形有开创性的研究，还提出中国北方有一个古老的“震旦块”。他把江西景德镇东北部高岭山一带的陶瓷原料命名为“高岭土”(Kaolin)，这一叫法最终成为世界瓷土的通用名称。

还有一项特别的贡献，也许连李希霍芬自己也没有意识到——那就

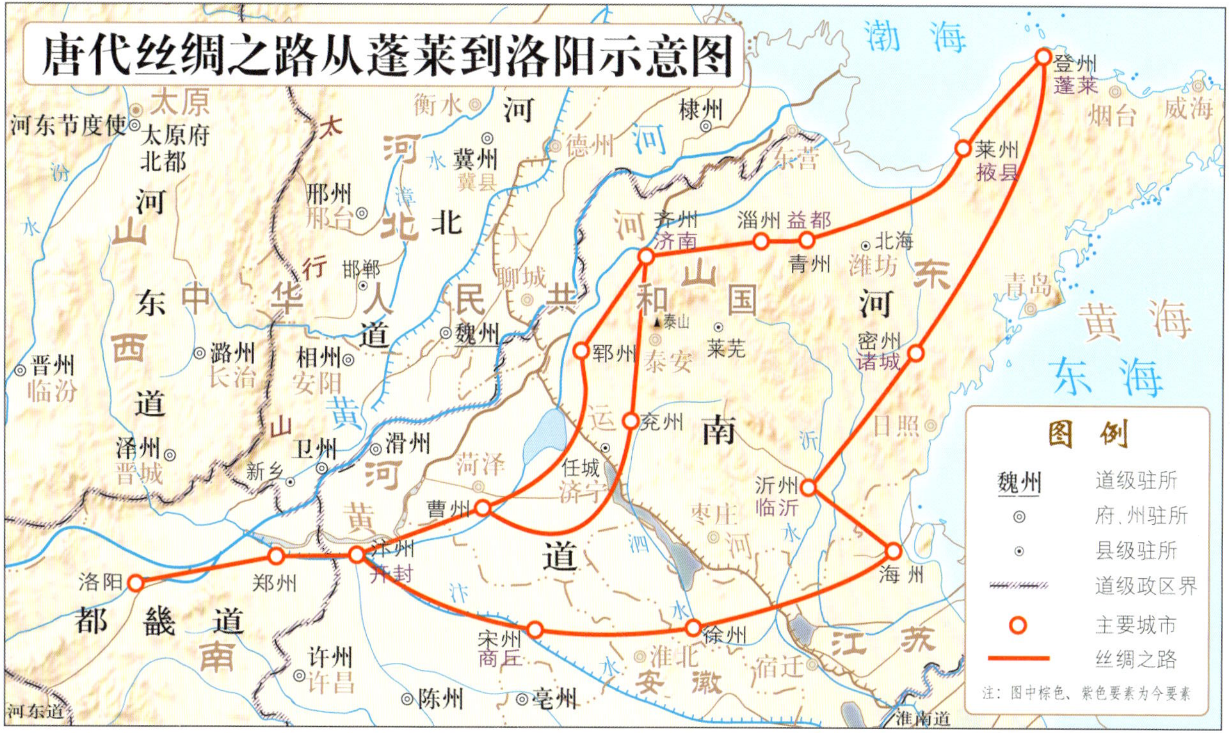

唐代丝绸之路从蓬莱到洛阳示意图

是对一条古老国际商路的定义。

在《中国》第一卷"关于河南及陕西的报告"中，李希霍芬首次把公元前114年至公元127年开辟的，从河南府开始，经西域与中亚的阿姆河(Amu Darya)①—锡尔河(Syr Darya)②地区以及印度连接起来的古老商路，有几分随意地称为Seidenstrassen(德文意为"丝绸之路")。

然而，李希霍芬对"丝绸之路"的使用相当有限，只是保守地将它运用在汉代从洛阳到撒马尔罕(Samarqand)的古老商路上，并不打算把这个概念扩展到其他历史时期，以及欧亚间经济与文化交流的无限广泛的范畴中。但正是这一随意之举，使他在"丝绸之路先驱者"的众神殿堂中占据了一个显著的神龛。

这是一个多么富有诗意，多么令人沉醉，又多么让人向往的表述呀！一提起这个名字，能立刻让人想起罗马贵妇人身上柔软、透气、半透明的丝绸，想起远古时期手牵骆驼在大漠、绿洲之间徐徐穿梭的万千商旅，想起像绸带一样在高山、峡谷之间飘动的神奇曲线，想起这条神奇曲线上如一串珍珠般的绿洲古城。这是一幅幅何等曼妙、何等瑰丽、何等神奇的画面呀！其中流淌着东去西往的国使商旅，喧响着令人捧腹的南调北腔，传唱着永不谢幕的今古传奇，闪烁着荡气回肠的人文光辉。

对这一定义最为认可的，当属德国学者赫尔曼(A.Herrmann)。他在《中国与叙利亚之间的古代丝绸之路》一书中写道：我们应该把这个名称——丝绸之路的含义进一步延长，通向遥远的西方叙利亚……叙利亚主要是通过陆路从遥远的中国获得生丝的。

此后，"丝绸之路"这个名词受到世界各地学者的青睐。英语的Silk Road，法语的La Route de la soie，日语的絹の路，汉语的丝绸之路，都是从他定名的Seidenstrassen翻译而来。

1948年，英国《泰晤士报》(*The Times*)的"炉边家庭问答：常识测验"栏目曾经刊载这样的问题："丝绸之路从哪到哪？"标准答案是："从中国边境到欧洲的诸多道路。"

然而，李希霍芬叙述中的丝绸之路的起点"河南府"，也就是洛阳，却被

---

① 汉代称妫水，隋唐时期称乌浒水，中亚水量最大的内陆河，咸海的两大水源之一，源于帕米尔高原。

② 中国古称药杀水，源于天山山脉，中亚内陆河，注入咸海，全长2212公里。

人们忽略和淡忘了。等到被记起的时候，已是李希霍芬去世87年后了。

三、丝路起点之争

1992年，一部学术著作在文化界掀起轩然大波。书的装帧很普通，可名字很高调：《洛阳——丝绸之路的起点》①。书中的主要观点：第一，丝绸之路的定义者李希霍芬就是这样说的；第二，洛阳有着5000年的文明史、4000年的建城史，是十三朝古都，出土过远古的蚕茧和丝绸残片；第三，丝绸之路开通后，洛阳作为东汉、北魏、隋和唐某一时期的都城，是丝绸当然的集散地。

在此之前，中国学生只知道西安是丝绸之路的起点，因为历史课本一直是这么讲的。如今，突然有一种声音把丝路起点东移到了洛阳，能不引发争论与围观吗？

在争论中，有人甚至公开质疑李希霍芬定义丝路起点的可靠性。其实，李希霍芬并不只是根据自己的见闻来判定汉唐丝绸之路起点的，他在古文献中也找到了“依据”——公元1世纪面世的《厄立特里亚海航行记》(*Periplus des Erythraischen Meeres*)。他在《中国》第1卷中讲道：第一位谈到中国的作家，是撰写到印度去的航海日记——《厄立特里亚海航行记》的不知名的作者。他很显然是古代唯一尝试用生产丝绸来定义中国居民的作家。在那个国家——秦国(Thin)——非常靠北的地方，有一个非常大的城市叫秦尼(Thinae)。生蚕丝、纺丝以及丝织物被从这个城市经过巴克特里亚(Baktria)带到婆卢羯车(Barygaza)……

关于“秦尼”这个地名，戈岱司(George Coedès)②认为：“至于人们沿海岸北上而到达的秦尼地区，它的名字、方位和贸易特征足可以使人看出系指中国。”但是，因为《厄立特里亚海航行记》成书时，中国已是东汉。所以，戈岱司又推论说，“秦尼”是指京城洛阳，商队从这里将丝绸贩运到中亚。

---

① 洛阳市地方史志编纂委员会办公室编，中州古籍出版社1992年版。

② 法国东方学家，1910年翻译《希腊拉丁作家远东古文献辑录》，收录《厄立特里亚海航行记》。

"洛阳起点说",还得到了许多学者的认可。台湾逢甲大学教授曾一民说:"应纠正长期来以长安为丝绸之路起点的说法,对研究古都洛阳的历史文化有极大的参考价值,同时对教学也很有帮助。"素有"东方学耆宿"之称的北京大学教授季羡林也明确表达了支持的观点:"这是一本高水平的书,对于研究丝绸之路这门世界显学具有极高的参考价值,特别是丝绸之路不应以长安为起点,而应以洛阳为起点。我认为这是不刊之论。"

尽管国学泰斗言之凿凿,尽管各类考证缜密入微,"洛阳起点说"还是屡遭质疑,反应最强烈的,当属西安学者群。

特别是当听说丝绸之路即将申报世界文化遗产时,两家的争论进入白热化,而且一争就是22年。

四、单选题还是多选题

说来令人深思,为丝绸之路定名的是外国人,动议丝绸之路申报世界文化遗产的,也是外国人。

1988年,联合国教科文组织(UNESCO)出于带动中亚遗产保护工作的目的,启动了"对话之路:丝绸之路整体性研究"项目,提出了丝绸之路的申遗设想。

从1990年到1995年,联合国教科文组织开展了五次国际性考察,内容包括西安到喀什的沙漠丝绸之路、威尼斯(Venice)到日本的海上丝绸之路、中亚草原丝绸之路、蒙古游牧丝绸之路,以及尼泊尔的佛教①丝绸之路。考察所发现的丰富历史文化积淀,让世界为之瞩目。1994年,我国将丝绸之路中国段列入世界文化遗产预备名单。随着申遗的深入,西安、洛阳的丝路起点之争愈演愈烈,一直闹到国家级学术团体和政府机构层面。

问题总有定论的那一天,尽管这一天来得很迟。2006年8月,国家文物局、联合国教科文组织世界遗产中心在新疆召开了"丝绸之路跨国联合

---

① 产生于公元前5世纪的古印度,创始人是悉达多·乔达摩,他离家成道后被尊称"佛陀",意为觉悟者,简称"佛",所传宗教被称为"佛教"(Buddhism)。佛教与基督教、伊斯兰教并称为世界三大宗教。

申报世界文化遗产国际协商会议”，明确丝绸之路中国段始于公元前后的中国汉代东西两京——洛阳、长安。那一天，大家都长出了一口气，最兴奋的，当然还是河南。

2013年，联合申遗的中国、哈萨克斯坦(Kazakhstan)和吉尔吉斯斯坦(Kyrgyz Republic)三国确定申遗项目为“丝绸之路:起始段和天山廊道的路网”。

2014年6月22日，在联合国教科文组织第38届世界遗产委员会会议上，丝绸之路项目获得通过。值得注意的是，项目全称改为“丝绸之路:长安—天山廊道的路网”(Silk Roads: the Routes Network of Changan-Tianshan Corridor)，其中对路网源头的描述为“丝绸之路:在绵长的丝绸之路路网中，长安—天山廊道路网长5000公里，从汉唐的都城长安/洛阳出发，一直延伸到中亚的七河地区①”。

至此，丝路起点之争看似画上了句号。然而，对于丝绸之路的起点②乃至概念，仍然存在歧见。

今天，无论是学者还是大众，对于“丝绸之路”的理解，可以概括为广义与狭义两个方面:广义的丝绸之路，是指古代中国与外部世界之间交通、贸易、文化交流的途径及其内容;狭义的丝绸之路，则可以限定为李希霍芬所做的基本定义，是指汉代中国与中亚巴克特里亚之间经营丝绸的贸易路线。③

严格说来，狭义的丝绸之路，从空中看来并没有什么特别的地貌，峡谷、山口、绿洲、湖泊、沙漠中的甘泉，这些划定道路轨迹的标志物，并非出自人工而是完全源于自然。也就是说，它并非人工铺就的道路，因而从来不属于任何特定的国家和民族。

丝绸之路本身就是世界不同文明的碰撞、交流、融合之路，它的特点和属性是多元而非单一的。在两千多年的漫长历程中，在广袤的亚欧大陆甚至更广的范围，关于它起于何处的问题，也就不应该是单选题或双选题，而应该是多选题。

据笔者考证，古代陆上丝绸之路主要有两条。第一条是从中国内地

---

① 七河指流向巴尔喀什湖的七条河，七河地区大致包括今哈萨克斯坦阿拉木图州、江布尔州和吉尔吉斯斯坦以及新疆伊犁一带。

② 2018年央视春晚有一个相声，说丝绸之路的起点是长安，是不严谨的，难怪节目播出后洛阳反应那么强烈。应该提出异议的，还应该包括山东、内蒙古。

③ 见刘文锁《丝绸之路——内陆欧亚考古与历史》，兰州大学出版社2011年版。

向西，经河西走廊、塔里木盆地、中亚，前往印度与罗马；从中国内地向东，经登州海道、辽东半岛，前往朝鲜与日本的陆上丝绸之路。它繁盛于公元前200年之后，是中世纪陆上丝绸之路的主干道。第二条是草原丝路，即穿越亚欧大草原的丝路。所谓亚欧大草原，是指在北纬50度附近，降水量在400毫米以下，属温带大陆性气候的狭长区域。东部为蒙古草原，中部是以阿尔泰山脉为中心的哈萨克草原，西部是里海、黑海北岸的俄罗斯、乌克兰草原。这条道从汉代的匈奴单于庭出发，走天山北麓，经昌吉、伊犁，西去咸海、里海、黑海，直达欧洲腹地。它繁盛于公元前3000年到公元前200年，是世界最早的经济文化大动脉，也是游牧民族的迁徙之路。

在古代，国与国之间没有通用货币，只能进行易货贸易。而在机动车诞生之前，用牲口把谷物运到60公里之外的地方，所花的费用比生产谷物的费用还要高，因此长途运输只能选择那些数量很小、重量很轻，还能产生高额利润的紧俏商品。这些商品有中国的丝绸、茶叶、瓷器，西域的良马、玉石、皮货，印度的香料，欧洲的青铜、宝石、药材等，其中丝绸交易只是很少的一部分，而且是单向的。所以，这不仅是一条丝绸之路，还是一条泛商品领域的茶叶之路、陶瓷之路、香料之路、青铜之路、皮货之路、玉石之路、药材之路，更是一条政治文化领域的外交之路、文化之路、传教之路、迁徙之路。

如果货物重量和往来人数是衡量一条道路重要性的唯一标准，那么从中国穿越中亚前往欧洲的丝绸之路，曾是人类历史上交通流量较少的道路之一。这条道路之所以改变了历史，很大程度上是因为穿行在路上的人们，沿路落户，与当地人融合，也与后来者同化，把他们各自的文化像种子一样沿线播撒，从而使得这些绿洲城镇像灯塔一样昭示着人们翻山越岭穿越沙海而来。它在文化传承，特别是各大文明融合中的贡献，是任何一种形态都无法比拟的。世界遗产委员会也认为，丝绸之路见证了公元前2世纪至公元16世纪期间，亚欧大陆经济、文化、社会发展之间的交流，尤其是游牧与定居文明之间的交流；它在长途贸易推动大型城镇和城市发展、水利管理系统支撑交通贸易等方面是一个出色的范例；它与张骞出使西域等重大历史事件直接相关，深刻反映出佛教、摩尼教、祆教等宗教和城市规划思想等在古代中国和中亚等地区的传播。

佛教经丝绸之路进入并扎根中国，就是一个辉煌的范例。

五、汉明帝的梦

据说，佛陀是乘着月色东来的，而且神奇地出现在一个皇帝的梦乡里。

做梦的皇帝名叫刘庄，史称汉明帝，是东汉第二位皇帝。做梦的地点是京城洛阳。说起来，洛阳成为东汉都城时，刘庄尚未出生。那是公元25年11月27日，刘庄的父亲——光武帝刘秀进入刚刚占领的洛邑（今洛阳），把洛邑改名雒阳[①]，作为“汉”的都城，使这个最早被称为“中国”[②]的地方，在此后很长一个时期重新成为古老中国的伟大中心。他之所以定都于此，一是因为他从王莽和更始帝的悲剧结局中得到教训，认为长安不够吉利；二是因为在内战尚未停歇之时，洛阳更方便从中原经济区获得补给；三是因为洛阳历史悠久，早在夏、商、周时期就是华夏中心。成为都城后的洛阳人口不少于50万，城内面积10.1平方公里，是世界上仅次于长安和罗马的超大型城市。洛阳城大致呈矩形，城墙用夯土建成，城市取南北走向的轴线，街道大致呈格子状。两座有围墙的宫苑——北宫（寝宫）和南宫（议政之地）在城内遥遥相对，相距7里，被有屋顶覆盖的复道相连接。城内有神坛、御苑、军械库、市场、官署和贵族、官员宅第。12道城门之外是护城河，一条河渠从东面与护城河相连，负责向都城运送供应。城的南郊坐落着灵台（国家天文台）、明堂（象天法地的庙宇）和太学（国立最高学府）。如此看来，洛阳比长安精致、朴素多了，东汉王朝正是希望通过洛阳朴素而规整的空间设计，把古文经学树立成为国家的正统。[③]显然，刘秀给儿子留下的，是一个可以安心做梦的地方。

---

① 汉以火德王，忌水，所以改洛为雒。魏以土德王，而流土得水而柔，所以又改雒为洛。

② 洛阳乃周武王定鼎之地。何尊铭文12行122字，记载了周成王在其亲政五年时，于新建成的东都洛邑对其下属“宗小子”的训诰，其中提到周武王在世时决定营建洛邑（今洛阳）——“宅兹中国”。这是截至目前出土文物中首次出现“中国”一词。

③ 见包华石《古代中国的艺术与政治表达》第161页。

永平七年(64)正月十五晚(一说四月八日),洛阳北宫笼罩着水一样的月色,宁谧而神秘。夜半时分,一个身形高大的金人飘然进入刘庄的梦乡,金人头上散发着光芒,从空中轻盈地飘来,绕着宫殿飞行,最后落到殿庭之前。当时,皇帝心中洋溢着一种从未有过的温馨。

第二天上午,他召集群臣解梦。太史傅毅说:“听说西方有佛出世,其身高一丈六尺,遍体金色。陛下梦中所见的金人,或许就是佛吧!”

此时,距离班超重开西域还有十多年,西域由匈奴控制着,西行之路十分凶险。然而,汉明帝无论如何也忘不掉那个给他带来温馨体验的梦,因此下决心派遣使臣前往西方寻梦。

第二年,东汉使者蔡愔、秦景、王遵等十余人受命西行。当他们到达大月氏(今阿富汗)时,遇见了中天竺(今印度)高僧摄摩腾和竺法兰。在使者恳求下,两位高僧答应随同汉使前往汉地弘法。

永平十年(67),洛阳城的石板路上响起清脆的马蹄声,一匹高大的白马驮着佛经和佛像风尘仆仆东来。它昂首阔步的姿态,永远定格在佛教东渐的扉页里。

相传白马驮来的佛像,是优填王(Udayana)[①]造的第四个佛像。刘庄一见,正是梦中的金人,于是把佛像供奉在南宫清凉台,佛经收藏在兰台石室里,两位高僧则被安排住进了鸿胪寺。

下一年,汉明帝又在城西雍门外建造精舍,供两位高僧居住并翻译佛经。因白马驮经而来,所以这座精舍取名“白马寺”——中国内地第一座佛寺从此诞生。之所以称“寺”,也是沿用“鸿胪寺”的称谓。从此,“寺”被赋予新的含义,成了佛教“寺院”的泛称。

在这里,摄摩腾和竺法兰穷尽毕生精力翻译佛经,他们把佛所说的某一段话称为一章,共选取了佛关于持戒、忍辱、断欲、精进、观空等的42段话,编成了中国现存的第一部汉文佛典《佛说四十二章经》。这部佛典反复强调了持戒的重要性,告诉佛教弟子应该如何修行:

> 沙门问佛:什么是善?什么最大?什么最强健?什么最明亮?佛答:行道守真是善,志向和真道相合最大,忍辱最强健,内心清净最明亮。

---

① 印度古国的一名国王,全称嗢陀演那伐蹉,意译为子王、出爱王。

佛说:金钱与美色对人来说,如果不能舍弃,就好比贪恋刀刃上的蜜,尽管不足一餐的享受,却有被割掉舌头的祸患。

佛言:爱欲对于人,犹如手持火炬逆风而行,必有烧手之患。

佛问沙门:人的生命有多长?一个沙门回答:数日之间。佛说:你不明白生命的真谛。又问一个沙门:人的生命有多长?这个沙门回答:一顿饭的工夫。佛说:你还不知道生命的真相。再问一个沙门:人的生命有多长?这个沙门回答:呼吸之间。佛说:善哉,你已经明白"道"了!

这两位中国佛教的鼻祖,再也没有离开洛阳,圆寂后葬在白马寺。他们毕生弘扬的佛法如一粒种子,已经扎根在中国的沃土上,并在一位从草原走来的皇帝浇灌下,开出了满城的花朵。

六、孝文帝

他叫拓跋宏,史称孝文帝,出自鲜卑拓跋部落,是北魏第七位皇帝。

他不满足于做一个半野蛮民族的国王,决意要做一个文明国家的主宰。但是,将北魏从草原部落转变为农耕帝国绝非轻而易举,需要强有力的手腕和精明的头脑。更重要的是,要有足以压倒保守势力的坚强后盾。而这一切,小皇帝正好俱备。

从延兴元年(471)开始,在祖母冯太后支持下,孝文帝顶住豪强大族的压力,实施了将中原文明移植进原始草原民族的伟大手术。国家规定,官吏按季度领取俸禄,严禁贪污,贪赃绢一匹即处以死刑;明令禁止对女性犯人的"裸形处决",维护了女性起码的尊严;把掌握的土地分配给农民,农民向国家交纳租税并承担一定的徭役;下令鲜卑贵族改汉姓,穿汉服,说汉话,提倡与汉族通婚。孝文帝带头改姓元,娶汉族女子为妃,并让公主嫁给汉人。孝文帝还把都城从地处高原的平城(今山西大同),迁到了四季分明的洛阳。

那是冯太后去世3年之后的太和十七年(493)秋天,孝文帝率领20万大军亲征南朝。在多数王公大臣极力反对迁都的情况下,孝文帝费尽了苦心。名义上是南征,事实上他是要借南征摆脱落后的生产和生活习惯，把颠沛流离的拓跋鲜卑融入中华文明之中。秋风萧瑟，冷雨潇潇，大军踏着泥泞一路南进。越向南走，北魏贵族们越不适应，近百年养尊处优的生活，已经耗尽了一个马背民族的剽悍和豪气，他们已经无法忍受艰苦的日子，直到无可奈何地在洛阳停下来，车轮和马蹄声止歇于新的都城里。

就这样，一个伟大的民族在1500年前，隐没在从平城到洛阳的历史古道上，消失在深秋的凄风苦雨中。

春风风人，夏雨雨人。孝文帝的汉化改革，促进了民族大融合，使北魏步入了一个空前的盛世，史称“孝文帝中兴”。30多年内，洛阳繁华富庶，人口激增，号称“十万九千户”，约有60万人，是当时世界上规模最大的城市之一。

正是在北魏手上，佛教这一来源于印度、繁荣于大月氏的伟大信仰，在中原大地结出了丰硕成果。孝文帝太和元年（477），仅首都平城就有僧尼2000余人，各地僧尼达77258人。北魏末年，各地僧尼达到200多万。到东魏迁都邺城时，洛阳的寺庙已达1367所。

北魏不仅沉醉于兴建寺庙，而且开凿石窟也到了近乎痴狂的地步，中国四大石窟的每一个都与它有关。其中敦煌石窟始凿于前秦建元二年（366），麦积山石窟始凿于后秦白雀元年（384），但大规模开凿都在北魏时期（386—534）；大同云冈石窟始凿于北魏兴安二年（453）；而洛阳龙门石窟开凿于公元493年，孝文帝刚刚迁都洛阳，连皇宫还没有整理好。

七、龙门石窟

龙门石窟位于洛阳市区南部12公里处，那里东、西两座青山对峙，一条伊河缓缓北流。远远望去，犹如一座天然门阙，所以古称“伊阙”。经过从北魏到北宋400余年的开凿，至今仍存有窟龛2100多个，造像10万余尊，碑刻题记3600余品，数量位居中国各大石窟之首。

从孝文帝迁都到孝明帝在位的35年间，是龙门石窟开凿的第一个高潮。这一时期的洞窟集中在龙门西山上，约占龙门石窟造像的三分之一。最著名的有古阳洞、宾阳三洞、药方洞等十几个大中型洞窟。古阳洞开凿于太和十七年（493），是最早的洞窟，也是北魏贵族发愿造像最为集中、耗资最大的地方，雕有主像——释迦牟尼[①]坐像，观音菩萨[②]和大势至菩萨[③]侍立像，大小佛龛数百个。中国书法珍品——龙门二十品，仅古阳洞就有十九品（另一品在慈香窑中）。十九块造像题记，字形端正大方，气势刚健质朴，结体、用笔在汉隶和唐楷之间，至今仍有着无穷的艺术魅力，是天下魏碑爱好者一生必到的地方。

北魏晚期还开凿了莲花洞、火烧洞、皇甫公洞、魏字洞等。药方洞因其洞窟内刻有大量古代药方而得名，其中包括一些疑难杂症，如治疗消渴，也就是糖尿病。

直到唐帝国建立，龙门石窟才迎来开窟造像的第二次高潮。这一时期的石窟按时代先后大体自南而北，集中在龙门西山。到了武则天时期，一部分转移到了东山。

万佛洞完工于唐永隆元年（680），因洞内南北两侧雕有15000尊小佛而得名，是唐高宗、武则天及王子们的功德窟。

武则天自认是弥勒[④]转世，为此在龙门广造弥勒佛。千佛洞、大万五佛洞、极南洞、摩崖三佛都是以弥勒佛为主尊的洞窟。

奉先寺位于龙门西山南部的山腰上，是一个南北宽近40米的露天大龛。九尊大型雕像，全是依山凿石而成。奉先寺的主尊是卢舍那大佛[⑤]，身高17.14米，头高4米，耳朵长1.9米，造型丰满，仪表堂皇，衣纹流畅，丰颐秀目，嘴角微翘，呈微笑状，头部稍低，作俯视态，宛若一位睿智而慈祥的中年妇女，是整个龙门石窟体形最大、形态最美的大佛。为了开凿这尊大佛，武则天于咸亨三年（672）捐出“脂粉钱二万贯”。奉先寺竣工之日，武则天率领文武朝臣驾临龙门，出席了主佛卢舍那的开光仪式。因此，当

---

① 原名悉达多·乔达摩，古印度释迦族人，本为迦毗罗卫国（今尼泊尔南部）太子，佛教创始人，成佛后被称为释迦牟尼，尊称为佛陀，意思是大彻大悟之人。民间称为佛祖、如来佛祖。

② 竺法护初译为“光世音”，他的弟子聂道真改为“观世音”，唐代被玄奘译为“观自在”，后来在中国简称“观音”，是佛教中慈悲和智慧的象征，在无量国土中以菩萨之身到处寻声救苦。

③ 是西方极乐世界无上尊佛阿弥陀佛的右胁侍者，又尊称大精进菩萨，以智慧之光普照众生，使众生解脱血光刀兵之灾，得到无上的力量。与阿弥陀佛、阿弥陀佛的左胁侍者观世音菩萨合称为“西方三圣”。

④ 梵文Maitreya，意译为慈氏，音译为梅呾利耶，未来佛，是作为现在佛释迦牟尼的接班人出现的。

⑤ 卢舍那意即光明遍照。在佛经中，卢舍那是佛在显示美德时的一种理想化身。

地传说卢舍那大佛就是武则天的模拟像。

神龙元年(705),武则天被迫退位,龙门的弥勒造像不再继续,摩崖三佛龛甚至成了半拉子工程。伴随着弥勒神灵的消失,龙门石窟开凿从光明的顶峰跌落黑暗的谷底。

1500多年过去了,龙门石窟像一个活的化石,更像一个不死的巨人,忠实记录了中国历史的跌宕与演变,记录了佛教文化的传承与兴盛,记录了孝文帝的初心和武则天的崛起,更记录了历代能工巧匠的精湛与神奇,说它是世界石刻艺术博物馆,当之无愧。

为此,我们应该向开凿第一个洞窟的北魏致敬,向为佛教兴盛和民族融合做出卓越贡献的孝文帝致敬。

八、宋云西行

延昌五年(515),孝文帝的继任者宣武帝元恪驾崩。下一年,年仅6岁的太子元诩继位,是为孝明帝。由于崇佛的元恪取消了沿用七代的"子贵母死"之制,元诩的生母胡氏不仅活了下来,而且在儿子登基后临朝听政。历史极为吊诡的是,正是因为元恪的这一看似人性化的破例之举,最终葬送了北魏的大好河山。

这个谥号"灵皇后①"的女人,刚一掌权就迫不及待地做了两件事。

第一件,是在皇宫之前建造规模宏大的永宁寺。永宁寺,是作为《洛阳伽蓝记》中的第一座寺庙记叙的。寺中的九层巨塔,高九十余丈,顶部又建有金刹,再高出十丈,总高度达到千余尺,在京城百里开外就能远远望见,堪称洛阳城的地标性建筑。

第二件,是派人出使西域,访求佛典。北魏神龟元年(518),朝廷僧统②宋云和崇立寺僧人惠生(《魏书》写作慧生)、法力成为前往西天取经的人选。为宣扬国威,结好诸国,胡灵太后下足了功夫,不但以皇帝的名义给沿途各国写了公文诏书,还准备了五色百尺幡千口、锦香袋五百枚、王公

---

① 灵、隐、炀都是恶谥,国家有动乱而不能制止为灵。获得这一谥号的有赵武灵王、汉灵帝。

② 朝廷负责管理僧侣的官员。

卿士幡二千口，由使者赠给沿途经过的各国国王。

这年冬天，宋云、惠生、法力从洛阳出发，经陕西、甘肃东部转向西南，过北魏关防赤岭（今日月山），穿柴达木盆地，沿着法显西行的线路，走丝路南道，翻过葱岭，经钵和国（今瓦罕）、嚈哒国（今阿富汗），于神龟二年（519）底进入印度北部的乌苌国。宋云向乌苌国王呈奉了北魏皇帝的诏书，进献了礼品，说明了来意。国王恭敬地接受了诏书，并让翻译问宋云："您是日出之地的人吗？"宋云回应："我国东临大海，日出其中，实为如来的旨意。"国王又问："你们国家有圣人吗？"宋云详细介绍了周公、孔子、庄子、老子之道，依次叙述了蓬莱的银殿金堂，中国的八卦、医术、法术，数不清的佛寺与佛塔，还有京城洛阳的绝代繁华。国王于是感叹："若如卿言，即是佛国。我的生命结束时，希望投生在你们国家。"

随后，国王派僧人陪同他们游历了乌苌国佛迹圣地，参拜了附近的佛寺。宋云一行还拿出部分旅费，在王城东南如来用身体饲虎的地方造了一座宝塔，用隶书刻石，铭颂魏的功德。

神龟三年（520）仲春，宋云一行进入曾经的大乘佛教中心犍陀罗（Gandhara）[①]国境。现任国王出身嚈哒，不信佛法，生性凶暴，与邻国罽宾（Kashmir，今克什米尔）为争夺边境已经开战三年。他亲自驻扎在边境前线，整日不归，军队困倦劳苦，百姓怨声载道。

没办法，宋云只有来到前线，递上国书。这个国王居然坐着接受国书，显得十分无礼。

无论僧俗，人能舍弃一切，却无法舍弃被尊重的渴望。但鉴于对方是远夷，宋云只能忍气吞声。

接下来，国王让翻译问宋云："卿走过多国，历经险路，难道不劳苦吗？"

宋云答："我皇深切研究大乘，派我远求佛经，道路虽险，不敢说累。"然后话锋一转，"大王亲自统帅三军，冒着严寒酷暑，长期驻扎在边境，难道不辛苦吗？"

国王老实地回答："我连个小国都降服不了，实在愧对你的这个问题。"

---

① 犍陀意为香，罗意为遍布，犍陀罗意为香遍国、花香国。

最初，宋云认为国王是个野蛮人，不值得自己提醒与责备，经过这一段对话，转而觉得他有些憨厚，于是责备他说："山有高低，水有大小，人处世间，也有尊卑。嚈哒、乌苌王都拜受诏书，大王何以独自不拜呢?!"国王回答："我若见魏主就拜，得到书信坐着读，有什么可怪的？世人得到父母的信，尚且坐着读，大魏如同我的父母，我也坐着读信，不算失礼吧。"

宋云见驳不倒他，只能苦笑着点了点头。

之后，他们向西渡过印度河，找到了法显到过的犍陀罗城(今巴基斯坦白沙瓦，法显时期叫弗楼沙)。

正光三年(522)早春二月，宋云循原路返回洛阳，带回佛经170部，均为"大乘妙典"，沿途见闻也被记录下来。宋云著有《魏国以西十一国记》，惠生著有《惠生行记》，可惜两部著作均已失传。幸好，同时代的杨衒之所撰的《洛阳伽蓝记》卷五，收录了宋云的记述，后人将这部分记述称为《宋云行纪》。

九、风流太后之死

应当说，胡灵太后做的这两件事，尽管都有过度炫耀之嫌，但考虑到这是历代强势帝王的一贯做法，反而替她加分不少。史载，她还下令制造申讼车，公开接受民间申诉冤情；在朝堂亲自策试孝廉、秀才、州郡上计簿的官吏；甚至与大臣们比赛箭术，她居然能射中针孔。听政初期，她也懂得收买人心，知道如何低调，把自己发布号令叫"下令"，让大臣称自己"殿下"。种种迹象表明，她将在未来扮演显赫的主角，享受最好的灯光和机位，拥有最多的特写和对白。

事实证明，我的推测纯属一厢情愿。在一段短暂的励精图治之后，她立刻放荡得一发而不可收。她自认为已经到了威震天下、智睥群臣的地步，于是心底的欲望和性格上的跋扈彻底暴露出来，开始以女皇自居，将"下令"改成了"下诏"，"殿下"改成了"陛下"，而且以"朕"自称。

她不仅在政治上恣意专权，在生活上也十分淫乱。她曾逼迫孝明帝的叔叔清河王元怿与她淫乱。大臣郑俨、李神轨、徐纥也被她拉上了卧榻。大将杨白华年少而勇猛，被胡灵太后看中，逼迫他与自己私通。杨白华知道早晚会出事，却又无法抗拒，只得趁为父发丧之机投奔梁朝。而胡太后仍沉迷于思恋不能自拔，特作《杨白华歌辞》，其中有："春来秋去双燕子，愿衔杨花入窠里。"胡太后的面首换了一茬又一茬，个个委以要职，把朝廷上下搞得乌烟瘴气。

这一切，引起日渐长大的孝明帝的强烈不满，母子之间的裂痕越来越深，皇权与后权之争一触即发。

由此，孝明帝的悲剧人生开始了。因为他生在深宫，长在层层帷幔之中，从未领教过日光何毒，夜风何寒，风涛何险，有凌云志但缺少硬手腕，高居九五之尊却没有执政根基，从未打过仗，从未见过血，从未玩过头盖骨，也从未在背后捅过黑刀子，哪斗得过在风口浪尖上历练多年的母亲？

孝昌四年(528)，孝明帝唯一的孩子出生，是个女儿，史称"元姑娘"，但胡灵太后却对外宣称是皇子，并直接抛开皇帝，于第二天颁布诏书，大赦天下，改元武泰。

孝明帝的嘴都气歪了，于是密令驻扎在晋阳(今山西太原)的大将尔朱荣带兵进京，逼迫太后还政。消息不幸泄露，他于武泰二年(528)被母亲胡太后与情夫合谋毒死。

第二天，胡太后拥立刚满50天的元姑娘为帝，大赦天下。见人心已定，胡太后又于当天晚些时候发布诏书，宣布皇帝本是女儿身，废黜女婴皇帝，改立临洮王元宝晖3岁的儿子元钊为帝。

诏书一出，朝野震惊。

有政治家说，政治就是演戏。但即便是演戏，也要演得合乎情理，演得让人信服。可她是个什么级别的编剧呀！俗话说，虎毒不食子，她怎么连亲生儿子——当今皇帝——都敢杀？怎么敢玩让女婴当皇帝的把戏？她真的以为台下的观众都是瞎子与白痴吗？

一个观众愤然站了出来。他叫尔朱荣，是一名胡人酋长，时任北魏梁郡公，手中掌握着一支如狼似虎的骑兵。他之所以能站出来，第一，因为接到了孝明帝勤王的诏书；第二，因为胡灵太后已经触犯众怒；第三，也是最根本的，他有对这个让人开始失望的朝廷取而代之的野心。于是，他以太后拿女婴愚弄天下为由，以为孝明帝报仇的名义率军南下，进兵途中宣布拥立元诩的叔叔元子攸为帝，渡过黄河直取洛阳。

胡灵太后的三个情夫各自逃命去了，军队的官兵也不肯为她卖命，她现在唯一的指望只剩下佛祖了。洛阳陷落之日，胡灵太后率领一群后宫嫔妃落发为尼。

但，她真能本分地待在永宁寺枯守青灯黄卷吗？

尔朱荣可不是傻瓜。胡灵太后及其傀儡政权被胁迫离开洛阳，当大军行进到河阴县的陶渚（今河南孟津）时，风流一世的胡灵太后和可怜巴巴的小傀儡被扔进了滔滔黄河。

随后，尔朱荣以祭天为名，将北魏百官公卿召集到河阴（今河南荥阳），用铁骑团团围住，一番刀劈斧砍，2000余人惨遭屠戮，殷殷鲜血染红了黄河，洛阳汉化的鲜卑贵族和出仕的汉族大家被消灭殆尽，史称“河阴之变”。

不久，尔朱荣被杀，北魏走向分裂。之后的几个傀儡皇帝在军阀权臣手中走马灯似的换来换去，西魏定都长安，东魏迁都邺城（今河北临漳县西南）。洛阳也从“百国千城，莫不欢附，商胡贩客，日奔塞下”①的繁华兴盛，走向了“城郭崩毁，宫室倾覆，寺观灰烬，庙塔丘墟”的破败荒凉……直到一个聪明而自负的英俊帝王重新发现了她的与众不同。

十、“修治洛阳还晋家”

隋仁寿四年（604），一个风度翩翩的帝王登上洛阳北部的邙山。

这一年，他刚刚通过宫廷政变登上帝位，刚刚剪除了敌对势力，刚刚镇压了武装反叛。持续的刀光剑影并没有影响他的心情，反而激发了他的壮志雄心，他改元“大业”，紧锣密鼓地开始了经略天下的千秋大业。

他叫杨广，谥号隋炀帝，时年35岁。

他置身邙山之巅，举目南望，只见两山对峙，伊水中流，气象壮观。杨广指着伊阙，回头问群臣：“这不是真龙天子的门户吗？古人为什么不在这里建都？”左仆射（首相）苏威回答：“古人非不知，只是在等陛下您呢！”

---

① 见杨衒之《洛阳伽蓝记》，中央编译出版社2010年版。

于是，杨广脸上开出灿烂的花朵，新都的位置定了下来——在汉魏都城旧址以西10公里的地方，正对伊阙。大业元年(605)三月十七日，隋炀帝命令尚书令杨素、纳言(宰相)杨达、将作大匠宇文恺兴建东都——洛阳城。

杨广为什么一登基就要迁都洛阳呢？司马光在《资治通鉴》里说，他是听了章仇太翼的话。

章仇太翼是一名术士，一度隐居五台山中，后被隋文帝杨坚召入宫中。仁寿四年(604)，杨坚试图前往仁寿宫①避暑，章仇太翼竭力劝阻，但杨坚不听，章仇太翼说："这次出行陛下恐怕回不来了！"隋文帝勃然大怒，把章仇太翼打入天牢，准备回来再杀他。不承想，术士一语成谶，隋文帝在仁寿宫病倒并最终不明不白地死在那里。病榻上的隋文帝自知错怪了章仇太翼，特命太子杨广赦免他。

杨广继位后，章仇太翼上表说："陛下是木命，而雍州乃破木之冲，不可久住，谶语也说'修治洛阳还晋家'。"杨广早年曾封晋王，意思是应该定都洛阳。

尽管这段故事玄而又玄，但由于出自史学家司马光之口，加上又发生在历史形象不佳的杨广身上，一般人都深信不疑。但事实上，这段故事出自野史，明显带有对杨广诋毁的敌意。

其实，杨广迁都洛阳绝非心血来潮，也不是听了什么方士的蛊惑，《隋书》中有杨广关于迁都的一封诏书，对兴建东都的理由作了说明。

隋代的中国，经济重心已经有南移倾向，京师供应主要仰仗南方漕运。长安位于八百里秦川中央，四周山水环绕，交通不便。随着长安城市与人口规模的扩大，关中的粮食生产已经难以自足，遇到荒年更是捉襟见肘。隋文帝当政时，曾几次率领饥饿不堪的关中人到洛阳就食。从军事上来说，洛阳位于当时的隋朝中央地带，既可以威慑江南，又可以北控草原，哪里发生战事，都能以最短的时间派军"赴急"。想来，崤函②以东的汉王杨谅刚刚发动过叛乱，远在关中的朝廷军队费了不少时间才赶赴前线。如今，南方的陈朝虽然灭亡，但南方豪族一直蠢蠢欲动。由于关河阻隔，真实情况很难传到京师长安。③将新都建在南北结合部的洛阳，就等

---

① 隋文帝的离宫，位于今陕西麟游县，距离长安160公里。

② 崤山与函谷关的合称，在今河南洛阳以西至潼关一带。

③ 见魏征《隋书·炀帝纪》中隋炀帝的诏书，中华书局1997年版。

于把隋帝国的万世之业置于更广阔、深厚、坚固的地基之上，极大地强化了国家的政治、经济、军事控制力，可以说是一个有想法的皇帝在一个非凡的年代实施的一个伟大的创意。因此，他的这一大胆决策，得到了群臣的一致认可。

大业二年(606)四月二十六日，隋炀帝迁都洛阳。数万户商人和河南诸州工匠家庭被要求迁入新都。新都的规模约为长安的一半。①南对伊阙，北倚邙山，东逾瀍(chán)河，洛水横贯其间，分宫城、皇城、外郭城。一同完工的皇家园林西苑，方圆200余里，苑内有一个水深数丈、方圆十余里的人工湖。湖上建有方丈、蓬莱、瀛洲三座仙山，高出水面百余尺，山上错落着亭台月观，内置机关，或升或降，时隐时现。沿岸建有16座宫院，各具特色，华丽壮观。这座奢华绝代的宫殿群，此后作为隋都15年、唐都40余年，直到五代、北宋时仍在使用。因为耗资巨大，这一工程和另一座工程，被史学家列为隋炀帝的两大罪状，也被公认为是隋朝灭亡的两大因素。

然而，具有深长历史意味的是，隋炀帝的另一大“罪状”，却为古老中国的经济文化带来了长期繁荣，乳汁般哺育了华夏大地1400多年，直至今天……

十一、至今千里赖通波

1986年3月，中央电视台播出了大型纪录片《话说运河》，第一集的题目叫“一撇一捺”。主持人说：“长城跟运河，它所组成的图形……正好是我们中国汉字里最最重要的一个字眼‘人’……这长城是阳刚雄健的一撇，这运河不正是阴柔深沉的一捺吗？”

这一“捺”，出自隋炀帝的手笔。

开凿大运河的历史，最早可以追溯到春秋时期的吴王夫差。他当时开凿了邗沟，沟通了长江和淮河。但到了三国时期，这条运河已不通畅。

---

① 崔瑞德《剑桥中国隋唐史》，中国社会科学出版社1990年版。

隋炀帝做出营建东都的决定仅仅4天，就下令开凿大运河。于是，朝廷征发河南各郡士兵和夫役百万人，利用半年时间开凿疏浚了由黄河入汴水，再由汴水进入淮河的通济渠[①]；同年，又疏通了由淮河进入长江的邗沟。大业四年(608)，征发河北各郡民工百万人，开凿了引沁水向南到达黄河，向北到达涿郡(今北京)的永济渠。大业六年(610)，征发民工修通了从京口(今镇江)到达余杭(今杭州)的江南河。仅用五年时间，就连通了海河、黄河、淮河、长江、钱塘江五大水系，开通了以洛阳为中心、沟通中国南北、蜿蜒2700多公里的大运河，成为世界运河开凿史上的一大奇观。一时间，运河上“商船往返，船乘不绝”，不仅江南的物资能便捷顺利地运抵长安和洛阳，更重要的意义在于，它有效缩短了中国人的时间与空间距离。

两大工程抽空了帝国的血脉，加上远征辽东引发的民怨沸腾，使得杨广走到了众叛亲离的穷途，也导致隋朝国祚只维系了短短38年。但站在历史发展的今天回望，我们在谴责杨广不惜民力、横征暴敛的同时，并不能无视他的这些如同秦始皇修筑长城一样在客观上泽被后世的“大动作”。

是啊，隋朝的国祚太短了，根本没能来得及享受这些开创性劳动带来的红利。得利的，是注意体察民情、懂得珍惜民力的后代王朝。隋朝之后，大运河历经多朝修建，成为工业革命之前世界上规模最大、范围最广的土木工程。它是我国历史上内陆交通体系的主干道，在运输粮食及战略性物资、巩固政权和促进领土统一、加强文化交流、促进民族融合等方面发挥了巨大作用，直到今天仍具有重要的交通、运输、行洪、灌溉、输水的价值。

站在舟楫如云的大运河岸边，唐代诗人皮日休望河兴叹：“在隋之民，不胜其害也；在唐之民，不胜其利也。”

说完这些话，皮日休仍意犹未尽，即兴吟咏了一首《汴河怀古》：“尽道隋亡为此河，至今千里赖通波。若无水殿龙舟事，共禹论功不较多！”

隋朝灭亡6年前，也就是大业八年(612)，一个10岁的男孩在洛阳净

---

① 见杜佑《通典》(点校本)卷十《漕运》，中华书局1988年版。

土寺出家。他是今河南偃师人，俗名陈祎(yī)，法号玄奘，尊称三藏法师。

身在净土寺，玄奘的心却在洛阳之外，尤其是西部的长安。

第21天　长　安

洛阳距离长安390公里，玄奘骑快马只走了4天。高元度绕开洛阳抵达长安也仅用了6天。为与我们从容的历史节奏匹配，我选择了稍慢一点儿的旅途。

一、李白的朋友

高元度抵达长安时，已经快过年了。

他一进长安，便入住了专门用于接待外国使者的四方馆，然后要求觐见唐国皇帝。但这时的唐朝正忙于死灰复燃的"安史之乱"，唐肃宗李亨根本没有心情接待他。没办法，高元度只有呈上日本天皇关于派自己迎接遣唐使藤原河清回国的国书。同时，他还提出了让另一个名气很大的日本人一起回国的请求。

这个名气很大的日本人，是诗人李白的朋友。李白曾以"明月不归沉碧海，白云愁色满苍梧"的悼亡诗句"哭晁卿衡"。这个让李白如此动情的好友，原名阿倍仲麻吕，汉名朝衡（又作晁衡），字巨卿，文武天皇2年（698）出生于日本奈良，属贵族安倍氏。

唐开元四年（716，日本灵龟2年），19岁的仲麻吕被推举为遣唐留学生。第二年3月，他拜别父母与亲友，随第9次遣唐使团从难波（今大阪）起航，开始了前途未卜但盛满期待的旅途，同行者有留学生吉备真备和学问僧玄昉等。经过一段漫长而危险的旅程，他们于9月底抵达了向往已久的长安。

在长安国子监太学，古朴厚重的秦砖汉瓦，羽裳飘袂的汉韵唐风，原汁原味的儒家文化，土生土长的道家经典，博大精深的佛家要义，都令仲麻吕如沐春风。从太学毕业后，他参加了唐朝科举考试，一举考中进士，举朝震惊。

此后，他历任左补阙（皇帝侍从）、秘书监（皇家图书馆馆长，从三品）等职，深得唐玄宗的赏识。

转眼已是天宝十一年（752，日本天平胜宝4年），以藤原河清为正使、吉备真备为副使的第11次遣唐使到达长安。分别经年，一切都似曾相识，一切又恍如昨日。吉备真备发现，尽管老朋友仲麻吕在长安荣宠无限，但眼里盛满了潮水般的忧郁。看来，他想家了。

几度花飞叶落，一番齿豁头秃。19年前，仲麻吕就以双亲年迈为由，请求归国。因唐玄宗一再挽留，仲麻吕未能成行。这次一见到吉备真备，仲麻吕就感觉深埋在心底的那根琴弦被拨动了，那是一种永远无法停下来的律动。于是，在遣唐使到达长安的第2年，仲麻吕不失时机地提出了随团回国的请求。他在上表中深情地说："37年前，自己辞别日本来唐，如今已是56岁的垂垂老者。我感恩陛下赐予的荣华，热爱长安的无尽繁华，但也时刻思念亲人与故国。我快入土了，该回家了，请陛下恩准。"

对于这位优秀的异国老臣，唐玄宗做了两个决定。第一个顺乎常理：忍痛割爱，允许仲麻吕回国；第二个令人震惊：任命仲麻吕为唐回聘日本使节，奉皇帝之命出使日本。由此，他开了一个先河——一个外国人作为中国朝廷使节的先河。

听说仲麻吕被允准回国，朋友们纷纷赶来饯行。尚书右丞王维与仲麻吕是莫逆之交，这位天才诗人写下了《送秘书晁监还日本国》一诗："九州何处远，万里若乘空。向国唯看日，归帆但信风。"好友包佶也双手奉上《送日本国聘贺使晁巨卿东归》一诗："上才生下国，东海是西邻。九译蕃君使，千年圣主臣。"那一刻，仲麻吕双肩微颤，泪眼婆娑，一手研墨，一手挥毫写下了《衔命还国作》这首流韵千古的佳作：

衔命将辞国，非才忝侍臣。
天中恋明主，海外忆慈亲。
伏奏违金阙，骈骖去玉津。
蓬莱乡路远，若木故园林。
西望怀恩日，东归感义辰。

平生一宝剑，留赠结交人。

李白也赶来了。这位唐代最有才华、最有个性的诗人，是仲麻吕最好的朋友。他当时给仲麻吕送了什么，历史没有记录。但仲麻吕送给李白一件珍贵的日本裘，却有史可查①。

天宝十二年(753)，仲麻吕和藤原河清、吉备真备辞别长安，赶赴扬州。他们来到扬州延光寺，秘密拜会了唐朝律宗高僧鉴真，恳请他和遣唐使船队一起东渡。

早在11年前，随第十次遣唐使多治比广成来中国的日本学问僧荣睿、普照，找到了在扬州讲授戒律的鉴真，邀请他到日本传法。唐玄宗自认是道教教祖老子的后代，一直崇信道教，意欲派道士去日本，结果被日本拒绝，因此他也一直不许鉴真出海。其间，鉴真5次东渡都因官府干涉或遭遇风浪而失败，荣睿病死，普照也落寞北去。

仲麻吕一行赶来时，鉴真已66岁高龄，且双目失明，但越海传教的信念坚如磐石。于是，双方秘密约定在苏州黄泗浦(今张家港市塘桥镇鹿苑东渡苑内)集合。

10月15日夜，他们分乘四艘船从黄泗浦起航。江波粼粼，水天一色，风在船头月在天。感念长安之唐风，思念奈良之乡愁，仲麻吕忘情吟咏道——

翘首望长天，神驰奈良边；
三笠山顶上，想又皎月圆。

突然，一只野鸡扑棱棱落在船头。大家认为江滩芦苇丛生，船队惊飞野鸡不足为怪，但遣唐使认为这是凶兆，于是调转船头返回。

10月16日，一个精心挑选的黄道吉日，船队正式扬帆入海，沿南岛路回国。然而，命运偏偏和遣唐使为难。11月21日，藤原河清和仲麻吕所乘的第一艘船遭遇逆风，不幸触礁。12月6日，又有一艘船触礁。只剩下鉴真和吉备真备于12月20日幸运地抵达日本。

---

① 见王莹雪《试论储光羲诗风形成之原因》，原载《文学与艺术》2009年12期。

鉴真受到了孝谦天皇和圣武太上皇的礼遇，他先是在奈良同另一位本土华严宗高僧统领日本佛教事务，封号“传灯大法师”，尊称“大和尚”；继而在东大寺中起坛，为太上皇、皇太后以及皇族和僧侣约500人授戒，使得日本的授戒制度从此建立，他被封为“大僧都”，负责统领全国僧尼。就连鉴真及其弟子所建的“唐招提寺”，也成为日本佛教徒的最高学府。

如果说吉备真备将中国围棋引入日本是否属实尚待确认，那么将唐朝最新的大衍历带回日本交给天皇，763年日本已开始使用，同时利用汉字偏旁和部首参与创制日文片假名，则都已经得到证实。吉备真备凭借两次入唐经历屡屡升迁，最终被提拔为从二位的右大臣，与左大臣共同执掌朝政。

遣唐使船队触礁的消息传回长安，大家认为仲麻吕和藤原河清必死无疑。于是，李白眼含泪水，为好友写下了悼亡诗。

谁知，死亡的大门为二人留了一道缝隙。天宝十四年（755）夏，二人突然现身长安。原来，他们所乘的船只触礁后并未沉没，而是顺风漂流到今越南北部的驩（huān）州海岸。登陆后又遭当地土人袭击，全船170余人大多遇害，只有仲麻吕和藤原河清等10余人侥幸生还。

看到李白为自己写的悼亡诗，又听说李白已被遣离长安，仲麻吕悲欣交集，当即和诗《望乡》，诗中说“魂兮归来了，感君痛苦吾。我更为君哭，不得长安住。”

当年年底，“安史之乱”爆发，唐玄宗逃亡四川，仲麻吕始终相随。至德二年（757）十二月，已是太上皇的唐玄宗返回长安，仲麻吕也随之返回，先后任左散骑常侍兼安南（今越南）都护、安南节度使。大历五年（770），仲麻吕终老长安。

在半个世纪的漫长岁月里，仲麻吕既是一名日本留学生，又是一名唐朝官员；既是中日文化交流的先驱者，又是中日友好的传承者。他代表了一个时代，一个日本作为虔诚的学生、中国作为无私的老师的时代。难怪在万历援朝战争之后，朝鲜国王宣祖无限感慨地说：“中国父母也，我国与日本同是外国也，如子也。以言其父母之于子，则我国孝子也，日本贼子也。”①

---

① 见《宣祖实录》卷三十七。

仲麻吕去世后，被唐代宗追赠为从二品的潞州大都督，被日本天皇追赠为正二品，现西安兴庆宫公园和日本奈良都有他的纪念碑。日本首相安倍晋三，应该是阿倍仲麻吕的后人，他也应该知晓仲麻吕终老中国的故事。

二、终老长安的遣唐使

《水户大日本史》记载："元度至唐，以乱故不得朝见。"也就是说，对于高元度求见的要求，唐肃宗一直没有答应。直到上元二年(761)阳春三月，史思明被儿子所杀，唐朝大势已定，皇帝才重新想起高元度。

皇帝想起他，并不代表想见他。史载，唐肃宗派内使向高元度宣读诏书说："特进秘书监藤原河清，今依使奏，欲遣归国，唯恐残贼未平，道路多难。元度宜取南路，先归复命。"①

接到诏书，高元度傻了，因为上面说得明白，叛军尚未完全清除，回国之路充满危险，担任特进秘书监的藤原河清暂时不能回国。你可以走南路先行回国，向日本天皇复命。高元度再一打听，年迈的仲麻吕，因为同样的原因也不能回国。

对此，高元度十分不理解，心情低落得恨不得撞墙，他实在想不出空手回国怎么向天皇交代。就在他蹲在地上生闷气时，皇帝派人送来"兵仗样甲胄一具、伐刀一口、枪一竿、矢二只"，说是回赠日本天皇的礼物。但《续日本纪》"征赠唐国牛角"一节又记载，唐肃宗要求日本提供牛角，用来造弓。据分析，唐朝平叛需要大量兵器，不放身为日本皇室外戚的藤原河清回国，也有可能是将其扣为人质，以换取日本的兵器援助。

上元二年(761)初，高元度带着满腹的遗憾回国。需要说明的是，高元度一行入唐时是11人，回到日本的却是10人，未能回国的是羽栗翔。他是公元717年第9次遣唐使随员羽栗吉麻吕与唐女子所生，公元734年随父亲回国，这次他留在藤原清河身边未归，也应该与母亲在长安有关。①

唐肃宗也算客气，专门派宦官谢时和护送高元度一行到达苏州，然后

---

① 见《续日本纪》卷二十三，天平宝字5年8月12日。

② 见上田雄《渤海使的研究》第六章"成为日唐桥梁的羽栗翼·翔兄弟"，明石书店2002年版。

由苏州刺史李岵负责造大船一艘，再抽调越州浦阳府折冲沈惟岳等9人为押领官，别将陆张什等30人为水手，护送高元度从苏州横渡东海。

8月12日，船队抵达九州岛，高元度与护送自己的唐朝官员作别，匆匆赶往首都平城京(今奈良西郊)。而唐朝官兵也应该按原路返航了。天知道为什么，他们居然赖着不走，九州岛大宰府也只能好鱼、好酒地伺候。直到唐宝应元年(762，日本天平宝字6年)一月，日本天皇派人给他们送来了赐禄，这些人才准备打道回府。

按说，赐禄发放是有标准的，《续日本纪》记载，"赐大使以下禄有差"。但不知大使沈惟岳哪一根神经出了问题，居然在向下属发放赐禄时动了手脚。

很快，下属们察觉了沈惟岳的贪污行径，按说应该回国后再向朝廷举报这个贪官。但接下来，这38人居然联名向九州岛大宰府告状，提出由副使纪乔容取代沈惟岳的大使之职，重新分配赐禄。接到诉状，大宰府惊得下巴都快掉下来了。他倒不是为贪污之事惊奇，而是为外国人告外国人却让自己当裁判而惊奇。要知道，换大使是皇帝的特权，哪轮得到他这个外国小吏？于是，他赶紧请示日本朝廷。日本朝廷倒很理性，很快答复："大使、副使是敕使，不可改弦更张。至于赐禄，仍按原定标准发放。"这件发生在唐朝外交官身上的丑事，虽然淹没在了回程的浪涛中，却永远留在了日本的册页里。

高元度回国后，向淳仁天皇奏明了唐肃宗不放藤原河清回国的用意。于是，天皇将藤原河清的官位遥授至从三位，任遣唐大使兼常陆守及民部卿。同时，下令造遣唐使船4艘，收集牛角7800只。只不过，日本的援唐计划因触礁、大风等原因而搁浅。

此后，回国无望的藤原清河与一名唐女子结婚，生育了一个女儿，取名喜娘。

唐大历十年(775)前后，藤原清河托新罗使者给日本天皇捎信，表达了返国的强烈意愿。于是，日本光仁天皇派出第11次遣唐使，并让遣唐使带信给藤原清河说："汝奉使绝域，久经年序，忠诚远著，消息有闻，故今因聘使迎之……宜能努力，与使共归。"

大历十二年(777，日本宝龟8年)六月，日本第11次遣唐使佐伯今毛人率使团走南岛路入唐，第二年正月抵达长安，受到唐代宗李豫的接见。

但年迈的藤原清河已无力承受海上的颠簸，只好派女儿喜娘随遣唐使回国探亲。

中日混血儿喜娘抵达平城京后，在日本朝野引起了极大轰动。尽管没有见到藤原清河本人，藤原家族还是悲欣交集，围着喜娘嘘寒问暖。同年，藤原清河在长安病逝。万里之外的光仁天皇听到讣报，追授他为从二位；承和年间，仁明天皇再追授他为从一位。

妖娆春日野，
祭祀祈神援。
社苑梅花绽，
常开待我还。

这是藤原清河生前的一首思乡诗。对于身后日本皇室赠予的殊荣，藤原清河既无福享受，也听不到了，他在九泉之下能见到的，大概只有常常出现在梦里的故乡社苑盛开的梅花吧。

7年前，阿倍仲麻吕走了；如今，藤原清河也走了。但他们的肉身没有走，永远留在了伟大的世界中心——长安。屈指算来，长安的历史并不长，至此仅仅只有500年。那么，是谁首先看中了这块福地，又是谁下决心定都于此的呢？

三、被皇帝赐姓的人

公元前202年，富有戏剧性的楚汉战争终于画上句号。刘邦，这个出身草莽的小个子男人，坐上了万人向往的龙座，但他却什么都没准备好，连都城建在哪里，都没有想好。

定都，绝非一个简单的选址问题。因为，它关系到人心的向背、朝廷的安全、资源的分配。当刘邦还是汉王，被困汉中时，来自东方的部下就开始成批逃回故乡，因而才有萧何追韩信之举。现在胜利了，纵令坐轿子的不想东归，抬轿子的能不归心似箭吗？而且国都的选择，还关系着是接续秦始皇的大一统，还是恢复西周的封建制？简言之，是承秦还是承周？方向选不好，不仅刘家这艘巨轮随时可能触礁，他本人能否善终都很成问题。

于是就有了定都之议。

这时，一个山东人向历史走来。他叫娄敬，齐国卢（今济南长清）人，为了逃避秦朝暴政，一度隐居山林。公元前202年，这位隐士被征调去陇西郡（今甘肃临洮）服兵役，成了一名小小的戍卒。

路经洛阳时，他得知刘邦正在城内，便找到同乡虞将军，请求觐见刘邦。

此时的刘邦尽管已经摆出皇帝的架子，却一直担着爱才的美名，听说对方是一位隐士，只得很不情愿地安排了一次象征性会面。

按说，戍卒见到皇帝，应该哆嗦个不成才对，但衣衫破旧的娄敬却不亢不卑，举手投足一派名士风范，这让曾经摘下儒生的帽子往里面尿尿的刘邦一反常态，口气谦和地问："先生急着见朕，有何见教？"

娄敬也不客气，开门见山地问："听说陛下想定都洛阳，是要以周为榜样治理天下，并希望和它一样兴盛吗？"

大凡名士都喜欢先给别人下一个套，把对方绕进去，再抛出自己的高见，但刘邦不谙此道，便随口答道："先生所言极是。"

"我以为不妥。"娄敬说，"陛下取得天下与周不同。周是以德起家，并以德政治天下；陛下起家靠的不是德，是武力。周鼎盛时期，天下和睦，不驻一兵防守，不用一卒出战，四方部族都能归顺臣服。那时把都城建在四通八达的洛阳，方便各方诸侯朝见纳贡，当然是最佳选择。如今情况不同了，陛下从丰邑沛县起事以来，大小战百余次，天下尸横遍野，民众怨声载道，秦末乱局未了，此时定都无险可守的洛阳，一旦发生动乱，陛下如何应付？"

见刘邦面露难色，娄敬接着说："关中就不一样了，东有肴山和函谷关，进退自如；西为陇西腹地，沃野千里；南临汉中巴蜀，物产丰饶；北有草原牧场，牛壮马肥。在地形上，关中四面均有雄关可守，即使周边发生战事，也可保证朝廷不受滋扰。诸侯各国和平安定时，各地物资可通过黄河、渭河水道漕运到京师。诸侯各国一旦发生动乱，京师的粮草军备又可以顺河而下。陛下定都关中，应是最佳选择。"

刘邦心底的天平开始倾斜，但从表情上看，尚有一丝犹豫，于是把脸转向身旁的谋士张良。也许张良早有此意，也许被这个隐士说动，因此适时烧了一把火，认同了娄敬的说法。刘邦被“煮熟”，随之下诏：定都关中。

从此，长安伴随着大汉帝国冉冉升起在广袤富庶的关中平原上，其耀眼的光芒，当与亚平宁半岛(Apennine Peninsula)上的罗马日月同辉。

因为一个建议，本该西去的小人物娄敬留在了长安，被拜为郎中、奉春君，进入了刘邦的“智囊团”，还成为第一个被赐予皇姓的人，娄敬从此改名刘敬。

小人物的故事并未结束。汉高祖六年(前201)秋，匈奴单于冒顿(mò dú)趁汉朝刚刚建立，逼迫驻守马邑(今山西朔县)的韩王信投降，然后跨越长城攻占晋阳(今山西太原)。兵败的消息飞到不远处的长安，处于童年期的汉帝国受到强烈震撼。第二年初冬，刘邦亲率32万步兵迎击匈奴。在太原附近两战两胜后，汉军产生了强烈的轻敌情绪。但刘邦还算清醒，听说匈奴驻兵代谷，于是派人侦察匈奴的虚实。派去的十几批使臣，回来都说匈奴可以攻击。刘邦仍不放心，于是派刘敬作为最后一批使者出使匈奴。但刘敬回来后，与前面十几批使臣的判断截然相反：“两国交兵，该炫耀自身长处才是。但我在代谷只看到瘦弱的牲畜和老弱的士兵，对方肯定埋伏好奇兵等待我们上钩了，匈奴绝对不能攻打！”

此时，汉朝20万大军已经越过句注山，大有踏平前方一切敌人之势。听了刘敬的话，刘邦怒骂道：“齐国孬种！你凭着两片嘴唇捞到了官职，现在又来胡言乱语，干扰我方大军的进攻！”于是，命令手下将刘敬拘押在广武县，准备凯旋后再对其严惩。

之后，刘邦不顾天寒地冻、后援不继，随同先头骑兵部队乘胜追击到了平城以东的白登山。

美国西点军校有一条军规：如果你的攻击很顺利，一定是中了敌人的圈套。果然，踌躇满志的刘邦连同先头部队不知不觉步入陷阱，被40万匈奴骑兵重重围住，被围部队与后续步兵的联系也被切断。无论是左冲，还是右突，刘邦竟然七天七夜无法脱身。情急之下，刘邦采纳了谋士陈平的计策，暗中派人用珠宝贿赂冒顿的阏氏。也许是枕边风发挥了作用，也许韩王信的部将王黄、赵利没有及时赶来会合使冒顿有些心虚，第二天一早，冒顿下令解开重围的一角，刘邦得以乘大雾弥漫仓皇而逃。

死里逃生的刘邦在后怕的同时变得现实起来，他不仅亲自将刘敬请出牢狱，赐食邑二千户，封为关内侯——建信侯，而且耐心听取了这位大臣一个石破天惊的建议——和亲。作为一种绥靖政策，娄敬的解释是："作为弑父凶手，冒顿只认识武力。降服他的唯一办法是把汉公主嫁给他，嫁妆一定要丰厚，他既然用不着抢劫就能得到大笔财富，自然也就不必发动战争，况且作为汉的女婿是不能与岳父作对的。将来公主的儿子继任单于，就是汉的外甥外孙，就更不可能与舅舅和外公作对了。"

似乎"茅塞顿开"这个词，就是专门为这一刻的刘邦量心打造的。于是，他立即命令独生女儿鲁元公主离婚改嫁匈奴。尽管女儿因为母亲吕后的阻挠未能成行，但刘邦还是将一位皇室之女收为公主嫁给了冒顿。这就是中国历史上"和亲"政策的由来，也是世界上"以女人换和平"的最原始版本。

紧接着，刘敬又建议把六国贵族的后裔十万多人迁移到关中，使得长安占据了人力、物力优势，为后来汉武帝刘彻成就辉煌大业夯实了地基。

一切就绪后，这个建万世之安①的刘敬，回到了阔别已久的家乡大娄峪村隐居，直至终老。

记得曾有学者不无遗憾地叩问历史：谁能做到在春风迷醉时，想得起及时挪走梯子，从而把春风留在人生的房顶呢？

刘敬能做到。

四、世界上最大的城

罗马不是一天建成的，长安也不是一天建成的。作为丝绸之路起点之一的长安城的建设历时百年，大致分为三个阶段。

刘邦见过娄敬之后，便暂居栎阳(今西安阎良区武屯镇)，诏令丞相萧何在秦都咸阳的废墟上建设新城。

汉高祖八年(前199)，皇宫竣工，建设总监萧何奏请刘邦前来视察。于是，刘邦从栎阳移驾咸阳，由萧何引领着进了新的皇宫。皇宫的主体，名叫未央(有长生之意)宫，在秦章台的基础上修建而成，位于地势最高的

① 出自《史记·刘敬叔孙通列传》："然而刘敬脱挽辂一说，建万世之安，智岂可专邪！"

龙首原山丘上，方圆二三十里，面积比北京紫禁城大6倍，是中国古代最大的宫殿建筑群之一，“东西两方，阙门最广。殿宇规模，亦皆高敞，尤以前殿最为豪华壮丽。武库、太仓，分建殿旁，气象巍峨”。

刘邦是个很有城府的人，明明心里很震撼，脸却故意拉得很长，并且用责备的口气对萧何说：“朕之起义，原为救民。现今天下初定，民穷财尽，怎将这座宫殿造得如此奢华？”

萧何最了解这位草根皇帝，于是不慌不忙地说：“正因为天下初定，才好借机多征发人和物营建宫室，况且天子以四海为家，只有宫室壮丽方能显示威严，也免得子孙后代再来重建。换句话说，不搞得阔气一点，怎能对得起您现在的身份？天子之家岂能按寻常规模营建？”为此，我不得不佩服萧何挠痒痒的本事，也才理解了他为何能位极人臣并得以善终。

见萧何答得十分得体，刘邦转怒为喜：“如此说来，是朕错怪你了。”

皇帝已经很高兴了，但萧何仍意犹未尽，接着说：“微臣此事虽蒙陛下宽宥，但来日方长，难免有误，期望陛下指点迷津。”

刘邦微笑着说：“爱卿做事颇有远见，朕记得当年攻破此地时，诸将乘乱入宫，多在抢夺财宝，惟有你只取书籍表册而去，目下办事有条不紊，方便多了。”

萧何也笑了：“臣无所长，一生为吏，对于前朝典籍，一向视为至宝，平日得以借鉴，今为陛下一语道破。陛下天资超凡，事事留意，臣下再努力也不及陛下之万一啊。”

刘邦闻言大喜，指着未央宫四周，一字一顿地说：“周边可加筑城垣，作为京邑，取名长安！”

就在这次著名的问答中，咸阳更名长安。从此，咸阳以东，渭水以南，灞水以西，一个可以“长治久安”的伟大城市拔地而起，名扬四海。但直到刘邦驾崩，长安城也才仅仅修筑了长乐宫和未央宫，城墙还没来得及建，街道也只有寥寥几条，与大国形象严重不符。

长安城建设的第二阶段，是由刘邦的儿子实施的。汉惠帝元年至五年（前194—前190），朝廷先后三次征发长安郊县数十万人，在未央宫的东侧为汉高祖修建了一座祖庙，在宫殿北部修建了东市和西市，还修建了街道和城墙。城墙高12米，宽12至16米，周长65里，共有12座城门，每座城门又分成3个门道，右为入城道，左为出城道，中道专供皇帝使用。

长安城最终定型，已经是第7位汉帝——刘彻时期了。刘彻上台后，大力推行经济体制改革，国家财力得到迅速膨胀。《汉书·食货志》记载，“京师之钱累百巨万，贯朽而不可校。太仓之粟陈陈相因，充溢露积于外，腐败不可食”。也就是说，朝廷终于有钱摆阔了。于是，刘彻大规模扩建长安城。建元三年（前138），扩建了上林苑，在那里布置了难以计数的奇花异草、珍禽瑞兽、假山奇石，其中有一只黑犀牛、一只白象、一只鹦鹉，还有一座梦幻般的仙山；元光六年（前129），兴修了全长300余里的漕渠，沟通了长安和黄河水运；元狩三年（前120），凿挖了周长40里的昆明池；元鼎二年（前115），修筑了伯梁台；太初元年（前104），在城西修造了建章宫；太初四年（前101），在未央宫以北修建了北宫、桂宫，在长乐宫以北修建了明光宫。

百年汉朝，造就了一座世界上最大的城。城区面积约36平方公里，大约是同时期罗马城的4倍。

然而，即便是最大的城，也安放不下这个王朝年轻躯体里不断涌动的心，更挡不住一个新王朝向外扩张的力量。于是，汉王朝的梦想和朝气，从36个门道呈放射状喷向四面八方。汉帝一定没想到，他的一个决定产生了一条璀璨千古的四通八达之路。如果说长安城所在的中原是丝绸之路的地理起点，那汉朝就是丝绸之路的时间起点。

五、张骞西行

如同中国地理一样，中国文化是一个封闭自足的体系。大到天宇，小到凡尘，都已经有了圣人给出的解释，你只需按照传统的规矩行事，一切的改革、好奇与探险，都意味着胡闹、浪费与危险。但刘彻不同，他是一个反传统的人物，拥有世界上最宽广的视野，最澎湃的欲望，最敏锐的思维，最强硬的手腕。他要站在高山之巅俯瞰世界，他要用自己的意志开拓疆域，他要让所有人匍匐在脚下，他要娶天下最美的女人——“倾城倾国”的李夫人，他要修天下最大的都城——长安城，他要打败曾让祖辈最难堪的敌人——匈奴，他要成为比秦始皇还要伟大的千古一帝。

刘彻从一个匈奴俘虏口中了解到，因数次遭受匈奴进攻，被迫逃亡到妫(guī)水(即阿姆河)以北的大月氏,一直对“杀月氏王,以其头为饮器”的奇耻大辱耿耿于心,伺机报匈奴之世仇,但苦于无人相助。一开始刘彻还将信将疑,后来不断有人证实了这一消息。于是,他决定联合大月氏夹攻匈奴,“断匈奴右臂”。那么,谁愿出使远遁到西方的大月氏呢？刘彻大声问了几次,朝廷文武大臣居然无人应声。

没办法,只得张出皇榜。榜上说,皇帝为了对付咄咄逼人的匈奴,面向天下招募使者,代表汉出使大月氏。这可不是一个美差,因为大月氏距长安3000公里,不仅路途遥遥,风沙漫漫,而且要穿过匈奴控制区,即便渴不死、累不死,也有可能被杀死。因此,榜前围观者甚众,但多日无人揭榜。

最终,勇士出现了。揭榜的人名叫张骞,字子文,今陕西城固县人,时任名为“郎”的下级侍从官。

在首都长安120公里之外的甘泉宫,26岁的张骞从18岁的刘彻手中郑重地接过了象征授权的旌节。

建元三年(前138),是史学界所谓的“丝路元年”,张骞率百人使团从长安出发,取道甘肃西部,踏上了西去妫水的漫漫征程。使团成员中,有武士、学者、医生、向导。随行的翻译是一位西域胡人,名叫甘夫。

鉴于河西走廊及以西属于匈奴控制区,张骞选择在傍晚时分走出了边境。硕大的夕阳刚刚沉入蜿蜒的群山,美丽的余晖开始变得沉着与晦暗,这支骆驼蹄子上裹着棉布的驼队悄悄隐入了狭长的河西走廊。

人算不如天算。一天,有一支匈奴骑兵因为追赶几只野鹿没能在日落前归营,结果与张骞一行迎面相遇,倒霉透顶的汉人使团做了这伙自由散漫者的俘虏。发现为首的张骞手持汉朝旌节,这伙匈奴人如获至宝,赶紧派出快马将消息报告了右贤王。右贤王深知这个使团的价值,于是命令部属将张骞等人押送到匈奴单于所在的龙城①。

军臣单于见了张骞,直截了当地问:“汉使前往何处?”

“臣受汉帝之托,出使大月氏。”张骞只得实话实说。

“出使大月氏,意欲何为?”闻听汉使出使匈奴的仇敌,军臣单于更加气愤。

“互通有无,乃国与国之惯例。以汉之丝绸,换大月氏之茴香,难道不

---

① 又名“茏城”,匈奴祭天之处,在蒙古鄂尔浑河西侧的和硕柴达木湖附近。

可?”意思是,这是纯粹的商业行为,没有其他目的。

军臣明白汉使在撒谎,于是劈头盖脸地怒喝道:“你以为一句商业交往,就骗得了本单于吗?月氏在我之西北,汉何以得往?假如我出使越国,汉肯听我乎?”

张骞无言。

使团成员被全部扣留和软禁起来,许多人被折磨致死,张骞受到的折磨超过任何人,却仍有意志。

虐其体,没有用,因为遍体鳞伤的他仍笑脸相迎;辱其名,没有用,因为面对辱骂他居然沉沉睡去;断其水,也没有用,因为他会在干渴难忍时咬破手指吮血。情况报到军臣那里,他不禁慨叹:“这是一条硬汉啊,一定要为我所用!”

从此,好酒、好肉端进张骞的帐篷,张骞倒是乐得享受。可一提起投降,他就一言不发。

怎么办?坐在汗帐中,军臣单于让手下一简一简地翻看汉地兵法。突然,一个美丽的词组跃入眼帘——“美人计”。

《汉书·张骞传》里有四个字:予妻,有子。也就是说,匈奴人给他娶了老婆,还生了孩子。尽管历史典籍没有记载他们的情感故事,但穿越两千年的时空,或许正是这段情感带给了张骞坚持下去的信心和勇气。

春风来了又走,牧草青了又黄,九度风雪过后,张骞已人到中年。他穿胡服、留胡须、说胡语,俨然一个地道的胡人。在匈奴监管者看来,张骞已被胡化,因此对他的戒备有所放松。

元光六年(前129),一个漆黑的夜晚,几颗银色纽扣般的星辰,缝缀在龙城上空那幽玄的天衣上,偶尔闪出胆怯的光。张骞深情地望了一眼酣睡的妻儿,然后匆匆钻出帐篷,与几个约好的同伴像幽灵一般潜入无边的暗夜,步履间没有一丝声息,生怕震落天幕上露水似的星光。

他们取道蒲类国(今巴里坤湖畔)、车师国(今吐鲁番盆地),从焉耆溯北河(今塔里木河)西行,经尉犁国(今新疆库尔勒)、轮台国(今轮台县境内)、龟兹国(今库车)、姑墨国(今温宿)、温宿国(今乌什)、疏勒国(今喀什),之后向西进入葱岭,经葱岭中的捐毒国(今乌恰县乌鲁克恰提乡)、休循国(处于今吉尔吉斯斯坦萨雷塔什的一道山谷内),进入大宛(今费尔干纳盆地,Fergana Valley)、康居(Kāng qú),于几十天后抵达目的地——大月氏。

张骞在大月氏整整住了一年，使出浑身解数也未能说服大月氏女王与汉朝夹击匈奴。无奈之下，他只得带着深深的遗憾回国。

返程的路途依旧漫长、坎坷、凶险。为避开匈奴，张骞选择了后来被我们称之为“丝路南道”的路径。他从大月氏启程，翻越葱岭，经莎车、于阗，临近了楼兰。但他听西域人讲，楼兰驻有匈奴官兵。于是，他决定沿昆仑山北坡，经青海羌人部落返回长安。

戏剧中的曲折情节再次出现，倒霉透顶的张骞又一次落入匈奴之手。

一年后，也就是元朔三年（前126），匈奴军臣单于去世，军臣的弟弟和军臣的儿子为争夺单于之位发生内讧。趁匈奴大乱，张骞与妻子和甘夫逃回长安。使团出发时百余人，13年后返回时仅剩两人。

当他策马进入熟悉的长安直城门，并没有一点儿劫后余生的兴奋，有的只是忐忑与忧虑，因为自己不仅没有完成与大月氏结盟的使命，而且丢掉了一百名使团成员的性命，前面等着自己的，不是杀头，就是入狱。

如果读者迫不及待地追问张骞的命运，我只能把食指放在唇边，做一个“噤声”的手势。

六、凿通丝路

一个电影里才有的鬼魅场面出现了。当三个衣衫褴褛、风尘满面的人进入未央宫前殿，刘彻和满朝文武全惊呆了。一个13年前派出去的汉使，多年来一直杳无音讯，几乎所有人都认为他死了，今天却像鬼魂一样冒了出来。

“罪臣张骞拜见陛下！”张骞扑倒在地。

“尔不是鬼吧？”刘彻不敢相信自己的耳朵，更不敢相信自己的眼睛，因为当年临别时的张骞是生龙活虎的小伙，如今跪在脚下的人两鬓斑白，根本看不出年龄。

“回陛下，臣是张骞。臣西去后，两次被匈奴俘虏。13年来，无时无刻不思念故国，无时无刻不想回来复命。”张骞亮出了那根代表庄严身份的旌节，节柄上的红缨已经磨光。

“是，是张骞，爱卿平身——”刘彻走下殿台，用手轻抚着张骞的肩膀，唏嘘不已。

未等刘彻继续问话，张骞接着说："臣辜负了陛下的重托，臣3年前逃出龙城，去了大月氏，但大月氏已经南迁到妫水以南的大夏，老王已死，女王当政。一来，他们距离汉地太远，二来他们不了解汉之强大，因此不敢与汉结盟。"

说到这里，张骞低垂着头，一副任人宰割的样子。

刘彻脸上露出了明显的不悦，并重新回到座位上，"那么，妫水在哪？大夏是谁？大月氏女王什么样子？"刘彻是个好奇心很强的人，在处罚张骞之前，他不想放过任何陌生的事物。

面对皇帝的提问，张骞的眼睛亮了起来，他摊开凭借记忆手绘的西域地图，拿出汉人从未见过的植物种子，然后开始向刘彻和满朝文武讲述他所到达的大月氏，所见到的大月氏女王，所经过的十几个国家，沿路的丰富物产、奇异风俗，还有那条沿北河西去、沿南河返回的漫长商路。虽然他的直接使命以失败告终，却意外获悉了西域及南亚的人文地理，那可是一片比汉还要广大的崭新世界啊。

一个人追寻星星，却得到了月亮。故事讲完后，刘彻不仅没有怪罪他未完成使命，而且升其为太中大夫，封博望侯，就连甘夫也被破格封为奉使君。至于张骞的匈奴妻子在历史中鲜有记载，我们只知道，一年后她就染病去世了。

尽管被意外封侯，但张骞还有许多心事，最大的心事莫过于与西域大国结盟对付匈奴。后来，他听说乌孙已在伊犁河流域崛起，成为阻止匈奴西进的重要力量，于是向刘彻献计，与乌孙结盟，砍断匈奴"右臂"，自己愿再次承担这一重任。稍加思索后，刘彻又一次信任了他。

元狩四年（前119），新任中郎将张骞率领300人的庞大使团二使西域，携带着帝国出产的丝绸、瓷器、茶叶和牛羊币帛。因为占据河西走廊的匈奴浑邪王投降，汉已经直接与西域接壤，使团得以顺利出关，经楼兰、且末、精绝、扜弥到达于阗。然后沿于阗河北上，经姑墨、温宿，翻越天山，直达乌孙王都赤谷城。见到乌孙昆莫①后，张骞建议双方夹击匈奴，许诺在战后允许乌孙回祁连山旧地居住。但乌孙距匈奴近，大臣皆畏惧匈奴；距汉

① 后来称昆弥，类似于国王，乌孙最高统治者。

远，不知汉之强弱，因而不敢与汉结盟，更不愿盲目东归。据理力争已没有意义，张骞再一次在宿命面前败下阵来。意外收获是，他在乌孙停留期间，昆莫派人送张骞的副使分别访问了大宛、康居、大月氏、大夏、安息（指帕提亚帝国，Parthian Empire）、条支（Andiochia）、奄蔡（Asear）、身（Yuán）毒[①]等国。

张骞二次出使西域，虽然未能达到与乌孙合击匈奴的目的，但以艰难困苦为代价，使中原人得到了前所未有的关于西域的地理与国情知识，把汉的声威和汉文化的影响传播到了当时中原人世界观中的西极之地。此后，西域各国陆续派使节随张骞的副使来汉，汉与丝路沿线国家逐步建立起了定期出使的外交关系，各国的商队也开始贴着国家标签穿行在驼铃声声的漫长丝路上。

如果说，在此之前，中国与中亚、印度有商品贸易的话，那只是一种自发的私下的零星的易货贸易。而在各国通过互派使者建立外交联系后，才正式沟通了一条从中国通向中亚、西亚和南亚乃至欧洲的陆路通道，丝路贸易才如雨后春笋般蓬勃起来。接下来，汉地薄如蝉翼、轻若烟雾的丝绸，制作精巧、纹路优美的瓷器以及茶叶、白矾、砂糖、樟脑、肉桂、茯苓、黄连、大黄、玫瑰、桃、杏等不断西传，西域的安石榴、葡萄、苜蓿、胡桃（核桃）、胡麻（芝麻）、胡瓜（黄瓜）、胡蒜（大蒜）、芫荽（香菜）、胡荽（姜）、波斯草（菠菜）、绿豆、蚕豆、胡萝卜、无花果、茴香等进入中原。

从此，汉都长安真正成为沟通世界的国际大都市。

七、在路上

贸易的繁荣必然带来文化交流的增多，宗教传播则是那时文化交流人最重要的方式之一。但有意思的是，最早从长安出发，前往西天取经的，不是妇孺皆知的唐僧，而是南北朝时期的一个中国高僧。

他号法显，俗姓龚，今山西襄垣县人，3岁剃发为沙弥[②]，20岁受比丘[③]。

---

① 中国对印度的最早译名，原文为梵语Sindhu，中国古代称其为申毒、辛头、信度、身度、天竺、贤豆等，都是同音异译。

② 指已受教徒最基本的十项戒律，未受具比丘应受的所有戒律，未满20岁的出家男子。

③ 指年满20岁、已受具足戒的出家男子，俗称和尚。

几十年过去了，他几乎翻阅过每一卷佛典，但仍找不到统一而严谨的戒律。他认定，不是有关佛经没有传到中原，就是翻译过程中出了问题。于是，一向较真的他决定前往佛教起源地——天竺——寻求戒律。

他置身生命的黄昏时刻，开放的却是满树青春的花朵。东晋隆安三年(399)，65岁的法显与慧景、道整、慧应、慧嵬一起，从长安启程。第二年，他们在张掖坐禅修行，遇到了智严、慧简、僧绍、宝云、僧景、慧达6位僧人，组成了11人的“西行巡礼团”。巡礼团西出阳关，走楼兰道，越白龙堆沙漠，经过17天的艰难跋涉，终于抵达了美女如云的鄯善。在这里，他并未被楼兰女人的美色绊住双脚，只逗留了一个月。因为法显坚定地说："我们必须去天竺，因为那里才是佛教的家。"

在信奉小乘的焉耆，法显一行受到冷遇，连食宿也没有着落。不得已，智严、慧简、慧嵬返回高昌筹措行资，僧绍则随着西域僧人去了罽宾。

之后，法显一行七人赶往于阗，继而向目的地走去，这一走就是15年。这15年，是他从65岁到79岁的暮年。这个年龄，即便放在寿命普遍延长的今天，也不适合在外流浪了。

如果额头终将刻上皱纹，强者只能做到不让皱纹刻在心上。在67岁那年冬天，他进入了天山、昆仑山、喜马拉雅山脉交集而成的天险隘口——葱岭，这里“冬夏有雪”“飞沙砾石”“遇此难者，万无一全”。就是这个自古至今连极其强壮的年轻人也难以在夏天翻越的地方，却让一位仙风佛骨的老人在冰天雪地的严冬战胜了。他用苍老的双脚追赶着文明的脚步，根本不把艰难困苦放在眼里。我仿佛能听到他一步一个脚印在戈壁荒漠间发出的“扑”“扑”的足音，也仿佛能看见他身背行囊甩开双手渐行渐远的结实背影。

纳尔逊·曼德拉(Nelson Mandela)说，勇敢的人并不是感觉不到畏惧的人，而是战胜了畏惧的人。这些年，法显遇到的有推拒、背叛、风暴、饥寒，天天面临着死亡的威胁，这些都没有让他犹豫停步。

他不是无处停步，任何一个国家都欢迎这个声名与学问并隆的佛学大师，任何地方都崇拜他，想供养他，听他说法，拜他为师。但是，他不愿停留。

因此，他总是“在路上”。“在路上”，曾经是20世纪西方现代派文学的一个时髦命题，东方华人世界也出现过“不要问我从哪里来，我的故乡在远方”的流浪风潮。但无论是东方，还是西方的所谓“行者”，大多几年后便回家娶妻生子、泯然众人了。只有这个满脸皱纹的苦行僧还在路上。从此，他那执着前行的孤独身影，成了佛教思想史长廊里不朽的雕像。

翻越葱岭，渡过印度河，法显进入富楼沙国（今巴基斯坦白沙瓦，Peshawar），见到了释迦牟尼使用过的钵。供养完佛钵，慧达、宝云、僧景启程返回内地，而慧应则在佛钵寺去世了。于是，法显与慧景、道整继续前进。

冬天过后，大病初愈的慧景倒在了前往中天竺的小雪山上。

法显终于到达中天竺，身边只剩下道整一人。在那里，他一住就是3年，收集到了《摩诃僧祇律》等六部佛典。被佛学氛围深深陶醉的道整，留在那里不再回国，法显只能孤身一人继续旅行。他周游了南天竺和东天竺，又在狮子国（今斯里兰卡，Sri Lanka）求得了《长阿含》等四部经典。公元411年8月，法显坐商船东归。路上，多次遭遇商船漏水和台风袭击，九死一生，方才顺水漂流到胶东半岛的崂山。打听时间，才知道这一天是晋义熙八年（412）七月十四日。

次年，法显回到建康（今南京）。他开始与时间赛跑，共翻译经典6部63卷，其中的《摩诃僧祇律》（也叫大众律），成为五大佛教戒律之一。法显还将取经见闻写成了一部不朽的名著——《佛国记》。

420年，也就是东晋灭亡那年，86岁高龄的法显圆寂①于荆州辛寺。那一刻，他身旁摊开着未译完的佛经。他以最壮观的生命形式，为泱泱中华引进了弥足珍贵的精神财富，使佛学从学理到生命形式上契入了中华文明。作为中国第一个由西域走向天竺的取经者，第一个把梵文经典带回国内并直接翻译成汉文的人，第一个用文字记述取经见闻的人，第一个访问斯里兰卡的中国人，堪称中国佛学与丝绸之路的“精神海拔”。

不是一切火焰，都只燃烧自己，而不把别人照亮；不是一切星星，都仅指示黑夜，而不报告曙光。他罄尽生命，在中原大地上犁出了一片佛文化的沃野。

---

① “圆”是功德圆满，“寂”是清净寂灭，梵语音译作“涅槃”，宗教教义中又称西归、仙游、升天、坐化、就木、入土、谢世、作古。

八、天可汗

唐，无疑是中国历史上最令人陶醉神往、骄傲自豪、回肠荡气的伟大盛世，没有哪个王朝可与之比肩；而唐太宗李世民，则是中国古代帝王的楷模，没有哪位君王能出其右。

几十年前，美国黑人民权运动领袖马丁·路德·金(Martin Luther King, Jr)为了冲破种族隔离的樊篱，曾大声疾呼"我有一个梦想"。而早在一千多年前，李世民就实现了各民族平等融合的梦想。

贞观四年(630)，宰相房玄龄报告："府库甲兵，远胜于隋时。"与此同时，社会秩序好得令人难以置信，刑法几乎成了摆设，一年里全国被判死刑的只有29人。而且天公作美，连续几年风调雨顺，粮食丰收，一斗米才三四文钱。从京师到江南，从山东到沧海，旅行的人根本不用带粮食，每家每户都很富有，常常出现普通人过路，当地人怕米粮坏掉，无偿送给过路人的情况。而且，李世民一改历代君主"重农抑商"的旧习，为商业发展提供了诸多便利，交通四通八达，对外贸易不断增长，到处一派祥和景象。为此，李世民的注意力由内转向外，首当其冲的便是不甘寂寞的草原民族——突厥(Turkis)①。

这年正月，天寒风冷，滴水成冰，兵部尚书李靖率领三千精骑出马邑，奔定襄，夜攻东突厥颉利可汗大帐。慌乱中的颉利仓皇北逃，然后一反常态地向唐朝"请降"。

李世民派来了议和的使者唐俭，也暗中派来了李勣所率领的主力部队。就在唐俭和颉利握手言欢之时，李靖抓住突厥瞬间的松懈，在铁山之侧，突然出袭，东突厥汗国戛然落幕。

随后，突厥余部一部分逃亡漠北，一部分逃亡西域，大部分投降唐朝。如何安置十几万突厥人，摆上了李世民的议事日程，一场论战拉开帷幕。朝中多数大臣认为，北狄自古就是中国之祸，应该把突厥人分散迁徙

---

① 其祖先是生活在漠北草原的一个游牧部落，是匈奴后裔与印欧人种的混血儿，南北朝时期在阿尔泰山形成突厥部落，后来被唐朝和回鹘(维吾尔族的先人)联合击败，突厥残余一部分融入中国，一部分南迁印度，一部分西迁土耳其。

到黄河以南各州县，由朝廷派人教给他们耕种、纺织，逐渐将其同化。但中书令温彦博提出，王者心存万物，天高地远，厚德载物，不舍秋毫。现在突厥穷困而投降我朝，我们岂能冷眼相看？如果救其死亡，授以生业，教之礼仪，数年之后，皆成我民。到时候再选酋长，让他们为唐效力，他们畏威怀德，唐何患之有？

胸怀博大的李世民最终同意了温彦博的主张，十几万突厥人被安置到东自幽州、西至灵州的广袤土地上。更令人震惊的是，东突厥突利可汗被李世民任命为顺州都督。

一石激起千层浪，更激起了无限的向往。李世民礼遇突厥之事，一传十、十传百，让周边民族先是惊奇，继而敬佩，转而爱戴，最终依附，大量少数民族纷纷迁往内地，形成了自南北朝以来的又一次民族融合高潮。少数民族在迁居内地后享受到了与汉人平等的机会和待遇，大量少数民族将领成为唐军的中坚力量，朝廷里的少数民族官员甚至达到一半以上。

贞观二十年(646)，出于对唐的敬仰，蒙古高原的铁勒12部首领前往长安朝觐，称李世民为天可汗(天下的总可汗)，实际上承认了唐可以调节周边各国矛盾的宗主地位。从此，李世民拥有了一个比“皇帝”的内涵还要宽广的称号。于是，李世民声明，夷狄与中国人享有共同的天性，统治者的仁慈保护必须包括两者。他还说：“自古皆贵中华，贱夷狄，朕独爱之如一，故其种落皆依朕如父母。”①

下一年，西北各族君长又主动要求修筑一条从北方各族地区直通长安的大道，号称“参天可汗道”。在大道沿途，设立了68所驿站，驿站配有马匹及酒肉饭食，供给往来使者及过客享用。阿拉伯以及中亚各国使者和商旅频繁往来于漫长的丝路上，把前往长安作为一次“朝圣”；日本、高句丽、百济、吐蕃争相把贵族子弟公费派到长安，把学习唐当成一种“恩惠”；连新罗的许多富户也把子弟作为私费生送到长安，把通过唐朝科举考试成为宾贡进士②视为崇高“荣誉”。国内和国外的人，不论做官还是做生意，也不管求学还是游历，都把去过、住在长安作为一种荣耀。唐长安城面积约84平方公里，是汉长安城的2.4倍，君士坦丁堡的7倍，巴格达

---

① 见蒲立本《安禄山叛乱的背景》，中西书局2018年版。

② 宾贡科是唐代科举考试中的一项制度，目的是将周边国家士子与唐本国士子加以区别，并予以优惠照顾。及第者成为宾贡进士，并授予官职。

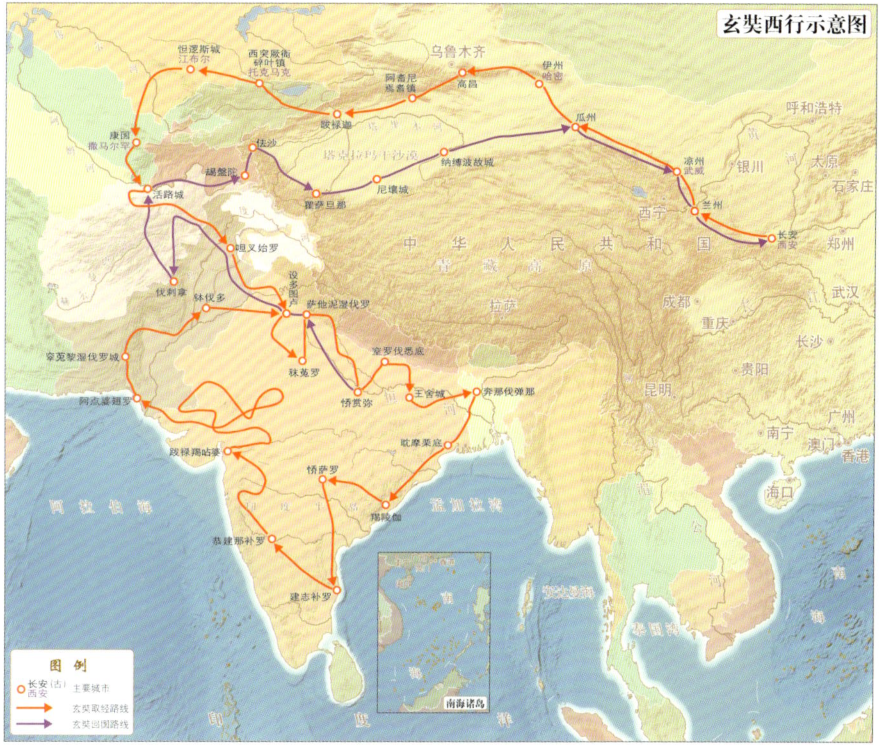
玄奘西行示意图
恒逻斯城
江布尔
西突厥衙
碎叶镇
托克马克
乌鲁木齐
阿耆尼
焉耆镇
高昌
伊州
哈密
跋禄迦
瓜州
呼和浩特
康国
撒马尔罕
佉沙
塔克拉玛干沙漠
纳缚波故城
凉州
武威
银川
太原
石家庄
朅盘陀
活路城
瞿萨旦那
尼壤城
兰州
西宁
长安
西安
郑州
中华人民共和国
青藏高原
呾叉始罗
伐剌拏
钵伐多
设多图卢
萨他泥湿伐罗
拉萨
成都
武汉
重庆
长沙
窣莵黎湿伐罗城
秣菟罗
羯罗伐悉底
王舍城
憍赏弥
奔那伐弹那
贵阳
昆明
阿点婆翅罗
南宁
广州
澳门
香港
跋禄羯咕婆
耽摩栗底
憍萨罗
海口
阿拉伯海
羯陵伽
孟加拉湾
恭建那补罗
建志补罗
南海诸岛
图例
长安（古）
西安
主要城市
玄奘取经路线
玄奘回国路线

玄奘西行示意图

唐代丝路主要城市示意图

的6.2倍,古罗马城也只是它的五分之一,乃当之无愧的"世界第一城"。开元二年(714),长安有109个坊(街区),西区55坊由长安县管辖,东区54坊由万年县管辖,两县统属京兆府;有东、西两个大市场,其中西市专营外国商品,住有大量外国人,仅粟特人就达数千;长安极盛时期人口超过100万人,而此时的君士坦丁堡也不过20万人口。《唐会要》记载,和唐有往来关系的亚欧国家和地区超过300个。穿胡服,戴胡帽,吃胡饼,坐胡床①,听胡乐,观胡舞,打波罗毬(Polo)在长安成为时尚。以长安为内核,唐帝国成为一个通过宗教、文字以及经济和政治制度联系在一起的东亚世界的中心。

九、中国最早的基督教②

在西安碑林博物馆第二陈列室进门左手处,有一块石碑。它高279厘米、宽99厘米,刻有1780个汉字碑文和几十个叙利亚文。碑头上飞云和莲台烘托着十字架,周围螭龙盘绕,两侧配有百合,十字架下题有"大秦景教流行中国碑"字样。导游告诉我,这并非一块普通的石碑,它与伦敦的罗塞塔碑(Rosetta Stone)、巴黎的摩押碑(Moabite Stone)、墨西哥城的阿兹特克(Aztec)太阳历石,并称为"世界四大名碑",还被誉为"中国基督教之昆仑"。

石碑上说,贞观年间,泰西封传教士阿罗本(Alopen)沿着于阗等西域古国,经河西走廊来到京师长安,拜谒了唐天子太宗,要求在中国传教。唐太宗降旨准许了他们的请求,景教开始在长安等地传播,景教经典《尊经》也被译成中文。碑文还引用了儒道佛经典和中国典故来阐述景教教义,讲述了人类的堕落、弥赛亚(Messiah,指基督)的降生、救世主的事迹等。

---

① 从西方传入的一种折叠椅,它改变了中国古人席地而坐的习惯,也改变了中国的服饰、家具样式和生活习俗。

② 基督教(Christianity)是对奉耶稣基督为救世主的各教派的统称,亦称基督宗教,与佛教、伊斯兰教并称世界三大宗教。公元1世纪发源于罗马的巴勒斯坦省,创立者是耶稣。基督教主要包括天主教、新教、东正教三大教派和其他一些较小教派。在中国因为历史翻译的原因,通常把新教称为基督教。

如果碑文记载属实，这个阿罗本是西方到中国传播基督教第一人。事实果真如此吗？

史载，贞观九年(635)，基督教聂斯脱利派(Nestorian)——“景教”叩开了大唐国门。李世民对此十分好奇，特派宰相房玄龄在长安西郊30里外的沣水畔，列队迎接远道而来的阿罗本，这也是10年后玄奘荣归故国的礼宾阵容。

一个阳光明媚的午后，李世民接见了阿罗本。这位金发碧眼、温文尔雅的中年异域男子献上《圣经》，说明了前来东土传教的目的。李世民让他免礼平身，并命人赐座。

阿罗本有点受宠若惊，但还是很快镇定下来，开始了既滔滔不绝又谦诚有礼的宣讲。

一个时辰过去了，李世民似乎意犹未尽，约好了下次听经的时间。阿罗本也认定遇到了知音，把他携带的530部经书中已翻译成中文的部分，请李世民御览。李世民发现，阿罗本呈上的经书，不仅言之有物，而且自成体系，甚至时有让人深思之处。

此时的唐，虽文明富庶，但烽烟未熄。北部，与突厥的战争并未彻底结束；东方，高丽仍不时挑战唐的权威；西边，西突厥开始横行西域，中亚各国又争战不止，严重影响边疆稳定与丝路畅通。既然景教在西方和中亚拥有大量信徒，那么，能否利用景教的力量来稳定边疆呢？

但是，异国宗教在本土传播，必须经过考核，时间是三年。三年期间，李世民尽管日理万机，仍多次召见阿罗本，并允许他到皇室藏经楼翻译经书，还经常把阿罗本召入寝宫谈经论道。

贞观十二年(638)，景教通过考核，李世民下诏在长安义宁坊建“波斯寺”(745年改名大秦寺)，请21名景教传教士入住，还把自己的肖像刻在大秦寺墙壁上。唐高宗对景教更加推崇，封阿罗本为镇国大法主，诏令各州建立景教寺。唐玄宗为大秦寺题写了寺名匾额，命5位亲王到大秦寺设立神坛，还派宦官高力士送去了5位先皇的画像。景教最为兴盛时期，拥有大秦寺上百座，教徒近20万人。

阿罗本深知，景教作为最晚进入中国的宗教，要想落地生根，必须适应中国土壤。于是，他和僧侣们不仅把《圣经》译成了汉语，而且迎合中国传统观念，在教义中加入了忠孝之道。这种变了味的“福音”，尽管汲取了儒、佛、道的养分，但它显然又缺乏一个译术高超的玄奘，无法将经文准确通俗地传达给民众。所以，它除了官方的支持，并没有在民间扎下深根；一旦官方喜好有变，它就会走向万劫不复的穷途。

大秦景教流行中国碑，立于唐建中二年(781)，由阿罗本的助手景净用中文和叙利亚文撰刻，朝议郎前行台州司参军吕秀岩书写并题额。

该来的迟早会来。会昌五年(845)，唐武宗灭佛。中书省、门下省上奏说，佛教已遭禁止，大秦教(景教)"邪法不可独存"，因此勒令教徒中的中国人送还原籍，以充税户；外国教徒则由专门机关收管。《旧唐书》记载，有3000多名大秦教、摩尼教、祆教教徒被迫还俗。景教僧侣被遣散前，将景教碑匆匆埋入地下，期待东山再起后让它重见天日。在此，我必须遗憾地告诉您，被判死刑的主犯——佛教很快死而复生，而从犯——景教却因水土不服再也没有醒来。

从此，再也无人记得有什么景教，更不知道有一块景教碑。直到明天启五年(1625)，长安西郊金胜寺附近一户农民建房开挖地基，才碰巧挖出了这块"大秦碑"。消息传到长安，西方传教士纷纷赶来，把碑文拓下并译成外文寄往本国，西安天主教传教士甚至有过将它作为礼物送给梵蒂冈(Vatican City State)①的想法。当地人怕被盗与丢失，将碑刻迁入了附近的金胜寺。

清同治元年(1862)，金胜寺与碑亭被回民起义军焚毁，"大秦碑"再次暴露在风霜雨雪中。光绪十七年(1891)，驻京的外国使节出于对"大秦碑"的怜惜，捐款100两银子，希望另建碑亭。大清总理衙门得到捐款后，如数下拨。可笑的是，经过逐级雁过拔毛，银子拨到陕西仅剩下区区5两，只能给石碑搭一个简单的草亭。

当时的中国人看不上它，不代表它没有价值，譬如敦煌千佛洞，也譬如这块弃之荒野的石碑。光绪三十三年(1907)五月，年方26岁的丹麦记者傅里茨·何尔谟(Fritz Halms)以西方人的灵敏嗅觉，只身来到陕西，试图将"大秦碑"运往西方。

错步上前迎接他的，是金胜寺住持，一个和莫高窟道士王圆箓一样的人物，人称玉秀和尚，已经74岁了。老和尚对来人说，虽然石碑得不到妥

---

① 梵蒂冈城国的简称，位于罗马西北角高地，是以天主教宗为首的教廷的所在地。

善安置，但它是寺庙的组成部分，绝对不能搬走。为此，丹麦小伙子下了血本，最终拿出3000块大洋，才买通了这个精于算计的老和尚。两人议定，由老和尚秘密雇人仿制同样的碑石，然后用偷梁换柱之计将真碑运走。这个看似万无一失的伎俩，却被当地群众察觉。消息传到古钱收藏家方药雨耳中，方药雨转告了考古学家罗振玉，罗振玉迅速报告了学部尚书荣协揆，清廷当即通令陕西巡抚予以制止。于是，陕西派出擅长英语的陕西高等学堂教务长王猷约见丹麦人。经过严正交涉，对方答应解除与老和尚的合约，前提是允许他将复制碑运走。

陕西巡抚曹鸿勋是个有责任心的人，他担心石碑再遭不测，于是安排手下将“大秦碑”移到西安碑林保管，直到今天。

欲哭无泪的丹麦小伙只得离开中国，顺便运走了那块尚算精致的复制碑。直到第二年6月，这块复制品才运抵纽约，租借给大都会艺术博物馆（Metropolitan Museum of Art）展览。8年后，一个女天主教徒将此碑买下，送给了梵蒂冈，何尔谟还因此得到了教宗（pope，意为父亲，中国翻译为教皇）颁发的奖状。

试想，若非“大秦景教流行中国碑”的出土，谁会把石碑与长安大秦寺联系起来？若非石碑大白于天下，谁又会知道基督教曾经在唐朝红极一时？若非有人盗碑，又会有什么人去倾心研究那段失落的历史呢？

十、唐僧与皇帝

《西游记》的主角——唐僧玄奘在洛阳净土寺出家后，用6年时间学习了《涅槃经》《摄大乘论》。之后，来到高僧云集的四川，师从多位佛学大师，对“大小乘经论”“南北地论”“摄论学说”有了很深的见地。然后赶赴河南、河北研修《杂心论》《成实论》。在研修过程中玄奘发现，从印度远道而来的佛经，经过多人和多个语言翻译，翻译过程中谁都能插一嘴，导致经文已经失去了原来的模样，注疏各异，义理含混，特别是摄论、地论两派关于法相之说分歧巨大，如何融合两派法理，令玄奘绞尽脑汁。

武德九年（626），玄奘赶到长安，向天竺僧人波颇请教佛理。波颇告诉他，还是去读原版佛经吧，凭你现在的修为，只有最权威的佛学大师能帮助你，天竺高僧戒贤正在那烂陀寺（Nalanda Temple）①讲授瑜伽论总摄三乘之说。于是，玄奘决定西行求取原典——也就是《西游记》所说的赴西天取经，以期重新翻译佛经，从而打消中国佛学的分歧。

一个人的最大幸运，莫过于在生命上升期，即在生龙活虎时发现了自己的人生使命。贞观元年（627），玄奘向朝廷上表请求西行求法，但唐朝与突厥已经开战，不允许平民出关，他的请求被朝廷拒绝。

等了两年，仍然没有机会。贞观三年（629）八月初一②，他冒着下狱的危险擅自离开长安，单人徒步踏上了长达5万里、历经56国、历时17年的取经之路。

他的行进路线是，沿河西走廊，从唐代玉门关北去伊吾（今哈密），走的是丝路北道，从跋禄迦（今阿克苏）翻越凌山（今别迭里山口），经大清池（伊塞克湖，Issyk-Kul Lake）—碎叶城—怛逻斯（今哈萨克斯坦塔拉兹，Taraz）南去昭武九姓各国，穿越今阿富汗、巴基斯坦，进入古天竺各国。

玄奘终于进入那烂陀寺，拜住持戒贤为师，并在那里整整住了5年。

贞观十年（637），玄奘离开那烂陀寺，到古天竺各国访师参学。两年后，玄奘重返那烂陀寺，受戒贤的委托，作为副主讲，为僧众开讲《摄论》《唯识抉择论》。

贞观十五年（642），戒日王③与玄奘会晤后，决定以玄奘为论主，在戒日王朝都城曲女城召开由18个国王、3000个大小乘佛教学者和2000名外道参加的佛学辩论大会。作为论主的玄奘任人问难，无一人问倒他，一时名震天竺，被大乘法众尊为“大乘天”，被小乘学徒尊为“解脱天”。随后，戒日王又坚请玄奘参加了5年一度、历时75天的无遮大会。

贞观十七年（643），玄奘带着在天竺赢得的崇高荣誉，也带上657部佛经、150粒如来肉舍利、7尊佛像，从丝路南道辗转回国。

---

① 意译为施无厌寺，位于今印度巴特那东南90公里处，距王舍城10公里，5世纪由笈多王朝帝日王所建，7世纪成为大乘佛教中心和佛教最高学府，最盛时有900万卷藏书，1万名僧人，8世纪随着印度教的兴起而衰微，12世纪末毁于穆斯林军队的战火。

② 《大唐西域记·记赞》中说玄奘“以贞观三年仲秋朔旦，褰裳遵路，杖锡遐征”。

③ 印度戒日王朝的建立者，606—647年在位，是继笈多王朝之后统一印度的著名国王。

玄奘的回程路线是，自那烂陀寺启程，经睹货罗故地，翻越葱岭，经竭盘陁国（今塔什库尔干）到达佉沙国（今喀什），然后走丝路南道，从阳关回到长安。

贞观十九年（645）正月二十四日，玄奘终于回到了阔别18年的长安。眼前的场景让他分外恍惚：沿途挤满了翘首以待的人群，每个人都想一睹这位传奇人物的容颜。在西京留守、宰相房玄龄的迎接下，玄奘下榻弘福寺。随后，他把带回的佛经、佛舍利和佛像在朱雀大街南端一一陈列出来，供世人瞻仰。因为盛况空前，朝廷不得不动用京师治安衙司维持秩序。

此时，李世民已经驻跸洛阳，准备亲征高丽。闻听玄奘回国，便传旨召见。因此，安置完经像佛典，玄奘便匆匆赶赴洛阳。二月一日，他在洛阳宫仪鸾殿见到了李世民。此时距他抵达长安仅过去一周。

李世民破例与玄奘并肩坐在一起，和颜悦色地问："法师当年西去取经，为什么不报经朝廷得知？"

玄奘答："贫僧当年西去之前，曾再三上表奏请，但因我诚心不足，所以未能得到朝廷允准。只是我十分渴望求取佛法，于是私自出走，专擅之罪，深感惭惧。"

李世民说："法师已经出家脱离尘俗，然而能舍命求法，惠利苍生，朕极为赞许啊，你大可不必愧疚。"

一问一答间，双方已冰释前嫌。

李世民赞许玄奘说："朕如今感觉，法师词论典雅，风节贞峻，不但无愧于古人，而且已经超出很多了。"然后，话锋一转，提出了一个让玄奘张口结舌的要求——还俗："朕又感觉，法师完全能够担当辅助朝政的重任，所以规劝您抛弃佛教，帮朕理政。"

过去几年，唐朝平定了高昌，占领了焉耆，如今又要出征高丽。所以，李世民对佛学并不关心，他关心的是如何让玄奘尽快整理西域各国的真实情况，为他独步天下的大业服务。显然，他是个惜才的皇帝。他感觉，这个西行17年，对沿途山川、地理、文化和民族了如指掌，又在西域佛教国家享有崇高威望的人，无疑是自己经略西域的最好顾问。

在皇帝眼里，入仕为官、封妻荫子是多少人一生的梦想啊！这位远行归来的佛学大使也不例外，否则他就不会风尘仆仆地赶来见驾了。但很不巧，他面前的玄奘并非一般人，如果之前17年的风餐露宿、长途跋涉，只是为了积攒声誉入朝为官，那就太把玄奘庸俗化了。正如高昌王邀请他共理朝政时他说的那样："贫僧此生，只为信仰而活。"

所以，玄奘断然拒绝了皇帝的"好意"。玄奘说，如今让我从俗，无异于让水中之舟弃水上岸，不但无功，而且只能腐朽啊。对于皇帝要求他跟随自己御驾东征高丽，他也以佛门弟子不得观看兵戎厮杀为由，婉言谢绝了。

接下来，玄奘表示希望前往嵩山少林寺译经，但李世民还在被对方拒绝的气头上，也就没有答应他，玄奘只得于三月初一从洛阳折回长安。贞观二十二年(648)，李世民又一次令他还俗从政，但他初衷不改。

真正好的社会，不是理想社会，而是一个彼此尊重、愿意妥协、求同存异的社会，李世民掌舵的唐朝就是如此。尽管世界观不同，尽管话不投机，但李世民与玄奘都不是小肚鸡肠的人，都没有一味地斗气。折回长安后，玄奘还是在李世民授意下，住进了条件最好的弘福寺；李世民还拨出专款，为玄奘在大慈恩寺等4处寺院设立了译经院；为了防止民众打扰玄奘译经，李世民专门为他派出5名护卫守门。

玄奘也以一颗虔诚之心对待这位胸襟博大的帝王。他仅用一年时间，就应李世民的要求，经自己口授、弟子辩机执笔，完成了《西域记》(又名《大唐西域记》)一书。贞观二十年(646)七月十三日，玄奘将本书连同"进《西域记》表"呈送李世民，作为唐统御西域的指南。本书对玄奘路经的110个国家及附近28个国家的山川、地理、物产、习俗做了一一介绍，无论其主观意图多么促狭，但在客观上向世界介绍了一个历史之笔难以触及的区域，并且填补了印度历史的一段空白。

1300年之后，英国考古学家和印度学者一道，手持英译本《大唐西域记》，在古老的印度大地上按图索骥，陆续发掘出众多佛教圣地和数不清的古迹，甚至如今印度的国家象征——阿育王柱的柱头，也是根据这本书找到的。古代印度一直没有记述历史的习惯，其历史多存在于传说之中，因此印度的历史天空"曾经一片漆黑"，他们不知道佛教发源于本国，也不知道身边掩埋着那么多辉煌的过去。是《大唐西域记》这支火炬，照亮了印度历史的天空。印度史学家阿里(Ali)说："如果没有玄奘、法显和马欢的著作，重建印度史是完全不可能的。"英国史学家史密斯(Vincent Smith)也慨叹:“无论怎么样夸大玄奘的重要性都不为过,中世纪印度的历史漆黑一片,他是唯一的亮光。”

而且,它还是世界探险家的活地图,斯坦因就是依照这本书找到沙埋古城尼雅的。

玄奘虽然反对以佛教理论比附道教,但还是依照李世民的诏令,将老子的《道德经》翻译成梵文,由王玄策在第二次出使中印度时传播到了佛的故乡。

后来,玄奘将他正在翻译的《瑜伽师地论》送给皇帝详览,李世民看完大惊,连称自己此前对佛教的批判皆为妄言,并欣然同意为玄奘撰写《大唐三藏圣教序》,皇太子李治也写了《述圣记》。这两篇文章,随即成为佛教在唐传播的护身符。

至此,两颗伟大的心终于打通。贞观二十三年(649),玄奘放下手头翻译的经卷,陪从病重的李世民到终南山翠微宫休养。他每天按时到御榻前为李世民讲经,让这颗躁动不安的伟大心灵在禅的抚慰下获得了宁静,直到这颗心缓缓停止跳动。

倾其一生,玄奘在助手帮助下,共翻译《大般若经》《心经》等佛经75部,1335卷,合计1335万字,占整个唐代译经总量的一半以上。

麟德元年(664)正月,玄奘自感死期已至,于是不再翻译佛经,并对徒众叮嘱后事。

二月五日夜半,玄奘圆寂。那一刻,时间的河流似乎在这个没有月亮的春夜戛然而止。

然而,恰如取经之路的绵延不息,他的生命得到了重生。他的灵骨归葬白鹿原那天,长安罢市,万人空巷,百万官员、平民、僧众参加了这个比亲人离世还要打动人心的著名葬礼。从此,有文化的人记住了白鹿原,包括一位小学老师陈忠实。

不是吗?作为汉传佛教最伟大的译者,作为佛教法相宗的创始人,作为舍身求法精神的实践者,玄奘已经成为高悬在每一名中国人乃至热爱和平、崇信佛教的亚洲人心头的璀璨星座。亚洲一直以保存玄奘的遗物为荣,仅他的顶骨舍利,就保存在南京玄奘寺、灵谷寺、毗卢寺,北京广济寺,广州六榕寺,天津大悲院,成都文殊院,西安大慈恩寺,台北玄奘寺、新竹玄奘大学,日本东京增上寺、琦玉县慈恩寺、奈良药师寺三藏院,印度那烂陀寺之中。

我不止一次瞻仰过的西安大雁塔,内藏玄奘从印度取回的佛经和舍利子,是玄奘西天取经的永恒纪念。读者可曾去过?

第45天　敦　煌[1]

玄奘从长安出发，抵达了距离长安1600公里的瓜州，但凉州都督李大亮捉拿他的访牒也到了。好在州吏李昌也是佛教徒，他毁掉访牒，放走了玄奘。之后，玄奘就从瓜州北去伊吾了。也就是说，玄奘并未前往敦煌。在敦煌驻足的是另一位僧人，时间比玄奘西来早了260多年。

一、乐僔和尚

夕阳西沉，暮色四合，茫茫戈壁滩上浮现出一个人影。

这是个云游和尚，从中原而来，法号乐僔。眼看天就要黑了，又累又渴的他既想找水，更想找一处露宿之所。忽然，他嗅到了干燥空气中一丝甜甜的湿气，于是打起精神继续前行。

当来到三危山下的宕泉河谷时，光秃秃的三危山正好笼罩在金色的夕阳中。他蓦然抬头，奇迹出现了：对面的三危山金光万道，状若千佛，无数菩萨正虔诚地诵经说法，一群飞天伎乐在金光中翩翩飞舞，有的在散花，有的在奏乐……

乐僔被突然出现的佛国奇景震撼了，这不正是大慈大悲的佛发出的救世之光吗？！自己苦苦追寻的佛祖灵光不就在三危山上吗？于是，他发下誓言，要把这里变成佛教圣地。

敦煌，在三危山西北16公里处，位于河西走廊西端。通往西域有北、

① 敦煌，有人认为是"吐火罗"的音译，有人认为是羌语"诵经地"之意，其实皆不正确，应为突厥语瓜(Dawam)的音译。东汉应劭解释说："敦，大也；煌，盛也"，取盛大辉煌之意。敦煌唐代改称"沙州"，是高山、戈壁和沙漠环抱中的一块小绿洲。

中、南三条道，分别是南道，出阳关去若羌；中道，出玉门关西去楼兰；北道，出玉门关转向西北前往高昌。而敦煌则是“总凑”三道之“咽喉”。它既是西去出关的最后一站，又是西来入关的第一站，商业与军事地位至关重要。汉代，汉武帝设立了敦煌郡，属河西四郡之一，管辖着玉门关①、阳关②和敦煌、冥安、效谷、渊泉、广至、龙勒6县，总面积约20万平方公里。乐僔到来时，敦煌归前凉国管辖，名叫沙州，辖区包括敦煌、晋昌、高昌3郡和西域都护、戊己校尉、玉门大护军3营。而前凉，是汉族张氏建立的地方割据政权，一直沿袭晋朝以儒治国的理念，对于西来的佛教不太重视，因此不可能资助这个名气不大的僧人。于是，乐僔只好四处化缘。他花了两年多时间，几乎走遍了敦煌的每一个县与里，可募集的钱财还不够开挖两口井的开销。

他有些气馁，又不太甘心。据说是第三年深秋的一个傍晚，乐僔化缘来到马蹄山下。由于前不着村，后不着店，他决定就地寻找避风处凑合一夜。好不容易找到一个石洞，却发现洞口躺着两具血肉模糊的男尸，尸边扔着10个鼓鼓囊囊的布口袋。从男尸的装束看，这应该是两个远行的商人。从现场的惨状看，死者应该是遭遇了猛兽。于是，他就地掩埋了两具尸体，然后打开了死者留下的布口袋。

立时，他被天上飞来的馅饼砸晕了，因为10个布口袋全都装满了金银财宝。他感觉，冥冥之中一定是佛祖在帮他。

从此，鸣沙山东麓的峭壁上聚集了许多天东海西的能工巧匠，宕泉河（今名大泉河）西岸传出开凿石窟叮叮当当的声响。前凉升平十年(366)，第一个石窟诞生了，峡谷里燃起供佛的香火，洞窟里响起诵经的木鱼声。

不知过了多久，又有一个和尚来到宕泉河谷，在一个雨后的傍晚也看到了三危山上的“佛光”。于是，他在乐僔首开的洞窟旁边开凿了第二个洞窟，这个和尚名叫法良。

---

① 今敦煌市西北90公里处，为玉门都尉治所。专家认为，它在小方盘城西150米处的长城线上。

② 今敦煌市西南70公里处，位于今南湖破城子西3公里的古董滩，为阳关都尉治所。

二、频繁的造窟运动

当冰冷的石壁遇见火热的信仰
肉身、魂灵、剑戟都找到了安身之处
仿佛一切，都听命于一只紧握钎锤的大手
仿佛雕凿之痛，是一种超度
仿佛每天死去的，每天都在复生

——现代诗人苏雨景《莫高窟》

作为沟通欧亚的商业大道、中原王朝的前出基地，沙州寄托了熙来攘往的各色人等的梦想。而从沙州向西就要进入浩瀚的塔克拉玛干沙漠，生死叵测。于是，人们离开沙州前要在莫高窟捐钱造窟，祈求佛祖保佑；从西域大漠里安全抵达的人们，为感激佛祖的保佑，要开窟造佛供养。当地官民为祈求和平安宁，也纷纷开窟造像。就这样，三危山下、鸣沙山畔、宕泉河谷的石壁上出现了一排排的洞窟。

当丝绸之路上的一系列景点只能从古代商旅口口相传中慢慢揭开神秘面纱时，敦煌莫高窟早已凭借栩栩如生的姿态和宏大万千的气象惊艳面世，成为佛教东渐线路上最亮最暖的那束光。于是，一代代佛门弟子、官方使者、商贾行旅路过这里，来到这里，膜拜这里。高僧竺法护、法显、鸠摩罗什到过这里，北魏、西魏、北周贵族资助过这里，许多朝拜者、经商者、逃亡者在此扎根、繁衍，形成了张氏、索氏、李氏、阴氏、翟氏、曹氏、阎氏、罗氏、阚氏、汜氏、慕容氏、令狐氏等世族。这些世族营建的“家窟”成为莫高窟的重中之重，其中索氏营造了12窟，阴氏参与营建了27窟、96窟、138窟、231窟、321窟，李氏营建了148窟、331窟、332窟，翟氏营造了85窟、220窟，曹氏营造了55窟、61窟，慕容氏营造了256窟等。

佛教东渐，是人类文明史上的一个重大事件。人们的疑问是，作为被传入一方的中国，自从“诸子百家”之后已经实现了超浓度的精神自足，似乎一切思维缝隙都被填满，怎么可能如此虔诚地接受万里关山之外一种全然陌生的文明呢？其根本原因在于，早在佛教进入西域，进而踏入敦煌的时候，就开始了本土化的过程，无论是佛陀，还是菩萨，都渐渐有了中国模样。

北魏前期及之前的造像与壁画，人物比例适度，神情庄静恬淡，面貌与冠服仍保留着印度、波斯、西域特色，被称为“西域式风格”；北魏孝文帝改革之后的造像与壁画，人物面貌清瘦，眉目开朗，嫣然含笑，潇洒飘逸，面貌与冠服具有明显的内地特色，被称为“中原风格”；北周时期，伴随着各民族的交流与融合，石窟人物造型呈现出中原式秀骨清像与西域式丰圆脸型相结合的“面短而艳”的崭新形象。就连印度的男性菩萨也被改造为一手持柳枝、一手端净瓶、脚踩五彩莲花的慈眉善目的宫娃。至此，中华文明对于印度文明的防范与抗拒心理得到消解，“菩萨保佑”几乎成为中国百姓的口头禅，远道而来的佛教在中国落地生根。

莫高窟建设的高潮，出现在伟大的隋唐。对开窟造像最为痴迷的，是武则天。延载二年(695)，莫高窟第一大佛像——96窟中的“北大像”宣布开工。面世后的北大像高35.5米，背山朝东而坐，面容丰圆，眉目舒朗，气度庄重，圣洁静穆。双目俯视，似乎与参拜者心灵相通；右手上扬作施无畏印，意为拔除众生痛苦；左手平伸作与愿印，意为满足众生愿望。民间传说，这尊佛像与龙门石窟的卢舍那佛像极其相似，原型都是武则天。

唐代，作为丝路咽喉，沙州共有三条道向西延伸，分别是南道，直通石城镇(今若羌)；旧北道，直通高昌；北新道，向西北通伊吾、庭州(今新疆吉木萨尔破城子)。由于唐太宗对外来宗教兼收并蓄，唐高宗、武则天崇尚佛教，所以佛教、道教、摩尼教、景教、祆教在此驻足，中华文明、印度文明、罗马文明、波斯文明在此交汇，沙州由此成为史书中形容的“华戎所交一大都会”，身旁的莫高窟也成为万众瞩目的焦点。这个时期的洞窟现存127个，占莫高窟总规模的四分之一。石窟外建有悬空的阁道和木构的檐廊，规模与气势令人叹为观止。洞窟墙壁上出现了佛像画、经变画、戒律画、供养人画、佛教史迹画。第323窟中的《张骞出使西域图》《佛图澄神异》《康僧会建康传教》《隋文帝迎昙延》等史迹画，艺术手法精湛，历史事件跌宕，图画人物传神，可以说，是历史、宗教、艺术价值兼具的世界级珍品。

“安史之乱”之后，敦煌易手，其中吐蕃统治67年，兹后，推翻吐蕃统治的张义潮的归义军家族统治57年。信奉佛教的吐蕃人不仅将敦煌的佛寺扩展到17所，而且还在莫高窟新开洞窟57个，补绘前代洞窟20个，重绘洞窟11个。以佛教为奉的张义潮家族在莫高窟建有洞窟11个，156窟的《张义潮夫妇出行图》，场面恢弘，结构严谨，线条简洁，是供养人画像中的旷世杰作。

整个唐代，无论敦煌被谁占据，莫高窟造窟运动都未受到实质性影响。受到影响的，是宋代。

三、封闭藏经洞

从孤儿寡母手中夺得政权的北宋，是一个文艺发达、军事羸弱的典型中原王朝。由于一味内敛，结果整个河西走廊都被西夏占据，喀喇汗王朝(Qarakhanid)[①]前往北宋的贸易团队只能改走南部的柴达木盆地。西夏对丝路贸易带来的超额利润十分眼红，因此经常从沙州和甘州(今张掖)派兵南下，劫掠喀喇汗王朝的贸易使团。被劫掠者忍无可忍，于是请求北宋允许他们攻打西夏。

立刻，地处战争前沿的沙州嗅到了狼烟的味道，信奉佛教的西夏王庭也似乎看到了星月旗插上沙州城头时的漫天火光。于是，向沙州军、政、僧三界官员发出命令，应该妥为保护莫高窟佛典，使其免受战火摧残，哪怕只能挽救一部分。

元祐八年(1093)二月，沙州官员和僧界领袖遵从命令，在千佛洞找到了一处洞窟，这是第16窟的一个耳室，空间不大，干燥，有小门且便于封堵，最初是唐玄宗赐封的河西释门都僧统——第16窟窟主洪辩和尚坐禅修行的地方。僧人们腾出16窟的耳室，将一大批4—14世纪的佛经、佛画、法器以及文书秘藏于此。其中木板印刷的《金刚经》，是世界上最早的

① 喀喇的突厥语原意是黑色，因此又被称为黑汗王朝，是由葱岭西回鹘联合样磨、葛逻禄等于9世纪中叶创建的一个政权，极盛时期占有今新疆中西部和阿姆河以北、咸海以东、巴尔喀什湖以南的区域，1041年分裂为东西两部分，13世纪初分别被西辽和花剌子模所灭。

有纪年的印刷品。他们将这些文书逐一编号，再把卷帙分组，标上所属的寺庙，然后封闭洞口，绘上壁画，留待战争结束重新打开①。

九月，把持朝政的高太后去世，宋哲宗亲政，变以土地换和平的防御战略为大举拓边，不但允许喀喇汗王朝进攻西夏占领的瓜州、沙州，还命令戍边部队配合作战。

绍圣四年（1097）正月，北宋将领王文振率军大败西夏于没烟峡②。与此同时，喀喇汗王朝也向甘州、沙州、肃州（今酒泉）发起攻势。为表慎重，二月初八，喀喇汗王朝派遣一个王子出使北宋。见到宋哲宗，王子报告说："已差人攻甘、沙、肃三州。"③宋哲宗大喜，称赞黑汗王"忠向"，并许诺，如能攻破这三座城池，一定重赏。

就在这一年，喀喇汗王朝军队攻克沙州，沙州军政官员与僧人被全部抓走，藏经洞成为永远的秘密，也有幸成为记录丝路多元文化的时间胶囊。

四、意外的发现

1900年，夏夜的蚊虫已经歇息，干热的漠风刚刚变凉，一个年过半百的人仍举着油灯，像鬼魂一样在莫高窟里闲逛，因为他太兴奋了，他睡不着。

他叫王圆箓，湖北麻城人，生于1850年前后，早年因为家贫到肃州当了兵勇，后来离开军队，信了道教，成了一个道士。3年前，他云游到莫高窟，发现此地洞窟残破，但寂静如夜，于是下决心住了下来。就这样，一个太上老君的子弟阴错阳差地扮演起了释迦牟尼的"守护神"。他四处劝募，省吃俭用，用于清理洞窟中的积沙，仅清理第16窟就花费了近两年时间。他还筹资在第16窟东侧建了太清宫道观（今名下寺）。显然，能说会道的王道士远比当地不精汉语的红教喇嘛更接近平民，于是，他开始用化缘得来的钱在莫高窟"广修功德"：雇人抄写道经，将佛像改塑为道教灵

① 见钱伯泉《一场喀喇汗王朝和宋朝联兵进攻西夏的战争——藏经洞封闭的真正原因和确切时间》，新疆社会科学院历史所。

② 古丝绸之路北线孔道，原宁夏固原县黑城镇，现为宁夏海原县三河镇。

③ 见《宋会要辑稿·蕃夷四·于阗》。

官，打通洞窟之间的隔墙，清理洞窟的积沙。正是这些看似不起眼的“功德”——被现代学者向达视为“浩劫”，引发了一件惊天大事。

6月22日，一个姓杨的雇工在16窟休息时，用芨芨草引火点燃了旱烟，然后随手将燃剩的草茎插进北壁的裂缝中，却发现芨芨草怎么也插不到头。用手敲打墙壁，里面似乎是空的。不会有什么宝贝吧？这个雇工感到有些意外，便报告了雇主王圆箓。

当晚，王道士和杨雇工带着洋镐来到墙壁前。

就这样，藏经洞的秘密被揭开。王道士的墓志上写道：“沙出壁裂一孔，仿佛有光，破壁，则有小洞，豁然开朗，内藏唐经万卷，古物多名，见者多为奇观，闻者传为神物。”

山坡开满了鲜花，但在牛眼里只是饲料。正如胡适在演讲中提到王道士时所说，王道士一开始并不知道经卷的价值，最初以经卷能治病为由向附近居民售卖，把经卷烧成灰烬和水让人吞服。

但这样换来的，毕竟是小钱。后来，他决定选出一部分保存完整的经书，作为礼物送给上级官员，希望能引起官府重视，让官府出资整理藏经洞内的经书，自己也可以捞点油水用以修建太清宫。于是，他徒步行走30多里，拜见了敦煌县令严泽，并奉上两卷经文做样品。可惜，知县也不学无术，王圆箓无功而返。

光绪二十八年（1902），新县令汪宗瀚上任。王圆箓又选出一包写本及绢画前往拜见。汪县令乃进士出身，对金石学颇有研究，看过样品颇感惊异，事后还专程前往考察，却未采取任何保护措施，只是将王圆箓送来的写本及绢画挑出数件，分几次寄赠甘肃学政叶昌炽。叶昌炽看到经卷后，为其文化价值深深震撼，建议甘肃藩台将文物运到兰州保存。

王圆箓仍不甘心。他从藏经洞中挑选了两箱经卷，骑着毛驴长途跋涉400公里，风尘仆仆赶到肃州，找到了安肃兵备道道台廷栋。道台煞有介事地浏览了一番，结论是：“经卷上的字不如我的书法好。”好在道台念及王道士远道而来的辛劳，将此事上报给甘肃藩台，建议将藏经洞文物运到兰州妥为收藏。

甘肃藩台先后收到叶昌炽、廷栋的报告，却以敦煌到兰州路途遥远、耗资巨大、银两难筹为由，仅给汪宗瀚发了一纸“检点经卷画像，原地封存，由王道士看管”的命令。时间是光绪三十年（1904）三月。

心灰意冷的王圆箓仍默默守护着藏经洞。但他深信,总有一天会等到识货的人。

五、丝路“魔鬼”

这个识货的人,名叫斯坦因,习惯于西装革履,嘴唇紧闭,一双深邃的眼睛透着狡黠与坚毅。他于1862年出生于匈牙利一个犹太家庭,从小就向往亚历山大对亚洲的远征,加上受匈牙利人是“匈奴后裔”这一观念的影响,对东方的亚洲,特别是中国,有着无限的向往。

长大后,他先后在英国伦敦大学、牛津大学和剑桥大学从事研究工作,主攻东方语言学和考古学。其间他精心研读玄奘关于西域古国的记录和马可·波罗关于东方的记述,后来又研读了斯文·赫定首次考查西域后写成的《穿过亚洲》,获知了俄国正组织探险队赴新疆的消息……这些信息极大地刺激了斯坦因,一个赴中国探险的计划在他脑海中生成。

光绪二十六年(1900),斯坦因从克什米尔抵达喀什。这个在考古专业上堪称世界一流的学者,精通多种语言,却不懂中文,急需一个翻译。但喀什的外国考古学家有一个共识,就是千万不要与中国学者合作,理由是一到文物所有权等关键问题上,中国学者总会在心底产生“华夷之防”的敏感,给外国人带来种种阻碍。然而,英国驻喀什总领事乔治·马卡尔特尼(George MaCrtney,中文名马继业)给他推荐了一个人,并且特别告诉他:“这个人与一般中国学者不同,只要带上他,你的考古一定顺利。”

于是,斯坦因拥有了中国翻译兼秘书——师爷蒋孝琬。这是一个在中国考古史上令人扼腕的人物,出生于湖南湘阴,是爱国将领左宗棠、外交家郭嵩焘的老乡,具有较高的“职业操守”——拿人钱财,替人消灾;谁出钱雇我,我为谁卖力,这本无可厚非,问题在于,当职业操守与民族良心发生矛盾时,你选择的是什么?

在此后的旅途上,他显然有些亢奋,话也比往常多,一直喋喋不休地给斯坦因讲述大清官场的办事规则与民间的处事方式,使斯坦因觉得这些信息甚至“比再读几个学位更重要”。接下来,所有的联络、刺探、劝说之事,都由蒋师爷出面。有了蒋师爷辅佐,斯坦因如鱼得水,他先后在于阗、尼雅盗走了大量珍稀文物。

光绪三十二年(1906)初,已获得英国国籍的斯坦因开始了第二次西域之旅。为保证此行“顺利”,斯坦因护照上的官衔被肆意拔高为“大英国总理教育大臣”,这也是斯坦因在大清考查期间未受任何阻拦与限制的原因。此后一年,他先后对尼雅、楼兰、米兰遗址进行了疯狂盗掘。

在新疆收获颇丰的他,仍意犹未尽。他带着蒋师爷,继续向东奔赴600公里外的敦煌。因为他曾听匈牙利地质调查所长拉乔斯·洛克齐(L.Loczy)说过,在中国甘肃敦煌东南有千佛洞和石窟,“千佛洞中壁画雕塑之美,冠绝东方”。并且,他还从一个新疆商人口中得知了藏经洞里有大量文物的消息。

斯坦因抵达莫高窟那天,恰逢王道士外出化缘了。于是,他一边仔细考察能够进入的石窟,一边继续盗掘长城峰燧遗址。其间,斯坦因从一个藏族小和尚那里见到了从藏经洞得来的,用来为寺院装门面的一个长卷。蒋师爷看后说是中文佛经,年代无从查考,但从纸张和字迹上看,历史十分久远。这无疑给斯坦因打了一剂“强心针”,让他有足够的耐心等下去。

光绪三十三年(1907)五月二十一日,斯坦因终于见到了穿着土布道袍、外表猥琐、目光呆滞的王圆箓。王圆箓也心中窃喜,他快六十岁了,一等就是三年,才等到“识货”的人。

见到这个土得掉渣的道士,斯坦因那颗悬着的心落了地,在他看来,这也许是又一个极易上当的中国农民。但接下来他发现,这个农民并不傻。对于他的要求,对方根本不予理睬。

经验告诉斯坦因,越容易得到的,越不可能太珍贵。他已经做好了打持久战的准备,蒋师爷也帮他分析了王道士的特点。一天,斯坦因与王道士一同观看石窟壁画。当看到高僧传教壁画时,王道士表现出异乎寻常的尊崇之态。狡猾的斯坦因立即抓住机会,开始以玄奘的崇拜者自居。后来斯坦因在书中回忆:“道士之敬奉玄奘,在石窟寺对面新建凉廊上的绘画有显明的证据,所画的都是一些很荒唐的传说”,“我用我那很有限的中国话向王道士述说我自己之崇奉玄奘,以及我如何循着他的足迹,从印度横越峻岭荒漠,以至于此的经过,他显然是为我所感动了。”

于是,王道士将14000件写本、佛画、刺绣交给了斯坦因,换来的是区区40锭马蹄银(合200两银子)和一个严守秘密的承诺。回到住处,斯坦因再也抑制不住血脉的快速涌动,拿出笔记本兴奋地写道:“一个梵文贝叶写本就值200两,这笔买卖绝对赚了。”

5月28日晚,斯坦因将装满29只大箱子的文物偷偷运出莫高窟。那时,夜色迷蒙,万籁俱寂,非常适合盗贼出没。

六、法国学者

看来,上帝在敦煌埋了一个潘多拉(Pandora)盒子,盒子一旦被王道士打开,这里就彻底乱套了。一年后,法国学者保罗·伯希和(P.Pelliot)得到了藏经洞发现文物的消息,这个精通13种语言的汉学家,立即放弃从乌鲁木齐前往吐鲁番考察的计划,快马加鞭扑向敦煌。

光绪三十四年(1908)二月二十五日,伯希和抵达莫高窟。

听说又来了一个洋人,王道士干脆锁住藏书洞扬长而去。凭着经验,王道士断定,这个外国人也是“识货”者,也是奔着藏经洞来的。因此,必须吊一吊对方的胃口。

费了九牛二虎之力,伯希和才在敦煌城找到王道士,并得到了同意提供经卷的答复。回到莫高窟,王道士又称钥匙忘在敦煌城了,同时还不忘补充,斯坦因“还另外给他个人留下了一笔钱”,那是“一笔相当可观的钱”。伯希和流畅的中文发挥了作用,他不仅听懂了弦外之音,还让王道士觉得这个会说中国话的洋大人很亲切,这使得他在谈判中逐渐掌握了主动权。

经过一个星期的交涉,伯希和成为唯一获准在藏经洞中逐一挑选文书的西方人。

在交涉过程中,伯希和并未闲着,而是仔细参观了庞大气派的石窟、朴实无华的柱子、庄严神圣的塑像、华丽逼真的壁画,并对所有洞窟进行了编号、测量、拍照和抄录题记,记录下了20世纪初期处于自然状态的莫高窟。我们不得不承认,尽管他所拍的368张照片全是黑白照片,但却是莫高窟最早最全的影像,使得我们直到今天仍能一睹莫高窟的旧日风采。

3月3日,也就是“狂欢节”的最后一天,伯希和终于等到了钥匙,进入了“至圣所”——藏经洞。那一刻，他写道：“我简直惊得呆若木鸡。”他长到29岁，走过无数国家，脑袋还是首次如此发蒙：在这个长宽仅有2.5米的斗室里，三面都布满了一人多高、两层或三层厚的卷子，其中既有汉文的，也有藏文、回鹘文、于阗文、粟特文、突厥文、吐火罗文和梵文写本；既有佛教文献，还有摩尼教、祆教、犹太教、景教文献。这些写本和文献展现的，是一个国际化的敦煌，是一场场文明交汇的壮阔图景，是一幅幅丝路贸易的美丽画卷。他万万想不到，被洗劫8年后，藏经洞还有15000至20000卷文本，大批文本仍包扎得整整齐齐，如同它们在8个多世纪之前堆积在那里时一样，他“面对的是远东历史上需要记录下来的中国最了不起的一次写本大发现”。你能想象出他那种既想欢呼，又怕被道士识破的激动心情吗？

巨量的文书，即使一年半载也难以阅读完毕，于是他迅速作出决定，必须至少是全部打开它们，简单地研究一下，辨认每种文书的性质，确认一下价值，最终确定哪些是“要不惜一切代价让他们出让的部分”，哪些是“尽量争取获得、同时在无奈时也只得放弃的部分”①。

在此后的3周时间里，他蹲跪在小龛中，就着昏暗的烛光，忍受着呛人的灰尘，以每天1000件的速度，将洞中尚存的文书全部翻检了一遍。他自豪地说：“洞中卷本未经余目而弃置者，余敢说绝其无有。”他选出的6600件精品文书，几乎囊括了洞中尚存的全部珍本、孤本，此外还有200多幅绘画，学术价值远高于斯坦因依靠翻译而获得的文物。

随后，伯希和提出花500两银子买下这些宝贝。那一刻，王道士脸上浮现出不易察觉的微笑。想当初，卖给斯坦因14000多件文书才赚了200两，如今7000件文书却能得到500两，这一次赚大了，“成交！”

1909年（宣统元年），伯希和让助手将7932件敦煌文物运往巴黎，至今保存在巴黎国家图书馆和吉美博物馆（Musée Guimet）。

不久，伯希和来到北京，在六国饭店参加了北京学界名流为他举办的宴会，向大家展示了部分藏经洞文物及照片，其中一位中国学者问他：“伯君，这些经卷随你回国，再也见不到了，可否将经卷拍成照片，赠送我们一份。”伯希和连忙答应下来，同时他还劝中国学术界：敦煌石室中还有

---

① 见伯希和等著《伯希和西域探险记》，耿昇译，人民出版社2011年版。

8000余件遗书,应早日派人前往保护,以免被别人夺走。

这是良心发现吗?也许有人相信,但我不信。

七、藏经洞空了

小偷主动展示了赃物,被盗者才知道家里被窃了。于是,罗振玉等人立即上书清朝学部,督促朝廷电令敦煌官员清点藏经洞文献,不得卖与外人,并责令新疆巡抚何彦升将剩余文物押运京师。

按理说,这次该把剩余的藏经洞文物全部收归国有了吧,可王道士似乎有先见之明,早在官府派员清点之前,就私自藏掖了1000余件文书。而负责清理押运的官吏又未能将洞中遗物收捡干净,只运出文书9000多件。装车起运时,只以草席覆盖,沿途时有掉落,几乎每到一处都失窃一部分,3个月后抵达北京时只剩8000余件。

文物抵京后,先被何彦升运到自家宅院卸下一部分,然后才交给学部,入藏京师图书馆。为掩盖私窃之实,何彦升将较长的卷子一撕为二,以充8000卷之数。经过几番劫难,如今国家收藏的经卷,大多破损不堪。相比之下,被外国探险队劫走的敦煌文物却历经千山万水一件不缺,并且做了精心维护与严密保管。历史老人再次无情嘲讽了孱弱的政府和愚昧的国人。

王道士私藏的经卷后来分作几部分流散四方。其中369件写本和两尊彩塑,于1912年卖给了日本大谷探险队员橘瑞超和吉川小一郎,得到了150两白银。还有570余件,于1914年3月卖给了第二次光临敦煌的斯坦因,得到了500两白银。另外80多件文书和32张残片,于1944年被敦煌艺术研究所工作人员在莫高窟土地庙残塑中发现,这也是敦煌研究院拥有的第一批敦煌文书,此时距离藏经洞重见天日已过去近半个世纪。

藏经洞中剩余的碎片,于1914年至1915年被俄国探险家奥登堡(S. F.Oldenburg)劫走,今收藏于俄罗斯联邦科学院东方文献研究所,编有1万多号。他还劫走了几百件绢画、纸画、彩塑等艺术品,今收藏在圣彼得堡冬宫博物馆。

藏经洞终于空了！

难怪近代国学大师陈寅恪无限伤感地说："敦煌者，吾国学术之伤心史也！"

可以说，书写丝绸之路的历史，这一段是我最不愿触碰的。原本文明传播的使者，重要历史转折点的关键人物，都应该与文明、历史的博大精深相匹配，至少要有敬畏它们尊重它们的眼光和心胸。不曾想，一个不学无术、目光短浅的王道士却被放在了决定璀璨文明成果命运的位置上！历史岂止让人伤心，更让人费解！

八、他来自哈佛

藏经洞空了，千佛洞也空了吗？大洋彼岸的美国人的脑瓜转得比谁都快。

受命赶往中国的，是美国总统西奥多·罗斯福（Theodore Roosevelt）的女婿——哈佛大学福格艺术博物馆东方部主任兰登·华尔纳（Landon Warner）。

1924年1月22日，华尔纳和翻译赶着一驾马车，沿着冰雪覆盖的车道来到莫高窟。

此时，藏经洞文物早已被瓜分干净，王圆箓又外出了，一般人会耐心等待，或者去外面找他。但华尔纳不是一般人，他未经任何人允许，居然大模大样地摸进了石窟，比进自家后院还要随便。游逛搜索了半天，华尔纳很是失落，因为他并未发现什么文书、经卷。同时，他又有点兴奋，因为在莫高窟700多个洞窟中，近500个洞窟（实为492个）绘有壁画，这些壁画太古老，太精美，太典雅，太有收藏价值了，完全可以用特制胶布剥离移走。这天晚上，他安坐在马灯下，给远方的妻子写信说："不用说，我就是折颈而死，也要誓死带回一些壁画局部。"

见到华尔纳，尤其是听到对方的提议，王道士有些吃惊，他只知道壁画可以整片剥下来，但那是很容易破碎的，他从来没听说可以用什么胶布把壁画粘下来，而壁画还能保持原样。考虑到官府有保护洞窟的命令，王道士有些犹豫。直到华尔纳送上礼物，他那张老脸才绽出一丝笑意。

在得到许可后，华尔纳剥下26块，共计32006平方厘米的唐代精品壁画。后来，华尔纳又以75两银子的价钱，从王道士手中得到了一尊出自328窟的盛唐彩塑供养菩萨像。由于华尔纳揭取壁画的方式极其原始、拙劣与粗暴，导致他剥离后的壁画完全破碎，敦煌壁画受到了空前严重的摧残，因此，他与其服务的哈佛大学一起，被觉醒后的中国人民钉在了世界文化遗产保护的耻辱柱上。

他粘下的26幅敦煌壁画和彩塑供养菩萨像，如今收藏在哈佛大学福格艺术博物馆。在此我提议，所有心怀梦想进入或者已经有幸进入哈佛这座世界一流大学的中国孩子们，一定前往校内的福格艺术博物馆，瞻仰一下本该静静地躺在中国敦煌的那些文物，并牢牢记住中华民族这个醒目的伤疤。

拿到银子的王圆箓日子也不好过，华尔纳记录道："王圆箓卖给我的东西，我只付了75两，却被人夸大到10万银圆，于是村民以死来要挟王道士将钱拿出来与众人分享，王道士只好装疯卖傻才躲过一劫。"此后，王道士形同一只过街老鼠，直到1931年默默死去。

即便如此，华尔纳仍不满足。1925年5月19日，华尔纳组织的一个七人考察队再次来到莫高窟，准备使用胶布再次大规模盗取敦煌壁画。县政府虽然勉强批准了这次考察行动，但却附加了一系列条件：考察团成员不准下榻千佛洞；考察团的成员参观千佛洞要由当地派人监视，并须于当日返回县城；不准破坏壁画及其他一切文物。尤其是华尔纳所带的"一大车的布匹"，引起了参与考察的中国学者陈万里的警觉。后来华尔纳怀疑，正是在陈万里的挑动下，当地十多个村民放下手中的活计，自发成立了一支护窟队，形影不离地跟着考察团成员。美国人为了避免这些村民的不满情绪可能引起的暴力行为，尽量克制自己。但华尔纳后来回忆说："一个不注意的错误，即使是一个愤怒的表情，也可能使他们倾巢出动，骂不绝口，甚至置我们于死地。"①

无奈之下，华尔纳一行只得草草结束考察，于5月23日落寞地离开敦煌。那一串消失在鸣沙山前的脚印，像一个狐狸被剁下的尾巴。

---

① 见彼得·霍普科克《丝绸之路上的外国魔鬼》，甘肃人民出版社2008年版。

九、为了忘却的记忆

1935年，在碧波荡漾的塞纳河(Seine River)畔，一对年轻的中国留学生夫妇——常书鸿、陈芝秀携手而行。当路过一个旧书摊时，常书鸿的目光落在一本书上。谁都不会想到，就是这一眼改变了他的后半生。

这部书叫《敦煌图录》，全书共有六册，载有400多幅敦煌石窟和塑像照片，作者伯希和。

书中冥想禅定的佛像，流光溢彩的装饰，构图精美的壁画，蹁跹起舞的天女，让学油画的他为之震撼，为之沉迷，连妻子叫他都没有所见，用他的女儿常沙娜的话说就是："那一刻，父亲的魂儿就被勾走了"，"内心深处有一个声音在召唤着他回中国、去敦煌"。②

是否有这么一个地方，您不曾来过，初次邂逅却有阔别经年之感，那里的一草一木，都曾在梦里呈现，带着一种隔世的陌生与熟悉，也许这就是佛家所说的缘分，因为有缘，才会一见倾心，才会难舍难分。1943年3月27日，常书鸿和妻子经过几个月的长途跋涉，终于走进了心仪已久的莫高窟。那一刻，人间仙境突然闪现，历史风味扑面而来，他仿佛看到了几十位古代各民族画家在洞壁上挥笔作画的场景，仿佛听到了风中飘荡着的1600年前不绝如缕的斧凿声。他感觉，这里就是自己人生的归宿。

他们住了下来，一人临摹油画，一人学习雕塑，常书鸿还被任命为首任敦煌艺术研究所所长。

然而，敦煌的生活环境与法国有着天壤之别，这让出生于满洲贵族家庭的常书鸿一度用"服刑"来描述这种难耐的艰苦。与常书鸿一心扑在工作上不同的是，身为江南大户小姐、被誉为一代名媛的陈芝秀，始终无法抛弃小资情调，一年四季身裹旗袍，再泥泞的地方也要脚蹬高跟鞋。特别是1945年春，国民政府教育部借口财力紧张，宣布解散敦煌艺术研究所，并停止了经费拨付。实在耐不住寂寞与困顿的陈芝秀，抛下老公和一双儿女，与研究所总务主任赵忠清私奔而去。面对妻子不辞而别、儿女彻夜

① 见《我永远是敦煌的女儿》，据常沙娜采访实录改编。

唐代丝绸之路从长安到敦煌示意图

哭泣和失去研究经费的残酷现实，常书鸿却义无反顾地守在了敦煌，因为他离不开石窟里满壁风动的飞天、气韵生动的经变画，他舍不下石窟内外生命犹存的彩塑、变幻莫测的装饰花纹，他不放心把石窟交给对文物存有觊觎之心的地方官员。这一守就是50年，直至成为“敦煌守护神”①。

段文杰，一名国立艺专的学生，因为受到张大千临摹的敦煌壁画展览的感染，于1945年来到敦煌，后来接替常书鸿担任了敦煌研究院第二任院长，一直坚守了66年，直到生命的最后一刻。段文杰共临摹莫高窟不同时期的壁画340多幅，创下了个人临摹壁画史之最。他还主办了由16个国家的200多名中外敦煌研究专家参加的“敦煌学国际研讨会”，改变了“敦煌在中国，敦煌学在外国”的尴尬局面。

樊锦诗，一个娇弱的江南女子，1963年从北京大学历史系毕业后，自愿报名来到贫瘠遥远的敦煌。樊锦诗坦诚地说：“说没有犹豫动摇，那是假话。和北京相比，那里简直就不是同一个世界，到处是苍凉的黄沙。”半夜里，当房梁上的老鼠吱吱叫着掉在被子上时，当因为水土不服整天病恹恹时，樊锦诗望着窗外惨白的月亮，泪水不止一次打湿了衣襟。她和丈夫分居长达19年，那段时间丈夫一再要求她调回内地，但她却一直坚守到今天，接替段文杰担任了第三任敦煌研究院院长，推动制定了《甘肃敦煌莫高窟保护条例》，对敦煌壁画进行了数字化保护，被誉为“敦煌的女儿”。

如果有人问您：世界上有一份这样的工作，住土屋，喝咸水，点油灯，离家特别远，白天一上班就盯着墙壁，晚上只能数着星星入睡，工资收入也不高，您是否愿意干？

敦煌的守护者愿意。

使命，能在逆境的泥潭里开出灿烂的莲花；责任，能让暗淡的人生铺排出满天的星辰。樊锦诗曾经感慨地说：“要不是敦煌，人家知道我是谁？那不是我的荣誉，那是敦煌的荣誉。有一天我成灰了，历史在这儿。”

历史就是由这样一批具有使命感的学者筑就的。著名金石考古专家罗振玉，不仅一再呼吁政府保护敦煌文物，还公开发表了《敦煌石室书目及其发现之原始》《莫高窟石室秘录》，首次向国人公布了遥远的敦煌无比重大的发现，以及痛失国宝的真实状况。胡适、郑振铎、王国维、陈寅恪、

---

① 常书鸿的墓碑上刻着五个字——“敦煌守护神”，在这个充满神佛的地方，被称为“神”的凡人，只有他一个。

王仁俊、蒋斧、刘师培等一批重量级学者，也投入到对敦煌遗书的收集、校勘、刊布、研究中来。更有刘半农、向达、王重民、姜亮夫、王庆菽、于道泉等远涉重洋，到日本、欧洲抄录和研究流失的书卷。[①]

特别是几十年来，敦煌研究院一代代工作人员，以超出想象的坚韧，用难以描述的精细，修复它，保护它，解读它，使这些世界级瑰宝以更为完美的姿态呈现在世人面前，激荡起来自全球的到访者内心深处炸雷般的震撼。

千年的莫高，永远的敦煌！

---

① 见徐可《大敦煌》，原载《北京文学》2018年第4期。

第62天　高　昌

玄奘到印度取经时，楼兰道已经废弃多时，因此他走的是“丝路北新道”，也就是从瓜州经伊吾到高昌国的路，全程750公里，大致要用17天时间。

一、转道高昌

一天，丝路要冲的高昌来了一位和尚。

这显然不是《西游记》里的一个镜头。他既未牵着白马，也没有孙悟空、猪八戒、沙和尚陪伴，而是孤身一人，风尘满面。他叫玄奘，时年27岁，是唐的一位高僧。

玄奘从瓜州启程，经瓠芦河、五座烽燧、莫贺延碛（今哈顺戈壁），成功穿越边境，于11天后到达伊吾。接下来，他本想走天山北麓的草原丝路，从伊吾西去可汗浮图城。巧合的是，高昌使者在伊吾遇到了玄奘，并把消息传给了醉心佛教的高昌王麴文泰。麴文泰赶紧派出使者团前往伊吾，盛情邀请玄奘绕道高昌。于是，玄奘临时改变了行进路线，于6天后抵达天山南麓的高昌。

趁着玄奘忙于赶路，让我们简单浏览一下高昌的履历。

《北史》记载，当年，为了取得大宛的汗血马，贰师将军李广利率军西征。一路上，大漠连连，人困马乏。当大军路经吐鲁番时，为这里的高山雪水所吸引，萌生了利用当地水资源屯垦的想法。于是，军中伤病员被留下来，负责屯田耕作，修建城垒，因其“地势高敞，人庶昌盛”，所以得名“高昌”。

在这里，《北史》出现了两大错误。

第一，它是一种望文生义的解释。吐鲁番盆地是著名的洼地，怎么可能“地势高敞”呢？史学家王素考证，“高昌”来源于凉州刺史部敦煌郡的高昌里。汉代西域屯田士卒多来自河西，他们被按籍贯编排起来然后派往西域，此地屯田士卒多是高昌里籍，为表达对故乡的思念，他们就把屯戍之地称为“高昌壁”。

第二，高昌壁的建设年代并非李广利远征大宛的太初三年（前102），而是半个世纪后汉元帝登基那年。当时，由于西域北道是一条战略要道，但距离匈奴很近，而设在轮台的西域都护又鞭长莫及，因此汉朝于初元元年（前48）设立了戊己校尉，作为负责西域屯田的军事长官。戊己校尉上任后，把屯田基地从交河城扩展到东部50公里的高昌壁。渐渐地，高昌由一个小小的屯田筑壁发展成了东部天山的军事政治中心，戊己校尉府也从交河迁到了今吐鲁番市以东40公里的高昌（今三堡乡）。

两晋南北朝时期，面对五胡内迁的沉重军事压力，中原的士族与百姓纷纷举家迁徙，有的向南越过长江进入东晋；有的向西迁居敦煌，进而来到富庶的高昌。高昌作为丝路北道上与龟兹齐名的两大绿洲，聚集了大批来自撒马尔罕的粟特商人，成为名副其实的丝路名城。公元300年，高昌人就开始使用萨珊王朝打造的银币。①

永宁初年（301），西汉常山王张耳的17代孙张轨被晋朝任命为护羌校尉、凉州刺史。西晋灭亡后，这个相对独立的政权被称为“前凉”。第二任前凉王张骏在原戊己校尉驻地设置了高昌郡，在柳中设立了田地县，作为戊己校尉的治所。这是高昌设郡的开始。建元十二年（376），前凉被前秦所灭。

太安四年（389），前秦大将吕光在武威建立“后凉”，任命儿子吕覆为西域大都护，常驻高昌。

龙飞二年（397），匈奴人沮渠蒙逊背叛后凉，在张掖推举段业为凉州牧，建立“北凉”，高昌归顺。

隆安四年（400），汉人李暠建立西凉，高昌又归顺。

天玺二年（401），沮渠蒙逊杀掉段业，自称北凉王。玄始九年（420），北凉灭亡西凉，高昌宣布投降。

---

① 据芮乐伟·韩森《丝绸之路新史》，北京联合出版公司2015年版。

这是个城头变幻大王旗的年代，看到这段历史，读者或许才能明白，什么叫走马灯，什么叫换面具。

此后，高昌又先后出现了四个独立的王国，分别是阚氏高昌（460—488年）、张氏高昌（488—496年）、马氏高昌（496—501年）、麴氏高昌（501—640年），其中麴氏高昌统治时间长达141年。

这个由陇西望族麴氏所建的汉人政权，先后臣服于柔然、高车、铁勒、突厥，一心追求和平。在风雨如晦、纵横交错的利益冲突中，在波诡云谲、疑窦丛生的民族关系中，麴氏高昌能够屹立百年而不倒，的确需要世事洞明的境界、能屈能伸的胸怀、左右逢源的手腕以及愈挫愈奋的精神。

隋建立后，高昌这朵向日葵迅速转向东方。大业五年(609)6月，高昌王麴伯雅入隋朝觐见，在张掖见到了隋炀帝杨广。大业七年(611)，麴伯雅又陪同西突厥处罗可汗入朝觐见杨广。觐见结束后，他和儿子麴文泰还跟随杨广东征高句丽。作为奖赏，杨广将一位宗室之女封为华容公主嫁给了他。

华容公主出身于北周皇族鲜卑宇文氏，有着纯正的皇族血统，也有着初升月亮般的美丽，出水芙蓉般的清纯。公主一到，原高昌王后便无奈地搬出了后宫。

麴伯雅不久病逝，而华容公主正娇花怒放，媚体迎风。于是，麴伯雅之子麴文泰依照民俗，再娶华容公主为后。

不久，臣下来报，中原改朝换代了，新王朝——唐的创立者和隋一样有着鲜卑血统，李世民的祖母独孤氏和皇后长孙氏都是拓跋鲜卑后裔，与华容公主的祖先宇文鲜卑一脉相承。李世民一上台，便赐给华容公主一枚精美的花钿，而华容公主也以玉盘回赠。后来，华容公主专门陪同麴文泰到长安朝觐。鉴于她有着两代高昌王后的尊贵地位，李世民宣布赐华容姓李，封常乐公主。一位远嫁的女子，居然被前后两个势同水火的朝代封为公主，在中国历史上实属特例。顾炎武说："常将《汉书》挂牛角。"陆游说："细雨骑驴入剑门。"这是一种化干戈为玉帛、变激越为舒展的人生境界，因为再宏伟的史诗也会化为灰烬，再豪迈的英雄也将变成故人，因为战争的目的是为了和平，怒吼的目的是为了安宁。渐渐地，人们已经不太喜欢刀光剑影、鼓角争鸣的战争场面，更愿意看公主远嫁、贵妃醉酒的和平故事。

所以，一部分史学家对和亲津津乐道。

二、法师的烦恼

当玄奘抵达高昌王城时，天空已变成夜的蓝，月亮已呈现柠檬黄，如果从一个较远的角度，就可取下一幅“明月照城楼”的古典画面。

玄奘来临的消息传进王宫，麴文泰命令门司打开城门。

令玄奘感慨万端的是，时值天寒地冻的正月，而且已是夜半时分，国王和妻子儿女一直未眠，一边诵经一边等待他的光临。

见到玄奘的那一刻，麴文泰喜不自胜，因为眼前的高僧尽管尚显年轻且一脸疲惫，但眉宇间透出的那股灵性与佛智，行进时显出的那份淡定与从容，令见多识广的他敬由心生。

之后，麴文泰表现出一个佛教徒非同寻常的狂热与虔诚，他将玄奘奉为上宾，拜为国师，天天带着嫔妃、大臣听玄奘讲经说法。渐渐地，麴文泰被玄奘广博的学识、高雅的气度和精深的佛学所折服，居然动了让玄奘辅佐国事的念头。

有梦想不足以使一个人到达远方，但到达远方的人一定有梦想。麴文泰一而再再而三地规劝高僧，一边以高官厚禄相许，一边以真情实意相邀。后来，见软法子不行，麴文泰祭出了硬手段，给玄奘出了一道选择题，选项只有两个：一、留在高昌，二、送您回国。留在高昌意味着违逆玄奘的初衷，送他回国将使私自出关的玄奘面临着牢狱之灾。玄奘回应：“您可以留住我的尸骨，无法留住我的心。”说完，“因呜咽不复能言”。

话说到这个份上，麴文泰留住法师之心却仍如玄奘西去之心一样坚定，麴文泰吩咐手下一日三茶六饭相供养，每日高僧进食时麴文泰必亲自捧饭。见麴文泰定要留下自己，玄奘便绝食明志，连续三日滴水粒饭不进。

麴文泰与玄奘，实质上是在进行一场没有硝烟的心理博弈。玄奘绝食到第四日，已经奄奄一息。直到此时，麴文泰才为玄奘西去取经的执着与无畏深深折服，终于答应放玄奘西去，前提是再讲经一个月，而且玄奘自天竺返国时要在高昌滞留三年讲经说法。双方达成共识，在国母张太妃主持下，两人结为兄弟。《西游记》中唐僧那御弟的身份就是从此而来。

随后一个月，麹文泰设立了专供玄奘讲经的大帐，可供300人一起听讲，国王、太妃、王妃、王子、大臣都赫然在座。每当玄奘说法，麹文泰必会手执香炉前来迎接。玄奘升座时，麹文泰都会俯身跪下，让玄奘踩着他的脊背上座。

其间，麹文泰为玄奘安排了25个仆从，送上了30匹骏马，准备了来回20年的路费：黄金百两，银钱三万，绫及绢500匹。更重要的是，他还修书24封给沿途各国，请求沿途国王给他的义弟玄奘西行求法提供必要的协助，每一封信都附有一匹高级丝织品作为信物。丝绸在玄奘取经之路上曾发挥这样的作用，是历史在小处的温柔与友善。

尽管高昌实力一般，但毕竟处在丝路要道上，与西域各国联系密切。有了高昌的国书，玄奘如鱼得水，如虎添翼，所到之国，国王无不亲自迎接。可以说，玄奘能够顺利到达天竺，麹文泰功不可没。

历史的悬念是，玄奘能顺利回国，如约与麹文泰相见吗？

带着这样一个巨大的期待，历史的幕布徐徐拉上。

三、患上“自大症”

幕布再次拉开时，所有的观众都大吃一惊，因为舞台背景突然换了一种恐怖的黑色调。

说起来，麹文泰执政前期，对唐还是十分恭敬的。从上台的第二年——武德七年(624)开始的6年中，他多次遣使入唐贡献。特别是贞观四年(630)，他和华容公主还亲临长安。

然而，问题就出在这次入唐上。时值冬日，他路经陕西、甘肃，但见城邑萧条，农村破败，哪还有一丝隋炀帝时代的繁华！抵达长安后，尽管受到了李世民的盛情款待，华容公主也被赐予李姓，但他对中原王朝的敬慕感已悄然消失。

从贞观八年(634)开始，麹文泰再也没有向唐派出使者。5年不向唐贡献，无异于绝交。这种可怕的迹象，连高昌重臣张雄都焦虑不已，他多次规劝麹文泰，不要有任何偷安和独立的奢望，抓紧派使者到唐朝觐。对此，麴文泰无动于衷。

接下来，麴文泰的所作所为越来越离谱。隋末大乱时，曾有许多中原人进入东突厥避难。东突厥被唐击败后，这些避难的中原人又大量流亡高昌，被麴文泰如数补充到军中。唐试图用重金赎买这些中原人口，后来又三番五次地诏令高昌遣返这些汉人，但麴文泰根本不予理会，连解释的话也懒得说。

更过分的是，麴文泰找到了新盟友——西突厥乙毗咄陆可汗，并与之相约：一国有难，另一国当全力救援。

麴文泰认为，这是一个让自己不再惧唐的盟约。于是，他开始膨胀，开始玩火，渐渐蜕变为一个目光短浅、狂妄自大的典型。他闹出的最大动静是公开劫掠焉耆国。

起因还是丝路。"北新道"开通后，高昌利用自身的交通枢纽地位，肆意抄掠来往的使者与商旅，使得这条繁忙而诱人的丝路几近停滞。贞观六年(632)，焉耆王向长安派出使节，请求恢复隋末以来被阻断的大碛道——"楼兰道"，也就是从焉耆南下，沿孔雀河东去，经罗布泊北岸直达玉门关的丝路古道。这条道一旦恢复，就可以摆脱对"北新道"的依赖，这对于靠商路发财的高昌来说，无异于一场灾难。听到这个消息，高昌立即出兵突袭焉耆，在大肆掠夺之后撤回。

贞观十二年(638)，高昌再一次劫掠焉耆。

下一年，唐向高昌派出了问罪使李道裕。因为高昌的罪行已不限于一再掠夺焉耆，他们还疏于朝贡，未尽藩臣之礼；而且擅自更改元号，官职的名称也模仿唐。

按说，麴文泰完全可以将计就计地进行一番表演，装出一副可怜兮兮的样子，找出一堆拿得出手的理由，顺便表示一下对唐的忠心。但他喜怒皆形于色，特别是，他对唐根本就不服气，不尊重。

见到李道裕，麴文泰的脸拉得比驴脸还长，皮笑肉不笑地说："鹰飞于天，雉伏于蒿，猫游于堂，鼠噍于穴，各得其所，岂不能自生邪？"意思是说，鹰、野鸡、猫、老鼠都有自己的独立活动区域，难道我们不能拥有自己的生存空间吗？

岂不知，话说出去之前你是话的主人，说出去之后你就成了话的奴隶。人通常需要花两年时间学会说话，却要花数十年时间学会闭嘴。可见，说，是一种能力；不说，是一种智慧。为此，大清名臣张廷玉最有名的人生感悟是："万言万当，不如一默。"

李道裕见对方把话说到这个份上，如果再去规劝他，和给瞎子形容颜色有什么两样？于是他回国向李世民复命。事情到了这个地步，李世民仍对麹文泰抱有期待，再次派人送信到高昌，试图说服对方认清时局，并邀请他来长安会面。只要他肯前来，一切既往不咎，关于通商路线也可以细细磋商。即使恢复楼兰古道，经由高昌的"北新道"并不需要废弃——两条路总比一条路方便吧。

接到李世民的亲笔信，麹文泰假托生病，拒绝入朝。历史可以改变血清素分泌的外界刺激，但改变不了最后的浓度。这时的麹文泰形同一个赌红了眼的赌徒，他明知道没有必胜的把握，却把几代人辛勤积攒的老本连同自己的大好头颅全部赌上。他所看到的未来是：第一，李世民不下注；第二，一旦李世民下注，幸运之神也会眷顾自己。也就是说，一切全凭侥幸。

李世民何许人也！他的容忍克制，都是一个盛世大国的皇帝的胸襟和气度，但被礼遇者不识时务，教训他也是大国皇帝的霸气和底线。

这是一个层层递进的历史故事，故事背后隐藏着深层次的起承转合，它不是一个特定时代的孤立片段，而是一出由麹文泰、李世民主导的，由无数像张雄、麹智盛、李道裕、侯君集一样的文臣武将参与的大戏，悬念丛生，惊心动魄。

四、麹文泰能打赢吗

贞观十三年(639)底，李世民力排众议，下诏远征高昌。诏书上说："原先考虑文泰旧有入朝贡献之诚心，不忍加以兵革，因此遣使劝慰，希望他能自新，可惜麹氏怙恶不悛，如此离灭亡也就不远了。况且现在西域各国无不希望杀之而后快，朕只能顺应民心，替天行道，以惩不法之君，解救无辜之民。"诏书最后警告说："如果文泰能够俯首请罪，朕可保你性命；其余臣民如能弃恶归诚，朕也将一起加以抚慰，从而让人们明白逆顺之理。如果文泰胆敢抗拒王师，便休怪我以大兵之势致上天之伐。如此清楚地告诉你，使你能知会朕的用意。”

李世民任命吏部尚书侯君集为交河行军大总管，负责统帅西征大军。西征大军共分六军，总人数超过15万。中军由侯君集亲自统领，前军由交河行军副总管姜行本、总管阿史那社尔率领，左军由总管牛进达率领，右军由总管萨孤吴仁率领，后军由交河行军副总管薛万钧、总管曹钦率领，另有交河行军副总管契苾何力率领突厥骑兵协同中军进军。在这样一个空前鼎盛的阵容里，士兵出身的侯君集足智多谋，工匠出身的姜行本善于攻城，突厥出身的阿史那社尔熟悉地理，其余的将领无不身经百战。因此史学家感叹：“秦汉出师，未有如斯之盛也！”

大漠瀚海中，孤烟落日下，唐朝15万步骑兵犹如一条钢铁巨龙，卷起遮天蔽日的滚滚沙尘，浩浩荡荡地穿越河西走廊，冲入那亘古不变的苍茫西域。

面对这样一支人数众多、将星云集的大军，国民总人数不足这支大军四分之一的高昌国还敢顽抗吗？

一个人如果走进了死胡同，就只看到自己，看不见别人。贞观十四年（640）八月，唐出兵的消息传到高昌，举国上下一片哀鸣，太子麹智盛甚至跪在麹文泰脚前，声泪俱下地恳求父亲以国家社稷和天下苍生为重。他还说，按李世民对待周边民族一贯的宽宏大量，只要父王真心悔过，一定会得到宽恕。但麹文泰不以为然地说，长安距离高昌有7000里之遥，黄沙漫漫，地无水草，冬风冻寒，夏风如焚，唐朝绝对不会以大兵相加。即使唐真的派大军前来，主力也会被浩瀚的沙海——这道东兵西进的休止符所吞噬。而他则可以坐在家门口以逸待劳，等着收拾冲出沙漠劫后余生的唐军残部。

而后，高昌国内开始流传一首童谣：“高昌兵马如霜雪，汉家兵马如日月，日月照霜雪，回首自消灭。”

凡把议论作为洪水猛兽的人，一定有他的虚伪暗藏其中。面对如水的民意，麹文泰居然下令逮捕初唱者，但却追无此人。尽管心怀忐忑，但他仍自欺欺人地沉醉在与唐使斗嘴时获胜的喜悦中，日日念经，夜夜笙歌。

不久，大唐高歌猛进的战讯传进高昌。那一刻，麹文泰脸变得蜡黄，嘴角抽搐不停，双手颤抖不已。当他终于镇定下来，赶紧手拟了向西突厥乙毗咄陆可汗的紧急求援信。这就相当于，面对下了大注的对手，他能拿得出手的赌注有限，急需向另一位同盟者筹借赌资。

信使出发后的几天里，他食不甘味，夜不能眠，目光呆滞，性情大变，常常无端对随从发火，甚至对宠妃恶语相加；有时连续几个时辰站在城头，翘首张望着远方的地平线。每当有人策马进城，他都会急不可耐地问身边人："是朕的信使吗？"

几天后，匆匆赶回的信使告诉麹文泰，可汗早已不知去向。原来，侯君集为了防止西突厥驰援高昌，命令契苾何力率领突厥、铁勒骑兵拿下了几座西突厥堡垒，驻守可汗浮图城的突厥将军投降，可汗讯息全无。听完信使的话，麹文泰一屁股蹲坐在地上。一会儿，宫里传出消息，国王病倒了。

在病榻上，他后悔没有记住17年前父亲临终时关于对唐永无二心的嘱咐；他懊恼没有听从已逝世7年的忠臣张雄的劝谏，更痛恨言而无信的西突厥，难道唐军真的所向披靡？难道麹氏高昌的百年基业要毁在自己手上？

突然，一阵急促的脚步声打断了他的沉思。"报！唐军已到碛口（今新疆与甘肃交界处的星星峡）……"探马话音未落，麹文泰惊惧交加，一口鲜血喷涌而出。那猩红的血涂抹在身旁的宫墙上，如一行用生命草率写成的血书。等侍卫上前搀扶，国王已经断气，连一句后事都没来得及交代。

昨天的负债，需要预支明天来偿还。在刀尖上继位的麹智盛，经不住唐军步骑兵的轮番冲杀和抛石机的疯狂轰击，于八月初八出城投降。

由高昌招惹来的这次战争，显然要结束一段历史，但这种结束又意味着什么呢？是毁灭，还是开启？是跌入更深的长夜，还是迎来一个红色的黎明？

问题的解答权已不属于高昌。

五、玄奘的迷茫

接收高昌后，围绕着如何处置高昌，朝廷出现了不同的声音。以敢于直言著称的大臣魏征建议，高昌远离中原，可攻不可守，长期镇守高昌，会成为朝廷的累赘，仍立麴氏为王，遥相制衡，才是上策。主战派大臣则坚决反对放弃唐将士用鲜血和生命换回的每一寸土地。李世民不仅没有采纳魏征的意见，还在朝堂上严厉质问主张放弃高昌的大臣："汉可治西域，为何唐不可？！"

朝廷下诏废除高昌国，设西昌州（不久改称西州），下辖高昌、交河、柳中、蒲昌、天山五县，原高昌国8000多户人家、37700人口成为唐的子民。在此基础上，朝廷在交河城设置了安西都护府，统辖西州与伊州（今哈密）。高昌君臣与豪族被全部迁到内地，麴智盛被任命为唐左武卫将军，封金城郡公。不过，他根本不用上任，全是有名无实的虚衔。

此后，唐朝统治西州达115年之久。742年之前，大约有5000名唐朝士兵驻扎在西州，而来自当地的税收只够支付军事开销的百分之九。无奈之下，唐朝的军饷以绢的形式，向当地经济注入了海量的财富。730年到750年，唐朝每年向西域投入90万匹绢帛。朝廷把这些绢帛发给士兵作为军饷，士兵们再用这些绢帛到市场上换取所需物品。在这里，丝绸成为一种最值得信赖的货币，也就是类似今日黄金一样的硬通货。正是朝廷这种持续的"硬"投入，使得西州丝绸贸易进入了最为繁荣的时期，西域商人蜂拥而至，西州成为胡汉杂居的乐园，佛教、道教、祆教顺便在此扎下了根。"安史之乱"后，西州一度被吐蕃占据，唐朝的丝绸供应中断，丝路经济随之崩溃，这一地区退回到很久以前的低端易货贸易状态。792年，回鹘从吐蕃手中夺过西州，又为中西文化、宗教、贸易交流插上了翅膀，萨满教、基督教、摩尼教、伊斯兰教相继出现在这里，丝绸之路重新焕发出勃勃生机。

而这一切，都已与那个曾经繁荣的高昌国无关。

对此，远在印度的玄奘一无所知。玄奘离开印度前，戒日王为挽留他，许诺为他建造100座寺院，但玄奘不为所动。见挽留不成，戒日王便询问玄奘的回国路线，如果从海路回国，承诺遣使护送。玄奘回复说："贫僧来天竺时，经过一个名叫高昌的国家，那里的国王明睿崇佛，给了我丰厚的资助，相约回国时到那里弘法，我实在不忍心违背诺言。因此，还是从北路回国吧。"

于是，玄奘舍弃了归国比较方便的海路，甘心翻雪山、涉流沙，重走崎岖艰险的陆路。

抵达阿富汗的人首马身时，玄奘方才听说，麹文泰已在3年前魂归西天，高昌也已沦为唐的西州。那一晚，天还是那片天，月还是那弯月，虫在叫，风在吹，往事一幕幕如在昨日，但前方已经没有他期待中的久别重逢。玄奘的大脑一片空白，他也许会立刻席地而坐，为阴阳两隔的结拜兄弟祷告；也许会连续几天茶饭不思，面对苍天默默垂泪。可惜，我们看不到他的表情。

之后，玄奘选择了西域南道。到达瞿萨旦那国（于阗）后，他向李世民上书奏请准许入国的同时，还要求为他准备迎接的马匹。一年后，东方传来喜讯，想必李世民得知玄奘在印度赢取的辉煌，所以企盼他早日回国相见，并通报沿途关卡放行。玄奘垂首东去，经且末、鄯善回到了长安。

鉴于麹文泰已成唐的罪人，玄奘在给李世民的进表中并未提及这位结拜兄弟，但这并不表示他忘掉了那段潮湿的记忆，忘掉了与麹文泰彻骨的情谊。私下里，他时常向弟子们讲起在高昌的奇遇，讲起与高昌王交集的点点滴滴。这些眼含热泪的讲述，后来被他的弟子慧立记录在《大慈恩寺三藏法师传》中。

六、一堆废墟

这块寂寞和遥远的地方，一直是东方流亡者的乐园。

200年后，在草原帝国之争中败下阵来的回鹘汗国残余辗转西迁，其中一支驻足高昌，建立了回鹘高昌国，疆域东起哈密，西达葱岭，南包大漠，北越天山，不仅延续了中断200年的高昌文明，而且把维吾尔民族之花移植到了广袤的新疆大地上。

公元13世纪，西域出现了强悍的蒙古骑兵。长期遭受西辽重压的高昌回鹘国主巴而术阿而忒的斤杀掉西辽少监，向成吉思汗上表归顺。元太祖六年（1211），高昌回鹘国主亲临克鲁伦河上朝，要求做成吉思汗的第五个儿子。成吉思汗欣然答应，并把心爱的公主阿勒·阿勒屯赏给了他。

13世纪下半叶,窝阔台汗国的可汗与察合台汗国的可汗都哇汗联合进攻大元,多次派重兵南下侵犯臣服于元的回鹘高昌国,战火整整燃烧了40年,直到高昌城陷落,高昌王火赤哈尔的斤壮烈殉国。从此,千年高昌成为一座废城。

岁月的沧桑湮没了往日的锣鼓喧嚣与低吟浅唱,斑驳了曾经的雕梁画栋与金碧辉煌。如今,那些冷兵器时代的勇士、懦夫统统带着他们的荣耀和耻辱归于黄沙,他们也带走了辉煌的丝路,带走了丝路上一座座用人类的心血与智慧构筑的城市明珠,带走了某种文化和某种永远无法寻找、无法破译的文明……

但死去的高昌,是一种无处不在的弥漫。后人在废墟、沙丘、古墓中挖掘出许多汉文文书和被称为死文字的文书。后者能识读的人寥寥无几。学者们不免发出一声声叹息,为了这些不易破译的文字,更为了千年高昌的消失。丝绸之路如此这般随着历史与城郭的跌宕起伏,寂寞繁荣,自然也是学者长声叹息的一部分。

七、流泪的石窟

火焰山身后的峡谷中,一条布满绚丽图案的画廊静静停留在时间长河中。工匠们从5世纪起,就在这个名叫伯孜克里克[①]的地方开凿洞窟。

为何今天的吐鲁番佛教壁画中,绝大多数人物的眼睛和嘴巴被损坏了?这起源于一个宗教禁忌。在佛教壁画完成后的一个时期,信奉伊斯兰教[②]的当地人相信,壁画人物会在夜晚出来伤害他们的孩子。于是,除掉画像的嘴和眼被认为是有效的方法。

但是,又是什么原因使这些墙壁上的作品完全消失了呢?尽管由于宗教原因致使壁画受到损毁,但仍有相当数量的壁画因地震和塌方被砂

---

① 维吾尔语意为"有美丽装饰的地方"。

② 伊斯兰(al-Islam)意为"顺从""和平",指顺从和信仰真主安拉及其意志以求得和平与安宁。7世纪初兴起于阿拉伯半岛,由穆罕默德创立。信仰伊斯兰教的叫穆斯林(Muslim),意为"顺从者"。伊斯兰教与佛教、基督教并称为世界三大宗教,目前世界上穆斯林总人数超过15亿,分布在200多个国家和地区。

土保存下来。它们被时间封存,侥幸掩埋了几个世纪。后来,是闻风而来的外国探险家“挖”走了它们。

光绪三十年(1904)秋,普鲁士皇家探险队第二次进入新疆。到达吐鲁番的只有两个人,他们是柏林民俗博物馆的阿尔伯特·冯·勒柯克(Albert von Le Coq)和博物馆勤杂工瑟奥多·巴图斯(Theodor Bartus)。

勒柯克在日记写道:就在我们清理积沙时,忽然,好像变魔术似的,墙壁上奇迹般地露出了精美的壁画,其颜色是那么鲜艳,就好像是刚刚画完似的。

对勒柯克来说,欣赏壁画并非此行的真正目的。6年前,俄国探险家克莱门茨(D.A.Klementz)是第一个对壁画用刀子的人,他在吐鲁番将壁画揭取运走。克莱门茨的收获极大地刺激了勒柯克,这次吐鲁番之行,他和巴图斯既带着克虏伯公司(Krupp Corp)赞助的金钱,也带着比匕首还要锋利的狐尾锯。他们把许多精美的壁画锯了下来,装进100多个木箱子。这批壁画历经20个月运抵柏林,收藏在柏林印度民俗博物馆。

此举引发了一系列连锁反应。光绪三十一年(1905),俄国探险家奥登堡从敦煌赶到吐鲁番,仅用10天就将切割的伯孜克里克壁画装满了100只木箱带回俄国。宣统二年(1910),橘瑞超来到吐鲁番,他掠走的伯孜克里克壁画,如今收藏在东京国立博物馆和韩国国立博物馆内。民国二年(1913),斯坦因来到吐鲁番,当他看到被肆意切割后的石窟残壁时,对考古同行的粗暴行为感到异常愤怒与惊愕。然而,当他离开时,仍然没有忘记将100箱壁画和文物运向他所服务的英属印度。

伯孜克里克流干了所有的眼泪,那苍老的洞壁上只剩下没有瞳仁的眼眶。我要问,军队被打败了,要塞被攻克了,都城被占领了,高昌还有世界公认和仰慕的伟大文化积淀。如果连这些文化积淀也被偷走了,高昌还有什么?

华灯一夕梦,明月百年心。2000年,我第一次来到这座世界闻名的洞窟。因为早有心理准备,我是带着平静的心态参观这座洞窟的。然而,只要是一个还有呼吸、还有心跳、还有感觉的中国人,你又如何能做到平静呢?那根本就不叫壁画,是被盗画贼无意中遗留下的壁画的边角部分;那根本就不叫艺术,是对人类文明史的一次血泪控诉;那根本也不叫洞窟,是被自称文明人的考古学家们人为制造的一座宗教废墟。

3年前,我又一次来到伯孜克里克门前。导游说,里面的情况好多了。但我没有入洞参观,因为我的眼睛生怕碰到记忆的扳机,我的心脏也无法承载如此重荷。

导游还说,文物工作者将用数字技术对壁画进行复原。对此,我有所保留。我以为,废墟是无法重建的,这就像不能设想,商代的青铜器需要抛光,吴王的断戈需要镀镍,宋版的图书需要上塑,马王堆的汉代女人需要植皮丰胸。我情愿保留它那凄惨苦楚的原貌,如同北京至今保留着被焚毁后的圆明园。因为那是中华民族又一块茧结的伤疤,它能使我们更好地记住历史,记住苦难。

为此,人们心底或许会升腾起一丝淡淡的哀怨,但这的确又没有必要,因为大自然一直珍藏着一条神圣律令:凋谢的终将被新生的代替,必死的生命在根本上是永生的。

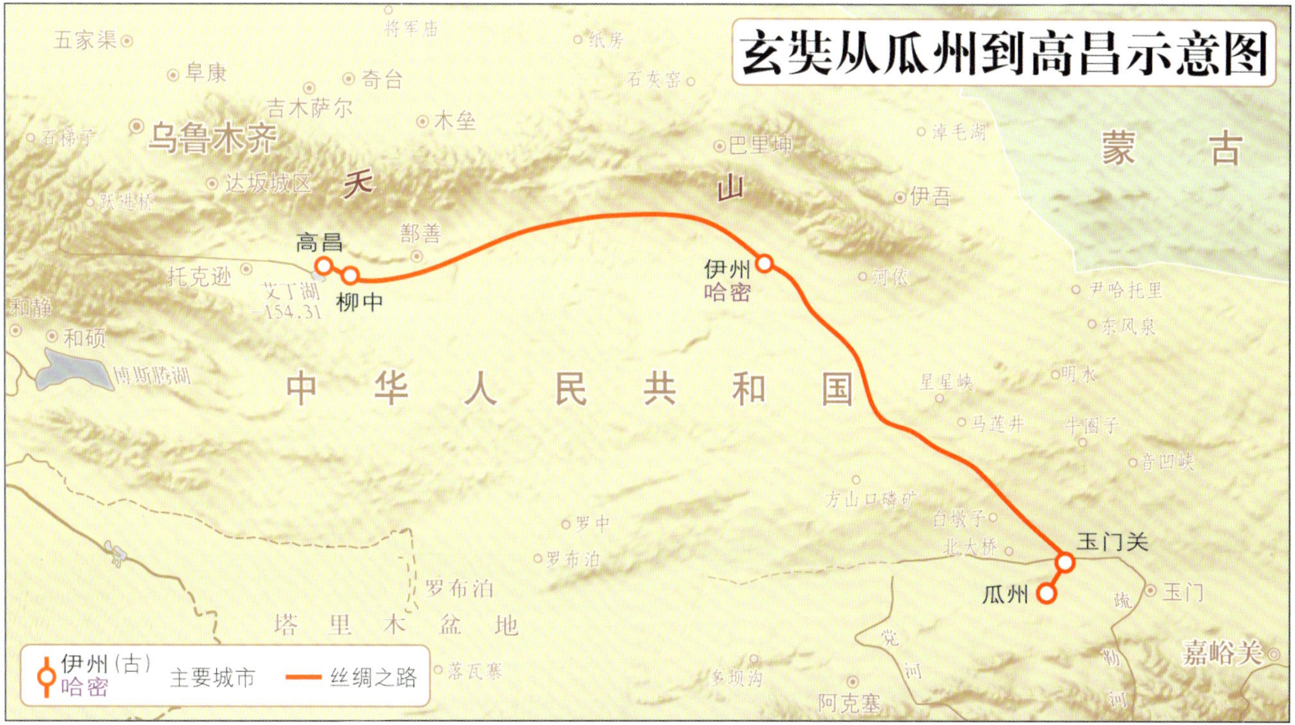

玄奘从瓜州到高昌示意图

玄奘从高昌到碎叶镇示意图

第92天　碎叶镇

玄奘从高昌国出发，经焉耆、库车、阿克苏、凌山、伊塞克湖，抵达了1700公里外的碎叶城。这段路程，唐代马队需要一个月上下。而玄奘到达库车时因大雪封路滞留了两个月，翻越凌山也用了一周时间。

一、赶赴碎叶城

玄奘从高昌动身前，"义兄"麹文泰不仅为他准备了仆从、骏马、路费和致沿途国王的书信，还考虑到西域是西突厥的势力范围，特意派殿中侍御史欢信，护送他前往统叶护可汗庭。

虽然得道高僧应该心如止水，对外界无动于心，所谓"风动帘动而心不动"，而玄奘却是一个感情丰富的人。此时此刻，他再也无法遏制心中涌动的感激，写了一封文辞华美的信给麹文泰，以表达对他的感谢。麹文泰收到信之后的回答就更感人了："法师您既然已经和我结为兄弟了，那么这个国家所拥有的东西当然是兄长我和法师您共同所有的，为什么还要谢我呢？"

而在那个"既然"里，在那个无声的"还"里，有很多不言而喻的含意：也许是不舍之念，也许是兄弟之谊，也许就是梦想本身。

出发那天，全城夹道相送，麹文泰与玄奘抱头痛哭，大家也跟着一起放声大哭。一时间，"伤离之声振动郊邑"。

玄奘一行首先来到《大唐西域记》记载的第二个国家阿耆尼，因为高昌与阿耆尼摩擦不断，所以受到冷遇的玄奘只停留了一天。第二站是丝路重镇——屈支,因为大雪封路,玄奘不得不在此停留了两个月。其间,作为大乘僧的玄奘与龟兹小乘高僧木叉毱多进行了一场令后者汗颜、让听众拍案的"辩经"。之后,向西进入跋禄迦国,休整一天后进入凌山(又名拔达岭),踏上了丝路北道连接中亚草原的天山古道。

大凡平路一定漫长,捷径一定崎岖。这是新疆通向中亚的捷径,也是至为凶险的山路,海拔4200多米,呈南北走向,表层布满风化石,山路陡峭,寒风凛冽,常年积雪,崎岖难行,根本没有干燥的地方可以停留,只能悬釜而炊,席冰而寝。玄奘还听说,凡走这条路的人,不得穿红褐色的衣服,不得携带瓠瓜,不得大声喊叫,否则,"暴龙"就会立刻出现在眼前:狂风骤起,风沙弥漫,落石如雨。人一旦遇上,很难幸存。玄奘一行"十有三四"没能够熬过这段路。

用时7天,玄奘才翻越凌山。

"回程时,不能走这条道了。"玄奘似乎是在告诉随员,也似乎在自言自语。

眼前的伊塞克湖,美丽得如同上帝遗落在人间的一滴眼泪。按说,他们应该在此好好休整一番。但越是美丽的去处,人们越是不会驻足,因为美丽往往是连续的。不是吗?沿着湖南岸西行,他们便一脚踏进了花光如颊、温风如酒、平坦如砥、旷远如梦的碎叶川。

应该是离开伊塞克湖的第三天中午了吧,玄奘法师抬眼望去,一座高高的城墙隐约可见。欢信告诉他,碎叶城就要到了。

近了,已经看到了高大的城门。突然,城门方向传来阵阵鼓角声和战马的嘶鸣,一哨人马从城里鱼贯而出。

一打听,才知道这是西突厥统叶护可汗外出打猎的队伍,原来可汗恰巧近期住在碎叶城,又恰巧让玄奘迎面碰上,玄奘不禁为自己的好运气哑然失笑。

于是,玄奘一行快步迎了上去。

二、见到可汗

统叶护可汗,是西突厥鼎盛时期的最高统治者,此时不仅征服了北部的铁勒(Tiller)[①],而且迫降了阿姆河以南的吐火罗(Tokhar,今阿富汗一带),铁蹄直达今阿富汗境内的迦毕试国,汗帐设在千泉(今吉尔吉斯斯坦托克马克附近)。

在马背上,可汗愉快地接过了高昌王的书信,因为他的长子娶了高昌王的妹妹,他与高昌国有姻亲关系。

这封信被记录在《大慈恩寺三藏法师传》中,原文是:"法师者是奴弟,欲求法于婆罗门国,愿可汗怜师如怜奴,仍请敕以西诸国给邬落马递送出境。"意思是,法师是奴仆我的弟弟,想要到婆罗门国求法,期望可汗可怜这位法师就像可怜奴仆我一样,并请您下令给西面的诸国,让他们给我这个弟弟马匹,送他出境。这段话之感人,已经到了声泪俱下的程度。

看完这封口气谦恭的信,统叶护恭敬地对玄奘施礼,派人将玄奘安置在城内,叮嘱手下小心侍候,约定狩猎回来后相见。

三天后,可汗打猎归来,将玄奘请到汗帐之中。这个帐篷不但比一般帐篷要大,而且里面"金华装之,烂眩人目"。可汗坐在上首,贵族将军在可汗前面列成两排侍坐,后边则立着全副武装的武士。这样的排场,让见过世面的玄奘也不由心生赞叹:"虽穹庐之君亦为尊美矣。"

根据玄奘的观察和记载,突厥不使用木制家具,只是在帐篷里铺上地毯,席地而坐。《大慈恩寺三藏法师传》对于这一现象的解释是:"突厥事火不施床,以木含火,故敬而不居。"不过,可汗为了表示尊敬,专门准备了一把铁交床,上面铺上厚厚的坐垫,请法师舒适地落座。随后,玄奘引入欢信,呈上了高昌王的礼物。欢信自远方来,而且带着贵重贡品,可汗当然喜不自禁,赶忙为欢信赐座,并且奏乐设宴款待两位贵宾。

玄奘还应可汗的请求,介绍了什么是佛,何为佛法。当然,这纯属外交礼仪,因为想让以征战和杀人为乐的可汗,去信仰不杀生、莫争胜的佛教,好比让职业拳击手去读哲学博士一样。

几天后,玄奘告诉可汗,自己得走了,因为前往印度的路还很漫长。可汗很是友善,在军队里寻找通晓汉语和西域各国语言的少年,封他们为官,一路相送。照例还有丰盛的施舍——绯绫法服1件、绢50匹,并且率领群臣送出十余里。有趣的是,可汗在分别前劝玄奘说:"法师不必前往

---

① 中国北方古代民族,又称狄历、丁零、敕勒、高车,隋唐时期分出薛延陀、回纥(后称回鹘、维吾尔)、仆骨、同罗、拔也古、思结、契苾、浑、拔悉密九部。

印特伽国(指印度),那里太热了,十月份就和这里的五月一样。我观察法师的容貌,到了那里恐怕会被晒化的。那里的人不仅衣着随便,而且肤色很黑,缺少礼貌和尊严,不值得法师前去观看啊。”

玄奘愕然,他张了张口,想说点什么,但又感觉没有多少必要。

遗憾的是,玄奘离开不久,统叶护可汗就被杀了。

三、西突厥汗国

西突厥,是相对于东突厥而言的。突厥的分立,最早还要追溯到北周时期。

突厥木杆可汗上任后,凭实力统一了蒙古草原。北周天和二年(567),他又请叔父室点密率10个部落西征。西征军马头所及,势如破竹,灭亡了不可一世的嚈哒,控制了南达吐火罗,西至里海,北到贝加尔湖(Lake Baikal)的辽远区域。

西征胜利后,室点密自立为西面可汗,仍旧遥尊木杆可汗为总统领。但是,当室点密将西面可汗的荣誉头衔传给儿子达头,木杆可汗将突厥可汗的正统头衔传给并非亲生儿子的沙钵略时,西面可汗就不服气了。不久,达头可汗联合木杆可汗之子阿波可汗和贪汗可汗挑战沙钵略,并于隋文帝开皇三年(583)宣布成立西突厥汗国。于是,突厥分裂为东西两部分,两大集团形同水火,动若参商。

西突厥射匮可汗当政时期,疆域东扩到阿尔泰山和玉门关以西,可汗庭设在龟兹北部的三弥山。

射匮可汗病死后,他的弟弟统叶护可汗接过汗杖。他像前几任可汗一样,把开疆拓土作为人生乐趣,成为阿姆河两岸说一不二的人。西部的千泉只是他的夏都,他一到寒冷季节就进入碎叶城居住。碎叶,才是他真正的汗庭。①

当时的碎叶城由粟特(Sogdiana)所建,“城周六七里,诸国商胡杂居。”而碎叶城所在的碎叶川,东西长约200公里,最宽处80公里,呈椭圆

---

① 见努尔兰·肯加哈买提《碎叶》,上海古籍出版社2017年版。

形，东部与伊塞克湖连接，西部与塔拉斯盆地连成一体，并与费尔干纳谷底相通，襟山带河，锁湖控原，位居要冲，交通四方，是丝路北道的主干线。从此向东，沿天山北麓的草原丝路，经弓月城（今新疆霍城西）可以到达北庭；向南翻过天山，可以到达塔里木盆地各绿洲城国；向西经怛逻斯，可以前往粟特、大食、罗马；向西北沿里海、黑海远去，可以进入俄罗斯、东欧腹地。占据了碎叶城，就控制了碎叶川，也就卡住了丝路北道的咽喉，不怕来来往往的商人不交税。看来，统叶护可汗是一个智勇双全的人。

尽管智勇双全，但他身上有着明显的草莽性格，对新事物天生排斥，对部属颐指气使，奖罚升降全凭个人好恶，一言不合就动刀杀人。尤其到了执政末期，他自认无敌，用政苛猛，导致属部葛逻禄（Qarluq）[①]离他而去。将玄奘送走不久，他就被深藏不露的伯父莫贺咄刺杀了。

贞观三年（629），唐太宗发兵灭掉了东突厥汗国。接下来，唐全力对付西突厥，而西突厥根本没有认识到自身危机。莫贺咄仅仅当了两年可汗，就在内乱中丢了性命，统叶护可汗的儿子咥力特勤被迎立为肆叶护可汗。又过了两年，肆叶护可汗被部下赶走。这种持续不断、形同儿戏、亲痛仇快的内讧，严重削弱了西突厥的实力和心气，只有唐朝君臣躲在远处发笑。

二十多年后，唐高宗派苏定方征讨西域，一举俘获西突厥可汗阿史那贺鲁。

灭亡后的西突厥并未完全消失，其中一支，进入印度建立了辉煌的莫卧儿王朝；另一支辗转进入今土耳其，建立了伟大的奥斯曼帝国。其中细节，要到君士坦丁堡一章展开。

四、唐朝最西部的箭头

阿史那贺鲁被俘后，碎叶正式划入唐朝版图。西突厥被灭的第二年，也就是显庆三年（658），唐朝设立了昆陵、濛池二都护府，西突厥十姓部落

---

① 古铁勒的一支，原来游牧于新疆北部草原，后来西迁到中亚十姓突厥旧地。

被肢解为五咄陆、五弩失毕，由阿史那弥射任昆陵都护，拜为兴昔亡可汗，负责统辖碎叶城以东的五咄陆各部；由阿史那步真任濛池都护，拜为继往绝可汗，负责统辖碎叶城以西的五弩失毕各部，濛池都护府的治所就是碎叶。在刚刚夺取的遥远地区，唐高宗任命信得过的突厥人为都护，纯属无奈之举和权宜之策。

这两个突厥人很听话，不代表他们的继任者也听话。龙朔二年(662)，吐蕃大举进犯西域，阿史那弥射的旧部阿史那都支和阿史那步真的旧部李遮匐倒向吐蕃，李遮匐驻扎的碎叶城脱离了唐朝的控制，唐军一度退守西州、庭州和伊州。

调露元年(679)，吏部侍郎、安抚大食使裴行俭以册送波斯王子泥涅师(Narses，纳尔希耶)回波斯为名，用计俘虏了阿史那都支和李遮匐，并将此事刻入纪功碑，立于碎叶。尽管叛乱平息了，但位于碎叶城两侧的西突厥十姓部落素有反叛的传统，从来不甘寂寞，除非把刀架在脖子上。于是唐高宗宣布撤销焉耆镇，设立碎叶镇，焉耆驻兵移师碎叶。如此一来，安西四镇变成了碎叶、龟兹、疏勒、于阗。

接到诏令，裴行俭负责押送阿史那都支等回朝，留下副将兼校安西都护、首任碎叶镇守使王方翼重修碎叶城。在裴行俭和王方翼看来，尽管老碎叶城不算很小，周长有六七里，但它是一座纯粹的商城，不适合远离大本营的唐军在这里驻扎。

接下来，王方翼仅用50天，就建成了一座崭新的城池。它是碎叶史上第一座汉式建筑，交替使用了中亚垛泥法和中原土坯建筑技术，城内建有王方翼衙署，衙署南北端各建有一座佛寺，新城12道城门都作弯曲隐藏状，街道也设计得如同八卦阵一般。与此同时，一批唐军赶来屯戍，这支军队取名“保大军”，属安西都护统领。这座威严耸立在楚河南岸的城池，是唐朝设防最远的一座边陲城市，也是射向最西部的一个箭头。

史载“西域胡纵观，莫测其方略，悉献珍货”。意思是，西域的胡人看到这座新城，猜不透它的厉害，纷纷进献珍宝。

由于王方翼的堂妹是王皇后，所以武则天一直暗中打压王方翼。按说，他是驻守碎叶的最佳人选，但朝廷不久就将他调任庭州刺史，把在安西打过败仗的金山都护杜怀宝重新调回安西。历史上关于杜怀宝的记载有限，我们只知道这是一个孝子，因为驻守边疆不能回家奔丧，只得为父母刻了一座石碑予以遥祭。可惜的是，这个大孝子不是一个好将军，有英雄的理想却没有英雄的天赋，有杀敌的欲望但缺少杀敌的谋略，根本压不住阵。

永淳元年(682)，西突厥阿史那车薄啜发动叛乱，易守难攻的碎叶城居然被杜怀宝弄丢了。还好，杜怀宝有一匹好马，得以成功逃到弓月城，然后向朝廷紧急求援。

“你不是说杜怀宝可用吗?”拿着烫手的求援信，李治皱着眉头问武则天。武则天当然无话可说。

“除了王方翼，还有谁可用呢?”李治知道武则天与王方翼不对付，便用一双焦急的眼睛看向她。

“还是裴行俭吧。”武则天说。

于是，患有风疾的李治支撑着病体上朝，再次起用病重的裴行俭挂帅西征。但裴行俭启程当晚便撒手人寰，苦守弓月城的杜怀宝也因援兵不到丢了性命。怎么办？西域官兵的目光一下子聚焦在王方翼身上。

英雄和小人最大的区别，就在于是否把个人恩怨放在心上。在国家最需要王方翼挺身而出的时候，他毅然调集起伊州、西州、庭州府兵及所辖的西突厥部落，千里驰援弓月城，并在伊犁河与阿史那车薄啜迎面遭遇，杀死千余名突厥骑兵，将对方一举击溃。

远道而来者居然占了上风，阿史那车薄啜当然不服气，于是拉拢三姓贵族咽面率10万部众加入了叛军的行列，试图用人海战术压倒唐军。热海周边，一马平川，是进行大兵团决战的最佳区域。战鼓擂响后，王方翼身先士卒冲入敌阵，流矢贯通了他的胳膊，他抽出佩刀断去箭镞，然后继续率军奋勇冲杀。

双方僵持不下时，任何一点意外，都会成为压死一方的那根稻草。果然，唐朝联军中的突厥首领密谋绑架王方翼向对方邀功请赏。但密谋者的一言一行，哪怕一个眼神，都别想瞒过这位名将锐利的眼睛。战争间隙，他以召开军前会议的名义，通知突厥首领们前来开会，并公开承诺给予奖赏。70多名突厥首领张着嘴巴傻乎乎地到齐后，被依次砍掉了脑袋。时值风起，王方翼命令手下擂响战鼓，从而掩盖了密谋者临死前的哀嚎。

接着，他兵分两路，分头痛击阿史那车薄啜与咽面，形同两道闪电贯通了辽阔的原野,原野上弥漫起惨不忍睹的腥风血雨,300多名西突厥酋长被生擒,声势浩大的叛乱被平息。唐军打扫战场时,那轮硕大的夕阳还没落山。

战后,王方翼离开安西,调任夏州(今陕西北部)都督。赴任前,李治召见立下不世之功的王方翼,发现了他肩上的血渍。王方翼褪下衣袖,让皇帝验看创伤,并复述了热海那恢弘而血腥的一幕。听罢,皇帝叹息说:“为国致身,乃吾亲也!”

李治驾崩后,王方翼被莫名其妙地下狱治罪,继而流放天涯——崖州。接到判决的那一刻,他只是鄙夷地一笑。不久,一代名将死在流放途中,终年63岁。

说起来,为臣之道无外乎,一要有足够的战功和智慧,能从君主手上成功获取功名利禄;二要不让君主感受到一丁点儿的威胁,从而不为君主这只猛虎所伤。这就好比火中取栗,实在是一个高难度动作。因此,中国历史上名声赫赫的文臣武将大多下场悲惨,比干被挖心而死,伍子胥被赐剑自刎,李斯被腰斩于市,韩信功成被灭,周亚夫在狱中绝食而终,长孙无忌被逼自杀,岳飞被拉胁而死,寇准死在贬谪路上,于谦上了断头台,袁崇焕惨遭凌迟,年羹尧被皇帝赐死。古往今来,立有奇功得以善终者,唯有装聋卖傻的萧何和郭子仪而已。对此,王方翼应该有思想准备。

五、又一座大云寺

王方翼死了,武太后满足了。

早在年轻时代,这个长着大大的黑眼睛的女人就心硬似铁。她的优势在于,可以充分运用身体的魅力,去获取看似不可能得到的一切。而且,最与众不同的是,她诱人的躯体上,还有一个像外科手术刀一样锋利无情的大脑。唐太宗在世时,她就很讨这个强权者喜欢。在为唐太宗守灵时,她又偶遇了太子——随后继位的唐高宗。当她用那双大大的黑眼睛含情脉脉地看着这个比自己小4岁的男人时,对方恨不得把天下都给她,只要她开口。

这个从后宫[1]五品才人、二品昭仪、一品宸妃(因四夫人名额已满,李治为武则天创了宸妃封号)一步步走到皇后、皇太后的女人,已经尝到了玩弄权术的甜头。在大儿子李显被她废为庐陵王,发配到房州,名义上的皇帝——小儿子李旦被她软禁在宫里,成了木偶一样的摆设后,朝廷的威胁一一消除,她距离朝思暮想的皇位只有一步之遥了。

武则天尽管投胎成了女孩,可万丈雄心并无丝毫改变。然而,她也知道,男尊女卑、三纲五常已经深入每一个官员和百姓的骨髓,如果她想要戴上皇冠,必须找到理论依据。她更知道,这样一个冒天下之大不韪的依据,在汉典里是找不到的。哪里才有呢?她朦朦胧胧地记得,自己当初在感业寺为尼时,曾经接触过一本经书,里面好像有关于佛转化成女身到人间称帝的记载。那么,让谁去找到这个也许有、也许根本就没有的记载呢?

一个男人出场了,他叫薛怀义[2],原名冯小宝,本是靠卖野药为生的小货郎,长得身强力壮,一表人才,经过武则天的义女千金公主[3]推荐,成了武则天的男宠。

又是一个令人惬意的夜晚,偌大的宫廷一片寂静。冯小宝和武则天紧贴在一起,没有谁比他和太后走得更近,没有谁比他的心和太后的心贴得更紧。在耳鬓厮磨中,她把寻找这样一个记载的任务,交给了怀中这个具有僧人身份的男宠。

"一定千方百计找到它。"吩咐这件事时,太后眼里闪烁着信任与期待的光芒。

读武则天的历史,有时感觉像看魔术师的逃生表演,你明明看到她被规则限制死了,她却依然能游刃有余地死里逃生。

回到白马寺,薛怀义立刻发动僧人查找有关记载。几天过去了,却一

---

① 唐代后宫沿袭隋朝,皇后以下设贵妃、淑妃、德妃、贤妃,是为四夫人,正一品;昭仪等9人为九嫔,正二品。婕妤9人为正三品,美人9人为正四品,才人9人为正五品,以上三级是27世妇。宝林27人为正六品,御女27人为正七品,采女27人为正八品,以上三级是81御妇

② 武则天的第一个男宠,原名冯小宝,今陕西户县人,精通建筑、雕塑、医术、武术。

③ 唐高祖李渊的女儿,始封千金公主,武则天称帝后诛杀李氏各王,千金公主因善于逢迎得以幸存,主动请求做了武则天的义女,她曾把冯小宝推荐给武则天作为男宠,后来被武则天改封为安定大长公主。

无所获。情急之下，薛怀义只能以白马寺住持、大将军、梁国公的身份，命令各地僧人一起寻找这个连他都认为不可能有的记载。

载初元年(690)，这样一个记载居然被提云般若译场的法明和尚发现了。这部经书是由印度高僧昙无谶(Dharmaraksa)翻译的，名叫《方等大云经》。其中有两段关于女人当国王的经文。一段经文大意是：佛祖告诉净光天女，王的夫人就是你的前世，因为你听过《大涅槃经》，才成了天女，学到了佛法，进而转世为王，得了转轮王四分之一的国土。你尽管是女身，但已是菩萨，可以称王了。另一段经文是：南天竺有个叫无明的小国，王城叫熟谷，国王叫等乘。等乘的女儿增长既聪明美丽，又遵守佛律。因为增长礼佛，所以大地丰收，民众快乐，国家强盛。国王死后，人民一致推举增长为国王。佛祖对净光天女说，增长女王就是你的身，你数度轮回得到了最上乘的佛法，所以让你以女身统治国土。

“太好了！但这还不够。”因为北凉时代的昙无谶翻译经书时，武则天尚未出生。经文里，也缺少与武则天的直接关联。于是，薛怀义等人决定对《方等大云经》进行注释，在释文中加上疏解，把经和疏混在一起重新排版印刷。经过一个多月的努力，一部崭新的《大云经疏》面世了。

七月，薛怀义、法明等将《大云经疏》敬献给了武则天，书中甚至出现了武则天称帝的谶语，如“火德王，王在止戈”，意思是火德为王，而王是“止戈”，止与戈合起来就是“武”字。另一处谶语就更露骨了，原文是“三六年少唱堂堂，次第还歌武媚娘”。呈表中还说，武皇太后是弥勒佛转世，来世间做“阎浮提主”(大地主宰)。在佛教教义中，释迦牟尼佛是这一世佛，下一世佛是弥勒佛。说武则天是弥勒佛转世，等于变相说她是来这个世界救苦救难、普度众生的，那么当皇帝就顺理成章了。

就这样，靠着一伙僧人的“创造性劳动”，女人不能执政的观念不攻自破。于是，朝廷发布命令，两京(长安和洛阳)和各州都要修建大云寺，内藏《大云经》及舍利函、雕像、法器等珍品，使僧升高座讲解，向全国宣传“女身当王国土”的合法性，并将佛教的地位提升到道教之上。9名参与注疏的高僧被封为县公，赐紫袍袈裟，冯小宝还官拜正三品左威卫大将军。

两个月后，690年10月16日，武则天的四子，28岁的唐睿宗李旦退位，66岁的武则天称“圣神皇帝”，改国号为周，改元天授，称“圣神皇帝”。妇女成为中国皇帝,这是第一次,也是唯一的一次。

一个女人要想掌控专制王朝,必须有过人的计谋和非常的手段。刘邦的夫人吕后就是个狠角色,叱咤风云的大将军韩信就死在她手里。但武则天比她还狠,只是武则天从不亲自去做。“君主应该自己施恩,让别人受过”,这句马基雅维利(Machiavelli)的名言,被武则天运用得出神入化。她先是发明了一种告密制度,鼓励天下民众举报对朝廷不满之人,即便举报不实也不承担任何责任。然后任用索元礼、周兴、来俊臣、侯思止等一批酷吏掌管制狱,被举报者一旦落入这些酷吏手中,酷吏们就会发明出各种酷刑折磨这些人,能活着出狱的百无一二。她在利用酷吏将对她构成威胁的李姓宗室和老臣扫荡干净后,会将这些失去使用价值的酷吏一一杀死,还美其名曰伸张正义。于是,她此后发出的政令,没人再敢说半个“不”字,甚至没人再敢做出一个貌似不在乎的表情。可以说,她执政时期,是古代中国执行力最强的时期之一。

各州县接到修建大云寺的敕令,当然一刻也不敢耽搁,一座座大云寺拔地而起。武威大云寺、临汾大云寺、商州大云寺也披上了武则天的佛光,就连安西四镇也各自拥有了大云寺。其中,碎叶镇的大云寺建于天授三年(692)以后,这是一座汉式与粟特风格相结合的建筑,寺院里供奉着武则天转世前的形象——弥勒塑像。

岂不知,她斗得过所有女人,斗得过无数敌人,也斗得过老谋深算的前朝老臣,却斗不过命运,斗不过岁月,更斗不过性别的生理局限和文化局限。当初,为了和李氏的唐朝划清界限,她将国号改为武氏的周朝,并且一度动议立侄子武三思为太子。可是,身边的大臣们提醒她,当陛下的武姓侄子日后为帝,只会在祖庙里供奉亲生父母,怎么会供奉身为姑母的您呢?能供奉陛下您的,只有您的亲生儿子。言外之意,你的性别决定了,自从你嫁入皇家的那一天,你就永远是李氏的人了。尽管有一万个不情愿,她还是没有改变三儿子李显的储君身份,并在客观上承认自己死后还政于李氏。这就好比一个人气喘吁吁地走了一夜,等到天亮一抬头,发现自己到达的居然是出发时的原点。

神龙元年(705),李显复辟,立即昭告天下,将国号改回“唐”,凡郊庙、社稷、陵寝、百官、旗帜、服色、文字都恢复永淳(682—683年,唐高宗的年号)以前故事,大云寺当然在被改之列。于是,全国各州的大云寺很快被毁，没有毁掉的也统统改了名字，如于阗、福州、邢台大云寺均改名开元寺，武威大云寺改名天赐庵，商州（今名商洛）大云寺改名西岩院，临汾大云寺被称为铁佛寺。

大云寺，以特殊的使命兴建，又以特殊的方式结束，女皇用这种方式给历史增添了一个岔路，也给后世的历史学家、作家拓展了研究和想象的空间。

六、拱手让出

大云寺改名，像历史同女皇开了个不大不小的玩笑，但碎叶镇丢了，就不是玩笑了。

垂拱元年（685），武则天刚刚成为皇太后，西突厥首领阿史那他匐就发动叛乱，占领了碎叶镇。好在，第二年秋，西突厥继往绝可汗之子斛瑟罗成功镇压了阿史那他匐，重新夺回了碎叶城。为了安抚和鼓励他，武则天下令将防务全部移交给阿史那斛瑟罗，唐军在碎叶的军事设施和屯田建制全部撤销，碎叶不再设镇。毋庸置疑，是武则天放弃了碎叶。

当一个富得流油的邻居失火时，卷起袖子救火者一定很少，趁火打劫者一定很多。大周天授元年（690），武则天正忙于改朝换代，重新复兴的东突厥可汗阿史那骨咄禄突然领兵西征，横扫天山北麓，然后攻入武周所册封的继往绝可汗兼濛池都护所管辖的西突厥右厢部落，进围碎叶城。继往绝可汗力尽援绝，只有放弃碎叶城，带领六七万部属逃往中原。

第二年，远西又传来消息，说西突厥别部——突骑施首领乌质勒——大破阿史那骨咄禄，光复了碎叶城，还组织粟特工匠在旧城西南角建了碎叶宫城，然后将牙帐迁到这里，称碎叶为大牙，弓月城、伊丽水为小牙。好在，突骑施一向听朝廷的话，说是替朝廷夺回了碎叶。

武则天也乐得接受这份飞来的礼物，下诏让碎叶重新取代焉耆，入列安西四镇。恰逢唐武威军总管王孝杰率兵击败吐蕃，收复了安西。然后，朝廷派出24000名军人常驻安西四镇，唐碎叶镇守使再次出现在史册中，他们是韩思忠（694—697）、周以悌（704—708）、吕休璟

(710—714)[①]、阿史那献(714—715)、李琮(716—719)[②]。

开元六年(718),草原“暴发户”突骑施可汗苏禄率兵南下,攻陷了唐朝册立的西突厥可汗阿史那献驻扎的碎叶城,重建了一度陷入低潮的突骑施汗国。

为了拉拢苏禄,朝廷派出使者,于开元七年(719)赶赴碎叶城,册封苏禄为突骑施十四姓忠顺可汗兼金方道经略使,并按照苏禄的要求,将碎叶公开出让给他作为牙庭。做出出让决定的,不是一个懦弱的帝王,而是一手开创了“开元盛世”的李隆基。既然是“开元盛世”,为什么轻易舍弃一个地盘巨大的军镇?难道是盛世思维挡住了视线,让人忘了居安思危和寸土必争?

3年后,为了拴住对方,唐玄宗封十姓可汗阿史那怀道之女为交河公主(又称金河公主),嫁给了苏禄。

从此,唐军永远作别了这座雄伟的城堡。算起来,唐军在碎叶城整整驻扎了40年,是一个人恰好人到中年的长度。

七、李白诞生地

酒入豪肠
七分化作月光
剩下的三分
啸成了剑气
绣口一吐
就是半个盛唐

以上是台北诗人余光中的《忆李白》。作为中国历史上最有才华、名气最大也最为高傲的诗人,李白受到的关注,可谓前无古人,后无来者。

开元二十三年(735),也就是16岁的美人杨玉环嫁给15岁的寿王李瑁(唐玄宗第18子)那年,34岁的李白就进入了长安,偶遇了《少小离家老大回》的作者、工部侍郎贺知章,随手递上了一沓自己的诗作。对于这个

---

① 今陕西大荔县人,景龙四年(710)任右领军卫将军、检校北庭都护兼碎叶镇守使。
② 唐玄宗长子,开元四年(716)遥领安西大都护,并未到任。驻扎碎叶的仍是阿史那献。

寂寂无名的白面书生，贺知章并未看在眼里。然而，当他闲极无聊，偶然翻开这个无名小辈的《蜀道难》，刚刚读到“蜀道之难，难于上青天”，就站了起来。又读到“尔来四万八千岁，不与秦塞通人烟。西当太白有鸟道，可以横绝峨眉巅”，不禁连连惊叹，说：“公非人世之人，可不是太白星精耶？”

很快，被贺知章称为“谪仙人”的李白进入唐玄宗的视野，继而被从隐居的南陵（今属安徽）征召进京。41岁的李白进宫时，唐玄宗降辇步迎，以七宝床赐食于前，亲手调羹。

然而，在担任供奉翰林期间，他居然让唐玄宗宠爱的杨贵妃为其研墨，让权倾朝野的宦官高力士为他脱靴，①导致李白受到了高力士、杨贵妃的诋毁，进而被唐玄宗“赐金还山”。

李白被贬出京城，是文坛的幸事。因为官场上少了一个被迫粉饰太平的官员，文坛上多了一位光照千古的巨星。所谓文学是仕途的伤口，李白就是最好的注脚。

试想，没有对仕途的幻灭，哪来后世公认的“诗仙”之名？哪来杜甫眼里的“天子呼来不上船，自称臣是酒中仙”？

没有远离长安的归隐，哪来贺知章口中的“谪仙”之实？哪来“举杯邀明月，对影成三人”的静谧与悠然？

没有归隐之后的特立独行，哪来“一生好入名山游”的评价？哪来“五花马，千金裘，呼儿将出换美酒，与尔同销万古愁”的张狂？哪来“孤帆远影碧空尽，唯见长江天际流”的奔放？

没有远离官场之后的灵魂涅槃，怎能写出“飞流直下三千尺，疑是银河落九天”的壮美图景？又岂能悟出“桃花潭水深千尺，不及汪伦送我情”的真挚情谊？

一方水土养育一方人。那么，需要怎样的辽阔才能孕育出这般的豪放？

陈寅恪认定，李白先世是汉化的胡人。

郭沫若则考证说，李白出生在碎叶城，五岁那年随家人迁居剑南道绵州（今四川江油市青莲乡）。因为李白《与韩荆州书》中说：“我本陇西平民，流落至楚汉之地。”

---

① 见段成式志怪笔记小说《酉阳杂俎》，中华书局1981年版。

林梅村认为，汉族人口大规模迁入中亚，在7世纪中叶唐太宗于碎叶设镇之后。当时，大批唐军及其家眷抵达碎叶戍边，使得当地汉族人口大增，李白差不多就出生在这一时期。①

李白子女的名字也证明这一点，和李白同时代的魏颢在《李翰林集序》中说，李白第一个妻子姓许，生了一女一男，女孩叫平阳，出嫁不久就死了；男孩叫伯禽，小名明月奴。许氏死后，李白娶了刘氏，但不久就分手了。在游历期间，李白和一个山东任城女子结了婚，生下一个儿子，取名天然，小名颇黎。他的第四任妻子姓宗，这个河南女子很贤惠，一直陪伴他到生命的尽头。

大漠的长风，热海的波浪，草原的旷远，为李白的文学生涯打上了深深的烙印。可以说，他不属于长城之内的唐，他属于具有世界胸襟的大唐。

八、零落成尘

开元二十五年(737)，苏禄死于部将之手。时隔两年，唐与石国、史国联军从苏禄之子手中夺回碎叶，交河公主也回到内地。鉴于当地胡人一而再再而三地反叛，天宝七年(748)，北庭节度使王正见毁掉了这座似乎被注入了反叛基因的军镇。3年后，杜环路过碎叶，发现“城壁摧毁，邑里零落”。

至德元年(756)，在内地，一个名叫安禄山的胡人将军公开叛唐；在中亚，游牧部落葛逻禄也高调亮相，灭掉了突骑施汗国，宣布立碎叶为都，并新建了碎叶罗城和两座景教教堂，使这片寂寞的土地在一百多年中都沐浴了景教的光辉。

9世纪末的一天，喀喇汗王朝征服了葛逻禄，夺走了碎叶，却将都城设在巴拉沙衮(Balasayun)②。又过了一百年，契丹人的一支逃兵——西辽流浪到中亚，别看他奈何不了大金国，但对付喀喇汗王朝和花剌子模(Khorazm)③却绰绰有余。站稳脚跟后，西辽也把首都设在巴拉沙衮，那

① 见林梅村《汉唐西域与中国文明》，文物出版社1998年版。

② 今吉尔吉斯斯坦托克马克附近的布拉纳城。

③ 意为“太阳之地”，由唐代昭武九姓的火寻国发展演变而来，后被蒙古所灭。

一年是1134年。

在此,我必须遗憾地告诉你,碎叶像一位被无情遗弃的王后,不仅失去了原先的中心地位,而且还被一群野蛮的士兵残忍地肢解了。苏联考古学家科兹拉索夫(L.R.Kyzlasov)说,它于10世纪中叶毁于样磨人(Yayma)①。还有人说,它毁于喀喇汗王朝。就这样,这个"绝代佳人"迥然消弭在历史的尘沙之中,像一阵青烟,更像一个梦。

从19世纪末到20世纪初,先后有几支探险队光临碎叶川,在今吉尔吉斯斯坦托克马克城西南8公里处的阿克·贝希姆(Ak-Beshim),发现了一处古城。他们都说,这是巴拉沙衮。

但1961年,一篇题目叫《阿克·贝希姆即碎叶》的文章惊醒了考古界,作者是英国语言学家拉尔德·克劳森(Gerard Clauson)。可惜,这只是他的推断,拿不出什么证据。

细心的读者可能会注意到,到了考古学发展的关键时刻,总是出现英国人,前有斯坦因,今有克劳森。当打开他们的履历就会发现,这些人无一例外,都甘愿抛弃舒适富足的海岛生活,天天与田野和骷髅为伍,而且立志终生不娶。知道了这些,您还会对他们考古素养、职业敏感如此之高感到奇怪吗?

1982年,当地水官在一座佛寺里,发现了一块汉式残碑。经鉴定,这是杜怀宝为亡父母打造的冥福造像碑。由此,克劳森的推测被证实:阿克·贝希姆就是消失千年的碎叶城。

假如您仍将信将疑,新证据又不请自到了。1997年,当地居民在阿克·贝希姆南侧的另一座佛寺附近,发现了一块刻有汉文的残碑。经检验,这是裴行俭平息西突厥叛乱后所立的纪功碑。

真相终于大白:阿克·贝希姆就是碎叶城。只是,这座唐代中国城,历经千年的战火与风雨,已经风化成一座巨大的土堆。

繁华从此落幕,文明却穿越时空。

---

① 又名咽面,九姓铁勒的一支,早期游牧于热海与喀什一带,后来与葱岭西回鹘一起建立了喀喇汗王朝。

杜环游历路线示意图
欧洲
亚洲
非洲
大洋洲
中华人民共和国
黑海
里海
地中海
阿拉伯海
孟加拉湾
印度洋
太平洋
黄海
东海
南海
黄河
长江
尼罗河
利比亚沙漠
撒哈拉沙漠
恒逻斯城
江布尔
石国
塔什干
碎叶镇
托克马克
木鹿
马里
康国
撒马尔罕
缚达城
巴格达
广州
缚达城(古)
巴格达
主要城市
杜环游历
非洲路线
杜环去程路线
杜环返程路线

杜环游历路线示意图

第97天　怛逻斯

素叶城西行四百余里至千泉。千泉西行百四五十里至呾逻私(音译,后一般写作怛逻斯)城,城周八九里,诸国商胡杂居也。

——玄奘《大唐西域记》

一、一座商城

告别西突厥可汗,玄奘西行400余里,来到千泉。玄奘告诉我们,千泉这个去处,方圆200余里,南面是皑皑的雪山,其他三面是茵茵的平川,水源充沛,土地肥沃,林木扶疏。每到暮春,杂花若绮,泉水蓄成的池塘多达千处,因而得名千泉。每年夏季,可汗都会到此避暑。这里有成群的驯鹿,身上佩戴着铃环,这些鹿已经习惯与人亲近,见了人轻易不会惊慌逃遁。可汗十分欣赏与喜爱鹿群,于是对臣民下令:"敢加杀害,有诛无赦。"因此,群鹿得以保全,寿限到了才会死亡。

我一度认为,这些以狩猎为业、嗜杀成性的可汗,会像荒漠一样拒绝青草,会像严冬一样缺少热情,会像石头一样冰冷僵硬,会像死水一样固步自封,但听到这条放射着人性光辉的珍稀动物保护令,我真的对他肃然起敬。于是我想,假如我们都能像珍惜眼睛一样珍惜一个水塘,像关心纸币一样关心一片叶子,像宠爱女儿一样宠爱一只动物,何愁地球不是一个万紫千红、生机盎然的世界?

玄奘在《大唐西域记》中介绍,"千泉西行百四五十里至呾逻私城,城周八九里,诸国商胡杂居也。土宜气序,大同素叶。"意思是,从千泉西行一百四五十里,就是"呾逻私"城。在这里,玄奘的记忆肯定出现了瞬间的恍惚，因为经地理学家勘测，千泉、怛逻斯两地相距150公里，相当于唐代的280里。准确的说法来自于《新唐书·地理志》："自碎叶西十里至米国城，又三十里至新城，又六十里至顿建城，又五十里至阿史不来城，又七十里至俱兰城，又十里至税建城，又五十里至怛逻斯城。"①

也就是说，在玄奘路过时，这里像碎叶镇一样，是丝路北道上胡商杂居的一座商城。这座城市的源头，目前只能追溯到西汉时期。

二、一颗人头

怛逻斯城首次出现在史料中，是来送一颗人头的。

公元前1世纪，蒙古草原上的匈奴已分裂为南北二部，南匈奴单于呼韩邪(yé)向汉称臣，娶了四大美女之一的王昭君；北匈奴单于郅支则夺路西去，顺便占领了坚昆和丁零。站稳脚跟后，郅支要求汉朝送还在长安做人质的太子。对于知趣远遁的郅支，汉朝显得姿态很高，专门派使者谷吉不远千里送还了太子。初元四年(前45)，一见到太子，郅支就过河拆桥，把汉使谷吉砍了脑袋。

"凡兵，不攻无过之城，不杀无罪之人。"这是古代战争约定俗成的规矩。当冷静下来，郅支就意识到，自己就像牛，本是吃草，却错嚼了带刺的玫瑰。他担心汉朝报复，于是放弃了刚刚占领的坚昆，继续向西方逃窜。汉初元五年(前44)，也就是罗马人的英雄恺撒被刺杀那年，郅支到达康居。

康居王盛情款待了他，与他结成了同盟。为表诚意，康居王把女儿嫁给了郅支，郅支也把女儿嫁给了康居王。这种政治联姻多年后还在用，比如本·拉登(bin Laden)与毛拉·穆罕默德·奥马尔(Mullah Mohammed Omar)就互为岳父又互为女婿。

既然不分你我了，郅支开始以康居保护人自居，对康居王颐指气使，在今哈萨克斯坦塔拉兹附近建立了新的都城，以自己的名字命名为郅支城——也就是唐代的怛逻斯。他还传令西域各国进贡，并封闭了繁忙而灵动的丝绸之路。

---

① 见欧阳修等《新唐书》，中华书局1975年版。

汉朝多次派人索要谷吉的尸体，郅支不仅予以拒绝，而且写信嘲讽汉帝刘奭。

建昭三年（前36），甘延寿被任命为郎中谏议大夫、使西域都护骑都尉。他的助手是副校尉陈汤，山阳瑕丘（今山东兖州北）人，山东人。就是这两个人，违反汉律，冒用皇帝的名义调发西域各国军队，连同屯垦军共4万余人出征郅支。临行前，两人联手上疏刘奭，陈说了紧急出兵的理由，并表示接受“因假造皇帝诏书征兵而触犯刑律”所应该接受的任何惩罚。信使打马东去的同时，甘延寿与陈汤也引兵西去。也就是说，皇帝任何要求军队撤回的命令，都已无法对他们产生影响。

大漠沙如雪，天山月如钩。秋月下的中亚大草原，一支庞大的军队正衔枚疾进。西征军兵分两路——南路翻越葱岭，穿过大宛国；北路经温宿、乌孙、康居，在距离郅支城几十公里的地方成功汇合。

听说汉军西来，心惊胆战的郅支强打起精神，派出使者前往汉营询问来意。甘延寿、成汤回应说：“听说单于客居康居，处境艰难，所以汉帝派我们前来迎接单于一家回汉地居住。”郅支明白自己的劣迹，当然不会上当，只是让使者来回捎话，打口水官司，显然是在拖延时间。

“舌头淹不死顽敌”，第二天，当第一缕曙光洒上绿洲，木城外壳包裹着土质城墙的郅支城出现在西征军视野里。陈汤令旗一挥，大队人马风驰电掣般合围过去。

北匈奴在四个城门设下鱼鳞阵应战，已形成合围的西征军则用火烧木城外壳。傍晚，郅支命令数百名骑兵做试探性突围，但被西域联军用弓箭射了回去。眼看无法突围，郅支只有死守。他亲自披甲登上城楼，与几十名妻妾一起以弓箭射击攻城者。结果，郅支的鼻子被西域联军射中，血流不止；更可怜的是，他的多名妻妾被箭矢射中，香消玉殒。

半夜时分，木城陷落，北匈奴将士被迫退入内城——土城。天刚擦亮，西征军就从四面突入土城，郅支率领百余名男女逃进宫殿。汉军发起火攻，然后争先恐后杀进宫内，剑剑入肉，刀刀见血。郅支单于被乱军刺死，头颅被军侯假丞杜勋砍下。

当时没有照相术，要想证明一个人死了，只能很不恭敬地把死者的脑袋切下来，然后上漆、装匣，由驿马传送给上司验看。很快，这颗大好头颅被快马传送到3300公里外的长安。随之，两个不光彩的记录被郅支改写:他是第一个被汉军在战场上砍头的单于,也是第一个身首异处、死后不能全尸埋葬的冒顿子孙。

汉军的战绩还有,匈奴阏氏、太子、名王及以下1518人被杀,1000余人投降,145人被生俘。其中被俘的,还有部分罗马雇佣军。战后,多数俘虏被甘延寿和陈汤送给了跟随自己出兵作战的西域15国国王。

大功告成的甘、陈二人,谁也没有揽功诿过,因为揽功也会揽到矛盾,诿过也会诿掉信任。二人联名上奏刘奭说:臣听说天下大义,应当是八方统一,从前有唐虞,如今有强汉。匈奴呼韩邪单于已经在北面称臣,唯有郅支单于逆势反叛,没有受到应有的惩罚,因此大夏以西各国都以为强大的汉帝国无法使他臣服。郅支单于残忍狠毒地对待民众,大恶已经逼近苍天。臣延寿、臣汤统领正义之师,替天诛恶,多亏陛下神灵保佑,才使得阴阳调和,天气清明,陷阵克敌,砍了郅支的首级,杀了名王以下的人。应当将郅支的首级高悬在属国使节居住的槁街,以此昭示万里之外,使所有人明白,"犯强汉者,虽远必诛!"

接到底气十足的奏疏和木匣中郅支的人头,刘奭到底有什么反应,史书上没有记录。类似的情景在后来的《三国演义》中出现过:孙权把关羽的头装在木匣子里送给了曹操,曹操打开木匣子,对着关羽的头冷笑道:"云长公别来无恙?"

对于大臣们要治甘延寿、陈汤矫诏之罪的建议,刘奭不仅没有理睬,反而将甘延寿封为义成侯,拜为长水校尉;将陈汤赐爵关内侯,拜为射声校尉。每人食邑200户,各赏黄金100斤,年俸禄定为2000石。然后,大赦天下。

随后,战败的北匈奴从蒙古草原和西域消遁,直到3个世纪后从匈牙利平原冒出来,给哥特人(Goths,日耳曼人的一支)和罗马人制造了无穷的麻烦,在欧洲引发了持续百年的动荡和多米诺骨牌效应(Domino Effect),以至于被绝望的欧洲人称为前来惩罚他们的"上帝之鞭"。

三、自毁屏障

怛逻斯再次出现在史册中，已是玄奘路过时期了。

玄奘抵达时，西突厥正处于极盛时期，没人敢挑战他的权威，也没人敢阻断丝路。但没有人敢于挑战，不代表没有人不想挑战，因为西部不远处也有一个巨人在崛起。

这个巨人，名叫大食。

大食，是唐人根据波斯语对阿拉伯帝国的称呼。“阿拉伯”一词的原意是“沙漠”，一般指阿拉伯半岛中的沙漠地带。这个世界上最大的半岛，自古就是东西方文明的交汇之地。6世纪末、7世纪初，阿拉伯半岛进入原始氏族解体、阶级社会形成的剧烈动荡时期，迫切需要一种思想将阿拉伯人（Arab）凝聚在一起。在此背景下，穆罕默德（Muhammad）①创立的伊斯兰教应运而生。

穆罕默德去世后，阿拉伯帝国走过了三个时代，分别是“四大哈里发②”时代、倭玛亚王朝（俗称“白衣大食”）时代、阿拔斯王朝（俗称“黑衣大食”）时代。它在阿拉伯半岛、美索不达米亚（Mesopotamia）③和伊朗高原站稳脚跟后，目标直指东方，且来势汹汹。

确保葱岭以东地区的安全，无疑是唐朝经略西域的重中之重，对葱岭以西各国，唐朝只是采取册封、赏赐等方式加以笼络。随着白衣大食在中亚持续加强的威慑力，加上伊斯兰教在民间持续升温的渗透力，粟特等唐朝传统属国纷纷倒戈。于是，唐及时调整了策略，开始利用西突厥、突骑施遏制白衣大食的扩张。

上一章讲到，唐调露元年（679）建立的碎叶镇，前几任镇守使尚且是唐本土出身的将军。勉力维持到开元二年（714）之后，就换成了突厥出身

---

① 约570年生于阿拉伯半岛麦加城古莱氏部落哈希姆家族，632年病逝于麦地那，伊斯兰教的创立者，广大穆斯林认可的伊斯兰先知，被穆斯林认为是真主安拉派遣到人类世界的最后的使者。

② 哈里发（Khalifah）是阿拉伯语音译，意为“继承者”，指穆罕默德的继承者。

③ 是古希腊对幼发拉底河和底格里斯河流域的称谓，意为“（两条）河流之间的地方”。

的阿史那献。

后来，另一个人看上了这个位置。他叫苏禄，本是突骑施可汗守忠的部将，守忠死后被推举为酋长。他这个酋长可不是白给的，而是凭借智慧、履历和人气得来的，可谓水到渠成，众望所归。他掌权后，更是把人格魅力发挥到了极致，既赏罚严明，又体恤部属，十姓部落纷纷投奔了他。不久，他就拥有了让中亚大地颤抖的本钱——20万部众，于是开始自称可汗。

作为异姓突厥势力的代表，苏禄必然与唐朝册封的兴昔亡可汗阿史那献产生摩擦。开元三年(715)，唐朝授苏禄为左羽林大将军、金方道经略大使。不知道的，还以为这是个了不起的官职，其实是一个没有地盘的虚衔，这就好比一个偏心的教练，为了安抚篮球场本该当中锋的大个子，将他列入了替补阵容，但始终不安排他上场。如此策略，不知是由唐朝群臣所议定，还是出于公认英名盖世的唐玄宗之手？今天看来，我仍为唐这一犹豫而矛盾的策略而汗颜。

开元六年(718)，苏禄可汗率20万大军南下，一举攻克了阿史那献驻扎的碎叶城，并以碎叶为都城，重建了突骑施汗国。

开元七年(719)，即便一万个不情愿，唐朝仍然遣使来到碎叶城，册封苏禄为可汗，并按照他的要求，将碎叶公开出让给他作为牙庭。就这样，苏禄取代阿史那氏，成为整个西突厥的可汗，完全控制了包括怛逻斯在内的西突厥旧地。

不久，为把这种所谓的“臣属关系”烧得火热，唐朝又续了一把柴，将交河公主遣嫁苏禄。

显而易见，唐朝之所以把碎叶让给他，把公主嫁给他，绝不是唐朝喜欢他，而是因为他有利用价值。于是，他将计就计，愉快地迎娶了交河公主，然后又“南通吐蕃、东附突厥，突厥及吐蕃亦嫁女与苏禄。既以三国女为可敦，又分立数子为叶护”。①就这样，他通过与三方的政治联姻，建立了巩固的东翼。

在西翼，苏禄同样毫不含糊。面对数次越过锡尔河的白衣大食远征军，他采取了积极防御与主动进攻相结合的策略。开元六年(718)，白衣

---

① 见刘昫《旧唐书》，中华书局1975年版。

大食军北征，被苏禄大军包围，付出了大量赎金才得以脱身。时隔两年，苏禄帮助粟特摆脱了白衣大食，还迎头痛击了前来征讨的呼罗珊(Khurasan)①总督。开元十二年(724)，白衣大食攻入唐朝属国拔汗那(Ferghana，汉代称大宛)，苏禄配合唐军给了白衣大食以沉重打击，使白衣大食此前占领的中亚土地全部丧失。此后6年，苏禄与白衣大食数次交战，败少胜多，直到成为西域第一军事巨头。

渐渐地，苏禄变得趾高气扬，忘乎所以，再也不把任何人放在眼里。开元十四年(726)，交河公主派牙官赶着一千多匹马到安西去卖，又派使者给安西都护杜暹带去了自己的教令。杜暹大怒："阿史那怀道的女儿，有什么资格向我宣读命令！"下令杖击使者，然后将使者和马匹扣留。经过一场大雪，马匹全部被冻死。苏禄大怒，借口在互市中吃了亏，于第二年发兵围困安西都护府驻地。唐玄宗息事宁人，把涉事人——安西都护杜暹——调回长安。吵架的人走了，苏禄仍拒不撤兵。

开元二十二年(734)，北庭都护刘涣误信他人之言，斩杀了突骑施小头目阙俟斤。按照常规，受害人所在的部族可以向朝廷申诉，如果朝廷故意包庇，苏禄还可以保留采取进一步措施的权利。但这时的苏禄已经膨胀到了极点，哪还管什么常规和朝廷，而是直接发兵攻入北庭都护府辖区。这一次，唐玄宗也感觉理亏，并未包庇肇事者，甚至以命抵命，以擅杀罪处死了刘涣。谁料，苏禄不但不肯罢兵，反而联合吐蕃疯狂攻击安西四镇，还公开抢劫过路客商与使者，阻断了驼铃声声的伟大丝路。

唐玄宗万万想不到，自己精心培植的对抗白衣大食渗透的苏禄，居然成为比大食还要危险的敌人，简直就是一个唐版"养虎为患"的故事。万般无奈之下，唐只得与之前的敌人白衣大食寻求联合，共同对付尾大不掉的突骑施，形同后来的北宋与大金国联合对付大辽国一样。

在风口上能飞起来的，一定是鹰，而绝不是猪。尽管这个骑马射箭的部落足够肥壮，也雄心勃勃，但因为缺少文化与信仰的翅膀，终究没能飞起来。在文化底蕴深厚的大唐和高举伊斯兰圣战大旗的白衣大食夹击下，苏禄首尾难顾，一败再败，萦绕在他头顶的不败光环迅速消失。开元二十六年(738)，苏禄可汗被部将莫贺达干所杀。苏禄之死，标志着突骑

---

① 意为"太阳升起的地方"，中古地理名词，在今伊朗境内、阿富汗赫拉特和土库曼斯坦的马雷一带。

施时代的结束。①

随着苏禄政权的垮台，唐与白衣大食之间的战略屏障随之消失，两大帝国不得不直面彼此。而国际政治的铁律就是：任何两个相邻的政体，都会有某种可能，让他们迅速向对方宣战。

这一切，是拜苏禄所赐吗？不，应该是唐玄宗自作自受。

四、名将出场

下一幕出场的，是一位有着外国血统的大唐将军。

他叫高仙芝，祖上本是高句丽大户，在公元668年高句丽灭亡后被唐朝强制迁往中原。小时候，高仙芝就随父亲高舍鸡到河西从军，父子俩一同被编入了安西都护府军。

他不仅拥有东北人高大的身形、爽朗的眉毛、挺拔的鼻梁和逼人的英气，还有一身好武艺，尤其精于骑射，二十多岁便被任命为游击将军。但不知哪里出了问题，他的两个上司——安西四镇节度使田仁琬、碛西节度使盖嘉运就是看不上他，不让他带兵打仗，不给他升职。

其实这也正常，因为宝石自身是不能发光的。后来，疏勒镇守使夫蒙灵察发现了他的军事禀赋，给了他表现的机会。

给我一个舞台，还你一个精彩。那段时间，高仙芝显得特别亢奋，也特别冷静，每一战都是急先锋，每一战都力求完胜。

开元二十七年（739）秋，突骑施在碎叶城发动叛乱，占据了怛逻斯。碛西节度使盖嘉运领兵进攻碎叶城，却陷入了碎叶城和怛逻斯叛军的两面夹击。危急时刻，盖嘉运要求疏勒派兵驰援。接到命令，夫蒙灵察以高仙芝为先锋，昼夜兼程，闪电般穿越疏勒西北的铁列克山口，与拔汗那军队成功汇合，然后一举攻克怛逻斯。被成功解救的盖嘉运，见到已是夫蒙灵察手下第一悍将的高仙芝，上前轻抚着老部下的背，心中五味杂陈。他最想说的话，一定是“我看走眼了”。

时隔两年，碎叶城又遭到西突厥达奚部围攻。还是夫蒙灵察和高仙

① 见瓦·弗·巴托尔德《蒙古入侵时期的突厥斯坦》，上海古籍出版社2007年版。

芝快速出兵，让敌人尝到了闪电战和歼灭战的双重滋味。

在你死我活的战场上，能力一定是比出来的。由此，夫蒙灵察被公认为“闪电战专家”，并从疏勒镇守使突击提拔为安西四镇节度使，部将高仙芝也荣升安西节度副使。

下一年，青藏高原霸主吐蕃以和亲的办法收服了小勃律王（今克什米尔西北的吉尔吉特，Gilgit），附近的20多个小国也纷纷倒向吐蕃。受吐蕃指使，小勃律截断了丝绸之路，导致中世纪巨大的丝绸和香料贸易突然停顿下来。但是，这是一种数百年来使无数国家和人受益的贸易，所有试图使它停止的人，必然成为人神共愤的对象。

于是，丝路两边群情激昂，又到了“天可汗”——大唐皇帝主持公道的时候了。唐玄宗再一次把征讨小勃律的任务交给了新提拔的夫蒙灵察，当然也想顺便考察一下这个“常胜将军”的含金量。夫蒙灵察很想得开，把这次接受考验的机会留给了助手高仙芝。他给唐玄宗的上奏中说：“节度副使高仙芝堪当此任。”言外之意，杀鸡焉用牛刀？

唐玄宗不认识高仙芝，所以有些犹豫，但最终还是相信了夫蒙灵察，擢升高仙芝为行营节度使。

真正的英雄从不放过任何扬名立万的机会。天宝六年（747）八月，高仙芝以疏勒守捉使为先锋，拔换守捉使为后应，他与部下封常清统领中军，浩浩荡荡跨入小勃律边境。时任监军叫边令诚，是一个来自李隆基身边的宦官。

这个宦官，是我们不得不说的人物，也是高仙芝、封常清一生避不开的瘟神。他中等身材，高鼻梁，嘴上没有一根毛，一双冷冰冰的小眼睛，眉毛几乎拧在一起，脸上永远带着一种痛苦的微笑，就好像已经憋不住了，非上厕所不可的表情。第一次见到这张脸，高仙芝就倒吸了一口凉气。

由于边令诚怕死，高仙芝只好留下他率老弱士卒驻守一座刚刚占领的城池，自己亲率主力进逼坦驹岭（Darkot Pass）①。要想翻越坦驹岭山口，只有沿冰川而上，别无他途。唐军以必死的决心，沿陡峭而湿滑的冰川攀援而上，终于越过山口，击溃了小勃律叛军，活捉了小勃律王。这就是震惊中外的“坦驹岭大战”。

---

① 今巴基斯坦北部的达尔科特山口，海拔4688米，是兴都库什山最为险峻的山口之一。

战后，葱岭以西的白衣大食等72个国家受到强烈震慑，纷纷遣使来到长安，表示与唐永结睦邻。

秋天来了，大地涂满金色，高仙芝胜利班师，带着数不清的战利品和一大批垂头丧气的俘虏。大军走到播密川，高仙芝再也难以抑制心中的喜悦与豪迈，命令手下刘单在河边起草捷报，并派中使判官王廷芳进京报捷。

依照程序，作为行营节度使，高仙芝可以直接向朝廷报告战况。但行营节度使乃战时职务，他的常任职务仍旧是安西节度副使，也就是说，他还是夫蒙灵察的部下。因此，这一"越级上报"之举，引起了夫蒙灵察的强烈不满。

透过千年时空，我能理解这位上级的心情。长江后浪推前浪，这是自然规律；一代新人换旧人，这是人生必然。对此，历尽沧桑的他并非不明白，只是不甘心，就像许多临近退休的官员总是变着法子多干几天一样。

当高仙芝一行回到都护府，夫蒙灵察不仅未派一人出面迎接，而且一见面就破口大骂："吃狗屎的高丽奴，你的于阗使是谁举荐的？你的焉耆镇守使是谁举荐的？你的安西副都护使是谁举荐的？你的安西都知兵马使是谁举荐的？你竟敢绕过我擅自奏捷！老子要不是看你立了大功的分上，立马砍了你的脑袋！"

骂完高仙芝，他又瞪着起草报捷书的刘单吼叫："就你会起草诏书吗?!"

没有挨骂的，只有宦官边令诚。尽管如此，这位宦官还是一脸的不快。他怕死，也冷漠，但却看不惯别人的冷漠，于是就将此事密报给了皇帝，在客观上帮了高仙芝一个大忙。史载，他在密报里愤愤不平地说："仙芝立下奇功反而受到死亡的威胁，以后谁还替朝廷卖命?!"

年底，李隆基宣布撤销夫蒙灵察的职务，调回关内；任命高仙芝为鸿胪卿、摄御史中丞、安西四镇节度使，封常清为庆王府录事参军、充节度判官；改小勃律国号为归仁，派归仁军驻守；被押解进京的小勃律王给予赦免，留在长安做皇帝的侍卫。

小勃律被破后，吐蕃仍不甘心，暗地支持位于印度北部的羯师国进攻小勃律。与唐关系密切的吐火罗也感受到了威胁，请求唐朝适当教训一下羯师国。高仙芝再次奉命远征。他居然选择在最为寒冷的冬季翻越葱岭，再一次取得了出其不意的效果。而且从天宝八年(749)十一月初五接到奏书算起，到第二年二月击败羯师国，只用了短短4个月时间，其山地行军艺术已到了出神入化的境界。

两次长途奔袭的胜利，为高仙芝赢得了“山地之王”的美誉。

五、导火索

远征小勃律、击破羯师国，虽然正值唐开元盛世，但总体来说，唐朝在西域的控制力正自东向西递减。伊州、西州、庭州，属唐朝经营西域的“大本营”，赋税、户籍及行政体制与中原州县基本相同。以龟兹、于阗、碎叶、疏勒四镇为核心的羁縻统治区，长官由本部首领担任，可以世袭，赋税、徭役也比内地州县轻得多，但在四镇驻有重兵，是唐朝控制西域的“武力后盾”。再往西的各地属国，名义上是羁縻府州，但仅与唐保持着朝贡、册封的关系，唐也不驻军镇守，所以是唐朝统治最薄弱的区域。

一天，这个唐朝统治最薄弱的区域，有人站出来挑战唐的权威。原为大宛都督府的石国，不纳信使、不接诏令倒也罢了，居然格杀唐带队使者，毁坏使节，将使团赶进了荒漠，致使使团成员仅一人生还。这个恶性事件，彻底激怒了高仙芝。只是，他还在征讨羯师国的路上，一时没法分身。

接下来，假如石国低调一点，或者采取一点儿补救措施，唐朝和高仙芝或许表现得不会那么激烈。但就像一个入过户的小偷一样，想让他自动收手是不可能的。在制造杀使事件之后，石国国王又与黄姓突骑施、九姓粟特胡结成反唐同盟，对唐朝属国拔汗那形成了三面围攻之势。

天宝九年(750)初秋，拔汗那王遣使赴唐，痛陈石国之害，请求出兵增援。唐玄宗很是生气，老账新账一起算，要求安西都护府出兵灭掉石国。诏令到达西域时，正值高仙芝从羯师胜利班师。随从们听见，高仙芝的牙咬得“咯嘣”响。

见高仙芝大兵压境，石国国王主动请降，高仙芝假装应允，随后领兵攻入石国都城，俘其王，掠其宝，屠其城。继而，大破九姓粟特胡。回师途中，又顺路俘获了突骑施移拨可汗。

天宝十年(751)正月二十六日，高仙芝亲自押解着突骑施可汗、吐蕃酋长、石国国王、羯师王赶赴长安。当献俘的队伍行进到长安西北的“开远门”时，却将突骑施可汗和石国国王砍了脑袋。在被砍掉头颅的那一瞬，两位可怜的西域国王一直抢天呼地地喊冤，声嘶力竭地申诉。那喑哑的嗓音，哀怨的眼神，无助的表情，甚至让杀人不眨眼的刽子手都于心不忍。

历史上情形往往是，杀鸡给猴看的结果：猴子也学会了杀鸡。侥幸逃脱的石国王子远恩，到处宣扬唐军之凶暴，高仙芝之残忍，引起了昭武九姓国的普遍同情。而后，他前往康国，投奔驻扎在那里的阿拔斯王朝将领齐亚德·伊本·萨里(Ziyad Ibn Salih)。随后，又来到木鹿，请求呼罗珊总督艾布·穆斯林(Abu Muslim)为其复仇。

手握重兵的艾布·穆斯林，一直渴望成为第二个屈底波，但一直缺少出兵中亚的理由。于是，他与石国王子一拍即合，立即集结木鹿城中的精锐部队，在撒马尔罕与他的副将齐亚德会师后，把大量军队作为战争援军镇守撒马尔罕，将前去防守怛逻斯的重任交给了齐亚德。

很快，唐玄宗也收到消息：刚刚成立的黑衣大食正与西域各国密谋会攻安西四镇。按说，这是一个在唐来说令人绝望的坏消息，但高仙芝太自负，唐玄宗太虚荣，这一对君臣居然都认为这是一件好事，正好为唐军进攻中亚，进而恢复唐在中亚的宗主权提供了口实。于是，唐玄宗召来宰相李林甫，命他与高仙芝共同制定痛击一切敌人的作战细节。

那一刻，一如我们偷听到了蚂蚁说地球太小，不够它们做一个随风起舞的舞台。我真的不愿想象唐朝君臣们盲目乐观、夜郎自大的样子。

六、正面交锋

火山六月应更热，赤亭道口行人绝。
知君惯度祁连城，岂能愁见轮台月。
脱鞍暂入酒家垆，送君万里西击胡。
功名只向马上取，真是英雄一丈夫。

这首诗的题目叫《送李副使赴碛西官军》，应该是写给高仙芝的副将李嗣业的，作者是曾任高仙芝幕府掌书记的岑参。他创作这首诗的时间，恰逢高仙芝领兵赶赴怛逻斯。这虽是一首送别诗，却没有一丝忧郁，有的只是一腔立威沙场的壮志。想必，此时的高仙芝也同样意气风发。

天宝十年(751)四月，高仙芝率2万精锐唐军从柘厥关(今新和县城东北17公里处)开拔，远征黑衣大食。在向西的路上，又有1万名拔汗那、葛逻禄军人加入了远征军。唐军沿着玄奘取经的线路，经今阿克苏、拔达岭、热海、碎叶城、俱兰城，逼近怛逻斯。

世上最大的勇气，是压力下的优雅。对于高仙芝的到来，艾布·穆斯林不仅不紧张，反而有点儿兴奋。作为一个听惯了“山地之王”传奇的黑衣大食将军，他特别希望在与高手的对话中创造属于自己的神话。相比远离大本营、长途作战的唐军，己方军队无论是在数量上，还是在士气上显然更胜一筹，而且把这场以逸待劳的战斗交给齐亚德，他是放心的。

临近怛逻斯河谷时，沙场老手高仙芝出于职业嗅觉，命令大军放缓了行进速度。他知道，一旦踏入对方领地，就意味着敌人有利用熟悉地形设伏的可能。于是，他命令副使、右威卫将军李嗣业率领前锋部队快速渡河。

就在石国王子远恩考虑着如何为父报仇的时候，唐军先锋部队已经箭一般杀入河谷，尚未做好狙击准备的昭武九姓联军节节败退。

此时，在怛逻斯加固城防的是齐亚德的先锋部将赛义德·伊本·侯梅德，城中有黑衣大食穆斯林和昭武九姓联军2万人。赛义德万万没有料到，以逸待劳者竟陷入被动。尽管对友军的表现不满，赛义德还是调集3000穆斯林骑兵，高喊着“真主至大”出城助战。

对阵时，唐军以骑兵为主，辅以重步兵和弓弩兵。唐朝骑兵配备的是马槊和横刀，马槊是长矛的重型版，分槊锋与槊杆两部分，仅槊锋刃长就达50—60厘米；横刀身狭直如剑，长柄，可用双手握，后被日本人改造为日本刀；重步兵使用陌刀，它两面带刃，长柄，可双手使用，又称“断马剑”，是专门对付骑兵的。黑衣大食骑兵也是当时世界上最强悍的骑兵之一，人手一把锋利的大马士革(Damascus)弯刀，且配有盾牌。

一时间，军人呐喊声、战马嘶鸣声、兵器撞击声响彻山谷。正在李嗣业为保存实力准备撤退时，一直注意着战场动态的高仙芝下达了主力部队进攻的号令。

迅疾渡河而来的上万唐军步兵，在侧翼骑兵的掩护下，很快与黑衣大食铁骑厮杀在一起。眼看着唐军步步压进，赛义德下令退回怛逻斯城内。高仙芝也鸣金收兵，在城外安营扎寨。

回到城内，赛义德立刻派出信使，要求齐亚德发兵增援。随即，齐亚德率领7万大军，像一片携带着闪电与飓风的乌云，铺天盖地压向战云密布的怛逻斯。

对此，高仙芝毫无察觉，他所考虑的，只是如何对付面前这支敌人。经过第一天的遭遇战，高仙芝已经掂量出了对方的实力，再也不敢大意，于是问计于副将段秀实。这位副将不仅为人心思缜密，而且善于洞察战争情势，总能在关键时刻给出独到的见解。当听到段秀实建议以“六花阵”破黑衣大食铁骑时，高仙芝感受到了内心无法隐忍的激荡。

次日凌晨，唐军很快在河谷边结成“六花阵”。“六花阵”是由名将李靖受诸葛亮八卦阵启发创制的一套阵法。该阵通常中军居中，右厢前军、右厢右军、右虞侯军、左虞侯军、左厢左军和左厢后军六军在外。大阵包小阵，大营包小营，不同兵种互相配合，具有灵活机动、配合协调的优势。开阔平坦的怛逻斯河谷，尤其适合这一阵法。

城门开启，黑衣大食军以“五肢阵”迎战。这是黑衣大食骑兵最为擅长的阵法，由中军、左前、右前、左侧、右侧组成。冲锋时，五军皆动，犹如五把尖刀同时插入敌方阵营。

携昨日初战告捷的余威，唐军士气如虹。刚做完礼拜的黑衣大食军也不甘示弱，嘶吼震天。“五肢”对“六花”，世界上最精锐骑兵与世界上最强悍步兵的对决开始了。

但将军决战岂止在战场？有地理因素、后勤因素、天气因素，甚至也有见不得人的勾当，怛逻斯之战同样如此。葛逻禄——这个地处战乱夹缝中的民族，一直在大国之间虚与委蛇。哪一方承诺诱人，它就会倒向哪一方。开战前，黑衣大食就派出密使，许诺葛逻禄在帮其打败唐军后，可以在美索不达米亚附近扩张地盘。诱人的条件让双方达成默契：择机哗变。

大战进行到第四天，黑衣大食联军的“五肢”变得越来越瘦，损失军人超过一半；而唐军也有6000人战死，但气势日盛。尽管处于下风，可赛义德心里清楚，再坚持一阵，援军就到了。

第五天，唐军早早摆好阵型，怛逻斯城门却迟迟未开。

“攻城!”投石车、冲撞车等大型攻城利器投入了战斗。临时加固的城墙,虽然能阻止唐军步兵,却无法抵御远处飞来的巨石。等到日头过午,城墙的某个角落就会被轰开。李嗣业已经握紧了手中的陌刀,只要任何一段城墙断裂,他就立刻带着陌刀队杀进城去。

眼看城破在即,高仙芝脸上浮现出胜利者的微笑。

突然,唐军背后,扬起了滚滚沙尘,齐亚德的援军到了!更让高仙芝震惊的是,一直在唐军侧翼护阵的3000葛逻禄骑兵,突然调转马头,将作战令旗指向了正在攻城的唐军。与此同时,怛逻斯城门突然洞开,数千黑衣大食铁骑涌出城门,对唐军形成前后夹击之势。

顿时,高仙芝感觉天在塌,地在陷,如同置身一个恐怖的梦魇之中。他想喊,却不能出声;想站起来,却无法调动自己的肌肉。

接下来,是一场难看而彻底的惨败。入夜,高仙芝在李嗣业的劝说下逃离战场。因为道路狭窄,人畜塞路,多亏膂力超人的李嗣业挥梃乱击,杀开一条血路,才使得高仙芝逃出噩梦。

副将段秀实听到李嗣业劝高仙芝逃跑,厉声骂道:“你们避敌先逃是无勇,全已弃众是不仁,难道不觉得羞愧吗!”李嗣业拉着段秀实的手深表歉意,并留下段秀实阻击黑衣大食追兵。由于黑衣大食骑兵顾忌李嗣业、段秀实之勇,加上受山路阻隔,所以不再追杀。最后,2万大唐远征军,回到安西者只有4000人。

战后的怛逻斯城郊,犹如一座坟场,黑夜来临,遍地都是横卧着的人,我们与他们之间的距离,仿佛不是时间而是情感。

东西方两大帝国的第一次擂台赛,以唐帝国的完败而告终。

战后,黑衣大食很讲信用,把新占的地盘都留给了临阵倒戈的葛逻禄和复国的石国,其中当然包括怛逻斯城。在怛逻斯之战中被俘的杜环在《经行记》中写道:“碎叶川有城名怛逻斯,石国大镇,即天宝十年高仙芝兵败之地。”[①]从此,怛逻斯远离了历史的聚光灯,再也没有成为任何国家的都城,恰似一位年老珠黄的皇后被打入冷宫,直至成为一堆无人问津的废墟。

齐亚德则一战成名,荣登阿拔斯王朝首席名将宝座。战后,作为半独

---

① 见杜环《经行记》,收入杜佑《通典》卷一九三,中华书局1988年版。

立于哈里发政权的呼罗珊总督，艾布·穆斯林始终掌握着一支精锐部队，加上他干涉朝政，引发了哈里发艾布·阿拔斯(Abul Abbas)的不安。艾布·阿拔斯授意齐亚德除掉艾布·穆斯林，齐亚德反被效忠艾布·穆斯林的人所杀。艾卜·阿拔斯的弟弟继任哈里发后，又设计除掉了艾布·穆斯林。

七、将星陨落

战胜一方的主帅陨落了，而战败一方的主帅结局又如何呢？

按说，遭遇了如此惨重的失败，假若当政的是唐太宗，对高仙芝不是杀头就是流放，起码也会撤职。但此时的唐玄宗已经66岁，当皇帝快40年了，岁月的风霜已经消去了他性情中所有的刚硬、锐气与豪情，只剩下如木的迟钝、如泥的拖沓和如水的柔和，他已经把朝政托付给了奸相李林甫，自己则天天与曾经的儿媳杨贵妃腻歪在一起，连胡人出身的大将安禄山进宫过生日，与干娘杨贵妃不清不楚，宫内宫外都传遍了，他居然也不以为意。已经忠奸不分、赏罚不明的唐玄宗，能公正处置高仙芝吗？

奉诏赶回长安的高仙芝，其实对自己的前途也没抱什么希望。他像是从火灾现场逃出来一般，把一片废墟留在了身后，也把颓唐、焦躁、一夕数惊留在了身后。于是，见到唐玄宗的那一刻，他反而显得很坦然，很镇定，一再要求皇帝严厉处置自己，哪怕是杀头也心甘情愿。令他意外的是，唐玄宗满面春风，没有一丝的愠怒，而且还封他为右金吾大将军。

这一关总算过去了。然而，命运即使对它最喜爱的宠儿也不是永远慷慨大度。此时，死神已经带着他那狞笑的骷髅和格格作响的骨头，如影随形地跟上了他。

天宝十四年(755)十一月，安禄山以"清君侧"为借口，悍然发起"安史之乱"。面对叛军的疯狂进攻，唐军副元帅高仙芝和北庭伊西节度使封常清决定收缩防线，退守潼关。尽管高仙芝是败军之将，但毕竟身经百战，知己知彼，所以才能做出和封常清一样的战略选择。他们二人都认为，长安附近并无多少可以调遣的朝廷军队，而叛军兵多将广，气势正盛，最好的选择无疑是据关坚守，首先保证长安不失，待天下勤王部队到齐后再与

玄奘从怛逻斯到撒马尔罕示意图

叛军决战。现在看来，他们的战略选择无疑是明智的。但唐玄宗就不这么看了，他多年不上战场，早已习惯了歌舞升平的日子，见不得有人叛乱，因此恨不得一天就把敌人消灭干净。速胜，是他和庸相杨国忠唯一的决定，而且不容置疑。

自认为帮过高仙芝的宦官边令诚，多次向高仙芝索贿未果，趁机向李隆基进谗言，声称高仙芝无故失地且贪污军粮，封常清畏敌如虎并动摇军心。一句话，这两个将军都不理解皇帝的意图。于是，李隆基派边令诚为监军，代表自己到潼关督战，还给了边令诚一大特权："拒绝出战者，斩！"

拒绝出战的封常清首先倒在边令诚刀下。

那天傍晚，晚霞烧红了天幕，树梢像漆黑的手指插入赤红的天空。高仙芝外出巡视刚回大帐，边令诚就带着100名陌刀手赶到了。听完敕书中罗列的罪状，高仙芝面对士兵们说："我退兵，的确是罪，虽死不辞；然而说我克扣军需与赏赐，绝无此事啊。如果我所言属实，你们就为我呼冤枉。"营中将士都跟着大呼："冤枉！"

然后，他用一双血红的眼睛瞪着边令诚说："上是天，下是地，兵士都在，你难道不知道吗？！"

一时怨声震天，天地变色，但边令诚不为所动。他怎么会为之所动呢？因为一个肉体被阉割过的人，压根就没有正常人的情感。

就这样，高仙芝与封常清这两个如雷贯耳的名字，先后在一个荒坡的临时墓碑上找到了归宿。

迫于边令诚的淫威，新上任的将领冒险出击，中了叛军埋伏，以至于全军覆没，边令诚也当了俘虏。后来，边令诚侥幸逃回唐营。唐肃宗李亨一见边令诚，便命令手下将其拖出辕门斩首。边令诚辩解说："我对唐的忠心，天地可鉴啊！"但李亨愤愤地回应道："出卖战友的小人，留之何用？！"

有感于高仙芝与边令诚的故事，我想起一则寓言：一个盲人打着灯笼徐徐而行，路人不解，询问缘由，盲人回答："听说天黑以后，世人跟我一样什么都看不见，所以点灯为他们照亮道路。"路人称赞他："原来你是为了众人才点灯，很有善心啊！"盲人说："其实也是为自己点灯，因为点了灯，黑夜里别人就能看见我，也才不至于撞倒我。"

具有讽刺意味的是，怛逻斯之役的双方主帅，没有死在战场的搏杀中，却成为各自效忠君主的刀下鬼。

八、光自东方来

长夜已尽，噩梦难醒。在怛逻斯之战中被俘的万余名唐军，被押解到呼罗珊重镇撒马尔罕。其中骁勇善战的士兵，被分散安置到黑衣大食常备军中；手工业技术者，被安排到手工作坊。其中的几个滤纸工匠，在撒马尔罕的第一座穆斯林世界造纸坊里，将中国造纸术的谜底揭开。

在被俘官兵里，有一个名叫杜环的文官，被作为重要战俘送到黑衣大食首都亚俱罗（今伊拉克的库法，Kufa）。幸运的是，对方不但未限制他的行动自由，还让他随黑衣大食军团参与了几次军事行动。杜环抓住机会，游历了中亚、西亚、北非的十几个国家。他在游记《经行记》中透露，此次西行的最重要感受，就是见证了大秦外科医术和造纸术的西传。他在谈到大秦外科手术时说："善医眼与痢，或未病先见，或开脑出虫。"对于造纸术的西传，他说，被俘的唐人，除了士兵，还有很多能工巧匠，如金匠、银匠、造纸匠等，这些能工巧匠都在当地安了家，并且开了第一个造纸坊。当地人对于唐人将树皮、渔网等物品化腐朽为神奇很是惊奇，于是纷纷虚心学习。正是这些被俘的唐朝工匠，将瓷器、画工、纺织等技艺传入中东。

在同时期的西方，记录文字通常使用羊皮，还有一种被称为"纸草"的莎草科植物，取其茎纵向切成薄片，晾干后也用于书写。但无论是羊皮，还是纸草，都远不及中国纸携带方便、易于书写。考古发掘证实，早在西汉时期，中国工匠就发明了造纸术，开始取代笨重的竹简和贵重的缣帛。东汉时期，宦官蔡伦用树皮、麻头、破布、渔网等，经过挫、捣、抄、烘等工艺，造出了一种质量优于西汉、能够批量生产的"蔡侯纸"。到了唐代，已经发明出麻纸、桑皮纸、藤纸、竹纸、檀皮纸、瑞香皮纸、稻麦秆纸等各种原料制作的纸张。与丝绸、瓷器一样，中国纸张也通过丝路向西方输出，但价格一直十分昂贵。因此，获取中国造纸术，一直是中亚和西方的梦想。

中国俘虏的到来，使一切变得简单了。很快，撒马尔罕这个丝路重镇，因为造纸业的兴盛更加闻名。在今天的伊朗语中，中国式宣纸还被称为“撒马尔罕纸”。

“要把造纸坊开到巴格达！”发指令的，是黑衣大食哈里发哈伦·拉希德（Harun al-Rashid）。很快，黑衣大食和周边伊斯兰小国有了中国式造纸坊，还有了以抄书为业的作坊，继而引发了阿拉伯“百年翻译运动”，使得阿拉伯文明一度跃居世界前列。

为了保持这种领先，阿拉伯人对关键技术实施了严密封锁，就像如今天天喊着打破技术壁垒的美国绝不把核心技术卖给中国一样。造纸术最关键也最机密的技术是制浆，因此阿拉伯人把制浆部分的生产安排在极为偏僻的地方，并且派兵把守，这才使得阿拉伯垄断造纸技术达400年之久。

即便如此，中国造纸术还是以科技穿透时空的力量，在11世纪之后传播到摩洛哥（Morocco）、西班牙（Spain）、意大利（Italy），在客观上引发了欧洲的文艺复兴。

第117天　撒马尔罕

飒秣建国周千六七百里，东西长，南北狭。国大都城周二十余里，极险固，多居人。异方宝货，多聚此国。

——《大唐西域记》

一、感化不信佛的国王

玄奘从怛逻斯城向西南行，经白水城、石国，越过大沙碛，进入3000多里外的飒秣建国。

在汉语史籍中，这个国家叫康国。玄奘到达飒秣建国——今撒马尔罕时惊奇地发现，城市内城东门居然叫“中国门”。

在玄奘眼里，这是一个周长20余里的庞大城市，城垣坚固，居民众多，遥远地方的珍宝与特产，多汇聚到这个国家；当地的手工艺技术，在附近地区首屈一指。国王刚烈勇毅，国内盛产勇士。这些勇士，视死如归，所向无敌。远近各国纷纷仿效它的举止和威仪，所以这是一个带有示范性的国家。

显而易见，这应该是一个理想的歇脚之地，可以让玄奘停下疲劳的脚步，调整疲惫的身心。

然而，情况并非如此。因为这个国家，从国王到百姓都不信佛教，他们信仰的是拜火教。如果有佛僧到访，住到城内仅有的两座庙里的话，就会遭到当地人放火驱赶。因为在他们看来，拜火教崇尚光明，佛教代表愚暗，因此要放火驱散邪恶。为此，玄奘不可能从这个国家得到他一路上几乎已经习惯的盛情款待。《大慈恩寺三藏法师传》记载，玄奘刚到时，国王很冷漠。但看在统叶护可汗的面子上，这个国王还是见了玄奘。

假若是一般僧侣,见这个国家不信佛,对佛教也没有善意,反正国王也接见了,那么补充点粮和水,换几匹马,就扬长而去了。但玄奘不一样,他不会轻易放弃感化一国国王乃至国民,使其皈依佛教的任何机会。

在佛学上造诣精深的玄奘,同时也是一个心理学大师,他非常善于化敌为友,深谙因人施教之道,绝不像《大话西游》里的唐僧一样,唠唠叨叨,言不及义。于是,他抓住国王接见的机会,展开了循循善诱、由表及里、丝丝入扣、催人深省的佛学攻势。现场出现了戏剧性一幕——国王"欢喜请受斋戒",对玄奘"遂致殷重"。也就是说,国王愉快接受了佛教的斋戒礼仪,对玄奘的态度也变得殷切和尊重起来。

玄奘能够让国王折服,并不代表能一下子改变国民的信仰。很快,城里发生了一个小冲突。

当时,从高昌伴随玄奘西行的两个小僧人,发现城里有两座庙,就去烧香礼佛,结果被两个拜火教徒放火驱赶出来。两位小僧人又惊又怕,赶忙跑回来向玄奘报告,让他向国王反映这一恶性事件。尽管此前这个国家以火驱赶僧人并不稀奇,但如今国王已被佛教感化,所以闻报大怒,下令捉拿放火人,然后召集全城百姓,要当众砍去两个放火人的双手,以儆效尤。

按说,这是强制推广佛法的好时机。但是,玄奘却公开站出来,劝说国王不要对两个放火人施以酷刑。玄奘此举,是经过深思熟虑的,因为作为虔诚的佛教徒和得道高僧,他一向不认可血淋淋的刑罚,此时站出来劝阻国王,会使在场的人切身感受到佛法的宽宏大量和慈悲为怀。于是,国王听从了玄奘劝告,只是将两个人打了几棍子,赶出城了事。

此事过后,百姓都去念经拜佛,国家经常举办佛事活动,被剃度的僧人也住进了两座庙里。

不久,玄奘继续向东南方向进发。

二、最早的撒马尔罕城

如今的中亚,经常被以负面的方式界定,被认为是附近各大文明国家的化外之地。但拨开岁月烟云,翻开历史典籍,挖开考古地层就可以发现,这绝非只是旅人暂时歇脚的中转站,而是有着深厚历史文化积淀和超大型历史都市的地方,撒马尔罕就是明证。

撒马尔罕城,今乌兹别克斯坦撒马尔罕州首府,位于南北流向的阿姆河和锡尔河之间。在两条河的中游,全长约650公里的那密水(Namik)①由东向西蜿蜒流淌。撒马尔罕城就镶嵌在那密水南岸的撒马尔罕绿洲上。

作为天山北路西段的枢纽,撒马尔罕连接着波斯、印度和中国,是古代丝路上著名的历史文化名城,也是中亚最古老的城市之一,曾同时吸引着长安与罗马的目光,享有"东方罗马"的美誉。中国丝绸、印度棉布、西亚毛织品、西方玻璃器皿在这里聚汇,使它充满了奇异的美。波斯、马其顿、大食、康国、花剌子模、帖木儿帝国相继把文化性格注入到这里,经过时间的凝固和沉淀,为它留下了丰富的文化层。

考古资料显示,撒马尔罕城始建于公元前7世纪,城内有堡,堡周围有厚约6米的泥墙。公元前4世纪,希腊(Greece)人就知道了这座城市,称其为玛拉干达。

公元前3世纪,马其顿国王亚历山大发起东征。当时的玛拉干达,是粟特的皇城。马其顿军队攻打此城时,亚历山大就站在城外,望着金光闪闪的城市赞叹:"我所听到的一切都是真实的,只是玛拉干达比我想象中更为壮观。"

尽管亚历山大离开了,但留下来的希腊人为撒马尔罕注入了文明基因,粟特地区也因希腊文化的传播得到迅速发展。安条克(Antioch)统治时期,撒马尔罕不仅规模扩大,而且建筑了带有通道的防护墙,成为粟特地区的政治经济中心。可惜的是,公元前2世纪,希腊城邦被外来游牧民族推翻,希腊文化的影响力逐渐消失,撒马尔罕城也持续落寞下去。

三、昭武九姓之主

史书再次找到它,已是700年后的隋唐时期,它的新名字叫康国。

月氏部落与中亚土著混血后,在隋唐时期形成了九个兄弟国:康国,

---

① 今泽拉夫善河(Zarafshan Darya),意思是"含金的河流",古代又名粟特河。

玄奘称之为飒秣建国，在今撒马尔罕；米国，玄奘称之为弭秣贺国，在那密水以西、卡什卡河以北，在今片治肯特；史国，玄奘称之为羯霜那国，在卡什卡河以南；何国，玄奘称之为屈霜你迦国，又称贵霜尼亚，在今泽拉夫善河以南；安国，在今乌兹别克斯坦境内布哈拉；石国，玄奘称之为赭时国，又称者舌国，即今塔什干地区；曹国，玄奘称之为劫布呾那国，在米国北部；火寻国，在今布哈拉（Bukhara）西北，国都在希瓦（Khiva），宋代称花剌子模；戊地国，玄奘称之为伐地国，在今布哈拉西部。

西突厥消灭嚈哒后，对康国分外宽容，达头可汗还将女儿嫁给了康国国王代失毕，甚至听任康国王族就任西曹国、东曹国、中曹国、米国国王。于是，中亚形成了以康国为首的九个城邦，统称"昭武九姓"，唐代又称"九姓胡"，西方则称之为"粟特"。

粟特人，是一个有着悠久商业传统的族群。粟特男子长到5岁，就让他读书；稍微懂事，就教他经商；年满20岁，就跟着父亲从事跨国贸易。粟特人以获利最多为荣，以死守田园为耻。"利之所在，无远弗至"。从3世纪到10世纪，大批粟特商人沿丝路走遍了世界，在丝路沿线形成了一连串的粟特居住区。在撒马尔罕与长安之间，甚至远至中国东北边境，粟特商人都形成了自己的贸易网。他们通常的办法，是由粟特贸易商队将大宗货物运到丝路上的粟特居住区，由当地的粟特商人买下来，然后零售或批发给中原商贩。同时，粟特人也是中国与印度、中国与波斯、中国与北方游牧民族之间的贸易担当者。这个时期的陆上丝路贸易，特别是香料、布匹、贵金属，几乎全被粟特人垄断着，因此我们在史籍和考古遗迹中，很少看到波斯商人的足迹。而且，我们在丝路沿线中国古城镇所发现的大量波斯银币和少量罗马金币，使用者并非钱币源出国的波斯人和拜占庭人，而是清一色的粟特商人。①

康国，不仅是遍布丝路的粟特商人的故乡，而且已经拥有高超的织锦技术。赞丹尼奇（Zandanniji），就是粟特人借鉴中国丝织技术，在平纹纬锦的基础上改造提升而成的一种斜纹纬锦。这种斜纹纬锦比唐朝织锦更加美观，以至于唐朝开始仿制它，并由此开始了新一轮技术革新。赞丹尼奇一度大量出现在高昌、敦煌等丝路重镇市场上，在中国史料中被大而化

① 见郑培凯主编的《西域》，黄山书社2017年版。

之地称为“波斯锦”。如今的梵蒂冈博物馆、德国亚琛(Archen)主教堂、法国尚思(Sens)主教堂都收藏着这种唐代出产的粟特锦。到了公元7世纪,撒马尔罕已经靠丝路贸易,成为占地广阔、财富聚集的世界级大都市。能够让它追慕的,只有丝路东头的长安和丝路西头的罗马。

唐太宗时,康国遣使内附,还进贡了一种美丽的金桃。这件事记录在《旧唐书》中:“贞观十一年(637),又献金桃、银桃,诏令植之于苑囿。”20世纪60年代,美国人爱德华·谢弗(Edward Hetzel Schafer)看到了这一记载,并据此撰写了《撒马尔罕的金桃——唐朝的舶来品研究》一书。

显庆三年(658),西突厥灭亡,昭武九姓纷纷投入唐朝怀抱。唐朝在撒马尔罕设置了康居都督府,任命康国国王为都督;在米国、何国、史国、安国设置了州,任命原来的国王为刺史。这样一来,就等于确立了康国代表唐管理周边各国的地位,使之成为名副其实的昭武九姓之主。

50多年后,吐蕃和白衣大食向中亚渗透,昭武九姓被迫向唐求援。开元三年(715),唐玄宗派出大军横扫西域,一举击败了吐蕃和白衣大食联军。

接下来就是持续的感恩、祝福与歌功颂德,西域王子、使团连同舞女纷纷东来,康国的“胡旋舞”与石国的“胡腾舞”“柘枝舞”风靡长安,引得白居易诗兴大发,吟咏出著名的《胡旋女》:

> 胡旋女,胡旋女,心应弦,手应鼓。
> 弦鼓一声双袖举,回雪飘飘转蓬舞。
> 左旋右转不知疲,千匝万周无已时。
> 人间物类无可比,奔车轮缓旋风迟。
> 胡旋女,出康居,徒劳东来万里余。
> 中原自有胡旋者,斗妙争能尔不如。
> 天宝季年时欲变,臣妾人人学圜转。
> 中有太真外禄山,二人最道能胡旋。

史载,康国出生的安禄山①曾为唐玄宗表演胡旋舞。他大腹便便仍

① “禄山”,粟特语本意为光明,因为粟特人信仰拜火教,崇拜日月光明。

能旋转自如，引得杨贵妃芳心大悦，并因此演绎出一段被意淫千年的桃色故事。

而且，就因为这个与贵妃不清不楚的安禄山，粟特人已经掌握了500年的丝路贸易控制权即将易主。

四、粟特穷小子的皇帝梦

安禄山，生父姓康，母亲是一个突厥女巫。生父死得早，他从小就跟随母亲在突厥生活，后来母亲改嫁给突厥将军安波注的哥哥安延偃，禄山也跟着改姓了安。家道中落后，继父带着一家人越过边境，投靠在唐从军的亲戚。而唐玄宗重用胡将的策略，也给了安禄山出人头地的机会。

安禄山的崛起，与康国人的商业基因有关。成年后，能说六种蕃语的安禄山，在边境互市担任了牙郎（翻译），由于他处事机敏，擅于逢迎，很快得到幽州节度使张守珪的赏识，成为张守珪的义子。而后，安禄山靠着调停族群纷争的特质进入唐玄宗的视野，成为游走在商业、宗教、军事领域的复合型人才。

现代人想象中的安禄山，重300斤，贪酒、好色、反复无常，是一个五毒俱全的大胖子。但安禄山官拜唐朝节度使时，年仅39岁，在当朝文武中，可谓凤毛麟角。

人的欲望有三种：一种欲望如金，是对物质的欲望；一种欲望如水，是对感情的欲望；一种欲望如天，是对权力的欲望。安禄山就是一个权力欲极强的人。既然自己一不是将门之后，二不是皇亲贵胄，那么就另外开辟一条晋升之道——投机、买好、钻营，因为他最知道人性的弱点是什么，也最知道皇帝喜欢什么，更知道作为大将应该做什么。

首先，他利用做粟特商人的保护伞得来的钱财，大肆贿赂朝廷官员，使得包括宰相李林甫在内的大量官员，纷纷在唐玄宗面前说他的好话。

他深知，别人说自己的好话固然管用，但总是代替不了自己。因为当面接受部下的恭维，是人类与生俱来的天性，古往今来谁和好话有仇呢？是李世民吗？是拿破仑吗？是罗斯福吗？是斯大林吗？他们可能会一时摆出不为所动的样子，但内心深处从来不会拒绝赞美，甚至是明显夸大的赞美。

于是，安禄山利用自己的平生绝学，凭借自己的厚脸皮，抓住一切机会接近皇帝，变着法子讨好皇帝，千方百计表忠心，极尽逢迎之能事，有时甚至故意装憨卖傻，到了令人作呕的地步，唐太宗和杨贵妃居然认为那就是“忠心”与“憨厚”，常常被逗得前仰后合。由此，他得到了唐玄宗的赏识，陆续统领了三个藩镇，成为统兵最多、最有权力、最有声望的节度使。

此时的安禄山身体更加肥胖，肚子掉到了膝头下边，体重达到330斤，据说走路时用两个肩膀向上提起身子才能动脚。而在进宫拜见唐玄宗和杨贵妃时，他主动要求跳了一支胡旋舞，动作居然快得像旋风一样。舞蹈家出身的杨贵妃一看就知道，这人不简单，是在云上翻过筋斗的角色。

见杨贵妃关注自己，安禄山立刻请求做她的养子，她居然爽快地答应了。之后，安禄山每次进宫朝见唐玄宗都先拜杨贵妃。唐玄宗觉得奇怪就问原因，安禄山回答：“臣是胡人，胡人把母亲放在前头，而把父亲放在后头。”唐玄宗闻言大喜，要求杨家兄妹一起与安禄山结为兄弟姐妹。

天宝十年(751)正月二十日，是安禄山生日，唐玄宗及杨贵妃赏赐衣服、宝器及佳肴无数。然后，杨贵妃将安禄山召入后宫，用一个大襁褓裹住这个“养子”，吩咐宦官们用轿子抬着，宣称要为儿子洗澡。唐玄宗好奇地赶来观看，专门赐给贵妃洗儿钱，又厚赐了安禄山才大笑而去。从此，安禄山可以自由出入宫掖，有时与贵妃一起就餐，通宵不出，唐玄宗也不过问。

虽然安禄山与杨贵妃关系非凡，却无法避免与贵妃家族的冲突，因为贵妃的堂兄、新任宰相杨国忠本身也是一个具有商业头脑的人。杨国忠的利益早年与安禄山一致，但随着宰相李林甫病死，安禄山逐渐坐大，杨国忠有些坐不住了。

杨国忠多次对唐玄宗说安禄山一定会叛乱。天宝十二年(753)，唐玄宗派人前去侦察，但派去的人接受了安禄山的贿赂，回来后说看不出安禄山有任何不正常。杨国忠又对唐玄宗说：“召他进京，他一定不会来。”下令召见，他却来了。

天宝十三年(754)正月，安禄山到华清宫拜见唐玄宗，哭着说：“我是外族人，不识汉字，皇上越级提拔我，以致杨国忠想要杀我。”唐玄宗任命他为左仆射①，他才离去。

最后，杨国忠还是说服了皇帝铲除安禄山，首先就是扣住安禄山在长安的家人。殊不知，安禄山早已培养了强大的私兵，光是义子就有8000人。他早先不反，只是顾忌李林甫的狡诈，当然也包括唐玄宗的提携。如今，杨国忠的行动给了安禄山反叛的口实，于是，唐天宝十四年(755)，造成唐帝国元气大伤的“安史之乱”开始了。

安禄山一度自称大燕皇帝，但一年后就被儿子安庆绪所杀。

这个以“光明”作为名字的粟特人，带给老乡的却是无尽的黑暗。当唐朝军队重新控制了整个国家，人们把“安史之乱”的账算到了粟特人头上，许多高鼻梁的胡人被滥杀，首都城门和街道中的“安”字被换掉，就连安禄山老乡——粟特人的陆上丝路贸易控制权，也被帮助唐朝平定叛乱的回鹘人所取代。开始繁盛的海上丝路则被阿拉伯人控制。许多粟特商人因返乡无望在汉地定居下来，取了“康”“安”等汉姓。

安禄山的老乡很倒霉，更倒霉的还是唐朝。“安史之乱”爆发后，唐帝国元气大伤，再也无力恢复早在738年就被呼罗珊总督吞并的撒马尔罕的影响力。1142年，西辽皇帝耶律大石率军西征，在撒马尔罕以北击败了塞尔柱帝国(Seljuq Empire)的10万大军，不仅结束了塞尔柱帝国对中亚的统治，而且征服了花剌子模。

但耶律大石死后，西辽迅速衰败，先前臣服于西辽的花剌子模迅速崛起，在打败西辽、臣服古儿王朝、击灭塞尔柱残余后，成为中亚新的霸主，花剌子模苏丹②摩诃末甚至被恭维为“亚历山大第二”。1212年，摩诃末将撒马尔罕定为新都。

这对撒马尔罕来说，应该是一个好消息。但摩诃末带给撒马尔罕的，却是令人惊悸的噩梦，因为他得罪了一个蒙古人。

那么，他为什么要得罪蒙古人？这个蒙古人有那么可怕吗？

---

① 仆射为尚书省长官，唐初与中书令、侍中同掌相权，而左仆射为首相。但唐玄宗时，仆射加同平章事才能成为真正的宰相，当时的左相是唯唯诺诺的陈希烈，右相是掌握实权的杨国忠。

② 又译素丹，阿拉伯语原意为“力量”“治权”“裁决权”，后来引申为权力、统治。最初是伊斯兰教历史上一个类似总督的官职，后来成为伊斯兰国家世俗领袖的称号，而哈里发则为宗教领袖。被苏丹统治的地方都可以称“苏丹国”。

五、成吉思汗生气了

一天，准备东扩的摩诃末听说了蒙古攻入金国的消息，马上意识到这也许是自己东扩的一大威胁，于是派出一个使团打探消息。元太祖十年(1215)，成吉思汗亲自接见了这个远方使团，明确表示，希望双方友好相处，商人自由往来。元太祖十三年(1218)，成吉思汗派出以马合木为首的使团回访花剌子模，双方表达了缔结和约的美好愿望。

按照双方达成的意向，一个450人的蒙古商队，携带着大量金银、丝绸、毛皮前往花剌子模。当商队进入花剌子模边境城市讹答剌(Otrar，位于今哈萨克奇姆肯特市境内)时，该城长官亦纳勒术(Inaldjouc，《元史》称之为只兰秃)接见了他们。亦纳勒术是太后的侄子、摩诃末的姑表兄弟，拥有海儿汗(意为有权且可怕的汗)的封号，是一个跋扈、贪财的人。他见财起意，将商队首领诬陷为奸细，下令扣押全部商人，然后飞马向摩诃末报告。摩诃末同意拘押商人，而亦纳勒术干脆将商队成员全部杀死。商队中只有一个牵骆驼的人侥幸逃回蒙古，向成吉思汗报告了这一惨案。

成吉思汗闻讯大怒，立刻派遣三个使臣前往花剌子模，要求引渡凶手亦纳勒术。摩诃末却以杀死蒙古正使，驱逐两名副使并烧掉他们的胡须作为回应。要知道，两国交战不斩来使，是世界性惯例。烧掉胡须，是对副使人格的极大侮辱。据说，国王做出决定时，没有一位大臣表示异议。

孟子说，人性中有四端——四种精神性品质的萌芽：第一是仁，即恻隐之心；第二是义，即羞恶之心；第三是礼，即恭敬之心；第四是智，又叫是非之心。正是这些品质，才使得人与禽兽有了区别。花剌子模君臣之所为，与禽兽何异？成吉思汗实在无法忍受连续的侮辱，他独自一人来到山巅，向长生天跪拜祈祷了三天三夜，说："我非这场灾祸的挑起者，赐我力量去复仇吧！"①

"正是塞北好风景，细雨嫩寒五月天"，元太祖十四年(1219)春夏之交，成吉思汗让幼弟帖木格留守蒙古，另外留下3万人由木华黎指挥攻打

---

① 见志费尼、何高济《世界征服者史》，商务印书馆2004年版。

金国,自己亲率15万大军远征花剌子模。大军进入西域后,畏兀尔(今维吾尔族的先人)、哈剌鲁(葛逻禄人的后裔)和沿途小国也不断派兵加入,蒙古大军达到20万人。随军出征的耶律楚才曾这样描绘这支大军:"车帐如云,将士如雨;马牛被野,兵甲辉天;烟火相望,连营万里。"

大凡战争,效果最好的是突袭,但成吉思汗一反常态,大军一动身就派使臣向摩诃末提出警告。接到警告,摩诃末还是有些紧张,赶忙召集军事会议。会上将领们提出:要么集中全军于锡尔河岸,以逸待劳,击退敌人;要么放弃边城,将敌人引入境内,利用民众消耗对方,然后进行决战;起码也要让主力部队驻守阿姆河口,待机而动。当时,花剌子模正值鼎盛时期,拥有军队40万,又是在本土作战,无论采取三种方案中的哪一种,都不见得会输。但具有突厥血统的摩诃末,与出身康里①的母后及掌握军队的康里贵族集团存有尖锐矛盾,他不愿让康里集团利用战争扩充实力,所以听从星相家关于在噩运的星宿没有走掉之前,不宜采取军事行动的说法,把军队分散到各个城堡去防守。这就好比,他把一个巨人切成无数小块,让蒙古军团逐个去啃:"来啃吧,噎死你!"

9月,秋露从夕阳腮边滑下,像从天而降的泪珠。带着一路的风尘,蒙古大军抵达讹答剌。在城下,成吉思汗将军队分为四路:第一路由次子察合台、三子窝阔台率领攻打该城;第二路由长子术赤率领攻打锡尔河下游的毡的(Jend)②;第三路由阿剌黑等将领率部攻打锡尔河上游的忽毡(Khudzhand)③;第四路中军主力由成吉思汗和幼子拖雷率领,直取花剌子模新都撒马尔罕和旧都玉龙杰赤(Gurganj)④之间的不花剌(今布哈拉),因为占领了不花剌,也就掌握了敌人的心脏。

讹答剌顽强坚守了6个月,直到部下全部战死,罪魁亦纳勒术才被生擒。蒙古人将融化的金银灌入他的耳目,对停止呼吸之前的他说:"海儿汗不是爱财吗?这次永远满足你。"⑤

---

① 游牧民族,一说是康居后裔,汉代曾建立康居国;一说是汉代钦察人的后裔。

② 位于今哈萨克斯坦的克孜勒奥尔达附近,12世纪左右的中亚名城,当时的咸海被称为毡的海。

③ 今塔吉克斯坦索格特州首府苦盏,又译胡占德,位于费尔干纳盆地谷口,中亚丝路古城。

④ 今土库曼斯坦的库尼亚—乌尔根奇(Kunya-Urgench),又称老乌尔根奇、乌尔鞬赤,中亚丝路古城。

⑤ 见梅天穆《世界历史上的蒙古征服》,民主与建设出版社2017年版。

元太祖十五年(1220)二月,成吉思汗统帅中军抵达不花剌城下。在攻城时,他故意纵敌外逃,再将2万突围的守军全歼,迫使城中居民集体出降,在内城顽抗的部分军人则全部被杀。不花剌被洗劫后,变成了“平坦的原野”。

踏平不花剌之后,成吉思汗兵发撒马尔罕。《世界征服者史》上说,“论幅员,它是国王各州中最大的一个;论土地,它又是诸郡中最肥沃的一个;而且大家公认,在四个伊甸园中,它是人世间最美的天堂。”耶律楚材也说:“(撒马尔罕)以地土肥饶故名之。环郭数十里皆园林也,家必有园,园必成趣,率飞渠走泉,方池园沼,柏柳相接,桃李连延,亦一时之盛耶。”如果知道这样一个绝美的去处将面临战火的摧残,恐怕上帝都要颤抖。

3月15日,成吉思汗率中军直抵撒马尔罕城下,已经攻陷讹答剌的察合台和窝阔台也带兵前来会合。

花剌子模在新都撒马尔罕也下了血本,共调集11万精锐之师驻守,其中有6万突厥人,5万黑衣大食人。同时加高了城墙,设置了多道外垒防线,基本做到了万无一失。

成吉思汗安排军队扎营休整,他接连两天亲自前往外城巡视,发现此城东、南、北三面环山,于是决定选择城西的平坦区域作为突击重点,并制定了周密的攻城方案。

第三天,撒马尔罕守将领兵出城,与蒙古大军展开正面交锋。双方激战一天,互有伤亡,直到天黑各自返回。太阳再度升起时,守军再也没有出城。于是,成吉思汗亲临城下,指挥蒙古大军攻城,守军则在外垒拼命抵抗。双方的抛石机和弓弩齐发,一时间,矢石横飞,喊杀震天,攻城者渐渐逼近城门。守军见态势不利,使出了制胜法宝——将20头身披铁甲的战象赶进了战场,期望用这些庞然大物将蒙古军阵冲散。但成吉思汗命令手下用大弩穿透铁甲,逼迫受伤的战象回身而去,反而将守军阵营冲得大乱。黄昏时分,守军只好放弃外垒,退入城中。

几位守军将领被成吉思汗的英名与勇猛吓倒,第二天清晨,便派出代表拜见成吉思汗,乞求得到宽恕。在得到承诺后,他们打开了紧闭的城门。

3月19日,蒙古大军进入城内,将居民全部赶往城外。退往内堡顽抗的守军,除一千余人冒死突围外,其余全部被杀,其中包括20多位著名的大臣。城破后,只有法官、教正及其亲从得到保护,而3万降卒被全部屠杀,3万工匠被分别赐给成吉思汗的儿子和亲属,3万壮丁被补充进了蒙古军团,其他人缴纳赎金后才留下性命。①

本应与首都共存亡的国王摩诃末,早在成吉思汗到来前就逃往阿姆河南部的巴里黑(今巴尔赫)了。但成吉思汗没有放过他,一直对他穷追猛打,直到他登舟入海藏到里海的一座小岛上,因惊吓过度而死。

时间久了,被害人和作案人、吃人者与被吃者的界限模糊了,历史就会成为牛鬼蛇神一起加入的黑色狂欢节。对此,谁也无法阻止。要知道,人类是地球上唯一的高级动物,但也是唯一有能力对自己的同类采取大规模杀伤行动的动物。猪不会干掉猪,老虎也不会杀掉老虎,就连最凶狠的藏獒也与同类和平相处。而人却在算计着人,人在咒骂着人,人在杀害着人,今天世界上还有那么多的国家用大炮、火箭、导弹甚至核武器瞄准邻国。须知,我们所有人都是同一星球上的旅伴,每一个人的祸福同时也是我们自己的祸福,每一个国家的毁灭也是人类生命与良知的共同毁灭,无论别人的信仰多么离奇,无论别国选择的制度多么不合你的胃口,都不是你毁灭别人和别国的理由。这就是爱,就是真,就是善,就是包容,就是和平。

需要交代的是,成吉思汗离开后,这座惨遭蹂躏的城市被废弃,成为今天的阿弗拉西阿勃遗址。

六、瘸子帖木儿

蒙古统治中亚后,为了补充兵源,突厥人被源源不断地征召入伍。随着蒙古帝国的分裂,突厥人占据了显要位置,其中西察合台境内一支骑着战马、身披铠甲的勇士敢死队,一路南下,从德里(Delhi)到大马士革,留下了座座废墟、条条血河。

敢死队首领名叫帖木儿(Temur,意为钢铁),1336年4月8日生于撒马尔罕以南的渴石(今沙赫里萨布兹,Shahrisabz)。帖木儿王朝史学家企图把他的家谱追溯到成吉思汗的一位伙伴甚至亲戚,事实上他是纯正的

① 见陈西进《蒙元王朝征战录》,昆仑出版社2007年版。

突厥人。

青年时期的一次箭伤，造成他的右腿残疾，使得敌人有理由送了他一个"瘸子帖木儿"的绰号。

元朝灭亡的第二年，即1369年，帖木儿杀死西察合台苏丹自立为大汗。

以成吉思汗为偶像的帖木儿力图征服世界。他对外宣称："因为宇宙只有一个真主，因此人间只能有一个帝王。"30余年间，他多次领兵远征，夺取了伊朗和阿富汗，占领了美索不达米亚，洗劫了钦察汗国中心萨莱（今阿斯特拉罕，Astrakhan），攻陷了德里苏丹国。最辉煌的一幕发生在1402年，他在小亚细亚[①]将骄傲的奥斯曼苏丹巴耶塞特一世（Bayezid I）俘虏。

据说，"着锦绣，食佳肴，乘骏马，拥美妇"是帖木儿的征战目标和生命享受。"他们怀着闯进篱笆进行掠夺和带着战利品逃跑的古老冲动"冲向敌人，如鹞鹰扑向鸽子，雄狮扑向小鹿。他们经过的地方，一切都化成了齑粉。德里被攻陷后，十万印度教俘虏不到一个小时便被全部绞死，他们的头颅被堆成一座巨大的金字塔。此后，他利用头颅组建工程几乎到了痴迷的程度，在攻克伊斯法罕（Esfahan）之后，又用7万块头盖骨堆砌起一座宏伟的金字塔。在爱琴海（Aegean Sea）畔，帖木儿大军以砍下来的人头为炮弹轰击基督徒舰队。千辛万苦重建的花剌子模首都玉龙杰赤陷落后，再次遭受了此前蒙古大军到来时的命运，全城被夷为平地播种燕麦。这个有可能成为大城市的地方瞬间变成田野，只有那些残留的土丘向人们讲述着昔日的辉煌。

在毁灭这些城市之前，瘸子总是不忘留下工匠、木料和财富，然后让这些被掠夺来的工匠，在被战火烧焦的古城废墟上，以惊人的速度建设崭新的撒马尔罕。如凤凰从灰烬中飞出一般，撒马尔罕在不到35年时间里，从一个人烟稀少的小城成长为拥有15万人口的大都市。装潢华丽的宫殿，富丽堂皇的清真寺，庄重典雅的陵墓拔地而起。与众不同的是，城市的周围建设了一圈各色风格的村庄，帖木儿嘲弄地以工匠们先前的家乡命名——如巴格达村、大马士革村、色拉子村、德里村。这一点，颇似

---

① 指安纳托利亚（Anatolia），又叫西亚美尼亚，是亚洲西南部的一个半岛，北临黑海，西临爱琴海，南濒地中海，东接亚美尼亚高原，主要由安纳托利亚高原和土耳其西部低矮山地组成。

玄奘从撒马尔罕到巴尔赫示意图

《白毛女》里的大地主黄世仁为死去的杨白劳披麻戴孝。

凤凰涅槃的撒马尔罕，继唐代之后再次成为世界级城市和世界商贸的一大中心，从这里前往中国的商路依旧畅通。1403至1405年在帖木儿帝国担任西班牙王国大使的冈萨雷斯·德·克拉维约（Ruy Gonzalezde Clavijo）写道：“最好的商品特别是丝绸、缎子、麝香、红宝石、钻石、珍珠和大黄，都是从中国运到撒马尔罕的。在我任大使期间，有800峰驮满货物的骆驼从大都来到撒马尔罕。”连帖木儿用餐所用的餐具，也全是蓝白分明的中国青花瓷。要知道，从中国到撒马尔罕有万里之遥，商人需要花费极大的心力才能把易碎的瓷器运抵目的地。

晚年，生性躁动的帖木儿产生了远征中国的宏愿。1404年，他扣留了明朝使臣傅安率领的1500人的庞大使团，主动挑起了战争。第二年，就率百万大军开始征服中国。大军浩浩荡荡从撒马尔罕出发，从冰上跨过锡尔河，一场世界瞩目的大战拉开序幕……

“目空者，鬼障之。”恰在此时，他因感染肺炎病死在军中。主帅一死，远征大军只得灰溜溜地撤回。

信誓旦旦的帖木儿未能给继承者留下一个“伟大帝国”，也未给历史留下足以称道的业绩，留下的只是一个关于一部分人对另一部分人盲目屠杀的故事，还有铁蹄踏过的一片荒凉、儿撮燕麦和无数冤魂。

越是奇幻的彩虹，消散得越快。帖木儿一死，“强人之后定是弱者”的规律得到应验。接班人根本压不住阵，封建主纷纷割据称霸，被压迫民众也举起反抗的大旗，帝国在疾风中四分五裂、七零八落。1500年，一伙蒙古人攻占了帖木儿昔日的根据地布哈拉和撒马尔罕，建立了至今仍在的乌兹别克汗国。帖木儿帝国像一颗流星般快速划过夜空，陨落在无边的夜幕之中。

曾经的帖木儿时代，在今人眼里不过是纸面上的段落了，可当时的人们却如丧考妣，哀痛万端，绝望满面。帖木儿的后代调动各方能工巧匠为帖木儿大帝修建了一座伊斯兰风格的陵墓，陵墓就坐落在撒马尔罕。这个堪称中亚艺术珍品的陵墓于1941年对外开放，供如织的游人凭吊500年前的大漠枭雄，沉思云卷云舒的历史和神秘莫测的命运。当地的导游每一次提到帖木儿，脸上显出的都是无比的自豪和无限的崇敬。

站在世界史的高度看，这个人很难得到正面的评价。但我却能够理解为什么大多数乌兹别克人至今对他心怀崇敬与热爱。因为乌兹别克这个典型的混血民族，经历了太多的变故，受了过多的滋扰，曾经有几个世纪的时间过着受人奴役、无聊乏味的生活，而是帖木儿给这个民族苦难而单调的生活注入了一点刺激，增添了一抹色彩，留下了许多令人自豪的英雄回忆，让这个屡遭欺凌的族群聊以自慰。他是乌兹别克英雄的化身，就像法国人的拿破仑（Napoleon）、俄罗斯人的彼得大帝（Peter the Great）、蒙古人的成吉思汗一样。人们会永远怀念他，会在当其他稍微逊色的英雄化为一抔黄土，或成为孩子们必须在书本中背诵的名字时更加崇敬他。

如今的"帖木儿帝国遗址区"保存了帖木儿时期的清真寺、宗教学院、陵墓、天文台、宫殿，是联合国教科文组织命名的"世界文化遗产"。其中号称亚洲之最的以帖木儿之妻命名的比比·哈内姆（Bibi Khanym）大清真寺，是撒马尔罕城的一大浪漫地标。

让人匪夷所思的，是帖木儿棺材上篆刻的那句咒语："如果我从棺木中出来，世界将会崩溃"。1941年6月20日，苏联考古队开启了帖木儿的棺木。两天后，阿道夫·希特勒（Adolf Hitler）偷袭苏联，苏德战争爆发，苏军一触即溃。苏军总参谋长朱可夫（Zhukov）得知"帖木儿咒语"后，下令立即将帖木儿骨骸恢复原位。平息咒语后，尽管朱可夫一度被斯大林（Stalin）降职，但随后成功指挥了列宁格勒保卫战、莫斯科会战和斯大林格勒战役，苏联由防守转入进攻。是咒语发挥了作用，还是历史的巧合？无人可以评判。

七、一封未寄出的信

1907年（清光绪三十三年）春，西方探险家斯坦因在敦煌西北的汉长城烽火台遗址，发现了8封4世纪左右的古粟特文信札，所用纸张的规格大约39至42厘米长，24到25厘米宽。当时的丝质邮包上，用粟特语写着"寄往撒马尔罕"。这8封信，一封写于姑臧，两封写于敦煌，其余的可能写于洛阳，其中一封是粟特女子米薇（Miwnay，意为幼虎）写给丈夫的家信。①

家信内容显示,米薇和女儿住在敦煌,她的丈夫那奈德哈特(Nanai-dhat)前往粟特大本营撒马尔罕经商未归。分别之后,她多次给丈夫写信(也可能是请人代写),却从未收到一封回信。于是,她在这封被大英博物馆命名为3号的信中,发出了悲戚的呐喊:“我像对神一样双膝跪地,向高贵的老爷,丈夫那奈德哈特表示祝福和致敬……当我听到你身体安好的消息,我感到自己是永远不会死的。可你瞧,我生活得……很糟糕,很不好,很凄惨,我觉得我自己已经死去!我一次又一次给你写信,却从来没有收到过你哪怕一封的回信,我已经对你完全失去了希望。”

如果米薇会写信,说明她应该出生在一个殷实之家,自幼识文断字。嫁给粟特商人那奈德哈特之后,她不顾娘家人的劝阻,执意跟着丈夫来到敦煌。在敦煌安好家,丈夫就独自一人沿着丝路出发了。离人总是泪千行,丈夫临走前夕,一定对米薇描绘了此行可能的利润,日后回到敦煌时的富足生活:置办房产和田地,雇佣几个仆人,让米薇十指不沾阳春水,让女儿学习琴棋书画。

米薇始终等不来丈夫的回信,只能一封又一封地给丈夫寄信。每次看见邮差,米薇都会急切地跑上去问:“有回信吗?”而邮差的回答永远都是两个字:“没有”。

流水本薄幸,何必惹落花?商人重利轻离别,这话用在粟特男人身上再恰当不过。米薇一直等不到丈夫的信,就托人打听他的情况,而且打听到了,因为信中说“听到你身体安好的消息”。丈夫明明尚在人世,为何连一封信都不回?其实,那奈德哈特不给米薇回信也很正常,粟特和中国古代婚姻制度相似,实行一夫多妻。从事长途经商的粟特人,还有奴仆、侍妾、姘头等统称为次妻的女性陪伴。

那奈德哈特走了三年之久,米薇已经花完了他留下的全部家当,甚至变卖了自己的首饰,还背上了一大笔债,因此不得不向人求助。她先是找了税官,又找了丈夫的亲戚,还找了丈夫的生意伙伴,但这些人都拒绝帮助她。最后,她找了一位“庙祝”,此人答应给她一头骆驼和一名男护卫。她困在敦煌的3年中,曾有5次机会跟着商队离开,可她付不起20个金币

---

① 见荣新江《中古中国与粟特文明》,生活·读书·新知三联书店2014年版。

的路费。于是，她把绝望化为愤怒，声嘶力竭地呼喊："我遵从你的命令来到敦煌，没有听从我母亲的话，也没有听从我兄弟们的意见，一定是我遵从你的命令那天惹恼了诸神，我嫁猪嫁狗也比嫁给你强！"信尾写道，母女二人已经贫困到要帮人放羊了。

这张本该很快烂掉的纸张，却因为干燥少雨的大漠、千年不倒的烽燧神奇地保存下来。这张纸，让我们看到了人性的残酷，大漠的温情，历史的记忆，让我们知道了多年前有这么一个女人，一个敢爱敢恨的女人，一个本属于撒马尔罕的女人，一个被阻隔在大漠尽头的女人。

悲哀的是，不知何种原因，米薇这封绝笔信被邮差扔在敦煌的烽燧里，并没有送出玉门关。即使送出玉门关，也一定会又一次石沉大海，因为她永远无法唤醒一个装睡的人。好在它没有被送出敦煌，才得以在1500多年后，被一个西方文物大盗发现，并展示在了世界最著名的博物馆里。

试想，百年之后，我们的爱情故事，是否也将这样躲藏在墙角，丢弃在库房，深埋于地下？

试问，有多少爱情可以重来？有多少故事还在传唱？有多少秘密已经埋葬？

第125天　大　夏

大夏在大宛西南二千余里，妫水南，其俗土著，有城屋，与大宛同俗……大夏民多，可百万余，其都曰蓝市城，有市贩贾物。

——《史记·大宛列传》

从飒秣建国西南行三百余里，至羯霜那国（史国）。从此西南行二百余里入山。东南山行三百余里，入铁门。出铁门至睹货逻国故地（活国）。西至缚喝国。

——《大唐西域记》

一、舍近求远

玄奘一行离开撒马尔罕之后，一路向西南行，至铁门，由铁门出发6天左右到达中心位于今阿富汗昆都士的活国。既然玄奘取经的目的地是婆罗门国（今印度），那么最便捷、最顺畅的行进线路，是从今昆都士向南赶赴今阿富汗首都喀布尔（Kabul），然后转身东去，穿越开伯尔山口（khyber pass），前往今巴基斯坦和印度。

为什么玄奘一行从活国直接向西，绕了一个大圈呢？

原来，玄奘在这里遇到了一场变故。

当玄奘见到活国国王，递上高昌王和统叶护可汗的书信后，对方不仅谦恭地接过书信，而且赶忙赐座。双方一开口才知道，国王名叫呾度设，既是统叶护可汗的长子，也是高昌王的妹夫。玄奘既然已与高昌王结为兄弟，等于是呾度设的小舅子。在漫漫旅途上，还有比他乡遇亲戚更令人宽慰的事吗？

问题是，呾度设的夫人——也就是高昌王妹妹刚刚去世，因此，呾度设读完高昌王的信，便悲从心起，号啕大哭。一方面因为夫人去世心情悲痛，另一方面他当时患有疾病，于是对玄奘说："弟子我看见你眼为之一明，请您在这里稍事休息，如果我的身体稍微好一点的话，将亲自送您到婆罗门国。"

"贫僧谢过。"玄奘回应说。是啊，呾度设拥有活国国王和统叶护可汗长子的双重身份，如果由他亲自送到印度，玄奘的求法之路肯定会平坦很多。此时，好像老天有意帮忙，从印度来了一位大咒师。咒师为呾度设念咒后，他的身体迅速好转。

但是，他并没有马上履行对玄奘的承诺，而是忙着娶了一房娇滴滴的小娘子。这应该是他的第三段婚姻。第一段婚姻留下了一个儿子，已经长大成人；第二段婚姻就是高昌公主，也留下一个儿子，但尚且年幼。谁也没有料到，就是这第三段婚姻，给呾度设带来了杀身之祸。

史载，在蜜月期间，呾度设中毒而死。呾度设死后，他的大儿子接任国王，还娶了父亲的小娘子为妻。

因此，有史料说，是小娘子串通大儿子，毒死了呾度设。尽管这份史料拿不出两人下毒的证据，还是将呾度设之死定位为一幕人伦惨剧。其逻辑推理是，如果不是两人串通害死了呾度设，那么大儿子为什么要娶后妈呢？但话又说回来，假若两人真有奸情，大儿子再娶后妈不是故意给攻击者留下口实吗？这是我们汉人的思维方式，草原民族素有"父死可以娶后母，兄死可以娶长嫂"的婚俗，根本无需大惊小怪。

发生了如此变故，呾度设送玄奘到印度的承诺，当然是无法兑现了。无奈之下，玄奘只能继续在活国逗留。

逗留期间，玄奘遇到了一位名叫达摩僧伽的高僧。这位高僧在印度留过学，在葱岭以西有着很高的声望，就连佛教重镇疏勒、于阗的高僧都不敢与之对谈。玄奘不想放过任何学习机会，于是托人了解达摩僧伽到底精通哪些经典和学说。谁知一打听，首先惹恼了达摩僧伽的众多弟子："你玄奘不直接上门来请教，反而辗转打听这些东西！"但达摩僧伽毕竟是一代宗师式的人物，他的回答充满了自信："我尽解，随意问。"

玄奘心怀厚道，知道达摩僧伽是不修大乘的，就以小乘经典发问，而对方的回答和解释多有破绽。令人佩服的是，达摩僧伽不仅与玄奘相见甚欢，而且辩经失败后，还随时随地赞誉玄奘，说自己远远不及这位大唐高僧。

玄奘一路走来，经历了多次与高僧的辩经，却始终解不开佛学上的诸多困惑，看来只能到佛教发源地印度求得最高最完备的佛法了。但要前往印度，离不开国王的帮助。玄奘犹豫了半天，还是去找了新王，请求他派出使者，提供马匹，以便继续前行。不承想，新王并未因玄奘与前王的关系而有所怠慢，他不仅满足了玄奘的所有要求，还善意地建议玄奘在去印度之前先到附近看看，比如他属下有一个缚喝国，被誉为“小王舍城”①，那里历史很长，圣迹很多，值得法师一去。正巧，缚喝国有几十个僧人前来参加呾度设的丧礼，玄奘就和他们结伴西去了。

那么，这个被誉为“小王舍城”的地方，历史真的很长吗？

要追寻这座城市的源头，还须从居鲁士二世(Cyrus II of Persia)说起。

二、永远在途中

在公元前7世纪的伊朗高原上，生息着两个同文同种的部落群体——米底(Medes)和波斯。米底率先崛起为国家，并伙同新巴比伦王国灭掉了强大的亚述帝国。

正当米底国王阿斯提阿格斯(Astyages，意为舞标枪者)享受着无上威权之时，却被一个噩梦惊醒:他的已嫁给波斯首领的女儿的肚子里长出的葡萄藤，遮住了整个亚细亚。为防不测，他决定待外孙生下来就马上处死。这个新生婴儿就是居鲁士。他一生下来，就被米底国王交给大臣哈尔帕哥斯(Harpagus)处置。大臣不敢自己动手，便把孩子转交给一个牧人，命他弃之荒野。牧人的妻子恰巧产下一个死婴，他们用死婴交了差，暗中将居鲁士保护起来，并将他抚养成人，直至回到波斯。

① 王舍城(Rajgir)，是印度次大陆的佛陀时代(公元前6—前4世纪)十六大国之一的摩揭陀国早期的都城。公元前684年，摩揭陀国定都在旧王舍城，后来毁于火灾。

一个可以由此而生也可以由此而死的时代，一定是个大时代，大时代总要产生巨人。公元前559年，居鲁士成为波斯首领，统一了波斯十个部落。接下来，他将攻击目标对准了外祖父之国——米底。在米底大臣哈尔帕哥斯的策应下，波斯大军于公元前550年攻克米底都城。此后几年，居鲁士又征服了埃兰（Elam）、帕提亚、亚美尼亚（Armenia）①、吕底亚（Lydia）和小亚细亚希腊各城邦，并于公元前539年占领了世界上最繁华的城市——巴比伦（Babylon，意为神之门），成为名副其实的"宇宙四方之王"，因此他有资格在铭文上刻下："我，居鲁士，世界之王，伟大的王。"

居鲁士过惯了马背上的生活，即使年近花甲也壮心不已。他可能准备攻打埃及（Egypt），但为了避免东西两线同时作战，必须先解除中亚游牧部落的威胁。

东征路上，他将巴克特里亚首次纳入波斯帝国——阿契美尼德王朝（Achaemenid）——统治之下。波斯将其国土划分为20个郡，巴克特里亚成为第12郡。它能够成为波斯一个郡的驻地，原因还是它的地理位置：它既处在巴尔赫河冲积扇形成的绿洲上，又坐落在吐火罗盆地的西侧，恰巧蹲踞在东亚、南亚、西亚、中亚的衔接点上。控制了它，就扼住了吐火罗盆地开口；控制了吐火罗盆地，就拥有了整个费尔干纳盆地农业区。

洪水退去，他身后留下了一片波斯文明的沃土。战争结束后，波斯人大搞筑路工程和农业灌溉，使得巴克特里亚首府巴克特拉（Bactra）很快成为繁忙的商贸与文化中心。

公元前530年，年近60岁的居鲁士亲率大军攻打里海东岸的马萨格泰人部落，战争初期顺风顺水，还擒杀了马萨格泰王子，但后来被马萨格泰女王引入了沼泽，波斯军队几乎全军覆没，居鲁士也中箭而死。

居鲁士阵亡后，波斯帝国一度陷入混乱与分裂，但波斯对巴克特里亚郡一直钟爱有加，总督要从波斯王族血缘最近的亲属中选出，并由国王亲自任命，巴克特里亚城也因此维系了长期的繁荣，直到200年后，另一个伟人策马东来。

---

① 位于黑海和里海之间，是世界上第一个信仰单一宗教——基督教的国家，曾是拜占庭帝国的一个行省，后来被伊朗、奥斯曼帝国瓜分，苏联解体后独立。

三、把世界当故乡

这个伟人名叫亚历山大(Alexander,意为人类守护者),是希腊城邦马其顿(Macedon)国王腓力二世(Philip II of Macedon)的儿子。他的传奇始于那匹叫布西发拉斯(Bucephalus)的烈马,当所有骑手都望而却步的时候,10岁的亚历山大驯服了它。看到亚历山大骑着这匹烈马归来,腓力二世兴奋得热泪盈眶:“我的儿子,找一个适合你的王国吧,马其顿太小了。”

他是希腊哲学家亚里士多德(Aristotle)最优秀的学生,16岁随父亲出征,20岁登上王位。他宣称“山不走到我这里来,我就到它那里去”,他认定“战胜恐惧,就能战胜死亡”,他决心“把世界当作自己的故乡”,他的梦想是建立一个世界帝国,把希腊文化传播到世界的每个角落,让所有人沐浴在希腊文化的灿烂阳光里。

为实现梦想,他把目光锁定在辽阔而富庶的波斯,然后率30000步兵、5000骑兵和160艘战舰,渡过达达尼尔海峡(Dardannelles Strait),开始了长达10年的东征。

绝大多数西方史书对亚历山大东征推崇备至,但仅就发动战争本身而言,我却不敢苟同。战争通常的定义是“为了某种尊严而采取的行动”,也可以定义为“和平的缺失”。从战争机理来说,战争来源于民族主义的狂热和精英分子的预谋。他们一方面说“统一战争是正义的”,一方面又说“反抗异族侵略是正义的”,如此自相矛盾的说法,只是为了展现自己的王者气概,因此孟子才一针见血地谴责道:“春秋无义战!”

当然,抛开正义与否不说,作为战士,他智勇双全;作为将军,他无与伦比。他打的仗,走的路,取得的胜利,攻占的土地,杀戮的敌人,在人类历史上仅次于成吉思汗。他从未打过一次败仗,32岁就完成了征服世界的梦想,至今无人超越,他用行动向世人阐释了什么是王者荣耀。

他利用马其顿方阵(Macedonian phalanx),在小亚细亚初创波斯军队;继而在伊苏斯平原大败波斯国王大流士三世(Darius III)率领的12万主力,俘虏了大流士的母亲和王后;然后顺利攻克了波斯都城波斯波利斯

(Persepolis)。一败再败的大流士，向东逃亡到巴克特里亚，身边只剩下4万士兵。然而，大流士的亲戚——巴克特里亚总督贝苏斯却联合另外两个总督囚禁了大流士。贝苏斯的如意算盘是，如果亚历山大继续追击，他就把大流士交给对方，以换取自由、安全甚至奖赏；如果自己的队伍壮大到足以对抗亚历山大的地步，并且最终将对方赶出波斯，那么自己就顺理成章地继承王位，然后再秘密处决大流士，或者把他放逐到一个与世隔绝的荒岛上。

但亚历山大认定，一天抓不住大流士，这场伟大的远征就不能结束。于是，他挑选出最强悍的步兵和骑兵，对大流士实施了疯狂而持续的追击。不久，亚历山大得到了大流士被部下囚禁的消息，但他发出命令：抓不住大流士，任何消息都没有意义。终于，在今伊朗达姆甘(Damghan)附近，发现已被谋杀的大流士尸体，被胡乱丢在一辆大车上。

前方传来消息：杀死大流士的贝苏斯宣布自立为王，企图恢复波斯帝国的统治。为此，亚历山大决定继续东进，直到将所有敢于向自己挑战的人灭亡为止。

高山没能挡住他。横在面前的，是海拔3000多米的兴都库什山。在克服一系列难以想象的困难后，马其顿大军成功翻越了它。公元前329年，大军杀到巴克特拉城外，贝苏斯连象征性的抵抗都没做，就仓皇渡过阿姆河，逃往索格地安那。逃跑时，贝苏斯烧掉了所有渡船。

大河也没能挡住他。他用填满干草的皮筏代替渡船，5天内将全部人马摆渡过了宽阔的阿姆河。看到马其顿大军浩浩荡荡杀来，贝苏斯手下的将军们决定背叛贝苏斯，就像当初贝苏斯背叛大流士一样。很快，可恶的叛徒被押到亚历山大面前。

对于贝苏斯的死法，史学家展开了想象的翅膀。一种说法是，亚历山大以弑君的罪名，把贝苏斯钉死在了十字架①上。第二种说法是，亚历山大下令将贝苏斯剥光衣服，戴上狗项圈，割去鼻子和耳朵，然后处死。②还有一种说法更为解恨，说亚历山大没有直接处死贝苏斯，而是将他交给

---

① 十字架是一种古代处以死刑的刑具，流行于波斯帝国、大马士革王国、犹大王国和古罗马等地，通常用以处死叛逆者、异教徒等。在西方文学中，一般用它比喻苦难。今天，十字架是基督教的信仰标记。

② 见彭树智、黄杨文《中东国家通史·阿富汗卷》，商务印书馆2000年版。

了大流士的母亲西西甘比斯(Sisygambis),这位母亲让人找了四棵很高的树,每棵树之间都有一定距离,她让人弯下树梢,然后把被折磨得奄奄一息的贝苏斯的四肢分别绑在不同的树梢上,之后命人放开树梢。树梢在弹回空中的一瞬间,便将贝苏斯撕成了碎片。①

亚历山大既是战争之神,更是文化之神。他放下利剑之后,便带着他孩子气十足的雄心和傻乎乎的自负,宣布了一项更为雄心勃勃的计划。那就是,他所征服的土地,必须置于希腊文化的影响之下,人民必须学习希腊语言,而且必须住在依照希腊样式建造的城市之内。他在每一个征服地区都修建了以他的名字命名的城市——亚历山大城。他所开启的希腊文化向亚洲、非洲扩张时期,被西方史学家称为“希腊化时代”。

尤其是亚历山大对巴克特里亚的征服,使希腊文明第一次来到这块与世隔绝的土地上。大量希腊人在此定居下来,其中亚历山大留下了3500名骑兵和10000名步兵。他们既当官员,又做老师,还做士兵和平民,与当地民族通婚,渐渐接受了当地习俗,甚至开始信仰巴克特里亚的阿纳希特神(Anahit)。这些新来的殖民者,开始用智慧的双手创建新城。继亚历山大城之后,一座座新城拔地而起,最终使它有了“千城之国”的美誉,成为欧洲文明东传最远的区域。就这样,这些汹涌而至的希腊移民,很快就把当地的牧民变成了汪洋大海中的一个个孤岛,并使他们扔下了马鞭,卷起了帐篷,住进了城堡,快乐地吞下了希腊文明的钓钩、钓线和坠子。

这是古代历史上最令人深思的和平移民事件之一。

四、塞琉古东征

就在希腊建筑、希腊礼仪、希腊风俗像洪水一样席卷欧亚大陆之时,亚历山大突然患上了热病,于公元前323年6月在巴比伦的古老王宫中撒手而去。

他的帝国也没有比他多活多久,他那三个看似忠心耿耿的将军——

---

① 见雅各布·阿伯特《亚历山大大帝》,华文出版社2017年版。

托勒密(Ptolemy)、塞琉古(Seleucus)、安提柯(Antigonus)瓜分了他的帝国。其中驻兵巴比伦的塞琉古,不但宣布接管亚历山大帝国的亚洲部分,从安提柯手中夺取了叙利亚,而且像亚历山大一样发起了东征,将巴克特里亚纳入了势力范围。公元前305年,塞琉古有了属于自己的王朝——塞琉古王朝。

建国后,塞琉古十分重视对巴克特里亚这一东北边境重镇的控制与治理,他将大批希腊人、马其顿人移居巴克特里亚,全力推行希腊化政策,使之再次受到希腊文化的冲击与洗礼。直到公元8世纪,巴克特拉城居民仍然沿用塞琉古纪年法——将塞琉古王朝建立的公元前312年作为纪元元年。

希腊化为古老的巴克特里亚插上了飞翔的翅膀。很快,它便成为塞琉古王朝境内最大的贸易中转站。从此向西,经波斯、米底、美索不达米亚,可以直达爱琴海沿岸;从此向南,可以直达香料的老家印度;从此向东,就是丝绸的故乡中国;从此向北,可以直通西伯利亚。

此时的巴克特里亚首府巴克特拉,位于今阿富汗巴尔赫省首府马扎里·沙里夫(Mazar-e Sharif)[①]西北20公里处的巴尔赫镇[②],三面环山,一面临河,占地400公顷,人口众多,商业繁荣,已经赢得了"众城之母"之美誉。一时间,这里商人云集、市声鼎沸。巴克特拉人所议论的,似乎都是哪个商人暴富,哪个女人跟着商人跑了,哪个商人又娶了几个妻子的故事。

很长时间,这里好像没有出现什么大的波折。

但小波折还是有的。

话说塞琉古征服巴克特里亚后,任命一位亲信担任了这个边境地区的总督。距离产生美感,更产生疏离感。在塞琉古的儿子安条克一世(Antiochus I)、孙子安条克二世执政时,总督尚且能承认王朝的宗主权,但已把地方军事、财务、人事大权牢牢攥在手中,之所以暂时没有独立,只是在等待一个机会。

公元前248年,为了结束与托勒密王朝旷日持久的战争,安条克二世与托勒密二世之女贝勒尼基(Berenice Syra)结婚,并与前妻劳迪丝一世

---

① 意为"圣徒的坟墓",以穆罕默德的女婿阿里命名,是阿富汗北部最大的城市。

② 见何平《阿富汗史》,三民书局2011年版。

(Laodice I)解除了夫妻关系。劳迪丝天天愤愤不平,对新嫁过来的女人恨得牙根发痒。有人劝她,恨会毁了你的,因为那个女人也是政治联姻的牺牲品,但她油盐不进。

公元前246年,安条克二世病逝,塞琉古二世由母亲劳迪丝一世扶上王位。随后,劳迪丝将屠刀对准了贝勒尼基,就连她那嗷嗷待哺的儿子也被掐死,然后扔到野狼出没的荒郊。噩耗传到埃及,托勒密三世以为妹妹复仇的名义,率领大军越过塞琉古王朝边境,一举攻克安条克城,活剥了罪魁祸首劳迪丝。被迫割地求和的塞琉古二世威望扫地,他的弟弟和姑姑相继站出来挑战他,帝国乱成了一锅粥。

于是,塞琉古王朝的地方分裂势力借机而动,巴克特里亚总督狄奥多德(Diodotus)宣布独立,建立了希腊—巴克特里亚王国(又称希腊—大夏国);帕勒人(Parni)的酋长阿萨息斯(Arsacus)也在尼萨创建了阿萨息斯王朝(安息)。

五、大夏国

独立初期,大夏富庶而强盛,邻国安息则国力贫弱。为了抵抗旧主塞琉古王朝的报复,大夏与安息结成了军事同盟,共同打了不少胜仗。渐渐地,塞琉古王朝开始向西收缩,而在与大夏结盟中受益的安息则步步西进,直到迁到泰西封,成为强盛的帝国,进而发展成大夏的噩梦。

对于将小安息培养成大劲敌的狄奥多德及其儿子狄奥多西斯二世(Theodosius II),大夏国内相当不满。加上狄奥多西斯二世对安息步步退让,软弱无能,于是在公元前227年,索格狄亚那(Sogdiana)[①]总督欧西德莫斯(Euthydemus)发动军事政变,杀死狄奥多西斯二世,自称巴克特里亚国王。

塞琉古新王安条克三世是一个不甘寂寞的人,他一上台,就把收拾内乱时期独立的小国作为崇高使命。办法嘛,就是嘴巴加拳头,类似胡萝卜加大棒。公元前208年,他派出使者质问欧西德莫斯:“为什么背叛国王,

① 中亚古地名,又名粟特,在阿姆河、锡尔河之间的泽拉夫善河流域。

而不好好当你的总督?!”

对方的回答十分巧妙:“我不是一个背叛者,我自立为王的目的正是为了杀死国王的背叛者狄奥多西斯二世。”

“这么说,国王还应该奖励你?”使者一脸不屑。

“那倒不必,但求承认既成事实而已。”欧西德莫斯毫不客气。

“做总督,是你唯一的选择。”

“我要不答应呢?”欧西德莫斯不再看使者,而是起身走到窗前。窗外,一只苍鹰划过湛蓝的晴空。

经验告诉我们,老鼠敢和猫顶嘴的时候,身后一定有一个鼠洞。安条克大军对巴克特拉城形成合围,欧西德莫斯则躲进城市死守。安条克攻了两年,形同对着墙壁打了两年拳。

事实证明,战争是人类永恒的主题,和平则是军事均势的代称。攻守双方只能坐下来谈判。代表大夏国王出面谈判的是他的儿子德米特里(Demetrius)。

他向对方指出:锡尔河以北的斯基泰人(Scythians,又称塞人、塞种、萨喀人、萨迦人)游牧部落活动猖獗,已经严重威胁巴克特里亚边境安全。巴克特里亚是希腊文明的前哨,塞琉古帝国的安全有赖于巴克特里亚的统一。如果削弱我们,这对希腊人将是致命的打击,“希腊将要沦入野蛮”。

安条克三世认可了这个年轻王子的说法,也认为对方保卫着通往印度和北方的商路,保持这一边境政权的统一,符合自身利益,因此承认希腊—巴克特里亚的独立,巴克特里亚则要向塞琉古进贡象群和粮食,并且负责抵抗斯基泰人的进攻。谈判还出现了一个插曲,那就是安条克三世对谈判代表德米特里越看越喜欢,以至于把女儿许配给了他。

在此,我们不得不佩服安条克三世的识人之明。他的女婿德米特里(约前200—前185在位)是一个有血性、有激情、有使命感的人。公元前185年,孔雀王朝(Mauryan Dynasty)末代君王被一个婆罗门部将杀害,大量佛教徒受到迫害。德米特里身怀解放佛教徒的伟大使命,挥师南下,击败了孔雀王朝,占领了喀布尔、犍陀罗、旁遮普(Punjab)、信德(今巴基斯坦信德省)等地。之后,他和王后在绿树成荫、气候温润的占领区旁遮普住了下来,建设了一座名为奢羯罗(Sagala,今巴基斯坦锡亚尔科特附近)

的城市，并在发行的货币上自称“印度人的国王”。①

当他与继任者长期滞留新占领区时，巴克特里亚本土的独立倾向越来越严重。公元前169年前后，负责监领兴都库什山脉以北地区的大将欧克拉提德一世（Eucratides I）发动叛乱，在巴克特里亚称王，亲附于塞琉古王朝。从此，王国以兴都库什山为界，分裂为南北二朝。此时距离张骞出使西域，只剩下不到30年时间了。

这是一个风云激荡的时代。在亚洲南部的恒河平原上，孔雀王朝刚刚落幕；在波斯高原，生机勃勃的安息王朝正在崛起；在欧洲南部，一个名叫罗马的伟大国家已经诞生。罗马渴望向东伸展臂膀，汉帝国则试图染指辽阔的西域。

中西交往的大幕即将拉开，即将绽露的是世界文明交流的曙光。

六、大月氏

中国史料记载，汉武帝建元二年（前139）前后，驻牧于伊犁河、楚河流域的大月氏主力，被乌孙击败，被迫西迁。这支狼狈如丧家之犬的游牧部落，在迁徙途中居然焕发出绝地求生的巨大能量，在越过阿姆河之后，迅速击败并征服了分裂后的巴克特里亚王国。

巴克特里亚之所以如此轻易地被击败，除了南北分裂，一定还有更深刻的内在原因。英勇的欧克拉提德一世曾以300守军击败了南部巴克特里亚国（又称印度—希腊王国）6万大军的包围，之后把印度次大陆西北部纳入了统治区域。悲惨的是，公元前159年，他在从印度返回途中被儿子欧克拉提德二世谋杀，继而车裂了尸体。

我估计，父子内讧，一定严重损伤了王国的士气，安息从西部对其蚕食，锡尔河北岸的斯基泰人不断南下，一些城镇忙于自保，从而使得他们在面对大月氏骑兵时变得不堪一击。

考虑到欧克拉提德二世于公元前155年继位，我推测，巴克特里亚王国应该败在这个不成器的儿子手上。波斯与西方史料记载，公元前145

① 见王治来《中亚史》，人民出版社2010年版。

年，战败的欧克拉提德二世逃往兴都库什山以南。就在这个时段，巴克特里亚管辖的希腊人城市阿伊·哈努姆毁于战火。根据是，宫殿宝藏库出土的一个大瓮碎片上，标有“24年”的字样。而从公元前169年欧克拉提德一世称王到公元前145年欧克拉提德二世逃走，正好是24年。

公元前139年之后，这里被斯基泰人短暂占领。①

也就是说，巴克特里亚国名义犹在，但已经没有统一的国王——“大君长”，而且不再善战。

元光六年（前129）的一个午后，汉使张骞在康居使臣的引领下，已经接近了此次出使的目的地——大月氏。

越是临近目的地，张骞越是兴奋与忐忑。兴奋的是，自己历尽千辛万苦所追寻的目的地就在眼前；忐忑的是，对方真的能答应与大汉联手对付匈奴吗？

张骞的担心并非多余，因为他刚刚出发时听说，大月氏王尚且健在，他们仍在妫水以北的索格底亚那游牧；而到了西域才发现，西域的战略格局发生了巨变，大月氏已经征服了妫水以南的巴克特里亚王国以及短暂占领此地的斯基泰人，拥有了妫水南北的广阔领地。

张骞借助司马迁之口告诉我们，他面前的大月氏位于大宛西部二三千里的地方，是一个随畜迁徙的游牧行国，能弯弓射箭者有一二十万人，王庭建在妫水以北。进入大月氏王庭，张骞才吃惊地发现，对匈奴怀有刻骨仇恨的大月氏王已死，目前当政的，是大月氏王的美丽遗孀。

一个拥有东亚蒙古血统的男人与一个拥有印欧血统的女人的会面，没有一丝想象中的浪漫。张骞的第一印象是，在这个美丽的外表下，包藏着一颗冰冷的心。在张骞说明来意后，女王直言：月氏距离汉太远，无法联合攻击匈奴。再说啦，我已经厌倦了四处流浪的日子，如今好不容易找到了一块安身之地，不可能再回河西走廊了。

张骞一时无语，但又不死心。为了说服这位女王，他整整住了一年。

其间，张骞来到妫水以南的巴克特里亚——蓝氏城。他发现，这个大月氏的属地，在大宛西南二千里处，生活着百余万土著人，与大宛风俗相同，没有“大君长”，只是在各个城市设有“小长”，兵弱，畏战，但长于贸

---

① 见杨共乐《早期丝绸之路探微》，北京师范大学出版社2011年版。

易。在这里，他居然见到了中国四川的邛竹杖和蜀布。他问当地商人："哪里来的这东西？"对方回答："是商人从身毒贩来的。"

简单的一问一答，就使聪明的张骞悟出了两个信息：第一，巴克特里亚在汉朝西南12000里，而身毒在巴克特里亚东南数千里，身毒有四川的商品，说明距离四川不远，而且有路相通。第二，能在这里见到蜀地的商品，说明西域人喜爱汉的物品。这也是张骞回国后，建议汉武帝打通汉朝经四川前往身毒的道路，并且以汉朝特产拉拢西域强国的直接原因。

这些，只是意外收获，张骞不能舍本逐末。于是，他返回了大月氏王庭。但无论他怎样以真情感染人，以前仇激发人，以前景吸引人，都不足以让女王及其王公贵族放弃当下的安逸，翻越千山万水与汉一起攻打匈奴。无奈之下，张骞只能抱憾回国。张骞不解：难道世上真有一种忘忧草，使大月氏人忘却了国王头颅被做成酒壶的滔天仇恨？

应付走了张骞，大月氏人开始专心应付内务。倒是大月氏管辖的大夏有点良心和素质，他们于公元前114年派出使者前往长安朝拜。我估计，大夏使臣多半没有见到张骞这位老熟人，因为张骞就死于这一年。

在控制阿姆河与锡尔河后，大月氏将辖境分为五个侯国，各设翕侯(Yavuga)①。公元1世纪初，中心位于犍陀罗的贵霜翕侯丘就却打败了其他四部翕侯，自立为王，国号贵霜。贵霜第四任国王迦腻色迦当政时期(78—102年)，向东推进到印度的恒河中游，向南深入到南亚次大陆，向西战败了帕提亚帝国，帝国首都也由中亚南移到富楼沙，形成了与罗马、帕提亚、东汉并列的四大帝国。

由张骞蹚开的，走向繁盛的汉代丝绸之路主干道，就是开始于中国，从塔里木盆地南、北缘两条道抵达喀什，翻过帕米尔高原，经费尔干纳盆地直达巴克特里亚，继而西去波斯或者南去印度的路。当时的巴克特里亚，是丝路必经之地，是多元文明交汇之地。

谁也想不到，仅仅过了300年，一伙牧马人就占领了贵霜帝国的王宫。奇葩的是，这伙牧马人居然有一半大月氏血统。

---

① 古代乌孙、月氏等部族中的一种贵族头衔，意为"首领"，其地位次于王。

七、白匈奴

这伙牧马人名叫嚈哒人(Hephthalite,意为强者、勇士),是匈奴和大月氏的混血儿。拜占庭学者称之为匈奴—嚈哒,他们自称匈奴,因为肤色较白,印度和欧洲学者称之为白匈奴。

公元370年前后,由于受到草原帝国柔然的驱赶,他们跨过阿尔泰山,循着大月氏逃亡的路线向西南迁徙。他们给沿路居民留下的印象,不仅有凶横的战法,还有狰狞的面目。传说,他们会束缚儿童的头部以使他们的头骨扭曲,还会割伤年轻男子的面颊以蓄留看起来不自然的胡须。

在这个野性十足的牧马人面前,曾经的庞然大物——贵霜帝国轰然倒地,巴克特里亚也沦入这伙牧马人之手。

好比老鼠咬死了老虎,一夜之间,这个默默无闻的部落名声大振。随后,他就将矛头对准了另两个庞然大物——西部的萨珊王朝和南部的笈多王朝(Gupta Empire)①。

与强手对垒,一开始免不了挨拳头、摔跟头,有一任嚈哒可汗不但丢了巴克特里亚,还被萨珊国王巴赫拉姆·固尔(Bahram Gor)砍了脑袋。但嚈哒人最大的特点,是唾面自干,舔血为蜜,把失败当经验,把侮辱做动力。巴赫拉姆死后,嚈哒卷土重来,再次攻入巴克特里亚,继而夺取了呼罗珊。457年,嚈哒可汗还帮助巴赫拉姆的长孙卑路斯一世(Pirooz I)夺取了王位。按照事前约定,卑路斯须将女儿嫁给嚈哒可汗。但卑路支要了一个小伎俩,把一名女奴假扮成公主嫁给了嚈哒可汗。事情败露后,嚈哒可汗宣布与萨珊王朝重新开战。480年,卑路斯战败被擒。

嚈哒可汗并不想把事情闹僵,同意让卑路支回国,前提是让他的儿子居和多作为人质。没有选择的卑路斯答应了嚈哒人的条件,在缴纳了足够数额的赎金后,居和多也被放了回去。

但是,让小人成为君子比让狼变成羊还难。自认为受了侮辱的卑路

① 贵霜帝国衰落后,恒河上游的一个小国于公元320年建立的一个帝国,5世纪初统一了全印度,大兴大乘佛教,使印度进入了中世纪文明的全盛期。公元500年被嚈哒所灭。

斯两次卷土重来。最后的决战发生在赫拉特(Herat),时间是484年。卑路斯被诱入一个以树枝虚掩的深沟,在第一时间摔断了脖子,随他出征的7个儿子有6个被杀,他的女儿在被俘后做了嚈哒可汗的嫔妃。

借助于这次伟大的胜利,嚈哒人向世界宣布了自己的国家,首都设在巴底延城。从此,这个从草原走进城市的野蛮部落,认识到了商业的力量,发行了嚈哒银币,设立了抽税的关卡,开始操纵与萨珊、拜占庭、印度、中国的贸易,甚至把里海沿岸的贸易港口也牢牢掌握在了手中,成了丝路贸易的受益者。

吃了败仗的萨珊王朝继承人沃洛盖斯第一个前来祝贺,还低声下气地称臣纳贡。嚈哒也不客气,开始以萨珊的保护人自居。此后的萨珊国王居和多(应是卡瓦德一世,Kavad I)被赶下台后,跑到嚈哒避难,嚈哒可汗不仅收留了他,还把侄女嫁给了他。498年前后,嚈哒军队护送新郎回到国内,将他重新扶上了王座。

在西攻波斯的同时,他们分出一支部队拨马南去,于455年强渡阿姆河,向遍布珠宝和香料的笈多王朝进发。这个崇拜火神的牧马人到来后,强制推行袄教,大量佛寺和佛塔被毁,无数僧人被杀。这伙人的领袖被称为印度的阿提拉(Attila)。据说,他喜欢把印度吉祥物大象从高坡上推下去,然后津津有味地欣赏它的痛苦。他的恶行激起了先前归附他的印度贵族的极度反感。公元528年,北印度的王公们联合起来进攻这位粗鲁霸道的外来者。一狼难敌众犬,吃了败仗的嚈哒可汗被迫逃亡。

嚈哒人只有招架之功,已无还手之力。

世上从不缺少落井下石者。531年继位的萨珊国王库思老一世(Khosrau I),被认为是萨珊短暂中兴的有为君主。他向西讨好东罗马(拜占庭帝国,Byzantine Empire),与之签订了互不侵犯条约;向东示爱突厥,迎娶了突厥可汗的女儿。然后从558年开始,与突厥夹击嚈哒,最终在布哈拉决战中将嚈哒渥泽尔可汗杀死。嚈哒残余退却到兴都库什山区,推举一位名叫富汗尼什的贵族为可汗,从此臣服于波斯。阿富汗国名"Afghanistan"就来自这位可汗,意思是"富汗尼什的土地"。

接下来,突厥人也想尝一尝痛打落水狗的滋味。567年,木杆可汗请叔父室点密率10个部落西征,捣毁了嚈哒人在乌浒河畔的老窝。

按照战前约定，库思老收回了包括巴克特里亚在内的部分中亚领土；突厥人则得到了阿富汗北部和犍陀罗地区。

可惜，刚刚有点起色的萨珊王朝，651年就被高举伊斯兰教圣战大旗的阿拉伯人所灭。667年，白衣大食从西部渡过阿姆河，攻陷了巴克特里亚，摧毁了城内著名的祆教神庙。

古人常把异族视为动物，把打仗视为打猎。白衣大食虽不能摆脱这种思维定式，但至少懂得，穷兵黩武，嗜杀成性，不足以得天下。于是，他们一手挥舞大棒，一手推行伊斯兰教，最终用宗教和文化改变了本地人，使得伊斯兰教的鲜花在这里肆意绽放，直到21世纪的今天。如今，巴尔赫的居民主体是乌兹别克人，还有少量的哈扎拉人①、土库曼人②。

好在，一个大唐僧人来得比较早。否则，迎接他的一定是穆斯林弯刀。

八、玄奘来了

本章开始时讲到，在活国新王建议下，玄奘一路向西，抵达了巴克特里亚故地——当时的缚喝国。

活国新王没有骗他，这里圣迹确实很多。早在贵霜帝国时期，巴克特里亚就大行小乘佛教，成为兴都库什山北部的佛教中心，素有“小王舍城”之称。作为缚喝国大都城的小王舍城，周长20余里，城市虽然坚固，但是居民很少。境内有寺庙100多座，僧徒3000多人，全部研习小乘法。

城市南郊有一座纳缚僧伽蓝③——意为新寺，由缚喝国先王所建。在兴都库什山以北地区，唯有这座寺庙，佛学代代相传，经久不衰。寺里的佛像镶嵌着名珍，堂宇装饰着奇宝，周边国王都垂涎不已，多亏毗沙门天④像在冥冥之中守护着它。前不久，统叶护可汗之子肆叶护可汗出动部落全部兵马，前往掠夺这座寺庙里的珍宝。快要到达伽蓝时，天已经黑

---

① 13至14世纪蒙古入侵者的后裔，具有东亚人的体貌特征，今多为什叶派穆斯林。

② “土库”意为突厥，“曼”意为像，土库曼的波斯语原意为像突厥的人。人民教育出版社《初中地理课本》将土库曼斯坦解释为“突厥人的地区”，窃以为不妥。

③ 来自于梵语的samgh ā rama，samgha指僧团，ā rama指园，原意是指僧众共住的园林，即寺院。

④ 四天王中的毗沙门天之王，在佛教中是护法的天神。

了，于是在野外宿营。当天夜里，他梦见毗沙门天质问他："你有何种能耐，胆敢毁坏佛寺？"边说边用长戟穿透了他的胸背。他从梦中惊醒，感到心疼难忍，立刻派人前去邀请众僧，准备向佛祖忏悔谢罪。不想前去邀请僧人的部下尚未返回，他就一命呜呼了。

寺庙的南佛堂中，有一只容量一斗多的佛澡罐，五彩缤纷，光芒四射，说不清是由金子还是宝石塑造。有一颗佛牙，一寸多长，八九分宽，呈黄白色，质地光滑洁净。还有一把佛扫帚，扫把上装饰着各色珍宝。每当僧徒聚会，这三件神物便被供养起来。据说，它们一旦被众人的至诚感动，就会放射出夺目的光芒。这里让我想到了如今许多景点里名人用过的普通家具和书写的并不出彩的条幅，以及导游精心编造的经不起推敲的神奇故事。看来，借助名人化腐朽为神奇，是人类始终不变的一大癖好。

玄奘接着说，寺北有塔，高二百多尺，通体涂饰着金刚石，并有各色珍宝点缀其上。塔中供有舍利，时时闪着灵光。

寺院西南部有一处精庐，年代久远。远方的杰出人物纷纷相聚在此，许多人修成圣果并成了罗汉。当初，这些罗汉行将入寂时，往往显示出非凡的神通。对于这些被大家认识并记住的罗汉，人们为之修建了宝塔。这些宝塔连成一片，数目竟有几百座之多。至于那些虽然修成圣果成了罗汉，但在入寂前没有显示神异的，也多达千人，也就没有立塔。如今，一百多位僧徒昼夜不息地苦修，人们实在分辨不出谁已成罗汉，谁仍是凡僧。

在新寺里，玄奘遇见了同样前来礼敬佛迹的北印度小乘三藏般若羯罗（汉译为慧性），这是一位杰出的小乘学者，名满印度，和玄奘相见甚欢。玄奘难得遇到值得请教的高僧，干脆就停留了一个多月。

一个月后，玄奘在慧性的陪伴与引导下，恋恋不舍地作别了这座古城，踏上了南去的旅途。

九、投降能保命吗

宋末，处于热兵器时代的前夜，是一个风云激荡、血雨漫天的时代。当时的世界上，不乏经验丰富的航海家，他们可以根据身上的关节疼痛预知暴风雨的临近;也不乏学识渊博的天文学家,他们可以像我们查阅时间表一样查阅天空这部大书;同样不乏求财心切的冒险家,他们可以为了得到一袋金币而拿生命下注。但是,真正解决问题的却是另一类人——勇猛而睿智的将军。

元太祖十五年(1220)春,世界第二个千年最伟大的军事指挥家——成吉思汗攻陷撒马尔罕后,移驻城郊休整。提前逃往巴里黑的花剌子模国王摩诃末,得知撒马尔罕陷落,变得一夕数惊,六神无主,多次拒绝儿子札兰丁·明布尔努(Jalal Din Minghurnu)召集军队与蒙古决战的提议,只是想着如何躲过蒙古人的追杀。

成吉思汗决定派哲别、速不台、脱忽察儿各领一万精兵南下追杀摩诃末。自己和拖雷在度过夏天后,兵分两路,由拖雷领兵渡过阿姆河进军呼罗珊;自己则统兵抵达阿姆河北岸要塞铁尔梅兹(Termez),并于冬末征服了这一地区。

元太祖十六年(1221)初春,成吉思汗挥兵强渡阿姆河。当时河岸有守军堡垒十几个,并在河中结船为阵。渡河前锋是汉人出身的将领郭宝玉,他趁着河中风涛暴起之时,下令向对方发射火箭,风助火势,火借风威,守军船阵腾起滚滚浓烟。蒙古军团乘胜向前,将5万护岸守军一举击溃,对方大将佐里被杀,十几座护岸堡垒被捣毁。

过河之后,就是巴里黑城了。

巴里黑人早就听说了蒙古屠城的消息,如今见万千铁蹄滚滚而来,赶忙派出代表出城请降并宣誓效忠。成吉思汗接受了对方的请降,表示放过全城百姓。

城门吱扭一声打开的那一刻,成吉思汗难得地笑了。就在此时,坏消息接连而至。一是部下报告,札兰丁正在南部招兵买马,随时可能卷土重来;二是有几座刚刚投降的城市已经重新反叛,并杀死了驻扎在城里的蒙古人;三是花剌子模人的对抗情绪呈愈来愈烈之势,他们刚刚走远,就有当地人在城头擂鼓辱骂。加上身边将领的一再提醒,成吉思汗的脸色越来越难看。

随后,蒙古人以调查人口为名,将全城居民集中在一片空地上,然后将杀人指标平均分配给蒙古军人。蒙古人的刀刃,如机器上的齿轮,精准地吞噬着手无寸铁的人们。伴随着惨绝人寰的哀嚎,巴里黑居民被砍杀殆尽，巴里黑城也被拆烂烧毁。

阿拉伯旅行家伊本·巴图塔(Ibn Battuta)在游记中说："那个该死的成吉思汗毁了这座城市，他听说有一宗财宝藏在一根廊柱底下，就下令将城里三分之一的清真寺拆毁了。"这段叙事可能带有感情因素，但哪里有证据为蒙古人洗白呢？

十、威尼斯商人

说来奇怪，一方面，西方把蒙古西征看作一场巨大的灾祸；另一方面，又对蒙古西征造成的世界格局津津乐道。不过，一种开放辩证的历史观和务实理论的发展理念倒可以由此窥见一斑。经过成吉思汗、拔都、旭烈兀三次西征，葱岭以西、黑海以东无数封闭的小国被铁蹄踏平，古老而漫长的丝路全部进入蒙古版图。一位外国人感叹："在成吉思汗统治下，从伊朗到图兰之间的一切地区是如此平静，以致一个头顶大金盘的人从日出走到日落，都不会受到任何人的一点暴力。"①于是，沉寂已久的丝路重新开放，久违的驼铃重新回荡在漫漫长路上。

一天，三个商人从威尼斯出发，经亚美尼亚、古波斯、起而漫王国(契丹人最后王朝)，来到巴拉芝城，也就是被成吉思汗毁掉的巴里黑。

三个商人中的小商人后来回忆，"巴拉芝城在古代非常宏大，后来因为鞑靼(指蒙古)的屡次侵袭，毁灭了它的部分建筑物，使城市受损不小，城中有许多大理石建造的宫殿，现在虽仅存残骸，但宽阔的广场仍旧历历在目。据居民讲，亚历山大大帝曾在这里娶德里厄斯王(大流士)的女儿为妻，伊斯兰教在这里很有势力。东方鞑靼人君主的疆域扩展到了这里，波斯帝国在东北方的边境也到达了此处。"

这个小商人名叫马可·波罗，1254年生于威尼斯商人之家。

早在他11岁时，他的父亲尼柯罗·波罗和叔父马菲奥·波罗就历经坎坷来到元朝上都(内蒙古正蓝旗东)。忽必烈热情接见了他们，详细询问了欧洲的风土人情和发展状况。为炫耀国威，忽必烈决定派使臣出使罗

---

① 见阿布尔·哈齐·把阿秃儿汗《突厥世系》，中华书局2005年版。

马教廷，任命波罗兄弟担任副使随同前往。不幸的是，元朝使臣在途中病倒，只有两位副使回到罗马。更不幸的是，老教宗已逝，新教宗未立，两位副使的使命没法完成，他们只有珍藏起元朝的国书，回家乡继续商人生涯。

波罗兄弟在威尼斯逗留了两年，天天盼望新教宗选出，同时又担心大汗怀疑他们无意回去，于是在至元八年（1271），带上17岁的马可，先去亚克（今以色列阿卡）找教宗的大使，然后征得大使许可回元朝复命。在东行途中，大使接到了意大利红衣主教会的任命，成为新教宗格里高利十世（Gregory X）。于是新教宗派人追回他们，赐予香油，重新命他们回访遥远的中国。

马可与父亲、叔父三个人，肩负着教宗的神圣使命前往中国，在离开巴拉芝之后，他们沿汉代丝路，经今阿富汗巴达赫尚省，越过帕米尔高原进入今喀什，然后走和田、罗布泊、敦煌、酒泉、张掖、武威、银川、呼和浩特、宣化、沽源，一路跋山涉水，历时三年半，终于在至元十二年（1275）到达元朝上都。

国书有了回应，忽必烈喜出望外。三位波罗氏都被破例任命为元朝官吏。在元朝官员眼里，这一任命不过是荣誉性的虚职，而马可却让这些人颜面扫地，他学会了骑射和官方辞令，具备了中国官员的基本素质，当然他还有独特的优势，那就是见多识广。因而，马可多次受忽必烈派遣巡视各省或出使外国，包括安南、爪哇（Java）、苏门答腊（Sumatera）、印度和僧伽剌（斯里兰卡）。

生命从本质意义上是一个从流浪到皈依的过程。多年的异域生活尽管新奇而辉煌，仍然剪不断对故乡绵长的情愫。马可·波罗一家在侨居中国17年后，正式提出了回国的请求。恰逢至元二十六年（1289）伊儿汗阿鲁浑（Arghun，旭烈兀之孙）的蒙古妃子去世，去世前她请求阿鲁浑汗再娶同族的女子，于是阿鲁浑请求忽必烈再赐一妃。当时，中亚战事再起，陆路不通，于是忽必烈决定派人护送她从海上远嫁。忽必烈找不出比波罗们更有经验的旅行家，于是借机做了个顺水人情，派三位波罗护送阔阔真公主远嫁伊儿汗，条件是完成护送任务方可回国。

至元二十八年（1291）初春，他们从泉州出航，过南海，穿马六甲海峡（Strait of Malacca），越印度洋，在两年零两个月后到达忽里模子，将公主完好无损地交给了阿鲁浑的继任者——因为阿鲁浑死了——她就嫁给了阿鲁浑的长子合赞汗(Ghazan Khan Mahmud)。1295年,马可·波罗一家终于回到了阔别已久的威尼斯。

老乡虽然认出了他们,但看不起他们,认为他们是穷困潦倒的流浪汉。为此,他们举办了一次别开生面的宴会,在宴会进入高潮时,他们支开服务的仆人,撕开鼓鼓囊囊的旧衣服,将晶莹夺目的宝石、红玉、翡翠和钻石倒在流着口水的宾客面前。

即使如此,一直生活在狭小城市里的邻居们对马可的"无稽之谈"仍然不屑一顾,还给他起了个类似于"牛皮大王"一般的绰号——"马可百万",因为马可总对他们渲染忽必烈大汗的富有,中国庙宇里塔一般高的尊尊金像,朝廷官员妻妾们的绫罗绸缎,可作燃料的黑色石头,特别是当他说起中国的城墙可以从波罗的海(The Baltic)一直伸展到黑海时,人们大笑不止。这不是天方夜谭吗?傻瓜才会相信世界上竟有可以燃烧的石头。谁不知道,就连君士坦丁堡的帝国皇后也才只有一双丝绸袜子。至于城墙嘛,整个欧洲的城堡加起来也不及他说的三分之一。

如果不是1296年威尼斯与热那亚(Genoa)之间的战争,如果"马可百万"不是威尼斯舰队的一名小指挥官,不曾被热那亚捉住而沦为阶下囚,他和他的传奇故事也许会被淹没在历史的尘埃中。

在阴冷闭塞的牢房里,百无聊赖的马可向狱友们描述了一个遥远、神奇的中国:"在那里,我生活了17年,并当上了中国皇帝的官员。中国有富丽堂皇的宫殿,宫殿墙壁上镀着黄金……即便是普通人家,也像欧洲君主一样富足。"

故事引起了他的敌人——热那亚人的极大兴趣,他因此受到了优待。被故事所吸引的是一个战俘——比萨通俗小说家鲁思梯切诺(Rusticiano),他决定记下马可沿途看到的一切。经马可口述,由鲁思梯切诺笔录的一本游记于1298年问世。马可也因威尼斯和热那亚讲和获得释放。

连马可也想不到,这本游记一经问世,就被大量传抄、翻译,为战争和瘟疫肆虐的欧洲吹来了一股新风,被誉为"第一奇书"。600年后,这本书被引入中国,先后译为《寰宇记》《马可·波罗行纪》《马可·波罗游记》。更令他意外的是,他讲述的元朝丝绸、炼糖和城市盛况,会在相对落后的欧洲引起轰动，就连他生吞活剥的有关无头的人和三条腿的鸡的故事，也再没有几个人敢去怀疑。马可临终前却告诉同乡："我还没有讲出自己见闻的一半。"

这本书之所以如此成功，原因之一在于它多次提到黄金和财富。希腊、罗马人只是含混地说到东方的富有，但马可却是身临其境，目睹一切。由是，东方在欧洲眼里成为铺满黄金的天堂，他们开始扬帆远航赶往遥远的东方，职业航海家、探险家应运而生。

元朝之后，中亚、西域又出现了一系列征战不休的小国，陆上丝路被再次封闭，那座残破的巴里黑只能持续落寞。

之后，此地的城市，既不是希腊式城堡——蓝氏城，也不是佛教圣地——小王舍城，还不是伊斯兰教城市——巴里黑了。像一张纸，经过的揉搓太多，已经不如当初洁白挺括；像一条河，流经的地方太多，沾染太多，渐渐辨不出原来的颜色。今天的马扎里·沙里夫，不知是第几次在古城的废墟上重建，甚至已经远离蓝氏城废墟20公里了。

从人渴望回顾与反思自身发展史，尤其是精神历程的心理需求角度，我一向不赞成把自己的脚印打扫得干干净净或涂改得面目全非，即使这些脚印曾稚拙，已过时，甚至已碍眼。那些在历史的涡流中脱胎换骨的城市，还能否让我们一睹旧时的容颜与风采呢？

玄奘的目的地是印度，他随后就打马南下了。印度是一个伟大的文明古国，是产生世界级宗教、哲学、文化的地方，是香料和大象的故乡，但我不能说得太多，否则这本书剩下的篇幅都得用来描述它。

而本书的目的地是罗马，因此我们只能与玄奘分别，沿着阿姆河西去，前往下一个丝路重镇木鹿。

第127天　木　鹿[①]

从撒马尔罕向西，经布哈拉转向西南，进入今土库曼斯坦境内的卡拉库姆沙漠[②]，然后沿着沙漠中的丝路古道抵达穆尔加布河岸边的木鹿城。全程655公里，骑马需要10天左右。

一、杜环看见了

唐宝应元年(762)，一艘外国商船缓缓驶入广州港，船上走下一个汉人模样的中年人。那一刻，他仰天长叹："我回来了！"

他叫杜环，京兆万年(今西安)人，唐代名臣杜佑的后代。他本是一介书生，后来投笔从戎，成为安西都护府书记官。天宝十年(751)，他随高仙芝参加了著名的怛逻斯之战，兵败被俘。

他白皙的皮肤，暴露了他的身份。于是，他被作为重要战俘，送往库法——阿拔斯王朝哈里发所在地，从而被动地开始了长达11年的旅行生涯。他基本上是循着唐代陆上丝路行进的，也就是从怛逻斯出发，经塔什干、撒马尔罕、布哈拉、木鹿、伊朗高原、巴格达，抵达押送目的地库法。

幸运的是，对方不但未将他投入牢狱，还让他随阿拔斯军团参与了几次军事行动，几乎走遍了西亚和北非，相当于今亚美尼亚、叙利亚、伊拉克

---

① Muru,Merv，古称谋夫、墨夫、谋尔夫、梅尔夫、马尔吉亚那，今称马雷、马里，中国史书称之为木鹿、末禄、穆国、朱鹿、马兰成、马鲁、麻里兀，丝路古城，今土库曼斯坦第四大城市。

② 突厥语"大沙漠"之意，面积35万平方公里，介于阿姆河与里海之间，是世界第七大沙漠。

(Iraq,阿拉伯语意为沿海)、埃及、摩洛哥等地。回国后,他将游历生活写成一本书,取名《经行记》。

话说怛逻斯兵败后,杜环被阿拔斯军队押解着南去,在撒马尔罕休整一段时间后,继续朝着大漠中的木鹿前行。说实话,对于这个被琐罗亚斯德教(Zoroastrianism)经典《阿维斯陀》称为"天下第三美好之地"的木鹿城——今格奥尔·卡拉(Gyaur Kala)遗址,杜环还是充满期待的。

关于木鹿,杜环在《经行记》中介绍:该城周长15里,四面都是铁制城门,城中有一个盐池、两座佛寺。流沙环绕的木鹿州,东西宽140里,南北长180里,村庄相连,树木交映。一条大河从南方注入境内,河边分出数百条渠道,浇灌出一方丰饶的土地,也养育出一个洁净的民族。这里城高宇阔,市郭平正,木器上雕有人物,土墙上绘有图画。服饰有细软棉布、羔羊皮裘,上等品的价值达几百银元;水果有红桃、白柰、遏白、黄李,一种名叫寻支的瓜,最大的要十多人才能吃完;蔬菜有蔓菁、萝卜、长葱、颗葱、芸台、胡芹、葛蓝、军达、茴香、茇薤、瓠芦,其中葡萄产量最大;还有黄牛、野马、水鸭、石鸡。这是一个土著、阿拉伯、波斯人杂居的城市。把五月作为新年之始,每逢新年都互相赠送画缸。居民像其他穆斯林地区一样,不吃自己死掉的动物和过夜的肉。习惯用香油涂发,有敬天的风俗。节日有打球节、秋千节。木鹿城是呼罗珊首府,由阿拔斯王朝东道使镇守。

我一直奇怪,阿拔斯军队怎能允许一个俘虏观察这样细致?如果他们对俘虏看管很严,那这个汉人俘虏是否在胡编乱造?

二、雪河的女儿

种种迹象表明,阿拔斯人对这个有些文气的俘虏较为宽容,给了他一定的自由,使他能够多视角、立体式观察这座城市。而现代地理学、考古学和其他史学著作,也证明他所言非虚。

对于来自伊朗高原的人来说,如果前往中亚粟特地区,最近的路途无疑是从西向东直插阿姆河中游。但这条路最大的障碍,来自于浩瀚的卡拉库姆沙漠。为此,我们应当感谢兴都库什山巅的皑皑冰川。

当您打开中亚地形图就会发现，从兴都库什山发源的河流中，有两条西流的大河，一条叫穆尔加布河，在阿富汗中西部拐弯后，由南向北注入卡拉库姆沙漠，形成了土库曼斯坦中南部的马雷绿洲；另一条叫哈里河，在阿富汗西北部拐弯后，更名为捷詹河，由南向北注入卡拉库姆沙漠，形成了土库曼斯坦西南部边境的捷詹绿洲。正是两条冰川雪河造就的马雷与捷詹绿洲，成为人们穿越沙漠的中转站。镶嵌在马雷绿洲中间、穆尔加布河畔的木鹿城，正好处于伊朗高原与中亚的丝路古道连接线上。可以说，丝路明珠木鹿是雪河的女儿。

公元前1000年中叶，木鹿就出现了居民点。公元前7世纪，居民点发展为城市。至少在公元前6世纪，木鹿绿洲已经成为闻名遐迩的"农业岛"和商贸重镇了。

它的冶炼业水平较高，是中国铁的集散地——罗马人认为帕提亚使用的木鹿武器就是用中国铁打制而成的。它的葡萄酿造业历史悠久，"富人藏酒至万余石，久者至数十岁不败"。[①]这里的纺织业、制醋业也具有相当水准。凭借着得天独厚的地理优势，名闻天下的农业特产，相对发达的加工技术，木鹿成为丝绸之路上的一颗巨星。

鉴于马雷和捷詹绿洲是困难年代和贫瘠土地上令人垂涎的两块肥肉。今天，哈里河西出兴都库什山脉之后的部分河道，已经成为伊朗、阿富汗、土库曼的行政分割线。而在古代，争夺这两个绿洲，尤其是木鹿的控制权，一直是东、西博弈的焦点。

三、谁杀了"先知"

第一个进犯木鹿的，是不甘寂寞的居鲁士。公元前545—前539年间，居鲁士成功占领了巴克特里亚。迫于压力，马尔吉安那（Margiana，木鹿）表示臣服，划归波斯巴克特里亚行省管辖。居鲁士时期的木鹿城——今埃尔克·卡拉（Erk Kala）遗址，位于今木鹿古城遗址北部，面积约为12公顷，中央有堡，城垣高34米，每边最宽处达40米，是一座气派威严、易守

① 见班固《汉书·西域传》，中华书局1962年版。

难攻的波斯式城堡。

作为当时世界上空前庞大的帝国，波斯帝国就像中国的秦帝国一样，以专制统治代替了封建制，以行省取代了独立性极大的君主国。统治着各个行省的总督，其称号本意是“王国的保卫者”，他不仅担负着行省民政管理职责，而且是行省军队的指挥官。当总督的职务变成世袭之后，它对中央权力的威胁就逐步加大了。为了应付这种威胁，波斯帝国设立了某些牵制性职位——直接听命于国王的人物：总督秘书、总督首席财政官、统领各省会要塞驻军的将军。更加有效的控制，是派遣“王的使者”，每年对各个行省进行一次认真的视察。

然而，只要总督实行世袭制，反叛就无法避免，尤其是国王发生不正常更迭时。公元前522年9月，大流士一世(Darius I)宣称，第二任国王冈比西斯二世(Cambyses II)的继承人、弟弟巴尔迪亚(Bardiya)已死，由他就任波斯国王。在波斯23个行省中，只有巴克特里亚总督达达尔什(Dadarshi)和阿拉霍西亚总督宣布支持大流士，其他行省不是公开造反，就是保持中立。

出于独立与自由的天性，马尔吉安那人也卷入其中，带头闹事的人名叫弗拉达(Frada)。弗拉达不仅宣布独立，还率兵攻入了声称支持大流士的巴克特里亚。

其间，长着扁长鼻子、留着山羊胡子的弗拉达，做了一件触犯众怒的事——将屠刀对准了先知琐罗亚斯德。①

琐罗亚斯德，生于公元前628年，成长在一个波斯贵族家庭，20岁时弃家隐居，30岁时对传统的多神教加以改革，创立了琐罗亚斯德教。因受到传统宗教祭司的迫害，直到他42岁时，大夏的宰相娶他的女儿为妻，将他引荐给国王，琐罗亚斯德教才在大夏传播开来。

琐罗亚斯德教，又称拜火教、祆教。此教宣称，世界开辟之初，精神、事物两大原因共同作用，协力而成世界，善人被赐予快乐心进入天堂，恶人被赐予痛苦心堕入地狱。世界创造之后，二大原因尽责退职，善恶二大原理随后出现，世界实际上成为善神阿胡拉·玛兹达(Ormuzd)与恶神安哥拉·曼纽特(Ahriman)的战斗，这一过程历时12000年。第一个3000年，

① 见A.T.奥姆斯特德《波斯帝国史》，生活·读书·新知三联书店2017年版。也有专家指出，琐罗亚斯德之死比弗拉达出生时还早，时间上有矛盾。作者采纳《波斯帝国史》的说法。

阿胡拉的光明世界与安哥拉的黑暗世界并存,当中有虚空隔开,当黑暗世界向光明世界进攻,创世过程开始。第二个3000年,阿胡拉预知未来,约定双方持续斗争9000年;安哥拉只能知过去,同意这一约定。阿胡拉又预言斗争的结局是黑暗世界的消灭,安哥拉惊慌失措,堕入黑暗界,一直瘫痪。阿胡拉于是创造天空、星辰、月、日、原牛和原人(Gayomart)。安哥拉再一次发起进攻,它创造出毒蛇和害虫杀死原牛,原牛的骨髓在地上生出植物,原牛的种子生出各种有益的动物;它杀死原人,原人的种子藏在地下,40年后生出大黄,从大黄中生出一对伴侣——玛什耶(Mashya)和玛什耶那(Mashyana),就是人类的祖先,于是混战开始。在善与恶的斗争中,人有选择自己道路的自由,或以善念、善言、善行参加善的王国,或参加恶的王国,死后各有报应。善者死后能顺利走过裁判之桥,进入无限光明的天堂;恶者过桥时,桥面变得薄如刀刃,他们堕入地狱受与其罪恶相当之苦;那些善行和恶行相抵消的人留在"中间地带",无痛苦亦无欢乐。人的世界开始后的3000年,琐罗亚斯德出现,以善的宗教教导人类。这是余下的3000年,每一个1000年末有一个救世主——索什扬(Soshyan),他是从琐罗亚斯德藏在湖中的精液里生出来的。最后一个索什扬出现并进行战斗时,传说中的英雄和妖魔全部复活并加入混战。彗星戈契希尔(Gotchihr)撞向大地,燃起大火,一切金属熔化为浆液,形成滚热的洪流。所有的生者死者都要渡过洪流,善者如同沐浴在温暖的乳中,经过考验和净化升入天堂。诸神和妖魔进行最后的较量,妖魔遭遇惨败,永久堕入黑暗的深渊。决胜后的大地平坦而广阔,净化了的世界安逸而宁静,称之为伟大的更新。

这大概是世界上最早的"创世记"故事,尽管里面掺杂了大量理想、想象与个性的成分,但弥足珍贵的是,其中也隐含着万物诞生、人类衍化、火山爆发、人性善恶等人类学、地质学、社会学原理。这些表述,已经极大地突破了当时人类发展阶段和认识水平的限制,显示出惊世骇俗的巨大力量。讲故事的人被称为"先知",我以为毫不过分。而且我发现,后来的犹太教、基督教的创世纪故事,完全可以看作是拜火教创世纪故事的模仿、传承与演化。它也因此被史学家称为"世界第五大宗教"。在琐罗亚斯德传教的大夏地区被居鲁士合并后,拜火教逐渐为历代波斯王所接受,并在萨珊王朝时代被立为波斯国教。后来传入唐朝的摩尼教[1],据认为是拜火教的一个分支。

公元前522年,由于大流士宣称是阿胡拉·玛兹达赐予了他统治权,大流士的原话是:“这就是我统治的国家,靠阿胡拉·玛兹达之佑,我成了他们的国王。”因此,弗拉达对琐罗亚斯德怀恨在心,派兵擒获了在中亚传教的他,继而残忍地杀死了他。“先知”被害时,已经77岁,仙风鹤骨,慈眉善目。

无知者无畏。行文至此,我既为“先知”感到痛惜,更为弗拉达感到可悲。看来,弗拉达是个无知透顶、缺少信仰的人,他根本不明白何为善恶,不清楚文化的价值,更不知晓宗教的力量。不久,他就为无知付出了代价。大流士在平息米底和帕提亚叛乱后,明令达达尔什:“为先知复仇!你完不成使命,我就亲自出马。”

于是,巴克特里亚倾巢出动,高喊着“为先知复仇必进天堂”的口号杀向木鹿。木鹿城随之陷落,55000多名马尔吉安那人被杀,杀死“先知”的弗拉达被活捉,继而被公开处以极刑。只见大刀一闪,那个留着山羊胡子的脑袋就滚出一丈多远。按照“先知”的说法,他的灵魂已经匆匆赶往黑暗的地狱。

随后,木鹿城也被摧毁,并从历史舞台上消失了近两个世纪。

因为一个人的无知,让整个城市或国家跟着殉葬,此类事情在历史上一再发生着,直至“文明之花处处开遍”的今天。为此,我不禁开始怀疑历史的记性。

四、复制一座新城

波斯第一帝国的退场,与马其顿帝国的出场,是同一场戏。

公元前334年,马其顿国王亚历山大率军进攻波斯,开始了历时十年的伟大东征,由居鲁士创造的波斯帝国的辉煌基业土崩瓦解。大约在公

---

① 又称明教,公元3世纪中叶由波斯人摩尼(Mānī)所创,以拜火教的善、恶二元论为基础,将一切现象归纳为善(光明)与恶(黑暗),光明必会战胜黑暗,故人当努力向善,以造成光明世界。6至7世纪因受到基督教迫害东逃,先传入中国新疆,继而传入漠北的回纥,经回纥推荐给唐代宗传入内地。

杜环从撒马尔罕到木鹿示意图

元前329—前328年之交，亚历山大在征服波斯之后，派麾下大将克拉特鲁斯(Craterus)驻防马尔吉安那。

中亚无所有，聊赠一座城。看到满地的废墟，想到统帅的嘱托，复制一座希腊城市的使命感油然而生。于是，克拉特鲁斯组织希腊和当地工匠，在木鹿城古老遗址的南侧，重建了一座名叫亚历山大·马尔吉安那的新城。

这座新城按照希腊化城市规划设计，正方形，每个边长2000米。两条主要大街直角交叉于市中心，通向城市的四座城门。巨大的城墙环绕着宫殿，城垣用土坯筑成，城市建筑整齐划一，城内外有多处宫殿，靠近北部的古城南墙有一座高26米的砖砌建筑物，是这座城市的标志。新城竣工那天，城市周边站满了热血沸腾的当地人、马其顿人和希腊人。对于当地牧民来说，他们终于可以住进祖辈们呼唤了200年的木鹿城了；对于马其顿和罗马移民来说，这是在东方可以住下来不走的新家园。

可惜，这座城市后来被野蛮人无情摧毁了。①

安条克一世统治时期(前280—前261年)，在亚历山大·马尔吉安那原址上重修了一座叙利亚城市，冠名安条克城。安条克一世还沿马尔吉安那北方边界，修筑了一道235公里的类似中国长城的长垣，既阻挡北方游牧民族进入马尔吉安那绿洲，又阻挡卡拉库姆沙漠的步步紧逼。

但不到20年，安条克城就换了主人，成为新成立的希腊—巴克特里亚王国的西部边陲。

又过了80年，趁巴克特里亚国王在印度陷入泥潭之机，帕提亚帝国乘机夺取了前者在西部的两个前哨行省，同时也是马尔吉安那的核心区域。这一事件，标志着希腊人统治的结束，也是帕提亚文化留给当地浓重印记的序幕。

木鹿一度被称为“小安息”。

随后400年，木鹿的天，是帕提亚的天。

---

① 见瑞德维拉扎《张骞探险之地》，漓江出版社2017年版。

五、逃亡者

公元212年，东方的汉献帝已沦为名义上的统治者，魏蜀吴三方诸侯混战正酣；西部的帕提亚帝国也被来自罗马的军事摩擦、皇族的长期内讧所掏空，又加上帕提亚被波斯人视为外来统治者，任何一阵大风，都可能将这个稻草人吹倒在地。这一年继位的阿尔达班五世（Artabanus V）一直想哭，但又哭不出来。不久，法尔斯（Persis）总督阿尔达希尔（Ardashir）公开发难，并在一场战役中杀死了阿尔达班五世，建立了波斯第二帝国——萨珊王朝（Sasanid Empire）。木鹿，也被萨珊王朝所继承。

时光流淌到632年，萨珊王朝也遇到了400年前帕提亚帝国同样的窘境。这一年春天，库思老一世的孙子伊嗣俟三世（Yazdegerd III）继位。此时，经济衰退、宗教纷争、诸侯割据以及王位更迭，已经掏空了这个貌似强大的帝国。更恐怖的是，阿拉伯哈里发王朝[①]军队已经出现在美索不达米亚南部边境。

而萨珊新国王伊嗣俟只能听任事态恶化，因为他还是一个大男孩，如果放在今天的中国，连结婚的资格也没有。637年，阿拉伯人在卡迪西亚会战中击败了波斯军队，继而开始围攻都城泰西封。都城失陷后，伊嗣俟向东逃遁。萨珊王朝那些忠心耿耿的官员，试图召集兵力抵抗入侵者，但由于缺乏强有力的统帅，结果在纳哈万德（Nahawand）战役中被再次击败。

得悉纳哈万德战役失败，伊嗣俟逃到谋夫（木鹿），向相邻地区寻求支援。信使派出了一批又一批，只有驻扎在索格底亚那的西突厥首领率领大军赶来支援。考虑到西突厥骑兵的冲击力，加上尚有一定战斗力的国王卫队和呼罗珊地方武装，这应该是萨珊王朝扭转战局、东山再起的一次难得机遇，起码也能暂时改变帝国直线坠落的颓势。

---

① 是指穆罕默德逝世后，自公元632年至661年相继执掌阿拉伯伊斯兰国家政教大权的四位哈里发：阿布·伯克尔、欧麦尔·本·赫塔卜、奥斯曼·本·阿凡和阿里·本·阿比·塔利卜。由于他们都是经民主选举或推举而产生的，也都是先知的亲戚和亲密伙伴，故称这一时期为哈里发国家的“神权共和时期”。

接着，一件微不足道的小事发生了，而就是这件看似不起眼的小事，永远地、彻底地改写了历史。

西突厥首领应邀赶来了，伊嗣俟应该倾囊相待、大加赏赐才是。即便舍不得在逃离都城时带出的财宝，起码也应该堆出一副笑脸，安排一次宴请，做出一些承诺。但人性告诉我们，有些人面具戴久了，还以为是自己的脸，伊嗣俟就是这样一个人。见到自己请来的客人，他居然摆起了国王的臭架子，不但一句客气话没有，连一个好脸色也不给。

当见到伊嗣俟，西突厥人才切身感悟到给干枯的花儿浇水是多么无用；当见识了伊嗣俟，谋夫地方长官才真正明白什么叫冥顽不化。于是，西突厥首领与谋夫地方长官马贺合谋，干掉了波斯国王的亲卫军。

周围一片漆黑，天上星月皆无。已经落得个孤家寡人的伊嗣俟，仍然搞不明白自己为什么这么倒霉，但又不甘心做手下的俘虏，于是带上财宝逃到附近的一个磨坊躲避，结果被贪财的磨坊主所杀。他的尸体被一位景教牧师发现，葬在了木鹿。这一年是651年，史学界把这一年作为萨珊王朝的谢幕之年。为他殉葬的，还有可怜的拜火教。

随后，连同谋夫在内的呼罗珊地区插遍了穆斯林旗帜。

大树一倒，树荫下的人只能作鸟兽散。萨珊王朝的一伙幸存贵族逃往中亚，建立了寄人篱下的流亡政府。伊嗣俟之子卑路斯二世（Pirooz II）煞有介事地宣布继位，并派出特使前往长安，向唐朝寻求承认。"天可汗"唐太宗驾崩十多年了，但他的儿子唐高宗仍自我感觉良好，自认是"天下共主"，一如既往地善待每一个前来投奔的外国人，当然也就很给卑路斯面子，于龙朔元年（661）立他为唐波斯都督，又在第二年立他为波斯王。但这个王有多少实际含量呢？彼此都心照不宣而已。

六、中国总督梦

在唐朝为萨珊王子操闲心的过程中，哈里发帝国爆发了一场惊天内乱。内乱的原因，应该追溯到第二任哈里发被异教徒刺杀之后。当时，有两个呼声较高的哈里发候选人，一是圣门弟子一派的代表、穆罕默德的堂弟兼女婿阿里·伊本·艾比·塔里卜(Ali Ibn Abi Talib),一是穆罕默德的女婿、出身于古莱氏部落倭玛亚家族的奥斯曼·伊本·阿凡(Uthman Ibn Affan)。结果,奥斯曼在推选会上获胜,成为第三任哈里发。对此,圣门弟子一直耿耿于怀。656年,哈里发奥斯曼被一名穆斯林刺杀,阿里在麦地那(Medina)[①]被推选为第四任哈里发,随后就将首都迁到了拥戴自己的库法。阿里是一位演讲家、诗歌天才和虔诚大度的领袖,谨慎有余而决断不足,缺乏政治手腕。不久,奥斯曼的堂弟、叙利亚总督穆阿维亚(MuawiYah)就以奥斯曼复仇者的身份出现,公开与阿里争夺哈里发之位。于是,8万哈里发军与6万叙利亚军在幼发拉底河右岸的绥芬平原上展开对垒,就在阿里一方快要取胜时,善于应变的穆阿维亚,以一种巧妙的策略加以防御:让部下把《古兰经》绑在长矛的末端,然后一起叫喊"让真主来判决"。虔诚的阿里上了当,下令停止进攻。[②]随后,穆阿维亚建议用《古兰经》调停争端,阿里居然接受了建议。双方派出的代表调停的结果,是废除两位首长,为未来选举哈里发扫清道路。在调停中真正受害的是阿里,因为他被剥夺了哈里发职位,而对手本来就不是哈里发。接受调解,对阿里来说是一种灾难性错误,直接导致许多追随者因极度失望而愤怒地离开了他,这伙离开他的人被称为哈烈哲[③]党。阿里于661年1月24日在库法被一名哈烈哲党人刺杀,他的拥护者发展成了什叶派[④]。而与之对立的一派,被称为逊尼派[⑤]。阿里遇难,意味着一个充满虔诚安拉宗教激情时代的结束,也标志着一个具有浓厚平等色彩和民主氛围的哈

---

① 先知最后内阁所在地,位于沙特阿拉伯境内,麦地那与麦加、耶路撒冷一起被称为伊斯兰教三大圣地。

② 见美国时代生活出版公司《全球通史》,吉林文史出版社2010年版。

③ 意为"退出同盟者",是伊斯兰教最早的教派,后来成为阿里的死对头,口号是"除真主的调解外,绝无调解",他们一度拥有4000人的武装。

④ 什叶派全称为"什叶阿里",阿拉伯语意为"阿里追随者"。认为继承人应世袭,穆罕默德的堂弟、女婿阿里作为继承人符合世袭原则。什叶派否认逊尼派所拥戴的哈里发作为宗教领袖的合法性,称宗教最高领袖为伊玛目,阿里为第一任伊玛目,此后的12代伊玛目均是阿里的嫡传子孙。出于历史原因,什叶派的一个显著特点是悲情主义和弥赛亚(救世主)情结,常常表现出很强的宗教热情。

⑤ 逊尼派全称为"逊奈与大众派",阿拉伯语意为"遵循传统者"。主张继承人应由穆斯林公社根据资历、威望选举产生,因而认为穆罕默德的门徒、由穆斯林公社推选的哈里发是合法继承人,这一派占全世界穆斯林的90%,并自称"正统派"。逊尼派虽然将非伊斯兰教视为异端,却同时提倡求大同存小异,融合不同见解,努力调和真主的无限权威和人的责任这两个观念。

里发时代的结束。

同年，穆阿维亚称哈里发，建都大马士革。因为他出身于倭玛亚家族，后来又宣布儿子叶齐德（Yazid）为哈里发继承人，从而破坏了哈里发选举制度，使阿拉伯帝国从此成为世袭王朝，所以他建立的哈里发王朝被称为倭玛亚王朝。由于旗帜是白色的，所以中国史料称之为白衣大食。

穆阿维亚处理好内务，就将矛头指向东方。

667年，白衣大食攻占吐火罗，卑路斯只得困窘地逃亡中国，于674年来到长安，最终死在这个世界级大都市。卑路斯的儿子泥涅师试图创回天伟业，建不世之功。为此，唐朝不是没有赞助他，他也足够努力，但他爷爷的名声太臭，故乡也不熟悉他，因此他和手下的几千名士兵，在吐火罗晃荡了20年，也没能迈进波斯半步。京龙二年（708），他落寞地重返长安，扛着唐左威卫将军的虚衔，将一腔复国梦永远留在了中国。①回首一生，这对父子更像是被恶作剧捉弄的主角，他们人生的每一个时段，都注定在上天规定的航道里顺势漂流，虽然倾尽洪荒之力搏击巨浪，却仍然无法逆流半步，最终被裹进令人绝望的历史深渊。

到公元671年，白衣大食基本清除了前朝余孽，牢牢控制了波斯东部及中亚局部地区，然后设立了呼罗珊总督，作为统治中亚的最高长官。呼罗珊总督府，就设在木鹿。

与唐争锋，让许多阿拉伯野心家血脉偾张。首任呼罗珊总督拉比厄，先后将5万户部落民众移民到呼罗珊辖区。而且，白衣大食军事将领哈贾吉·本·优素福向手下将军屈底波·伊本·穆斯利姆和侄子穆罕默德·本·卡西姆承诺：你们二人都可入侵中国，谁先踏上中国领土，就让谁做中国总督。②

中国总督，一个将要统治东方世界的官员，一个像中国皇帝一样拥有三宫六院七十二嫔妃的人，一个让世界三分之一人口俯首称臣的人，那可是一个比进天堂还要让人热血激荡的诱惑啊！

于是，白衣大食东路大军兵分两路，一路由卡西姆率领，南下印度，征服了信德和旁遮普地区，使得伊斯兰教从此在印度扎下了根；另一路由屈底波指挥，东进中亚。

---

① 见向达《唐代长安与西域文明》，商务印书馆2015年版。

② 见王小甫《唐、吐蕃、大食政治关系史》，北京大学出版社1992年版。

武周长安四年(704),屈底波成为呼罗珊总督,坐镇木鹿。

唐玄宗刚刚继任——应该是公元713年,屈底波派出阿拉伯官方使团——12个得意的助手前往长安。①

特使们首次出现在唐玄宗面前时,身着半透明纱衣,纱衣上喷有香水。特使退下后,唐玄宗询问左右有何观感,大臣们说:"这些人看起来更像一群女子。"

第二次,特使们头戴纱巾,身着绣花衣裳来到殿前,唐玄宗又让他们退下,再度询问大臣们的印象,大臣们说:"这次使者有点像男人了。"

第三次,特使们身着戎装现身,唐玄宗仍旧让他们退下。继而,皇帝与大臣们面面相觑:"他们究竟想干什么?"

入夜,唐玄宗单独会见了特使总长。唐玄宗主动打破了沉默,询问对方为何会有如此怪异的举止。特使总长回答:"第一次的着装,是阿拉伯人与家人在一起的便装;第二次的着装,则是在哈里发面前、朝廷之上的正式服饰;第三次的着装,是面对敌人时的军装。"

唐玄宗毫不客气地回应:"阁下已看到唐之强大,回去告诉你们的指挥官,最好在寡人对唐军下令打败你们之前撤退。"

但对方强硬地回答:"我们并不憎恨和惧怕死亡,如果真是如此就不会来到此地。"

唐玄宗又问对方有什么要求,对方的回答是:"除非我军踏上唐的领土并获得进贡,否则不会善罢甘休。"

唐玄宗微微一笑,说:"寡人会让屈底波收回成命。"然后,送给屈底波一把泥土让其践踏,一袋中国钱币作为进贡。

另一个版本出自《旧唐书·大食传》,说的是开元初年,白衣大食遣使来朝,进献了马和宝钿带等礼物。使节在觐见皇帝时,没有行跪拜之礼。掌管礼仪的官员想训斥与纠正他,中书令张说向皇帝禀奏说:"大食的礼仪有别于我们,况且对方是慕名远道而来,就不要追究他们的过错了。"皇帝也就没有再说什么。

无论哪个版本,屈底波都不可能满意。唐先天二年(713)秋,屈底波率军一路东进,在铁尔米兹击败了阙特勤率领的20万突厥大军,导致突

① 见加法尔·卡拉尔·阿赫默德《唐代中国与阿拉伯世界的关系》,原载《新疆师范大学学报》2004年6月第25卷第2期。

厥人一哄而散。当时他也奇怪,击败不可一世的西突厥,怎么比向财主的大门上撒泡尿还要简单?

他又乘胜占领了锡尔河流域,在此设置了阿拉伯总督,开始向当地商人和民众征税,将中亚当成了他的私人提款机。

那时唐朝,不仅唐玄宗血气方刚,他手下也有不少气壮山河的名将。张孝嵩,祖籍南阳(今河南邓州),一个进士出身的文人,却有着班超一样的胆略。开元三年(715),他以监察御史的身份前往安西考察军情,正赶上白衣大食所立的拔汗那王赶跑了唐朝册立的拔汗那王。接到军情,他从安西都护手中接过指挥权,紧急征集了一支万余人的杂牌军,一路山行水宿,西进数千里,向叛军驻守的连城发起了猛攻,斩杀俘获叛军千余人,迫使康居、大宛、罽宾、白衣大食等八国相继遣使请降,使得屈底波辛辛苦苦积攒的成果瞬间付之东流。

情绪一落千丈的屈底波,再也稳不住,吃不香,睡不好,不是无缘无故骂人,就是拿手下将军的屁股出气,不久,水涨载舟亦涨覆舟的规律发挥作用,他被部下送进了地狱,带着他那奇妙而瑰丽的"中国总督"梦。

七、呼罗珊总督

任何用鲜血染红的王朝,真正的团结都是极其艰难的。白衣大食自成立那天起,就有几个反对派,其中的代表是什叶派、哈烈哲党、阿拔斯党。

阿拔斯党是一个秘密组织,以穆罕默德的叔父阿拔斯为旗号,由阿拔斯的曾孙所创,从718年起就鼓动穆斯林反对倭玛亚王朝(白衣大食),旨在夺取哈里发之位。尽管倭玛亚王朝和阿拔斯同出于古莱氏部落,但也有区别,前者属倭玛亚家族,后者和阿里家族同属于哈希姆家族。况且倭玛亚王朝背弃了在穆阿维亚死后立阿里之子为哈里发的承诺,实行的是世俗统治而非神权政体,因此,在阿里家族追随者趋于分裂的形势下,阿拔斯家族决定挑起哈希姆派大旗,重建伊斯兰教哈里发国家。

阿拔斯党选择倭玛亚势力薄弱的呼罗珊作为活动中心。719年,移居木鹿的阿拉伯胡扎尔部落首领苏莱曼·卡希尔接受了阿拔斯党首穆罕默德·阿拔斯的理念,在呼罗珊播下了阿拔斯运动的火种。729年至736

年，哈希姆派成员希达什秘密潜入木鹿，开始领导那里的阿拔斯运动。

740年，阿里的曾孙栽德·本·阿里（Zayd ben'Ali）在起义失败后被杀，栽德的儿子叶赫亚也在逃亡到呼罗珊时被倭玛亚王朝处死。众多的呼罗珊穆斯林亲眼目睹了叶赫亚遇害的情景，官方的暴行引发了民众的义愤，他们自动为叶赫亚哀悼七日，身着黑色服装表达哀思，那一年出生的男孩大都取名叶赫亚和栽德。

如此一来，在呼罗珊发动起义的条件已经具备，只是还缺少一个具有丰富领军经验的统帅。就在此时，一个注定载入史册的人物错步出列。

他叫艾布·穆斯林，是一名呼罗珊人。有一年，艾布·穆斯林到麦加朝圣，在那里邂逅了穆罕默德·阿拔斯，得到了后者的赏识，被发展为同党。747年，他作为阿拔斯的代表，被派回故乡呼罗珊，从事反抗白衣大食的活动。他争取到了乡亲们和什叶派的支持，还成功说服哈烈哲党加入了自己的阵营，很快夺取了木鹿、赫拉特，并发兵进攻粟特。

白衣大食任命的呼罗珊总督纳斯尔大为震惊，立刻组织军队镇压，但接连吃了几个败仗。眼看大势已去，他急忙向哈里发求援，但并未得到任何答复。万念俱焚之下，他只有在748年深秋季节，伴着飘零的落叶外逃，终因年老体衰死在途中。

随着纳斯尔的死亡，白衣大食加速坠落。750年，艾布·阿拔斯在大杰河（底格里斯河支流）战役中击溃了白衣大食军队，哈里发马尔万二世（Marwan II）在逃往埃及后被杀，王族也惨遭屠戮。倭玛亚家族只有一名幸存者——阿布达尔拉曼逃往西班牙，建立了中心位于科尔多瓦（Córdoba）的后倭玛亚王朝。

外号为“屠夫”的艾布·阿拔斯宣布接任哈里发，定都库法，因阿拔斯党的旗帜是黑色的，所以被称为黑衣大食。

作为开国元勋，艾布·穆斯林被任命为黑衣大食呼罗珊总督，成为扎格罗斯山脉（Zagros Mountains）以东地区的实际统治者，中心设在木鹿。王朝第一任哈里发在任期间，东西分治的倾向十分明显，哈里发的影响力仅限于扎格罗斯山脉西部，而坐镇东部的艾布·穆斯林，除了名义上附属于哈里发，几乎拥有皇帝的所有权力，甚至以自己的名义发行货币。

他开始在关着成群豺狼和鬣狗的笼子里寻找亲情与智慧的火花。接下来，就是由他一手操纵的怛逻斯之战了。

战后，作为半独立于阿拔斯王朝的呼罗珊总督，艾布·穆斯林始终掌握着王朝最精锐的部队，再加上他肆意染指宫廷事务、干涉朝政，引起了艾布·阿拔斯的警惕。这个哈里发深知，文臣与武将，既是他的政治工具，也是他的政治天敌。因为这些在宦海惊涛中一路摸爬滚打上来的成功者，人人精明雄武，个个身怀绝技。在他们驯服的外表下，掩藏着无穷无尽的欲望、野心和算计。如今这个总督连敬畏之心也没有了，哈里发还会傻乎乎地拿他当亲信吗？

于是，哈里发写信给艾布·穆斯林的手下大将齐亚德，以呼罗珊总督一职为筹码，让其寻机除掉艾布·穆斯林，不料风声走漏，齐亚德在逃亡期间被效忠艾布·穆斯林的波斯地主所杀。

754年6月，艾布·阿拔斯的弟弟曼苏尔(Al-Mansur)继任哈里发。曼苏尔与身为叔叔的叙利亚总督阿卜杜拉·伊本·阿里、呼罗珊总督艾布·穆斯林形成三足鼎立之势。这个叔叔对新哈里发不服，举兵反叛。曼苏尔只得向艾布·穆斯林求助。11月，艾布·穆斯林统率呼罗珊大军击败了叙利亚军队，阿卜杜拉被软禁。战后，自恃功高入云的艾布·穆斯林更加目中无人。

韩非子说："腓大于股，不能趣行。"意思是小腿比大腿长就没法走路，臣权怎么可以高于王权呢？于是，曼苏尔与艾布·穆斯林商议，能否在叙利亚或埃及担任总督？但后者不愿离开老窝，未给哈里发留下只言片语，就班师撤回呼罗珊。

然而，当大军行进到扎格罗斯山西侧时，获悉呼罗珊守将阿布·达乌德倒戈投靠曼苏尔，已被任命为新的呼罗珊总督。艾布·穆斯林突然发现，天下之大，竟然没有一条他能自由选择的路，自以为聪明绝顶，英雄一世，竟然一直走在绝境的边缘。万般无奈之下，他只有退而求其次，表示接受此前被自己拒绝的任命，应召觐见新哈里发。在都城泰西封，他被新哈里发派人暗杀，时年45岁，那一年是唐天宝十三年(754)，怛逻斯之战仅仅过去了3年，距离"安史之乱"只剩下1年。

此前的木鹿，是连接撒马尔罕与巴格达的交通枢纽，是世界多元文化交汇的舞台，是享誉全球的绿洲名城，涌现了大批学者和思想家。此后的木鹿，辉煌仍在延续，一度被描述为"快乐、清洁、优雅、智慧、广阔而舒适的城市"，甚至被誉为Marv-i-shahjahan，即"梅尔夫——世界的女王"，与大马士革、巴格达和开罗一道成为伊斯兰教中心。《天方夜谭》(*Arabian Nights*)中许多诡异而美妙的故事,就发生在这里。

八、塔希尔王朝

阿拉伯人的崛起,给了陆上丝绸贸易以最后的打击。在他们征服了整个中东、波斯,并在怛逻斯战役中击败中国人之后,中亚成为穆斯林的天下。此后几个世纪,他们一直是中国和西方之间以及中国和印度之间的障碍,而不是桥梁。①随着陆上丝路的关闭,贸易被迫转移到由阿拉伯水手和商人控制的海上,一条穿越霍尔木兹海峡、马六甲海峡、中国南海到达广州、泉州、扬州、杭州、明州、登州的"海上丝绸之路"变得繁忙起来。而撒马尔罕、布哈拉、木鹿这些靓丽温馨的贸易城市,从此沦为面目狰狞的军事要塞。

塔希尔·伊本·侯赛因(Tahir Ibn Husayn),波斯化的阿拉伯人,先祖一直为阿拔斯王朝效力,他长大后成为呼罗珊总督麦蒙(又译马蒙,Al-Ma'mun)的爱将。

这是一个老兵油子,既有视死如归的胆魄,也有决胜千里的谋略,还有统御部下的威信,类似于张飞、诸葛亮、刘备的复合体,据说这位独眼将军双手使用宝剑,嗜血如奶,杀人如麻,因此逐步赢得了麦蒙的赏识,被赋予了统领呼罗珊大军的全权。麦蒙赐予了他"祖·叶米奈因(两手俱利者)"的称号,他还被一位诗人称为"缺一只眼睛,多一只右手"的战士。在麦蒙与兄弟阿明(Al-Amin)争夺哈里发时,塔希尔指挥呼罗珊军屡次击败阿明军队,并于811年攻克首都巴格达,结果了阿明。813年,塔希尔率领众将拥立麦蒙为哈里发。为报答这位立下殊勋的老部下,麦蒙让他统治伊拉克地区。

也许是信任有加吧,820年,麦蒙又任命塔希尔为波斯和东方行省总督,负责统辖巴格达以东地区,赐以呼罗珊领地世袭权,驻节木鹿。受到感动的塔希尔表示,将对主子绝对忠诚,且世代不变。

---

① 见斯塔夫里阿诺斯《全球通史》,上海社会科学出版社1992年版。

根据历史的经验，请您千万不要轻信政治家的演说，因为一个承诺普降喜雨的人，更有可能带来持续的大旱。两年后，自认羽翼丰满的他，私自下令辖区内的穆斯林在主麻日（Jumah，聚礼日）念呼图白（al-Khutbah，意为“宣讲”）时，不再为哈里发祝福，而念自己的名字；在钱币上不再铸哈里发，而铸自己的名字，从此揭开了历时半个世纪的塔希尔王朝（Tahirid dynasty）的大幕。

我曾经一再怀疑，世上是否真的有人善于忘记自己给过别人什么，却永远记得别人给过自己什么，直到麦蒙出现才解了我的疑惑，因为他就是这样一个人。塔希尔暴卒后，麦蒙立刻任命塔希尔之子泰勒哈承袭了总督一职，尽管明明知道对方跟自己貌合神离。

830年，阿卜杜拉继任埃米尔①，将首都从木鹿西迁到今伊朗东北部的内沙布尔（今马什哈德以西80公里）。是受到了来自东方吐蕃和葛逻禄的军事压力？还是想和前任有所区别？也许两者兼而有之。

首都西迁43年后，这个二流王朝因内讧被踢下历史的悬崖。

接下来，我仿佛听到了来自未来的隆隆雷声，也仿佛看见，一个永远扎根在木鹿土地上的伟大帝国，正向我们走来，身形雄奇，步履铿锵。

九、塞尔柱帝国

970年春，温暖的阳光终于灿烂起来，不知名的小花开满了原野，乌古斯（Oghuz）酋长塞尔柱（Seljuk）带领族人卷起行李，打马离开吉尔吉斯草原。因为他接到了突厥人出身的萨曼王朝卫队长、呼罗珊长官阿尔普特勤（Alp Tegin）的邀请，邀请书上说，到我主政的地方来吧，这里有美酒、城堡和女人，比你那个兔子不拉屎的地方强多了。

抵达呼罗珊后，他们被编为萨曼王朝边防军，驻牧在布哈拉附近。之后，他们屈服于高级文明的诱惑，皈依了伊斯兰教逊尼派，从此被称为土库曼。

---

① 埃米尔（Emir Amir），阿拉伯语原意为“受命的人”“掌权者”，伊斯兰教国家对总督、王公、军事长官的称号。原为阿拉伯统帅的称谓，现成为某些君主世袭制国家元首的称谓。

阿尔普特勤死后，他的女婿建立了伽色尼王朝。在伽色尼人的印象里，土库曼人不懂感恩且能征善战，所以被认为是心腹之患。1040年，伽色尼王朝在丹丹坎(Dandanagan，今木鹿附近)进攻乌古斯人，但被塞尔柱的孙子图格里尔·贝格(Toghril Beg)击溃。胜利后的图格里尔自称呼罗珊埃米尔。

此后，图格里尔让弟弟查格里·贝格(Chaghri Beg)留守呼罗珊，自己则率军西去，于1055年占领了阿拔斯王朝首都巴格达。在那里，他被阿拔斯哈里发嘎义木尊为“苏丹”，这也标志着塞尔柱帝国的正式成立。从此，苏丹作为世俗君主、哈里发作为精神领袖的体制得以确立。

弟弟查格里则以木鹿为首府，不断率兵东征，于1043年灭掉了伽色尼王朝的附庸花剌子模，又于1059年迫使伽色尼王朝退出河中，硬是在虎狼出没的猎场里圈出了一片天地。

帝国的扩张在图格里尔的侄子阿尔普·阿尔斯兰(Alp Arslan，查格里之子)和儿子马立克·沙(Malik Shāh)统治时期发挥到极致。他们竟然把扩张矛头指向拜占庭，在1071年的一场战役中俘获了拜占庭皇帝，并允许对方以领土和金钱赎身，使小亚细亚从此成为伊斯兰世界的一部分，直至今天。

战后，阿尔斯兰专程赶往木鹿，为驻守此地的马里克·沙娶了一个喀喇汗朝公主为妻。

1072年，马立克·沙继位，定都木鹿。1091年，也就是他离世的前一年，将巴格达定为冬宫，还将女儿许配给了阿拔斯王朝哈里发，并为他生了一个外孙。他的如意算盘是，一旦外孙接任哈里发，塞尔柱帝国就政教合一了。马立克·沙执政期间，塞尔柱帝国登上巅峰，成为东起兴都库什山、西抵地中海东岸的庞大帝国。

大幕再次拉开时，一曲低沉的旋律贯穿全场，站在台上的皇帝仍然是马立克·沙，但他已经不是主角，主角是呼罗珊籍宰相。

主角更替的原因很简单，塞尔柱苏丹几乎全是文盲，他们不得不倚重当地人，呼罗珊人伊斯霍克任宰相达30年之久。据说，这是一位才华横溢的宰相，因此被授予了“治国功臣”称号；他还是一位勤勉敬业的大臣，很少有人在工作的细枝末节上花费那么多时间；他更是一位忠心耿耿的臣仆，每逢苏丹出征，他的妻子——被誉为“中亚珍珠”的泰尔肯·哈通，都日夜陪伴在苏丹身边，成为最懂苏丹的、贴心的“解语花”，而他则心甘情愿地在首都留守。

问题在于，他于1087年提出了一项制度，而且得到了马立克·沙的批准，但事实证明后患无穷。按照这个美其名曰“军事采邑制”的制度，帝国把土地划拨给采邑主，由其向农民出租土地，租借土地的农民以实物向采邑主缴纳田赋，再由采邑主扣除利润后将田赋的一部分缴入国库。采邑主可以世袭土地，拥有私兵。此举的好处是省了政府的麻烦，致命的后果便是采邑主割据。

到了11世纪末，军事采邑制的弊病已暴露无遗，拥有军队和土地的采邑主们开始蠢蠢欲动。

十、嘴硬之痛

暴风雨终于来了。站在背后推波助澜的，是采邑主们；勇立潮头冲锋陷阵的，是什叶派穆斯林。1092年10月，伊斯霍克被刺杀；一个月后，马立克·沙被毒死。

之后，马立克·沙的兄弟、儿子因争夺王位内讧达12年之久，把塞尔柱帝国折腾得面目全非，渐渐分裂成许多独立的公国或苏丹国。马立克·沙的兄弟台台什占有了叙利亚，马立克·沙的小儿子巴基亚卢格控制了伊朗，美索不达米亚有摩苏尔苏丹国，小亚细亚还有鲁姆苏丹国(Sultanate of Rum)①，传说那个“中亚珍珠”还成了一个小国的摄政王……马立克·沙的长子桑贾尔一世(Sanjar I)仅以大塞尔柱苏丹的名义领有呼罗珊，中心位于木鹿。

1141年，西喀喇汗王朝大汗马赫穆德与葛逻禄发生武装冲突，马赫穆德向舅舅桑贾尔一世求援。桑贾尔以捍卫穆斯林世界的名义，纠集10万联军，北渡阿姆河杀向葛逻禄。

葛逻禄赶紧向西辽求救。西辽大汗耶律大石给桑贾尔写了一封言辞恳切的信，替葛逻禄人求情。

---

① 塞尔柱王朝旁支在小亚细亚建立的国家，信奉伊斯兰教，是中东的宗教文化中心，首都科尼亚。1243年被蒙古军降服，13世纪末分裂成12个贝伊国。末代苏丹于1308年被蒙古处死，遂亡。

世上有两种人，一种是受敬的人，别人越是敬他，他越是谦逊；另一种是不受敬的人，别人越是敬他，他越是认为对方怕他，反而变本加厉地侮辱与蹂躏对方。桑贾尔显然不属于前者。很快，桑贾尔就派出信使，给耶律大石带去一封言辞傲慢的回信，要求他加入伊斯兰教；若不改变信仰，将率大军将其消灭。为了显示自己的强大，桑贾尔在信中说："我的军队甚至能用弓箭把头发射断。"读完回信，耶律大石拔下一根胡须，然后给桑贾尔的信使一根针，让他示范能不能截断胡须，信使当然无法做到。耶律大石说："既然针不能截断胡须，你们又怎能用箭射断头发？"

于是，耶律大石带领契丹、突厥、葛逻禄和汉人组成的西辽联军挺进撒马尔罕，一路上风动尘生，杀气逼人。

9月9日，两军在撒马尔罕北部的卡特万（Katwan）草原相遇。面对数倍于己的敌人，西辽摆出哀兵之势，两位大将各率2500名骑兵攻击左、右翼，大石统帅大军从中间突击，三把匕首同时插入敌人的胸膛。桑贾尔的联军大败，3万多官兵横尸荒野。桑贾尔侥幸逃脱，但他的妻子、左右翼统帅和伊斯兰法学家布哈里均成为俘虏。

卡特万会战是中亚历史上著名的战役，它使西辽成为河中地区名副其实的霸主，也使塞尔柱势力从此退出阿姆河以北。更可怕的是，塞尔柱帝国的藩属花剌子模转而降服于西辽这个更为强大的主子，并以西辽为后盾，肆无忌惮地向西部扩张。到12世纪末，花剌子模已经占领了塞尔柱中部地区并击败了哈里发，土库曼人在伊斯兰世界中的地位被这个"忘恩负义的小人"所取代。

部下变得耀武扬威，主人只有忍气吞声，桑贾尔的后半生只能用来骑马追赶兔子，或者用箭把空中飞行的鸟儿变成一簇簇飘扬的羽毛，直到卡特万战后16年死于木鹿。

十一、沦为鬼城

接下来的历史，更加惨不忍睹。

我们只知道，1218年，一个450人的蒙古商队被中亚新霸主花剌子模屠杀，从而得罪了东方巨人成吉思汗。我们却不知道，就在同一年，蒙古特使来到木鹿，要求纳税并献出美女。结果，要求被断然拒绝，特使也被杀掉。此时的木鹿统治者，已经不是塞尔柱后裔，因为早在一百年前，它就被花剌子模军队占领了。

于是，一支20万人的马队带着无穷的愤恨扑向花剌子模，如一片铺天盖地、夹风携电的乌云。在成吉思汗和幼子拖雷率军攻克军事重镇不花剌之后，花剌子模旧都玉龙杰赤与新都撒马尔罕的联系被切断，皇帝摩诃末仓皇逃遁，周边城镇守将的心理如雪崩般崩塌。抓住时机，成吉思汗派遣哲别速砧等人追击花剌子模算端，并沿途发出盖有红玺印的畏兀儿公文，大意是：长生天已将从日出之地起，直到日落之地止的全部地区赐给了我们。凡降顺者，本人和亲属可得到赦免，而反抗者，将与其共遭毁灭！

不花剌西部不远处的木鹿宣布投降。木鹿西南部的你沙不儿（今伊朗内沙布尔）、南部的也里（今阿富汗赫拉特）也主动打开了城门。蒙古人并未杀掉一兵一卒，只是派出官吏驻扎于此。

但随着蒙古大军在玉龙杰赤陷入苦战，尤其是花剌子模王子札兰丁宣布继任皇帝，急剧坠落的花剌子模居然回光返照。受其影响，一些花剌子模城镇降而复叛，木鹿带头捕杀了蒙古军队留下的少数官吏。

噩耗传到刚刚占领巴里黑的蒙古汗帐，已经承诺赦免全城军民的成吉思汗马上翻脸，巴里黑遭到血洗。之后，父子二人兵分两路，年近花甲的成吉思汗带领一支军队向东进攻塔里寒（今阿富汗塔里干），年方28岁的拖雷则率领一支军队前往扫荡降而复叛的呼罗珊地区。

谈到这次报复性扫荡，《世界征服者史》描述拖雷说："论他的严酷，像猛烈若火的雪刃，为其刃风所及者，无不化为灰烬；而论其骑射，他又像云幕后射出的闪电，把击中之地变作焦土，不留一丝形迹，不作片刻延缓。"

1221年，拖雷率领7万大军完成对木鹿城的合围。为对方的气势所吓倒，木鹿城长官派人出城请降。其实，对于派人请降，这名长官是不抱什么希望的，因为他听说蒙古人一向睚眦必报。但令他意外的是，拖雷居然答应了他的请降要求，并且言之凿凿：只要投降，一定不再屠城。

战争中哪有什么诚信可言？拖雷入城后，挑出400名工匠押往东方，然后将70万将士和居民悉数屠杀，繁华绝代的木鹿被夷为平地，变成了一座名副其实的鬼城。干完这一切，拖雷恨恨地说："这就是出尔反尔的代价!”

之后统治这座鬼城的,是中心位于乌尔根奇、希瓦的希瓦汗国(又称花剌子模汗国,1512—1920),中心位于布哈拉、撒马尔罕的布哈拉汗国(1500—1920)。1924年,它被划入苏联的土库曼苏维埃社会主义共和国。1990年独立的土库曼斯坦,首都也设在年轻的阿什哈巴德(Ashgabat)。木鹿,这个古老的丝路明珠,再也没有出现新的建筑群,更没有成为任何政权的都城。今天,我们只能依靠地图,在野草荒丘间寻找5座古城废墟,在五味杂陈中畅想木鹿昔日的荣光。

尚且值得一提的,是穿过木鹿的卡拉库姆大运河。这条开工于1954年的人工运河,从阿姆河中游西岸的博萨加镇开始,面向西北冲进卡拉库姆沙漠,连接木鹿绿洲和捷詹绿洲,继而沿着科佩特山脉(Kopet-Dag Range)北去,穿过阿什哈巴德进入里海,全长1450公里,是目前世界上仍旧运行的最长的运河。

有了大运河,木鹿得以新生。

从木鹿沿着丝绸之路西行,经尼萨(Nisa,今阿什哈巴德)进入伊朗高原北部,然后穿过赫卡通皮洛斯(在今伊朗塞姆南省达姆甘和塞姆南市中间)、埃克巴塔纳(Hamadan,今伊朗哈马丹),就可抵达底格里斯河(Tigris River)① 东岸的泰西封。这一段路程,超过2100公里,唐代商旅马不停蹄也需要一个月的时间。

---

① 西亚地区最大的河流,源于安纳托利亚高原东南部,向南流入伊拉克境内,是世界古文明发祥地之一。

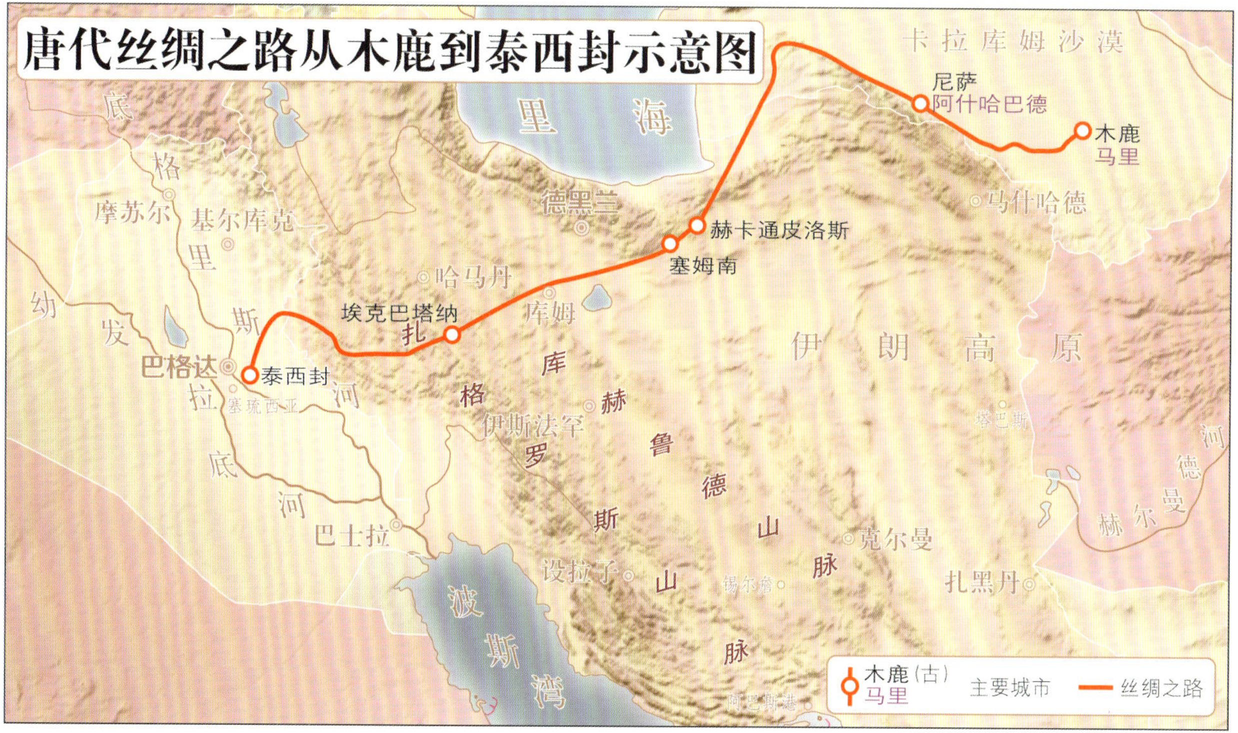

唐代丝绸之路从木鹿到泰西封示意图

第155天　泰西封

安息国，王治番兜城，去长安万一千六百里。不属都护。北与康居、东与乌弋山离、西与条支接。其属小大数百城，地方数千里，最大国也。武帝始遣使至安息，王令将将二万骑迎于东界。

——《汉书·西域传》

安息国居和椟城，去洛阳二万五千里。其东界木鹿城，号为小安息。章帝章和元年(87)，遣使献狮子、符拔，符拔形似麟而无角。和帝永元九年(97)，都护班超遣甘英使大秦，抵条支。

——《后汉书·西域传》

一、甘英出使

东汉永元九年(97)，一个平淡无趣的年份。如果史学家非要记录点什么，恐怕只有两件事勉强可以入册，一件是罗马皇帝涅尔瓦(Marcus Cocceius Nerva)立图拉真(Trajan)为继承人，另一件与班超有关。

说起来，班超来到西域已经24年了。这些年来，他带着36名壮士，凭借超常的胆略、智慧和毅力，在遥远的西域打下了一片天，不仅恢复了封闭65年之久的丝绸之路，而且使得西域50多个国家归附了汉朝。如今的他已是西域都护，获封定远侯，完成了当年投笔从戎的夙愿。按说，他该歇一歇了，也该回家了。

但有一天,他听到一伙胡商抱怨说,他们从大秦带出的货物,被途中的安息国抽取了高额的税,几乎无利可赚了。如果没有利润,谁会穿越千山万水,经历千难万险,吃尽千辛万苦,甚至冒着生命危险从事长途贩运呢?这条信息,引起了班超的高度重视。多年来,大秦与汉物产互通,却从未有一人到过大秦,这一直是班超有生之年的一块心病。考虑到自己年事已高,他把这一艰巨的使命,交给了随从甘英。

甘英作为汉使,任务是"出使大秦"。

大秦,就是西方史书中的罗马帝国。至于为什么汉称罗马为大秦,《后汉书》的解释是:"其人民皆长大平正,有类中国,故谓之大秦。""长大"是指身材,"平正"是指道德,意思是身材与道德都与中国人类似,所以叫大秦。如果这一解释无误,显然这是在为别人随便起名字。更有意思的是,当时的西方人不称中国为"汉",而称中国为"赛里斯"和"秦"。看来在相互隔绝远比相互了解多得多的年代,东西方交流中有许多想象和揣度的成分。

就在这一年晚些时候,甘英率领使团从龟兹启程,经疏勒、葱岭、大宛、大月氏,到达安息。

甘英不是第一个到达安息的人。《汉书》上说,张骞的副使到达安息时,安息王命令一位将军带着2万士兵在东界迎接。尽管甘英没有享受到张骞副使的待遇,但也受到了应有的尊重。在路经安息古城赫卡通皮洛斯(Hecatompylos)①时,国王帕科罗斯二世(Pacorus II)接见了甘英。甘英向国王表示,此行的主要目的是出使大秦,还请国王派向导给予协助。

众所周知,汉与西方通商,丝绸是最紧俏的货物。作为汉与大秦丝绸交易的中转站,西亚霸主安息一直通过垄断这一货物获取暴利。如果汉朝直接开通与大秦的商路,安息人通过垄断丝绸贸易来获取高额利润的日子就将结束。

于是,帕科罗斯二世"愉快地"答应了甘英的要求,并安排他住进宾舍休整。

其间,帕科罗斯二世频频召集会议,商议对策。他们到底商量了什

---

① 公元前238年左右成为帕提亚帝国首都,坐落在塞姆南省达姆甘和塞姆南市中间,可能是《汉书》中的番兜城和《后汉书》中的和椟城。

么，我们不得而知。史载，甘英并未受到阻拦，而是顺利离开了这座城市。在路上，甘英和随从还一直犯嘀咕："看不出安息国有垄断丝绸贸易的故意呀？"

不久，他们就到了西海边。

西海，是什么海呢？

中东在国际政治中号称"五海之地"，环绕着阿拉伯海、红海、黑海、地中海、里海。甘英西行，可能去往里海，也可能经里海边缘向西北行走，抵达黑海岸边。如果向西南行，可能到达阿拉伯海的波斯湾(Persian Gulf)；如果穿过伊朗、伊拉克、阿拉伯半岛，可能到达红海岸边；他也可能一直向西走，来到地中海岸边。也就是说，甘英所临的西海，有可能是五海之中的任何一个。但《后汉书》又说这里是"安息西界"，那么最有可能就是地中海和黑海。不管这个西海是两者中的哪一个，他只要再迈出一步、两步，就会进入大秦——罗马帝国。

想要横渡西海时，安息西界船员对甘英说："海水广大，往来者逢善风三月乃得度，若遇迟风，亦有二岁者，故入海人皆赍三岁粮。"意思是，大海浩瀚无边，往来的人如果遇到顺风，三个月就可以渡过大海；假若遇到逆风，需要费时二年。所以，入海的人都要带上三年的粮食。

见甘英迟疑，安息人又说："海中有思慕之物，往者莫不悲怀，若汉使不恋父母妻子者可入。"

这些话太可怕了，每一句都戳到了汉使的疼处，因为汉人最讲孝道和亲情，怎么可能不眷恋父母妻子呢？为此，我不免怀疑这是安息国王和大臣精心设计的计谋，通过这些看似朴实的船员之口实施的计谋。但甘英不知是计，加上他生长在内陆，缺乏海上航行知识，于是没能跨出至为关键的一步，从而与罗马失之交臂。史载，他"穷邻西海而还"，并且只能对着对岸那个名叫"大秦"的国度望洋兴叹。

我放胆推想，如果甘英顺利抵达罗马，很有可能见到罗马皇帝涅尔瓦，并且带回罗马皇帝致东汉皇帝的国书，东汉与罗马这两个世界级帝国有可能共同缔造世界历史的新纪元。

尽管功亏一篑，但他改写了一个纪录——甘英是史书所载第一个到达地中海、黑海岸边的中国人。以孤傲著称的近代学者王国维也禁不住赞叹："千秋壮观君知否，黑海东头望大秦。"

4年后，安息王派人出使东汉，给汉和帝送来一只狮子和一种条支大鸟，时人称之为安息雀。这是否算是对汉人允许其垄断丝绸贸易的报偿？

但任何垄断都无法长久，因为即使你能挡住人的眼睛，却挡不住人的耳朵。后来，大秦终于知道了东汉。史载，汉延熹九年（166），大秦王安敦①派遣使者在日南郡（今越南，当时属东汉）边界外，将象牙、犀角、玳瑁献给了东汉。

二、安息帝国

这个让甘英中途折回的国家，是波斯史上的一个著名帝国。

帝国的萌芽可以追溯到公元前247年。当时，帕提亚总督安德拉戈拉斯（Andragoras）脱离塞琉古王朝独立，阿萨息斯也接任了伊朗高原东北部的雅利安部落——帕勒人的酋长。9年后，阿萨息斯率军攻杀了安德拉戈拉斯，正式创建阿萨息斯王朝（史称帕提亚帝国，汉籍称之为安息），定都尼萨。

作为一个从塞琉古王朝独立出来的新政权，最迫切的不是享受做国王、纳妃子、吃山珍的感觉，而是要抓紧找到同盟者，以随时应付可能来自塞琉古王朝的镇压。不久，埃及托勒密三世从西面入侵塞琉古，塞琉古王朝无暇内顾。于是，阿萨息斯一世派出使者向巴克特里亚行省总督狄奥多特通风报信，约定由帕提亚帝国吞并西部行省希尔卡尼亚（Hyrcania），由狄奥多特控制中亚，并成立希腊—巴克特里亚王国。随后，经过来来往往的几次勾连，帕提亚帝国与巴克特里亚王国正式结成军事同盟。

公元前209年前后，塞琉古安条克三世果然来犯，占有天时地利的同盟军顶住了来犯者，迫使对方坐下来谈判。谈判结果是，塞琉古王朝承认阿萨息斯二世（阿萨息斯之子）为皇帝，阿萨息斯二世在名义上归顺安条克三世。一个人得了里子，一个人有了面子。

随后几任国王，一直保持着对塞琉古王朝的进攻态势。公元前148年之后，米特里达梯一世（Mithridates I）攻占了埃克巴坦那，征服了美索

---

① 可能是指166年在任的罗马共治皇帝马可·奥勒留·安敦尼（Marcus Aurelius Antoninus）。

不达米亚的巴比伦尼亚(Babylonia),还在塞琉西亚(Seleucia,位于底格里斯河右岸)铸造了帝国硬币,高调宣誓了帕提亚帝国的王权。

公元前140年,为了让持不同政见者闭嘴,塞琉古国王德米特里二世在内乱未平的形势下,居然亲自率兵对帕提亚控制的美索不达米亚发动反侵略,结果兵败被俘。战后,米特里达梯一世姿态很高,不仅以上宾的待遇对待这位俘虏,还把女儿罗多古娜(Rhodogune)许配给了他。前提是,对方以伊朗高原做彩礼。

汉元狩四年(前119),张骞第二次出使西域,副使奉张骞之命到访安息。当政者是米特里达梯二世(Mithridates II),帝国版图北至里海,南到波斯湾,东接大夏、贵霜,西到幼发拉底河,成为与东汉、罗马、埃及、贵霜并列的世界级强国。张骞的副使到来后,双方构建了正式贸易关系。从此,帕提亚人垄断了欧亚贸易。特别是从丝绸贸易中获得的大量税收,养肥了这个曾经捉襟见肘的帝国。

有了钱,米特里达梯二世开始考虑建设一座美丽的都城。

那么,都城该建在哪儿呢?

三、迁都泰西封

那段时间,米特里达梯二世一有空闲,就和几个亲信大臣骑马外出,在美索不达米亚平原上到处逛荡。不知道的,还以为国王不务正业呐。

公元前90年前后的帕提亚帝国版图,已经延伸到美索不达米亚和中亚西部。也就是说,帝国起步时的尼萨,崛起初期的希尔卡尼亚,后来的埃克巴坦那都已经失去了作为帝国经济、军事、文化中心的地位。确定新的都城,自然而然提上了议程。

一天,国王驻足在一个名叫泰西封(Ctesiphon)的地方,这是一个不被现代人熟知的古代地名,位于今伊拉克首都巴格达东南32公里处。

说起泰西封,王宫大臣们并不陌生。起初,这里是底格里斯河左岸的一片草原,位于迪亚拉河(Diyala River)①口,土地肥沃,气候宜人,是连接

① 底格里斯河的主要支流,源于伊朗西部的扎格罗斯山脉,西流至巴格达后,汇入底格里斯河。

东亚与罗马的交通枢纽。为了监督和防御希腊人,塞琉古王朝在这里偷偷修筑了工事。帕提亚帝国崛起后,陆续在此修筑了城池、神庙和兵营,目前是一座军事基地。

能否在此建都?统治集团争论不休。这天,国王又让大臣们各抒己见。

反对派认为,迁都不仅劳民伤财,而且此地历来是欧亚列强必争之地,都城还是暂时不迁为好。

主迁派却主张:第一,老都城随时面临着游牧民族的威胁,而位于美索不达米亚的泰西封进能攻,退可守;第二,这里是汉朝通往罗马的咽喉和要塞,对繁荣经济、促进贸易、提升国力十分有利;第三,这里是古代帝国的中心,定都于此,有利于对塞琉古王朝形成碾压之势。

正当两派争执不下时,前方急报:罗马铁骑准备偷袭泰西封和邻近的几个小国。为了防止突变,国王命令泰西封守军做好迎战准备。罗马大军得知泰西封已有防范,只好放弃了这次没有把握的战斗,绕道杀向别的小国。随后,罗马和塞琉古王朝又几次派兵围剿泰西封,在他们看来,泰西封就是丝路上的一块牛排。

于是,公元前90年,帕提亚国王下令定都泰西封。迅速崛起的泰西封城,与河对岸的希腊化城市塞琉西亚形成了帝国的双城。从此,军事中心泰西封与经济中心塞琉西亚,隔河对峙,交相辉映,共同装点着美索不达米亚的漫漫长夜。

四、中国使节来了

世上从来就没有不死的王朝。帕提亚帝国的危机始于公元前64年,那一年,罗马军团攻克安条克,塞琉古王朝成为罗马共和国的一个行省。塞琉古王朝一死,罗马与帕提亚之间的缓冲地带消失了,两者只能死掐。与罗马的持续征战,严重削弱了帝国的实力。尤其是到了3世纪初,帝国体制的弊端开始显现,“沙赫尔达尔”(市长)和“沙赫里亚尔”(总督)几乎控制了帝国的每一个区域。更严重的是,帝国还允许一些分裂的王国与自己共同存在。

阿尔达希尔是拜火教祭祀萨珊的孙子，他在继承波斯都城伊斯塔赫尔的统治权后，开始征服周围小国，并在帕提亚阿尔塔班五世(Artabanus V)前来征讨时，杀死了这个自称“万王之王”的过气国王。公元226年，阿尔达希尔率兵占领了泰西封，并以此为中心，建立了波斯萨珊王朝。萨珊王朝开始把自己的领土称为“伊朗沙赫尔”(伊朗国)或雅利安人的帝国，拜火教被定为国教。

在东方的中国，正处于三国末年，诸侯征战不休，根本不知道西方发生了什么。直到南北朝时期，以平城为中心的北魏才想起应该恢复封闭已久的丝绸之路。

北魏太安元年(455)，文成帝派使者韩羊皮出使波斯。

消息传到泰西封，王宫上下一片欢腾。国王分别召见了祭司、贵族以及大商人，商定了迎接中国使节的具体事宜。他们还抓紧时间维修了王宫和火神庙，整饬了通往国都和商业区的主要街道……

这一天终于来了。来自北魏的驼队在萨珊王朝铁甲军的护卫和旌旗的引导下，缓缓走进泰西封。泰西封王宫，是萨珊王朝最豪华的宫殿。王宫内有世界上最高的砖制拱顶——高约37米、拱跨约25米。大厅里摆满了丝路沿途各国最精美的饰品，墙壁上镌刻着古老的神话。东方使者驻足良久，脸上现出惊诧的表情。

一套波斯礼节过后，国王邀请韩羊皮入座，两国的商谈进入正题。但很快，商谈就陷入了僵局。

韩羊皮提出，波斯应该确保丝绸运往罗马。但波斯一方坚决反对，因为波斯与罗马结怨已久，势同水火，仅泰西封就遭受过罗马军团的多次洗劫，因此一直对罗马恨之入骨，费尽心机卡住通向罗马的商路，让其断绝与东方的所有联系。如今机会来了，他们岂能轻易放过？

避其锋芒，以柔克刚，是中国使者的基本功。韩羊皮说，临行前，圣上和大臣非常关注萨珊王朝，所以我要在都城和周边附属国进行一番实地考察，把更多的见闻带回去，不能辜负浩荡的皇恩。至于丝绸向罗马输出事宜，容后再议。

如果一味僵持下去，既不能有效维护本国利益，也有失一国之君的风度。于是，萨珊国王笑了笑，同意了对方的提议。

几天的考察，让韩羊皮大为兴奋。波斯和罗马作为丝绸之路上的两个欧亚强国，无论农业、手工业，还是文化、科技，都有长于北魏之处。如果拿来为我所用，定能让北魏如虎添翼，进而实现一统中国的梦想。于是，一个两全其美的方案出台了：一是运往罗马的丝绸萨珊王朝可以赚取差价；二是允许萨珊王朝派使者、商人、留学生前往中国；三是北魏与萨珊王朝加强教育、文化、宗教等方面的交流与合作。

萨珊王朝欣然答应了北魏使节的条件。同时，也暂时缓和了与罗马的关系。

以此为标志，中国和西亚之间从东汉灭亡以来中断的通使关系得以恢复，仅萨珊王朝与北魏的通使就有近十次。后来，萨珊王朝使者曾到访西魏都城长安。隋唐时期，萨珊王朝使节到访长安、洛阳达十几次。那时的大同、洛阳和长安，经常可以看到波斯使者、贵族、商人、留学生以及琳琅满目的波斯商品。

更受益的，还是那时相对落后的欧洲。一位欧美通俗地理作家直言不讳地说，所有的家畜，如狗、猫及一切有用的四脚动物，驯顺的牛和忠实的马以及羊和猪全都来自亚洲。还有，我们菜单上的大部分蔬菜，实际上我们所有的水果、蔬菜、大部分花卉和所有的家禽都来自亚洲。①

五、泰西封之战

战争是流血的政治，也是历史长河中最炫目、最残酷、最刻骨铭心的一道风景。翻阅欧亚史料，强国之间最常见、最密切的联系方式，就是你死我活的战争。可以说从波斯阿契美尼德王朝崛起到萨珊王朝覆灭的1200年间，波斯人在战争中成长、壮大、毁灭、融合，再崛起、复兴、衰落、融合，直至今天。

发生在公元3世纪的泰西封保卫战，就是波斯与罗马数千次战争的一个缩影。

363年5月，罗马皇帝尤利安（Julian the Apostate）突然兵临泰西封城

① 见亨德里克·房龙《房龙地理》，鹭江出版社2011年版。

下。他带来了8.3万军人,在数量上对泰西封守军占据了绝对优势。但此时,萨珊国王沙普尔二世(Shapur II)并不在城中。难道他闻讯出逃了,是个胆小鬼?

事情还要从亚美尼亚说起。亚美尼亚是萨珊王朝和罗马帝国夹缝中的一个小国。公元4世纪中叶,它脱离了萨珊王朝控制,倒向罗马一边。为此,359年,沙普尔二世率兵向罗马的城市阿米达(Amida)[①]发起报复性进攻,经过73天恶战,付出了3万军人的代价,最终攻克了这座钢铁城池,撕开了罗马帝国的东部防线。尤利安清楚,若要消除帝国东部的军事威胁,必须择机给萨珊王朝致命一击,这也是他突袭泰西封的主要意图。

沙普尔二世可不是一个胆小鬼。他深知,靠被动死守是守不住的。于是,他把坚守泰西封的任务交给大将梅瑞纳,自己则悄悄跑到外线整合兵力,待罗马军队遭到消耗,再从背后给予致命一击。

事态的发展完全在波斯人掌控之中。

面对重兵压城的罗马军团,梅瑞纳没有显示出一丝的惊慌。因为泰西封守军数量虽少,但有堪称波斯镇军之宝的铁甲骑兵和战斗力强劲的链铠骑兵,还有许多战象用来冲锋陷阵。在做好凭城坚守准备的同时,他也谋划好了驱动精锐部队与罗马大军作背城之战的计划:即在底格里斯河岸设置阵地,击罗马军于半渡,并将最重要的铁甲骑兵部署在中路,而链铠骑兵分配于两翼,以包抄敌军。

当梅瑞纳在底格里斯河对岸倚城摆出决战阵容时,那种咄咄逼人、压倒一切的气势,让罗马官兵倒抽了一口凉气。尤利安却不以为意,面对波斯军队的一字阵形,他指挥大军摆出新月阵,然后集体强渡底格里斯河。

在罗马军团强渡底格里斯河时,波斯军队果然迅速迎击,并在开始阶段杀伤了一批敌军。但随着罗马军团渡过河流,波斯铁甲骑兵逐渐失去了冲锋的优势。梅瑞纳清楚,一旦罗马军团两翼合拢,波斯军队就有被包围的危险。于是,他果断下令撤出阵地,退入泰西封城内。此次出城,波斯守军损兵上千,丢失兵器无数。尽管如此,梅瑞纳还是以较

---

① 今土耳其迪亚巴克尔城(Diyarbakir)。

小的代价，牵制住了罗马大军，为沙普尔二世集结波斯大军赢得了宝贵时间。

紧接着，罗马军团疯狂攻城，泰西封守军则严防死守。一昼夜下来，罗马人居然毫无进展。

为了稳住尤利安，沙普尔二世派人献上金银珠宝，并提出了求和的建议。尤利安自认为拿下泰西封易如反掌，从而断然拒绝了波斯人的请求。可随后几天，罗马大军仍一筹莫展，只能望城兴叹。

部下来报，沙普尔二世正率领一支人数不详的大军赶往泰西封。如果继续攻城，罗马军团势必陷入腹背受敌的境地。如果放弃攻城，此次远征必是空手而归。犹豫再三，在部下的一再提醒下，尤利安还是很不情愿地下达了退却的命令。

历史，从来不给犹豫不决者全身而退的机会。一切都太晚了，因为波斯人已经等候在罗马人撤离的必经之路上。当罗马大军撤到萨迈拉城(Samarra)[①]附近的马兰加时，被沙普尔二世统领的波斯大军正面挡住。

接下来，以逸待劳的波斯大军发起猛攻，人困马乏的罗马大军只能被动应付。结果，尤利安当场战死，罗马大军惨败。

消息传到泰西封，城内爆发出震天的欢呼。

六、波斯蓝

2018年3月至6月，一场名为“蓝色之路：来自波斯的瑰丽艺术”的特展在香港举行，来自全球11家艺术机构的94件绘画、陶瓷、纺织、玻璃、手稿等展品，赚足了万千观众的眼球。

蓝色，对于远古的人类来说，几乎就是“高贵”的代名词。神秘莫测的天空是蓝色，一望无际的大海是蓝色，甚至连一些价值连城的宝石也是蓝色。而展览中的“蓝色”，源自波斯帝国，一度被称为“波斯蓝”。

随着一抹“波斯蓝”进入观众视野，作为蓝色载体之一的陶瓷展品又一次惊艳了世界。

---

① 今伊拉克萨拉赫丁省的一座历史名城，位于巴格达西北125公里。

要知道，中国可是陶瓷的故乡，英文中“瓷器”(china)一词已成为“中国”的代名词。陶，在世界各地的先民遗址中多有发现，中国出土的年代最早的残陶片产于1万年前的新石器时代中期。距今4000—5000年的山东泰安大汶口文化遗址中，就出现了花纹精细、图案规整的彩陶。而瓷，是在陶的基础上经技术创新而成，是中国独有的伟大发明，也是价格高昂的外销商品。青花瓷，有着“景德镇四大传统名瓷”之誉，是中国陶瓷家族中璀璨的明珠。最早的青花瓷出自汉唐时期，精品多来自越窑。成熟的青花瓷出现在元代，明代永乐、宣德年间的青花瓷成为瓷器主流，清代的青花瓷更是风靡欧洲大陆，而元明清三代青花瓷精品多来自江西景德镇和浙江龙泉窑。①

青花，曾一直被认为是中国的象征，可它自始至终都与波斯有着密切渊源。青花以质纯白色高岭土为胚，以钴蓝为色料，前者原产中国，后者从波斯进口。②说得具体一点，元、明代青花瓷使用的青料有国产和进口两种：国产料多用于龙泉青瓷，为高锰低铁型青料，颜色青蓝偏灰黑；进口料来自波斯，多用于景德镇青花瓷，为低锰高铁型青料，颜色青翠浓艳，色性安定。景德镇工匠受伊斯兰文化影响，将伊斯兰文化崇尚的波斯蓝——产自波斯的苏麻离青③用作瓷器颜料，通过高温烧制，出现了蓝宝石般的鲜艳色泽，还会出现银黑色四氧化三铁结晶斑——“锡光”，最终诞生了具有异域特色、惊世美艳的青花瓷。④

在泰西封古城废墟中，就发现了大量的中国陶瓷碎片。也就是说，早在波斯帝国强盛时期，“波斯蓝”已贯通东西，成为两大帝国交流的纽带。伊朗德黑兰国家博物馆，也藏有元朝外销的大量元青花。明朝大量销往波斯和中亚的青花瓷碗，被称为Kasa-i lajurdi（青金石碗），青花瓷瓶被称为Kuza-i lajurdi（青金石瓶）。西域各国入贡的使臣，都指名要求明朝回赐这两种贵重的瓷器。可见，强大绝不等同于掠夺和扩张，更多的是对古老文明和灿烂文化的传承与输出。

中国人和波斯人正是这样的传承者。

---

① 见石云涛《中国瓷器源流及域外传播》，商务印书馆2015年版。

② 见俞雨森《波斯与中国》，商务印书馆2017年版。

③ 波斯语“苏来曼”的译音，产地是古波斯卡山夸姆萨村，据说郑和下西洋时带回了许多优质苏麻离青。

④ 见曾玲玲《瓷话中国》，商务印书馆2014年版。

一枚枚炫彩玻璃珠，一盏盏波斯三彩碗，一张张几何图案波斯地毯，一枚枚印有皇帝像的波斯帝国银币，随着漫长而古老的丝路，伴着连续而悠扬的驼铃，穿越千山万水戈壁大漠，最终叩开了亚欧国王、贵族和民众的门楣。

七、神秘使团

唐贞观二年(628)，一个波澜不惊的年份。

一个引人注目的神秘使团来到唐太宗李世民的宫廷。这是一伙说闪米特语(Semitic)的阿拉伯人，他们从麦地那港口延布(Yanbu)启程，由波斯湾至南中国海的“香料之路”和“陶瓷之路”来到广州。

他们自称是“真主的使者”穆罕默德派来的，郑重其事地向唐帝呈上了一封信。内容应该与同一年送给拜占庭皇帝希拉克略(Heraclius)和萨珊国王卡瓦德二世的信一样。

我们从西方历史上得知，穆罕默德写给希拉克略的信几乎就是一封挑战书，信中要求拜占庭皇帝承认唯一真正的真主并且侍奉这个真主。关于这位皇帝接到信后的情景已无文献可考，很可能没有给予答复，或许只是耸耸肩一笑了之。其后果是，许多年后，四大哈里发之一的欧麦尔·伊本·哈塔卜(Umar Ibn Al-Khattab)、信仰伊斯兰教的塞尔柱人、奥斯曼突厥人遵照穆罕默德的遗言，对拜占庭发起了一轮又一轮的报复性进攻，直到君士坦丁堡变成伊斯坦布尔。

李世民没有像希拉克略那样，对这样一封信不理不睬，他诚挚友好地接待了他们，像对待此前的佛教和此后的景教一样表示了对外来宗教的兴趣，还帮助他们为广州的阿拉伯商人建了一座清真寺。这座庙宇至今犹在，是世界上最早的清真寺之一。史学界说，正因为有海纳百川的胸怀和包容万象的气度，李世民才成为各民族公认的“天可汗”，唐朝才得以成为世界的伟大中心。从此，中国精美的细白瓷器从海路贩往欧洲，中间商基本上是控制着西亚制海权的阿拉伯人。

而接到同样的信件时，弑父自立的卡瓦德二世正忙着收拾国内持不同政见者。莫名其妙的挑战书使心情糟糕的他极为愤怒，他把信撕碎扔向使者，喝令对方滚回老家去。当使者将这一情形报告给麦地那的发信人时，发信人雷霆震怒："啊，真主！就这样吧，请你夺去他的王国吧。"

636年7月，一支阿拉伯军队向幼发拉底河支流阿提克河西岸挺进，与波斯大军隔河对峙。萨珊王朝大臣们感到了问题的严重性，向国王伊嗣俟一一列举了近年来阿拉伯人对拜占庭的疯狂打击，提醒国王尽快改变与拜占庭的关系，联手对付新兴的阿拉伯帝国。这个630年才收复麦加的阿拉伯帝国，很快就将穆斯林的旗帜插遍了阿拉伯半岛，而且向东横扫美索不达米亚，向北穿越巴勒斯坦（Palestine）和叙利亚，去年还从拜占庭手上夺取了大马士革。没用几年就做到这一步，这样的政权一定具有强大的战斗力和非凡的凝聚力。几乎所有同他们打过交道的人都说，阿拉伯穆斯林是令人生畏的士兵，就连拿破仑都承认这一点。别看拿破仑对女人一窍不通，但一个好的士兵他一眼就能看出来。但是，年仅21岁的伊嗣俟显然缺乏拿破仑的军事素养，也没有从谏如流的心胸，因此对大臣们的告诫置若罔闻。

几天后，20名阿拉伯士兵来到泰西封。当他们被带进王宫会客厅时，那粗布衣衫、简陋武器和不修边幅的样子引来波斯人的阵阵讥笑。伊嗣俟让翻译问阿拉伯人为何入侵他的国家，阿拉伯正使却向国王宣讲先知如何伟大，如何改变了半岛，进而规劝国王皈依伊斯兰教或向阿拉伯帝国进贡。伊嗣俟脸涨得通红，几次示意卫兵杀掉这些鲁莽的家伙。幸亏近臣以"两国交往，不斩来使"相提醒，阿拉伯人的脑袋才没有搬家。但国王总要出口气吧，于是有个大臣想出了一个办法，将一袋盛满沙土的麻袋捆在阿拉伯正使的背上，而后将他和其他士兵一起赶出了泰西封。

八、赌气的后果

世上有一种永远亏本的事，就是生气。那些阿拉伯士兵被赶出泰西封后，伊嗣俟仍余怒未消，命令前线指挥官鲁斯塔姆·法罗赫扎德（Rostam Farrokhzād）向阿拉伯人主动发起攻击。

《孙子·火攻篇》有言："主不可以怒而兴师，将不可以愠而致战。"久经战阵的鲁斯塔姆将军也认定，只要守住军事工事，敌人就休想越过幼发拉底河一步。但如果贸然过河，进入敌人熟悉的沙漠，胜算就会大打折扣。但是，国王没有读过这部兵法，而且自负地认为，阿拉伯人是只会说大话的乡巴佬，根本不具备任何威胁，因此一再催促鲁斯塔姆立即执行攻击命令，其情形就像怒不可遏的唐玄宗在“安史之乱”初期逼迫军队主动出击一样。

无奈之下，鲁斯塔姆极不情愿地在河上架起浮桥，将部队移师河西。阿拉伯军队背靠熟悉的沙漠，而波斯军队却背靠滚滚的河水，战争的天平瞬间倾斜。

636年底，卡迪西亚战役（Mawqi'a Qadisiyya）拉开大幕。波斯军团由重骑兵、步兵和战象部队组成，步兵分成四个战阵，每个战阵相隔150米；骑兵也分成四个方阵，排在步兵战阵之后；33头战象则部署在战阵最前方，以期发挥先锋突击作用。

而阿拉伯军团更多地借助精神力量，官兵在开战前高声齐诵《古兰经》。未等诵完，波斯象阵已经冲向阿拉伯战阵。立时，这些巨兽像一座座移动的城堡，使得阿拉伯战马受到惊吓，战阵出现了暂时的混乱。与此针锋相对，阿拉伯士兵用弓箭射向大象的眼睛和驾驭大象的士兵，从而打乱了波斯象阵并稳住了阵脚。此时，夜幕开始降临，两军各自回营。

第二天鏖战继续。正当两军杀得天昏地暗时，一支阿拉伯援军加入了战斗，波斯军团受到重创，鲁斯塔姆差点丢了性命。但双方仍然无法分出输赢。

第三天的交战一直持续到黄昏。尽管双方都采用了新的战术，将士们也异常顽强，但谁也无法取得压倒性胜利。

那天晚上风很大，旷野上一片漆黑，团团乌云匆匆掠过冰冷的月亮。疲惫之极的波斯官兵已经进入梦乡，但一伙阿拉伯军人却大睁着双眼，因为长期严酷的沙漠生活，使阿拉伯人具备了夜间作战的禀赋。午夜时分，一支阿拉伯快速突击部队冲破波斯军营的层层布防，成功实施了阿拉伯军事史上第一次斩首行动，杀死了波斯统帅鲁斯塔姆。

波斯军团立时炸了营。群龙无首的波斯官兵四散逃命，部分人侥幸撤离到底格里斯河东岸的泰西封城外，来不及从桥上撤退的万千军人，有的跳入河中逃命，有的躲进沼泽地，多数人在旷野上被蜂拥而至的敌人斩首。

637年，阿拉伯人没有遇到像样的抵抗就拿下了泰西封。大批的黄金、白银、珍珠、丝绸被运走，宏伟的宴会厅变成了信徒云集的清真寺，偌大的泰西封变成了阿拉伯兵营。而那个求胜心切、自视甚高的伊嗣俟，突然变得胆气全无，惊恐万状，在最应该和国家同命运、与军队共生死的关键时段，抛下正在抵抗的军队，带上皇家卫队和大量财宝向东方逃亡，直到在木鹿附近被一个磨坊主取走脑袋。

仅仅20多年时间啊，这个习惯赌气的人就使祖辈积累了650年的成果付之东流，帝国之梦灰飞烟灭，而灭他的人则一跃成为西亚霸主。

无限辉煌的泰西封沦为一个小镇，以至于历史忘记了它，现代人也不认识它。今天，当您有幸来到这里，看到巨大的拱顶宫殿遗址泰西封拱门，还有20余座拜火寺遗址，您一定会惊奇地问导游："它是谁呀？居然曾经如此辉煌。"

亚里士多德在《动物学》一书里说，人类是唯一能笑的动物。但面对这片废墟，人类还会笑吗？

波斯帝国的消失，泰西封的消失，令人惊悸，令人唏嘘，令人遗憾。但这又非常正常，因为任何帝国、任何城市、任何生物，都无法保证永生，这是历史的规律，任何人都无法改变。

而且，就在河流的对岸，躺着一个同样令人抱憾的所在——巴格达。因此我想告诉泰西封：您不必寂寞。

第156天 巴格达

巴格达是一座宏伟的大城，是所有萨拉森人的哈里发——类似基督教的教宗——驻跸之地。

——《马可·波罗游记》

一、马可·波罗路过

至元八年(1271)，马可·波罗和父亲、叔父从威尼斯出发，不远万里前往中国。在顺利渡过地中海、黑海之后，经亚美尼亚、格鲁吉亚(Georgia)、摩苏尔(Mosul)，来到丝绸之路上的明星城市——已被蒙古伊尔汗国(Ilkhanate)占领的巴格达。

马可在回忆录中，对巴格达作了个性化渲染。要知道，在真正的事实和历史记录之间，总是有着极大的差异。每个历史记录者所说的，往往只有本国人民确信无疑。而当跨过边境去读邻国史书时，往往会发现截然不同的结论。马可是一名西方基督徒，他的回忆录当然也不例外。

他说，"巴格达是一座宏伟的大城，是所有萨拉森人(阿拉伯人)的哈里发——类似基督教的教宗——驻跸之地。城中有一条大河穿过，商人往印度洋输入或输出的商品都走这条水路。不过由于这条河蜿蜒曲折，所以航程长达17天。所有航行的船舶驶离河道前都要在启西停泊，再由这里入海。不过在到达启西之前，还要经过巴士拉(Basra)，该城周围有很多树林，出产世界上最优质的海枣。

"巴格达出产一种嵌金线的丝绸和绣花锦缎以及丝绒织品，所有这些产品都绣有飞禽走兽的图案。几乎所有从印度运往欧洲的珍珠宝石，都要在此地钻孔。人们研究穆罕默德的法律和魔法的热忱不亚于研究物理

马可·波罗旅行路线示意图

学、天文学、风水学、人相学。巴格达城是这个地区所能见到的最壮丽、最宏伟的城市。”

说完这些，马可根本没有停下的意思。接着，他介绍了巴格达陷落的始末。然后，带着对基督教的虔诚信仰和深厚感情，讲了一个哈里发如何发誓杀光基督徒，基督徒听到后如何惊恐万状，独眼补鞋匠怎样为基督徒祈祷，独眼补鞋匠的祈祷如何搬动了大山，哈里发又如何受到感化皈依了基督教的神奇故事。

对于读者来说，后一个故事尽管极具戏剧性，但由于添加了太多的感情因素和想象成分，我这里就不再赘述。我想，既然大家对结尾——巴格达的陷落——感兴趣，对开头也一定如此。因此，我想先介绍一下巴格达的起源。

二、从小村落到大都市

巴格达成为城市相对较晚，当泰西封、麦加、麦地那、大马士革，甚至库法、巴士拉、摩苏尔在“肥沃的新月地带”闪耀时，巴格达还是个寂寞的小村落。这个村落位于底格里斯河右岸，在萨珊王朝时代就叫“巴格达”，本义是“天赐”。

决定在此建城的，是阿拔斯王朝第二任哈里发——曼苏尔。他又瘦又高，皮肤略黑，胡须稀疏，是王朝创建者艾布·阿拔斯的弟弟，本名艾布·哲耳法尔·阿拔斯，自称曼苏尔，意为“常胜者”。这不是个一般人，他比山脉还要复杂，比狐狸还要狡猾，他不但有普通人所不具备的铁腕和果断，更具有寻常政治人物所没有的防患于未然的本领。与哥哥比起来，他更像是新王朝的奠基者，因为随后继任的35位哈里发，都是他的直系子孙，直到1258年为蒙古大军所灭。

8世纪中叶的一天，也许是接受了某种神谕，曼苏尔外出寻找新都的理想位置。这一天中午，他来到底格里斯河与幼发拉底河之间的一个小村落，也是两河距离最近的一个区域，眼睛一亮。随后，他意味深长地说：“这个地方是一个优良的营地。这里有底格里斯河，可以把我们和遥远的中国联系起来……这里有幼发拉底河，可以把叙利亚、赖盖及其四周的物产运来给我们。”

他所说的“这个地方”，就是巴格达。

在这里，他用4年时间建成了新都，共花费了488.3万第尔汗（银币），动用了10万工匠，石料和木料来自萨珊王朝故都泰西封，城砖则在附近烧制。

新都被曼苏尔称做“和平城”，与耶路撒冷（Jerusalem，意为和平之城）同名。新城是圆形的，故有“团城”之称。从里到外依次是禁城、内城、外城。外城四周挖有护城河。外城与内城以砖砌成，禁城高27米。这三套城墙以哈里发的宫殿——金门宫——为圆心，构成了三个同心圆。同心圆的中心是哈里发的宫殿，因宫门镀金被称为金门宫，又因它的绿色圆顶高达49米而称绿圆顶宫。宫殿旁边是清真大寺。三套城墙各有等距离的四道门，按其通往的方向分别称作呼罗珊门、沙姆（叙利亚的古称）门、库法门、巴士拉门。有四条大街从中心区辐射出来，像车轮的辐条一样射向帝国的四个角落。

城郊建有永恒宫，这里的花园可与天堂里的花园相媲美。

团城的北面，是负责保卫哈里发的呼罗珊禁卫军的军营。

鲁萨法宫，又称东城，位于底格里斯河东岸，与团城隔河相望，并有浮桥相连，互为掎角之势。据说，它是为太子麦海迪（Mahdi）建造的宫殿。

短短几年，新都就兴旺起来，成为国际政治中心、公路交通中心、天然航运中心和商品集散地。巴格达的公路网四通八达，通向外部的商路有五条，分别是巴格达—加兹温（Qazvin）—撒马尔罕—中国；巴格达—大马士革—北非—西班牙；巴格达—高加索—俄罗斯—东欧；巴格达—摩苏尔—阿勒颇（Aleppo）—拜占庭；巴格达—汉志（Hejaz）—也门（Yemen）。① 当时的巴格达码头，堪称世界上最繁忙的码头，码头边停泊着各式各样的船只，有从印度来的装有香料、豆蔻、椰子的船，有从锡兰（今斯里兰卡）来的装有宝石、珍珠、水晶的船，有从俄罗斯来的满载蜂蜜、毛皮和白奴的船，还有从非洲来的贩卖象牙、黑奴的船，当然也少不了从中国来的运输丝绸、瓷器、宝剑、麝香、马鞍、貂皮、肉桂的大船。其繁华富庶程度堪比长安和君士坦丁堡。之前繁华的库法、巴士拉、瓦西特（Wasit）等城市，随之降低到卫星城的地位。

---

① 见黄民兴《中东国家通史·伊拉克卷》，商务印书馆2002年版。

更能凸显曼苏尔个性的故事,还有四个。

一个是他与叔叔阿卜杜拉·伊本·阿里的斗争。阿卜杜拉,是萨卜战役[①]的英雄,有点像大清顺治皇帝的叔叔多尔衮,为王朝创建立下了赫赫战功。与多尔衮不同的是,他曾与侄子曼苏尔公开争夺哈里发,不久便败在侄子手下。7年之后,他被侄子迎入一座新居,那是一座故意建在盐地上的房子,结局可想而知——新居遭遇水淹而坍塌,阿卜杜拉的生命就此画上句号。

第二个是与艾布·穆斯林的斗争。艾布·穆斯林同样是阿拔斯王朝的开国元勋,也是怛逻斯之战的总指挥,在第一任哈里发时期很受重用,成为呼罗珊的土皇帝。第一任哈里发死后,他还代表曼苏尔在今土耳其击败了阿卜杜拉。由于功高震主,曼苏尔将他调离根据地。就在上任前的例行觐见上,这位帝国功臣被曼苏尔派人刺杀。

第三个就是先知穆罕默德的两个重外孙了。一天,在巴格达宏伟的宫殿里,一个首级摆在了曼苏尔案台上。与此同时,一具尸体高悬在麦地那城头。首级和尸体正是穆罕默德的两个重外孙——易卜拉欣和穆罕默德的,因为两人领导了一场什叶派暴动。

第四个是他墓地的位置。775年10月7日,年过60的曼苏尔仍前往麦加朝觐,结果死在麦加附近。据说,圣地附近有他的100个墓穴,但他却被秘密葬在另外的地方。这又是一个像成吉思汗墓穴和阿提拉墓地一样永恒的谜底。

看来,强权者即便死了,也不忘记作弄人。

三、现实版"天方夜谭"

有趣的是,阿拔斯王朝哈里发竟然还是《天方夜谭》里的人物。第五任哈里发哈伦·拉希德,就是其中一位。这位经常夜间化装出游的哈里发,本身就是一部"天方夜谭"。

---

① 750年1月,倭玛亚王朝末代哈里发麦尔旺二世率军在底格里斯河支流萨卜河左岸,与阿卜杜拉·伊本·阿里指挥的阿拔斯军队决战,战事历时9天,倭玛亚军队遭到致命打击。当年8月,倭玛亚王朝灭亡。

据说，当时世界东西方各有一个伟大的君主，西方是扑克牌中的红桃K——查理大帝，东方是阿拉伯世界的哈里发——哈伦。哈伦在位的时代是786—809年，无疑是巴格达最辉煌的时代。这时的巴格达，已经从丑小鸭般的小村落，出落成了高贵迷人的白天鹅——西亚财富中心和国际大都会。

哈伦最让人津津乐道的，首先是勇猛。公元782年，年轻的哈伦就显示出超人的勇气，亲自率军进入博斯普鲁斯海峡，发动了对拜占庭的圣战，迫使拜占庭历史上首位女皇伊琳娜(Irene)签订了城下之盟。为此，他被父亲赐予"拉希德"(意为正直者)称号，立为第二王储，并在哥哥哈迪(Hadi)突然暴死后继任哈里发。802年，拜占庭皇帝尼基弗鲁斯一世(Nikepholos I)即位，宣布废除女皇伊琳娜与阿拔斯王朝订立的屈辱性和约，致信哈伦要求退还拜占庭缴纳的贡税。哈伦怒不可遏，在拜占庭皇帝书信的背面写下了答复之辞："奉至仁至慈的安拉的名义，穆斯林长官哈伦致罗马人的狗尼基弗鲁斯。不信道的女人所生的儿子，我已阅过你的书信。至于我的回答，我一定会让你看到，只是现在你还无法听到！平安。"随即，他统帅10万大军攻入小亚细亚，连续攻陷了数座城池，迫使尼基弗鲁斯一世重新乞和，甚至连皇帝和皇室成员也不得不向哈伦缴纳极具侮辱色彩的人丁税。①

其次是风雅，否则他也不会成为《天方夜谭》里的主要角色。当时，巴格达娱乐业异常发达，哈伦对歌舞情有独钟，因此把大量诗人、乐师、歌手、舞女召集到首都。有"酒诗人"之称的艾布·努瓦斯(Abu Nuwas)就是哈伦的御用诗人，也是他夜间化装出游的玩伴。《天方夜谭》写道，一天，拥有诸多奇思妙想的哈伦，想通过考试选拔一个中意的后妃，被考者是一个色艺双绝的女奴，名叫台瓦杜德。为此，哈伦专门成立了考试委员会对她进行考核。当然主考官没有一个泛泛之辈，都是天文、历史、音乐、宗教、哲学、数学、医学方面的大家。不过不用担心，台瓦杜德是一位聪明绝顶、才华出众的女子，考试结果全优。于是，哈伦千金一掷为红颜，用10万第纳尔②买了她。

在现实生活中，也有许多女奴被哈伦收为歌妓、舞女和嬖妾。其中一

① 见泰伯里《历代先知与君王史》第3卷696页，开罗1908年版。

② 哈里发帝国的金币单位，约重4克，欧麦尔时代1个第纳尔兑换10个第尔汗。

个歌妓,很受哈伦宠爱。王后左拜德为了使他远离这个品行不端的歌妓,居然另外送给他十个少女。这些少女个个貌若天仙,其中一个生了麦蒙——第7任哈里发,另一个生了穆塔西姆(Mu'tasim)——第8任哈里发。

有个叫"痣妞"的嬖妾,是哈伦花了7万第尔汗买来的。后来腻了,随手赏给了一个男仆。一天,哈伦突发"神经",说无论"痣妞"提什么要求,他都可以答应,接着,他依照她的请求,将她的丈夫——那个男仆——任命为行省总督。

他还有一个十分器重的大臣,名叫哲耳法尔(Ja'far)。哲耳法尔善于辞令,又写得一笔好字,被公认为巴格达"文墨人"阶层的奠基者。他不仅是一个文人,还是一个时装设计师。他的脖子很长,就发明了一种高领服装,高领装一度成为时尚。《天方夜谭》里哈里发宰相的原型就是他,那个宰相经常和哈伦一起出游。史载,哈伦最终还是处死了他。原因是哈伦有一个异母妹妹,名叫阿巴赛,哈伦很宠爱她,不让她嫁人,只允许哲耳法尔以清客的身份跟她做名义上的夫妻。一天,哈伦发现妹妹已经和哲耳法尔偷偷生了一个男孩。一气之下,哈伦杀死了年仅37岁的哲耳法尔。

如果读者还想知道他更多的故事,建议去读《天方夜谭》,不过这本书很长,需要您有足够的耐心。

四、无尽的奢华

人有了钱,往往就会膨胀。在这一点上,阿拔斯王朝表现得尤为过分。

825年的一个傍晚,巴格达宫殿里正举行盛大的婚礼,新娘是宰相哈桑·伊本·赛海勒的18岁的女儿布兰,新郎是哈里发麦蒙。200磅重的龙涎香烛,把王宫照得如同白昼。一对盛装的新人站在一床金席子上,金席子上装饰着名贵的珍珠和蓝宝石。撒在新人身上的"鲜花",是1000颗硕大的珍珠。婚庆主持人还把麝香丸撒向应邀参加婚礼的贵宾,每个香丸里有礼券一张,上面写着田地一份,或者奴隶一名,或者珠宝一颗。每个在现场的人,都感觉像做梦一样。这场婚礼,被阿拉伯文学作为难忘的幻想曲永久记录下来。

917年一个晴朗的上午，君士坦丁七世的使节来到巴格达，第18任哈里发穆格台迪尔（Muqtadir）举行了隆重的接待仪式。7000名黑、白太监出城迎接，16万马步兵气势宏伟地列于道旁，100头威风凛凛的狮子参加了欢迎仪式。哈里发的宫殿里铺着23000条地毯，布置着用中国优质丝绸制作的38000幅帐幔①。使者走进气派华美的殿宇，先后把侍从办公厅和宰相办公厅误认作哈里发的引见厅，闹出了不少笑话。给使者印象最深的是异树厅，里面陈列着一棵金银质的树，重885.5公斤，树枝上歇着金质和银质小鸟，一按开关，群鸟就啾啾鸣叫。他们还在御花园里看到，人工培植的矮小枣椰，能结各种稀罕的椰枣。

哈伦的王后左拜德，据称是当时最富有的女人。在她的桌子上，只准摆设金银器皿和用宝石镶嵌的用具。她是用宝石点缀鞋子的第一人。她其中一次朝觐天房时，花费了300万第尔汗，其中包括从40公里外的水源地，把水引到麦加的设备费。

与左拜德同时引领时装潮流的，是哈伦的异母姐姐欧莱叶。为了掩饰自己脑门上的疤痕，她发明了一种用宝石点缀的头带，人称“欧莱叶式头带”。一时间，这种头带风靡巴格达。

哈伦的近臣哲耳法尔，同样富可敌国。他的公馆，叫哲氏公馆，是一个壮丽辉煌的建筑群，后来被麦蒙没收，竟然可以当作哈里发的宫殿。

行文至此，每一个冷静的读者都会发出疑问：这样一个奢靡无度的王朝，能走远吗？

五、“阿拉伯数字”

大凡奢靡的王朝，一定善于“进口”。当我坐下来，细细审视他们的进口目录时，不免大吃一惊。因为在这张长长的目录里，不仅有宝石、丝绸，还有数学、医学、哲学、文学、天文、地理、历法。当时与科学、文化有关的，几乎应有尽有。早在8世纪，曼苏尔就把拜占庭皇帝赠送的大批书籍运到了巴格达，其中就有欧几里得的《几何学原理》。

---

① 见菲利浦·希提著《阿拉伯通史》，马坚译，新世界出版社2008年版。

阿拔斯王朝自称"道莱",意思是新纪元,事实上他们也是按照万象更新的方式做的。它兼收并蓄,奉行"拿来主义",印度、希腊、波斯文明在这里得到弘扬和发展,发出了夺目的光芒。

景教徒伯赫帖舒(Bakhtīshū)是巴格达医院的院长,也是哈伦的御医,每年给哈伦放两次血,每半年给哈伦开一次泻药,报酬是10万第尔汗。基督徒阿里·伊本·伊萨(Jesu Haly)所著的《眼科医生手册》一直传到现代。出生于里海南岸的泰伯里(Tabari),著有一本异常周密而精确的历史《历代民族和帝王史》(*Tarikh al-Umam wa al-Muluk*)。阿布·哈桑·阿里·麦斯欧迪(Abu Hasan AIiaI-Masudi),被称为阿拉伯的希罗多德(Herodotus)①,他是用纪事本末体编写历史的第一位阿拉伯人。哈萨克人法拉比(Alpharabius)是阿拉伯音乐史上最伟大的理论家,曾写过一本《音乐大全》。麦蒙手下的天文学家们,还曾测量过地球子午线一度之长。而《天方夜谭》一书的初稿,就是在这里完成的。

在巴格达,还有一座辉煌的建筑——麦蒙创办的"智慧宫",它集图书馆、科学院和翻译局于一体,负责收集、整理、翻译散失的古希腊和东方科学技术及数学著作。科学家阿尔·花拉子密(Al-Xorazmiy)②曾任智慧宫负责人。

一天,麦蒙派密使赶往拜占庭,觐见利奥五世(Leo V),目的只有一个,就是请求赐予一批希腊语著作。这次带回的书籍,第一时间送进了智慧宫。

另一天,一位印度旅行家来到巴格达,将一套书籍献给了哈里发。著名的"阿拉伯数字",就在这套书里。随后,"阿拉伯数字(Algorism)"借助花拉子密的著作,从巴格达传遍了穆斯林世界乃至全球,以至于人们忘记了这些数字最早叫"印度码子",发明者是印度人。

克罗狄斯·托勒密(Claudius Ptolemy)的《地理学指南》译成阿拉伯语之后,花拉子密以此为蓝本,编纂了《地形》一书。书中有一张"地形",是他和69位学者在麦蒙的鼓励下共同制作的地图,是自有伊斯兰教以来关于天地的第一张画图。

---

① 古希腊历史学家,史学名著《历史》一书的作者,被尊称为"历史之父"。

② 约780年生于希瓦,约850年死于巴格达,著名数学家、天文学家、地理学家,代数与算术的创立人,被誉为"代数之父"。

与此同时，花拉子密已经解决了线性和二次方程式，“代数学”一词即来自阿拉伯语“还原”，该词就是由花拉子密所创。世界上第一本代数课本大约诞生于820年，是花拉子密用阿拉伯语写成的，课本名叫《积分和方程计算法》。[1]他也因此被称为“现代数学之父”。

也就是说，希腊花了几百年才发展起来的科学，阿拉伯人几十年就消化完了。在阿拔斯王朝早期这个漫长而有效的翻译时代之后，阿拉伯世界具有独创性的科学时代来临了。那可是一个花团锦簇的科学的春天。

而且，中国古代的四大发明都沿着丝绸之路传入阿拔斯王朝。火药的硝酸钾配比最佳效果，在阿拔斯王朝时期被调制出来，这对后来奥斯曼帝国攻击拜占庭起了举足轻重的作用；指南针帮助阿拔斯王朝及随后的奥斯曼帝国成为航海强国；造纸术已在怛逻斯之战后传入巴格达；水力、潮汐也被阿拔斯王朝广泛用于磨面、灌溉、铸造和造纸。

因此我有理由说，尽管这个王朝有些奢靡，但毕竟有科学文化的底气，那它无论如何也应该传承千古吧？

很遗憾，现实再一次击碎了我的惯性思维，因为一个富丽堂皇的国家，对于习惯掠夺的人来说，是一张永远的请帖。于是，它最繁华的时代也成了最危险的时期，那个来自遥远东方的游牧部落挥舞着马刀赶来了。

繁荣而文明的阿拔斯王朝，怎能斗不过一个落后的游牧部落呢？这个疑问在今天看来很有道理，但在人类漫长的历史上，不管哪一种文明，在最粗浅的层面上，都是无法与野蛮相抗衡的，“秀才遇到兵”的可怕情景并不鲜见：山姆挫败英伦，蛮族征服罗马，满洲亡了大明，富裕的巴格达也没能挡住蒙古的黄色狂飙。

六、巴格达沦陷

马可·波罗路经巴格达时，津津有味地讲述了巴格达陷落的经过：“据说，这里有一个哈里发所积聚的财富比从前任何一个统治者的财富都要多，但是他却因此而悲惨地死去。当鞑靼人的君主开始扩张他们的领土

---

① 见尼尔·弗格森《文明》，中信出版社2012年版。

时，他们共有四个兄弟，长兄蒙哥已经登上了王位。他们虽然已经征服了契丹国和不少地区，但仍然雄心勃勃，想要继续扩充他们的版图，于是他们制定了一个征服世界的计划，企图重新瓜分世界。他们怀着这个目的，一致决定，一人东征，一人南伐，其余两人进兵剩余地区。

“南征的统帅由旭烈兀担任，他集合大军，向南挺进，征服了他所经过的所有王国和地区，并于1253年向巴格达城进攻。但是旭烈兀担心城墙高大坚固，城内人口众多，防守顽强，不宜强攻，因此，想出了一个诱敌之计。旭烈兀的军队除步兵外，尚有十万骑兵。他命令一支队伍埋伏在巴格达附近，另一支队伍隐蔽在巴格达另一边的密林里，偃旗息鼓不让敌人发现，自己则率领第三支队伍勇敢前进，直抵城门。哈里发看见鞑靼人兵力很少，不免轻敌，并且加上他深信穆罕默德通常使用的突然呐喊法的效力，以为可以全歼敌人，因此带着卫队突出城外，冲向敌军。旭烈兀一见敌人出城，便佯装败退，直到敌军进入埋伏圈，然后他突然回师迎战。另外两支队伍也从两侧包抄，将哈里发的军队团团围住，截断了归路。于是哈里发被活捉，巴格达城也投降了。旭烈兀进城后，发现一个阁楼内储满了黄金，不禁大吃一惊，立即下令将哈里发押来，严厉斥责他的贪婪卑鄙，不懂得利用这些财宝组织军队，守卫自己的都城，抵御久已威胁着的强敌的侵犯。因此下令将哈里发锁在这个阁楼中，断绝一切饮食供应。于是哈里发在他的庞大财富面前，悲惨地结束了自己的生命。”

为此，我们必须钦佩马可·波罗非凡的记忆力，因为他所口述的情况，与史书的记载出入不大。

史载，公元1253年，成吉思汗的孙子蒙哥大汗派遣他的五弟旭烈兀，率领7万大军西去征服伊斯兰世界。在攻打波斯伊斯玛仪派的要塞时，旭烈兀就送话给阿拔斯王朝第37任哈里发穆斯台绥木(Musta'sim)，命令他投降。其实，此时的哈里发已经沦落为一个宗教称号和名誉职位，因为从哈里发穆格台迪尔上任的908年开始，握有军权的大元帅就成了国家实际统治者；塞尔柱军队甚至在1055年攻陷了巴格达，迫使哈里发任命其首领为“苏丹”，也就是阿拔斯王朝的摄政王。此后这种状况一再重演，谁的拳头硬，就授给谁“苏丹”，只要我是“哈里发”。

按说，哈里发按照惯例，授给前来攻打的蒙古人“苏丹”就是了，因为这个家伙同样拳头很硬。但首席大臣告诉穆斯台绥木，让巴格达的妇女们扔石块，也能击退蒙古人。按说，这样的话只能哄骗吃奶的孩子，但穆斯台绥木的智商哪抵得过吃奶的孩子？史载，他不仅拒不投降，还威吓蒙古人说，整个伊斯兰世界对蒙古人的怒气，会保证他不会受到任何伤害。

收到回信，旭烈兀笑了。须知，对于蒙古人来说，文字永远是苍白无力的，他们只会用刀箭说话。他长到40岁，除了父亲，从来还没人吓唬过他。1257年，旭烈兀用震天的铁蹄敲碎了美索不达米亚的宁静，先是决堤放水淹了哈里发的主力军和统帅，接着以一场精彩的围城战让哈里发知道了什么叫血腥。

1258年2月10日，穆斯台绥木率领三个儿子及王公大臣等3000人出城向旭烈兀请降。他浑身颤抖地站在一脸严肃的蒙古统帅面前，一再乞求对方不要伤害百姓，以此作为举国投降的条件，然而一切都为时已晚。一场史上罕见的大屠杀开始了，蒙古军人烧杀掳掠达7日之久，20万人死于非命，承载着一个时代知识与文化活力的宏伟建筑被付之一炬，图书馆里的无价图书被扔进底格里斯河，有着500年文化积累的巴格达城遭受浩劫。至于哈里发本人，则在开城投降10天后与长子一起被处死。

对伊斯兰世界来说，巴格达的陷落是一个分水岭。巴格达不仅是伊斯兰世界最伟大的城市之一，也是哈里发国家的中心，而哈里发是伊斯兰世界最重要的宗教和政治建制，是伊斯兰世界统一和正统信仰的象征。穆斯台绥木之死表明，尽管哈里发国家的痕迹在开罗和伊斯坦布尔得以延续，但这一根本的象征其实已经结束。另外，哈里发被异教徒——信仰萨满教的蒙古人——处决，对穆斯林的骄傲和宗教必胜信念是一次重大打击，这也直接推动了穆斯林中存在已久的仇外倾向。直到今天，伊拉克人仍将旭烈兀看作一种难以承受的灾难的同义词。

就这样，历时508年的阿拔斯王朝被伊尔汗国所覆盖。后者的首都最初定在马拉盖(Maraghah)，继而迁到大不里士(Tabriz)，巴格达被降为省级城市，再也不复往日的辉煌。

时间是医治伤口的良药，慢慢地，那扯开的伤口渐渐结痂，但是不久，这道伤口居然被另一个东方人再次撕开。

七、二次蹂躏

这个东方人，名叫帖木儿，自称成吉思汗后裔，其实是一个突厥人。那是一个天下大乱的时代，有着让旷世枭雄尽情施展神武的好舞台，于是他以鲜血做肥料，使专制与镇压的种子结成了果实。

巴格达沦陷100多年后，也就是1393年，帖木儿挥舞着马刀杀了过来。好在，以屠城为乐的帖木儿难得地赦免了巴格达居民，因为这里的大多数贵族欢迎他的到来，希望他能消除札剌亦儿王朝[①]统治的弊病。

变故发生在1401年，札剌亦儿王朝末代国王苏尔旺·阿赫默德居然重返巴格达。尽管他很快被市民驱逐了，但却在帖木儿心里种了一个疙瘩。帖木儿再次发兵征服了这座城市，然后发出指令：人尽灭，房尽毁，只留下工匠和学者。而劫后余生的工匠和学者，被如数押往撒马尔罕，前去建设帖木儿的辉煌都城，终生不能返回巴格达。

由此，我联想到一个叫"釜底抽薪"的成语。是啊，房子被毁掉可以重建，粮食被抢走可以再种，但工匠和学者被押走了，这个城市还能重现昔日的辉煌吗？形体的夭折，是外在的悲凉；血脉的断裂，则是无形的内伤啊。如果在二战之后把德国和日本的人才押走，我相信，这两个国家同样无法东山再起。因为人才的流失，意味着文化和教育基础的彻底毁灭。

算起来，这是巴格达被第二次蹂躏了。经过这次蹂躏，巴格达被降低到省级城市以下的地位。留下的，只有老人们关于过去的美好回忆。

在以后那些没有阳光的日子里，这里相继被黑羊王朝(Kara Koyunlu)[②]、白羊王朝(Ak Koyunlu Dynasty)[③]、奥斯曼帝国占领，但这些王朝都认为它不吉利，都嫌弃它被蹂躏过，因此没人把这里作为中心。直到近代，才有一个名叫伊拉克的国家从英国的殖民统治下独立出来，并把首都设在

---

① 蒙古札剌亦儿部落在伊尔王朝分裂后建立的王朝，定都巴格达，存在于1339年至1410年。

② 古代土库曼人建立的王朝，因旗帜上绘有黑羊而得名。约1375—1468年统治今阿塞拜疆、伊朗西北部与伊拉克地区。

③ 土库曼人建立的王朝，因旗帜上绘有白羊而得名。1378—1502年统治今土耳其东部、伊朗中西部、阿塞拜疆、亚美尼亚和伊拉克北部一带。

这里。

为此,我们真的应该祝贺这个丝路古城的新生,也应该佩服这个历经磨难的民族的韧性。这正应了《新约》中的那段话:“凡是创造出来的东西,都要把它们震动。不堪震动的都要挪开,不怕震动的才能留下。”

接下来就是仁者见仁、智者见智的萨达姆·侯赛因(Saddam Hussein)的故事了。据说世界上关于萨达姆的书,足以装满一个大学的图书馆,再增加我一个人写他,也没有多少意义。

让我们加快西行的步伐,匆匆赶往下一站——安条克。巴格达距离安条克980公里,大概需要半个月左右。

第170天　安条克

条枝在安息西数千里，临西海。暑湿。耕田，田稻。有大鸟，卵如瓮。人众甚多，往往有小君长，而安息役属之，以为外国。国善眩（魔术）。安息长老传闻条枝有弱水、西王母，而未尝见。

——《史记·大宛列传》

一、大将塞琉古

早在亚历山大为东征做准备时，他最倚重的内政大臣安提帕特（Antipater）和军事大臣帕米尼奥（Parmenio）就表示了深深的忧虑。他们提醒他，如果现在就开始远征，马其顿必将陷入十分危险的境地，因为他还没有结婚，也没有继承人，一旦他发生什么意外，比如说在战场上牺牲，马其顿会立刻成为不同派系争夺的猎物。

最终，一语成谶。公元前323年6月，当亚历山大率军返回巴比伦时，因为彻夜痛饮，导致发热而病倒。十天后，他32岁的短暂人生就十分可惜地谢幕了。

他临死前，随从们问他打算把帝国传给谁，他说："传给最值得的人。"这样的答案饱含重托，但无疑等同于没有答案。于是，他刚刚死去，将领们就召开了紧急会议，试图确定一个可以担负帝国统治重任的继承人。但是，在他众多的妻子中，只有罗克珊娜（Roxane）在他死后生下了一个儿子。经过一周的激烈争执，将军们达成了"巴比伦分封协议"：由亚历山大同父异母的哥哥腓力三世、亚历山大的遗腹子亚历山大四世担任共同的国王，由将军佩尔狄卡斯(Perdiccas)担任摄政，疆土则分封给亚历山大的将领及总督。不过，腓力三世是一个低能儿，也就是一个傀儡，根本没有实权。公元前321年，有实权的佩尔狄卡斯在行军途中被杀。接下来，就是长达20多年的内讧，亚历山大的母亲、妻子和孩子都横遭杀身之祸，三位胜利者——托勒密、塞琉古、安提柯瓜分了亚历山大帝国的版图。

公元前306年，大将安提柯成为马其顿国王，接管了欧洲本土。驻守埃及的大将托勒密宣布独立，建立了一直延续到埃及艳后克莉奥帕特拉(Kleopátra)的托勒密王朝。

驻兵巴比伦的大将塞琉古当然不甘示弱，宣布接管亚历山大帝国的亚洲部分，并从安提柯手中夺取了叙利亚。公元前305年，他宣布建立了拥有350万平方公里、1030万人口的希腊化国家——塞琉古王朝，又称叙利亚(Syria)①王国，中国古书称之为条支。然后，下令修建安条克城。

就这样，安条克，一座被称为“东方明珠”(Queen of the East)的希腊式城市，在地中海东岸傲然崛起。

二、安条克城

安条克城，今名安塔基亚(Antakya)，西临地中海，处在与今叙利亚接壤的土耳其南部省份哈塔伊(Hatay)。它的历史并不长，是塞琉古帝国的伴生品。

塞琉古和他过去的主子亚历山大一样，都是希腊文化的忠实传承者，他要求臣民住在新建的希腊化城市里，城里建有希腊神庙；使用统一的货币，货币上印有他的头像；使用统一的希腊语言，就连最早的交通和商业条例也是用希腊文书写的。特别是对于修建希腊式城市，他像征服土地和美女一样热情。他和继任者在占领区先后修筑了16个安条克城，这座

① 叙利亚一词始于塞琉古王朝，是希腊人、罗马人对地中海东岸和陶鲁斯山以南地区的称谓。

最大、最美、最坚固的安条克城，成为他的都城。

安条克城，位于欧伦特山谷（Orontes Valley）的制高点——西尔皮乌斯山（Mount Silpius）上，比山下的谷地高300米，占地面积超过9平方公里。欧伦特河从西北部流入城区，然后穿过城市北部，从东城墙流向远方。城市共有六道城门，其中三道在北墙，其余三个方向各一道城门。内堡周边是卫城，在卫城周围，是四座为了保护卫城而建的塔楼。城市的东、南、西三面与山合为一体，只有北面通向平原。如果遭遇敌人进犯，守城士兵只需守好北门就万事大吉了。因此，安条克城被认为是不可能被攻克的城市，除非它主动开门纳降。

如果说它仅仅是一座军事堡垒，就好比夸奖一个美女只说她的手漂亮，那就太不尊重它了。

它还是基督教的一大中心。它在《圣经》中的名字是安提俄克（Antioch），是圣·保罗（Saint Paul）①在犹太人集会上首次进行基督教布道之处，入列基督教最初的四个主教区之一②。

而它最重要的功能是商贸。由于王朝的疆域覆盖了从地中海东岸到中亚的狭长区域，占据了东西方贸易主干道，③因此成为中国、印度、中亚、阿拉伯商品的交换中心。来自中国的丝绸、瓷器，印度的香料，中亚的黄金、皮货，都经由这里转运到罗马；也可以由此向南，经大马士革、阿拉伯北部运往埃及；还可以北通黑海、里海、高加索地区，连接草原丝路。它是世界上最繁华的都市之一，是地中海北岸最大的商业中心，兴旺程度一度媲美托勒密王朝都城亚历山大里亚（Alexandria），④鼎盛时期城市人口达到惊人的50万。随着安条克城被丝路养肥，此前美索不达米亚的古老中心巴比伦变得骨瘦如柴，并渐渐沦为一座废墟。

一句话，在东罗马首都君士坦丁堡建成之前，安条克被认为是丝绸之路的西部终点。

因此，《史记》中提到的最西部的国家，就是安条克所属的条支。只是，张骞的副使并未到过这个城市，书中记录的"条支有弱水，西王母"，有

---

① 原名扫罗，犹太人，被认为是与耶稣并列的基督教两大领袖之一。

② 其他三个主教区分别为耶路撒冷、亚历山大里亚、罗马。

③ 见高克冰《塞琉古王国与帕提亚王国及丝绸之路》，内蒙古大学学报2017年11期。

④ 见J.H.布雷斯特德《地中海的衰落》，中国友谊出版公司2015年版。

点搞笑,因为真实的弱水在今甘肃,传说中的西王母应该在西域。

三、一代不如一代

塞琉古一世称王后,以亚历山大的正统继承人自居,并仿照前主子发起了伟大的东征。可惜,他的东征尽管同样遥远,但却一点儿也不"伟大",在印度河遭到孔雀王朝的当头一棒。战后,双方订立和约,塞琉古承诺将旁遮普、格多罗西亚、阿拉霍西亚等地区让给对方,换回大象500只。有人说孔雀王朝赚大了,因为它的版图从此扩展到兴都库什山和克什米尔;更多的人说塞琉古得不偿失,因为劳心费力的远征只得到一群动物。但我要说的是,历史应该给他们和在历史上所有订立合约的人记下一功。其功在于,合约不仅保证了两国的和平,而且保证了中西贸易路线的畅通。正所谓,退让的是国家,受益的是大众。

东方不亮,塞琉古转而进军西方。公元前281年,他渡过赫勒斯滂(Hellespont,今达达尼尔海峡),企图占领马其顿,但不久就被一名部下所杀。

他的儿子安条克一世尚且有些政绩,将商路牢牢控制在了国家手中,从中获取了高额收入。但他的孙子安条克二世就有点败家子的倾向了。在他与托勒密王朝争夺巴勒斯坦时,东部领土上的帕提亚帝国和巴克特里亚王国相继独立。

安条克三世一心为祖先复仇,通过20年不懈的战争,终于收复了东部的大部分领土。但螳螂捕蝉,黄雀在后,罗马趁机攻入塞琉古王朝腹地。接下来,是决定塞琉古王朝与罗马共和国谁是地中海霸主的两场决战。

在公元前190年的迈昂尼苏斯战役(Battle of Myonessus)中,塞琉古海军拥有89艘大型战舰,而罗马海军只拥有58艘大型战舰。变数在于,一个海上强国加入了罗马阵营,它就是罗德岛(Rhodes)①海军的22艘小型战舰。战争开始后,塞琉古海军的右翼舰只被罗马船舰的绳索勾住,罗

---

① 位于爱琴海与地中海交界处,岛屿面积为1,398平方公里,希腊第四大岛,是爱琴海文明的起源地之一,古希腊时期曾有三个城邦,后来统一为一个城邦国,曾是埃及托勒密王朝的盟友。

唐代丝绸之路从巴格达到伊斯坦布尔示意图

马士兵得以登舰实施突击，致使许多塞琉古战舰被俘。紧接着，罗德岛舰队充分发挥小型船只速度快和机动性强的优势，对塞琉古左翼舰队实施了疯狂围攻，处处被动的塞琉古舰队只有溃逃。战后清点战果，罗马联军仅仅损失一艘罗德岛战舰和两艘罗马战舰，而塞琉古损失战舰42艘，其中29艘被俘，13艘沉没。塞琉古的海上力量被摧毁，再也无力阻止罗马军团在小亚细亚登陆。

几个月后，双方在陆上发起马格尼西亚战役(Battle of Magnesia)。结果，安条克三世再次惨败，损失士兵1万名，不得不与罗马签下和约。根据和约，塞琉古割让欧洲及托鲁斯山脉(Taurus Mountains)以西的小亚细亚领土；交出所有大象，只能拥有12艘战船作为国民治安之用；不可以在罗马的领土上招募雇佣兵或者款待逃犯；提供20名人质，人选由罗马挑选，除了安条克的儿子之外，人质每三年更换一次；先支付部分战争赔款，并在之后12年分期支付剩余的赔款。

公元前168年，安条克四世用上吃奶的力气，好不容易击败了托勒密王朝，并直达亚历山大里亚城下。他差点征服埃及，却在罗马干涉下不得不撤退，这就是“在沙地划下底线”(Line in the sand)典故的由来。此事的效应是，罗马成为希腊化世界的真正主宰，而塞琉古王朝被彻底边缘化。

公元前141年，美索不达米亚又被帕提亚帝国夺走。塞琉古王朝输得只剩一条裤衩——安条克城及其周边的可怜区域。

接下来，帕提亚和罗马从东西两个方向夹击塞琉古，而它像一个风韵犹存但没人保护的寡妇，只能时不时地向双方暗送秋波。到了公元前64年，罗马执政官(Consul)格涅乌斯·庞培(Gnaeus Pompey)率领大军东来，直接将可怜的塞琉古王朝变成了罗马共和国的一个行省。

谢天谢地，尽管沦落为一个行省，但安条克总算有了一段安宁的日子。然而，一个面目狰狞的死神正张着血盆大口，从地底深处缓缓向它走来。

四、十字军国家

526年，一场毁灭性地震瞬间扫荡了基督教四大主教驻地①之一的安条克城，几乎将城内建筑夷为平地。地震发生时，正值耶稣升天节，来自各地的参观者涌入安条克庆祝节日，“那些来不及逃出房子的人都变成了一具具的尸体。”②遇难人数高达30万之多，就连安条克主教也在地震中丧生。③

震后重建过程中，它又被信奉拜火教的萨珊王朝占据，但拜占庭岂容这座基督教圣城被异教徒染指。于是，此后500年，拜占庭与伊斯兰教国家展开了艰苦的拉锯战，安条克两度被夺回，又两度沦陷。

1071年，信奉伊斯兰教的塞尔柱帝国占领耶路撒冷，阻断了西方基督徒的朝觐之路，两大宗教之间的矛盾被引爆。事实告诉我们，要想解决兄弟之间的分歧，最好的办法是拥有一个更加危险的外部敌人。但令人遗憾的是，基督教内部正忙着互相争斗——奉行神权至上、使用拉丁语的罗马公教④教宗与政教合一、使用希腊语的君士坦丁堡东正教⑤牧首为了谁是老大争得面红耳赤。争到最后，双方居然宣布把对方宗主驱逐出教。

塞尔柱人不禁笑了。不久，塞尔柱军队攻入拜占庭国境，连下几座城池，矛头直指君士坦丁堡。到了此时，拜占庭皇帝阿历克塞一世(Alexius I)才放下架子，请求罗马教廷摈弃前嫌，看在同属一个宗教的分上，向东方基督教伸出救援之手。

---

① 指君士坦丁堡、耶路撒冷、安条克、亚历山大。

② 见尼基乌主教约翰《编年史》，伦敦出版社1916年版。

③ 见普罗柯比《战记》，哈佛大学出版社1996年版。

④ 基督教西方教会强调自己的“普世性”，自称“公教”，因为教廷设在罗马所以也称“罗马公教”，即天主教。规定神职人员不能结婚，教廷多为哥特式或罗马式。教宗不受世俗政权控制。

⑤ 基督教东方教会标榜自己的“正统性”，自称“正教”，因为其教区在地中海东岸，所以又称“东正教”。主张圣灵只来自于圣父，不同意天主教关于圣灵既来自于圣父又来自于圣子之说。准许除主教之外的神职人员结婚、离婚、再婚。教堂多为拜占庭式或斯拉夫式，受世俗政权控制。

谢天谢地，这对于雄心万丈的罗马教廷来说，是一个重新把东正教置于自己管辖之下的极好机会。在1095年11月的法国克莱蒙（Clermont）宗教大会上，乌尔班二世（Urban Ⅱ）拍案而起，以极其低沉的语调，沉痛地描述了穆斯林蹂躏东方圣地的恐怖场景；同时又配以神往的眼神，欣喜地描画了东方遍地牛奶和蜂蜜的美妙图景，然后发出号召：法国骑士和广大西方教徒，离开自己的妻儿，参加东征军，前去收复地中海沿岸的基督教圣地，把东方基督教从穆斯林的铁蹄下解放出来吧！带着十字架向圣城远征的人，都将被上帝赦免原罪！

一时间，宗教狂热席卷了欧洲，贵族、平民连同流浪汉纷纷请战。由于参战者的胸前和臂上缀有代表基督教的“十”字，因此被称为十字军。

第一次十字军东征拉开帷幕。1096年，一支20万人的十字军，经过漫长的跋涉，抵达君士坦丁堡，向拜占庭皇帝宣誓效忠。次年，带着东西两大教主赋予的解放圣地的使命，由欧洲各地领主率领的十字军主力南下包围了安条克，这场著名的战役被称为安条克之围（Siege of Antioch）。从10月开始，十字军在塔兰托公爵博希蒙德（Bohemond）指挥下，向安条克发起持续围攻。由于城墙坚固，十字军屡攻不克，但他们屡挫屡奋。冬季来了，由于后勤供应不畅，围城的十字军吃光了所有马匹，甚至发生了生吃伤员的事件。残酷的围城战整整持续了8个月，直到第二年6月3日，十字军才在城内叛徒的接应下攻入安条克，随即对城中穆斯林进行了逐屋搜索、一人不留的屠城。

终于可以吃几顿庆祝饭、睡几个安稳觉了。然而，城外传来消息，一支由摩苏尔埃米尔率领的穆斯林援军，已经对安条克十字军形成了反包围。过去的围城者，突然变成了被围者，这对于刚刚经历了8个月苦战、精疲力尽的十字军来说，无疑是塌天般的噩梦。就在将军们目光呆滞、士兵们惊恐万状之际，军中的天主教神父宣称，他召集的一支军队正向这里赶来。于是，十字军像打了鸡血一样亢奋起来，居然敢于打开城门冲向敌人，并奇迹般击败了自认为胜券在握的穆斯林援军。

就这样，凭借宗教的精神力量，十字军终于在安条克站稳了脚跟。1099年，被穆斯林占领数百年的圣城耶路撒冷，也被十字军攻陷。战士们涌入城中，大开杀戒。目击者说，城里没有留下一个活口，堆起的尸体如同城外的房子一般高。

夺取圣城的消息如野火般蔓延，十字军首领的名字一夜之间变得家喻户晓。最引人注目的，当属博希蒙德。于是，博希蒙德借助迅速蹿升的威望宣布安条克独立。为表明独立性，博希蒙德不再接受拜占庭授予的公爵（Duke），自称亲王（Prince），并称自己的国家为公国（duchy）。

第一个十字军国家从此诞生。同时诞生的十字军国家还有埃德萨伯国（County of Edessa）、耶路撒冷王国（Kingdom of Jerusalem）、的黎波里伯国（The County of Tripoli）。

五、冒险家

史载，博希蒙德一世是一名冒险家，更是一个疯子。您想啊，让一个冒险家放下手中的刀具，安安静静地当一名国家元首，还不如让他战死沙场。

果然，当了国家元首的他仍亲自带兵打仗，在与强敌的较量中品味战争带来的无穷刺激。

一个人占有得越多，就被占有得越多，传说中的辩证法，简洁而又生硬。1100年，在与土库曼人的战斗中，博希蒙德不幸被俘。狱中的他当然无法履行职责，于是他的侄子坦克雷德（Tancred）成为公国摄政。

3年后，失去利用价值的博希蒙德被释放。但他没有回国，而是偷偷潜回了意大利。为了免遭拜占庭俘虏，他先是捏造了自己的死讯，然后在横渡地中海期间，将自己装入留有透气孔的棺材前往西方。为了做到天衣无缝，他的身旁放入了一具年轻人的腐尸，以便令"尸体"相称地散发出尸臭。就连他的敌人——阿历克塞一世之女、欧洲最早的女史学家安娜·科穆宁娜（Anna Komeneos）都无限感慨地说："我惊叹他究竟是怎样忍受对嗅觉如此的折磨并存活下来的。"

1105年初，博希蒙德抵达意大利。他长相英俊，有着碧蓝的眼睛、修长的下巴、干练的头发，浑身透着西欧人常说的那种勇敢与机智。这位最早的十字军明星的回归，受到了英雄般的礼遇，引发了疯狂的追捧，所到之处观者如堵，很多待嫁姑娘被推到他面前供他挑选。在欢迎宴会上，他提出了第二次十字军东征的计划，并迅速获得了新教宗帕斯加尔二世(Pope Paschal II)的支持。为筹备东征，他在意大利、法国耗费了两年光阴。在造访圣伦纳德圣所时，他进献了一具银质镣铐，作为感谢1103年摆脱牢狱之灾的礼物。他还资助出版了关于第一次十字军东征的书，该书对他极尽赞美之能事。他通过政治联姻加强了与王室的联系，迎娶了法国公主康斯坦丝(Constance)，国王的私生女塞西莉亚(Cecilia)也许配给了坦克雷德。在婚礼上，他大肆鼓吹他的新十字军，以期对敌人发动致命一击——对方被假定为1098年十字军的叛徒和1101年安条克的入侵者阿历克塞一世。

1107年，拥有3万名士兵、200艘战舰的第二次十字军东征拉开序幕。如果说第一次东征是为了解放基督教圣地，理由尚且冠冕堂皇的话，那么，这次东征以拜占庭为目标就有内讧之嫌了。况且，许多人已经看出，博希蒙德其实是想借助远征实现扩张领土的野心。那么，为什么教宗还公开支持这个别有用心的野心家呢?

多数证据暗示，教宗对博希蒙德的意图也了然于胸，但依旧支持他，甚至派遣特使帮他为法国、意大利的宣传运动背书。如此一来，我们只能推测，教宗也有私心，这种私心就是借助这个野心家打压拜占庭，因为拜占庭是唯一与自己分庭抗礼者，当然就是拉丁基督教世界的敌人。

虽然第二次东征的背景跃然纸上，但远征本身却被证明是一场灾难。10月，在横渡亚得里亚海后，十字军对被誉为“希腊帝国西部门户”的都拉斯(Durazzo，位于今阿尔巴尼亚)展开围攻。尽管博希蒙德身经百战，却被阿历克塞一世玩得团团转。后者发兵切断了入侵者的补给线，同时小心谨慎地避免与之正面交锋。十字军饱受饥寒之苦，又无法突破都拉斯防线，只得于1108年9月承认战败，接受代《沃尔条约》(*Treaty of Devol*)。根据条约，公国将保持完整，但前提有三：一是博希蒙德在余生中以拜占庭皇帝臣属的身份领有安条克；二是希腊宗主教重返城市掌权；三是将奇里乞亚和拉塔基亚割让给拜占庭。

事实上，博希蒙德从未返回公国，因为他没脸回去，条约也就没有执行。在万木萧索的晚秋，他乘船回到南意大利，过起了半隐居生活，两年半后作别人世。临死前，他一遍遍重复着《旧约》中的一句话：“虚空，虚空，凡事皆虚空。”

博希蒙德溜走了，但他签署的白纸黑字的条约溜不走。拜占庭要求安条克公国履行条约，但后者拒不认账，并且没好气地说：“博希蒙德不代表公国。”

“可你是他侄子呀。”拜占庭使者说。

“可我不是他儿子！”公国摄政一脸冰霜。

等到博希蒙德二世担任了安条克亲王，拜占庭又来交涉，新亲王还是“一退六二五”。

“你父亲签订的条约，你必须履约！”拜占庭使者话说得很干脆。

但博希蒙德二世回答得更干脆：“老子是老子，儿子是儿子。鸡下了蛋，蛋还属于鸡吗？！”

见对方蛮不讲理，拜占庭只有用武器说话。战争进行了很多年，直到签约者的孙子——博希蒙德三世当政的1165年，拜占庭才将安条克击败，希腊东正教牧首和拜占庭官员也才堂而皇之地进驻安条克城。不过，胜利者曼努埃尔一世（Manuel I）很给失败者面子，保留了对方的亲王称号，还将侄女嫁给了他。

从此，安条克成为拜占庭的卫星国。

尽管如此，安条克仍然扮演着区域贸易中心的角色，产自地中海东部、中亚和中国的丝绸、棉花、亚麻等由此运往西方。同时，它还是一个生产中心，产自这个城市的纺织品安条克布也行销四方。①

六、一场意外

可以说，整个13世纪，是蒙古人的世纪。成吉思汗死后，他的儿子窝阔台并未放下刀箭。儿子死后，他的孙子蒙哥更具侵略性。

1252年，也就是蒙哥成为大汗的第二年，他派五弟旭烈兀率领15万大军西征，许多国家望风出降，拒不投降的木剌夷②和巴格达被屠城。

① 见彼得·弗兰科潘《丝绸之路》，浙江大学出版社2016年版。

② 为阿拉伯语Mulahid的音译，意为“迷途者”。首任领袖伊斯梅尔原为伊斯兰教什叶派教主第五代伊玛目的长子，因被弟弟顶替继承权而自立教派，活动于11世纪末叶至13世纪中叶。教派领袖称为“山中老人”，以暗杀作为主要手段。

1260年，蒙古军队攻占阿勒颇。眼见抵抗无望，叙利亚统治者安-纳昔尔·优素福(An-Nasir Yusuf)放弃大马士革，仓皇逃往埃及，向伊斯兰世界仅存的武装力量马穆鲁克王朝(Mamluk Sultanate of Egypt)①求救。

与此同时，蒙哥派四弟忽必烈与大将兀良哈台于1257年末攻入南诏都城大理和安南都城河内，迫使两国承认了蒙古的宗主权。随后，蒙哥发动了对宋朝的三面夹击。他令兀良哈台从云南出发进攻桂林和长沙，令忽必烈从河北南下围攻长江中游的武昌，自己亲率主力从陕西逼近四川。

但经常走夜路的人，难保不碰上鬼。在一个鲜为人知的地方——四川钓鱼城，蒙古人遇到了从未有过的顽强抵抗。没有攻守兼备的军队固然是一个遗憾，但是当最强攻击去攻击最强防守，最强防守去抵御最强进攻，也算得上战争史上的终极对决。眼下，是蒙古证明自己才是普天下最锐利攻击手的时刻，也是钓鱼城的设计者和守卫者证明自己才是全中国最坚固防守者的时候。最极端的两极，站在擂台上，以东邪与西毒华山论剑的方式载入史册。

此后半年，蒙军连续强攻钓鱼城，使这里成为血腥的“绞肉机”。1259年8月11日，身先士卒的蒙哥被宋军的抛石机击中，骤然陨落。

因为蒙哥的意外阵亡，进军四川的蒙军被迫护送蒙哥的灵柩北还，正在围攻武昌的忽必烈为了争夺汗位连忙撤军北去，一路凯歌的兀良哈台也在忽必烈的接应下从长沙北返。其直接后果是，蒙古灭宋战争戛然而止，南宋得以苟延残喘20年之久。

后果远不止此。已经横扫了西亚，正在叙利亚作战的蒙军大帅旭烈兀，立刻率领主力部队东归，帮助四哥忽必烈争夺汗位，只留下部将怯的不花(Ked-Buqa)带领5000名蒙古士兵和15000名其他部族杂牌军在那里作战。

按说，孤军奋战的怯的不花应该寻求与十字军国家联合。因为蒙古人一直善待基督教，西征大军中就有许多来自基督教附属国的军队，所以旭烈兀一度被看成是伊斯兰世界基督徒的救世主。但怯的不花却没有任何忧患意识和包容之心，每城必争，四处树敌，连本应成为同盟军的十字

---

① 马穆鲁克原意是“奴隶”，最初是服务于阿拉伯哈里发的奴隶兵，主要效命于埃及的阿尤布王朝。随着哈里发的式微和阿尤布王朝的解体，他们逐渐成为军事集团并建立了王朝，1250—1517年统治埃及。

军国家都得罪了。

1260年9月3日,在今巴勒斯坦那布卢斯(Nabulus)附近的阿音扎鲁特(Ayn Jalut)平原,怯的不花率领的2万蒙古军队与马穆鲁克王朝(Sulala Mamalik)苏丹古突兹(Qutuz)和大将拜伯尔斯(Baibas)率领的5万穆斯林军队遭遇。由于人数太少且轻敌冒进,结果误入了对方的埋伏圈,怯的不花掉了脑袋,他从蒙古草原带来的士兵则全部被杀。

这是一场载入史册的重大战役,说它拯救了伊斯兰世界也不为过。

首功当数古突兹。一时间,这位苏丹红透了伊斯兰世界的天空。按说,这是他借助自己的名声统一整个伊斯兰世界的大好机遇。但不知为什么,他突然失去了前进的动力,从此抛开政务,一头扎进美女如云的后宫。要知道,从人类进入奴隶社会以来,政治几乎是一个男人实现自我的唯一途径。在他们眼里,只有政治,才能体现一个人的生命价值;只有权力,才能赋予男人非同寻常的力量和尊严。所以,他们都像饿狼渴望鲜肉一样对王位垂涎三尺。后来,将军们见了在女人窝里变得形销骨立、呵欠连天的古突兹,都不由自主地用舌尖舔一舔上嘴唇。

当年10月,已经牢牢掌握军权的拜伯尔斯刺杀了古突兹,成为马穆鲁克王朝新苏丹。随后,他采取"远交近攻"策略,与俄罗斯的钦察汗国和衰败中的拜占庭修好,集中力量打击十字军和旭烈兀的伊尔汗国。

1268年5月18日,安条克城被拜伯尔斯攻陷,16000名守军及城内的男性全部被杀,妇女和婴儿卖到埃及为奴,城堡和教堂被夷为平地,一代名城安条克被从地球上抹去。

值得一提的是,安条克的沦陷导致了中世纪最后一次十字军东征,英国国王爱德华一世(Edward I)率领第九次十字军讨伐拜伯尔斯,结果无功而返。飘扬了200年的十字军旗从近东地平线上彻底消失。

安条克陷落后,安条克亲王和公爵的虚名被传承到15世纪,成为欧洲王室荣誉的象征。但城市没有了,王国没有了,公国也没有了,留一个空洞的头衔还有什么意义呢?

安条克沦陷后,丝绸之路的终点站就前移到君士坦丁堡了。而策马赶往1115公里外的欧亚交界处,需要15天左右。

第185天　君士坦丁堡

拂菻（拜占庭），古大秦也，居西海上，一曰海西国。去京师四万里在苫西，北直突厥可萨部，西濒海，有迟散城，东南接波斯。地方万里，城四百，胜兵百万。

——《新唐书》

一、君士坦丁

君士坦丁大帝（Constantine the Great），公元272年2月27日出生在那伊苏斯（Naissus，今塞尔维亚的尼什）。当时罗马实行“四帝共治”①，他的父亲君士坦提乌斯（Constantius）是罗马西部的一位将军。据说，他的母亲海伦娜是一家小旅店的女仆，他是海伦娜与君士坦提乌斯的私生子。293年，君士坦提乌斯被罗马西部奥古斯都（Augustus）马克西米安（Maximian）任命为恺撒，负责治理高卢（Gaule）、不列颠岛（Great Britain）和西班牙。作为被提拔的一个条件，君士坦提乌斯背弃了海伦娜，转而与马克西米安的继女狄奥多拉结婚。

母亲被抛弃时，君士坦丁已经加入了罗马军队，为东部奥古斯都戴克里先服役，并在对埃及、波斯的战争中因功升任高级军官。

305年，戴克里先与马克西米安双双退位，君士坦提乌斯成为西部奥古斯都。此时，远在不列颠作战的君士坦提乌斯身体开始恶化，于是给君

---

① 罗马皇帝戴克里先为便于管理庞大的帝国版图，将罗马一分为二管理，各设两个主、副皇帝，主皇帝称“奥古斯都”，意为“神圣的、崇高的”，副皇帝称“恺撒”，奥古斯都和恺撒通婚联姻，如果奥古斯都退位，恺撒进位成为奥古斯都，恺撒任命奥古斯都之子为新的恺撒。

士坦丁去信，要求儿子赶往西部会合。

君士坦丁在不列颠见到了父亲。第二年，他父亲就病逝了。

按照“四帝共治”制，应该由西部恺撒马克西米安的儿子马克森提乌斯(Maxentius)升任奥古斯都，然后由马克森提乌斯宣布君士坦丁为恺撒。但是，不列颠军团在英格兰的约克直接宣布君士坦丁为西部奥古斯都。很有意思的是，东部奥古斯都居然任命他的部下塞维鲁(Severus)为西部奥古斯都，与君士坦丁对抗。马克森提乌斯实在气不过，便利用父亲的威望发动叛乱，杀死了塞维鲁。

马克森提乌斯占据了意大利本土，君士坦丁占据了意大利西部的罗马领土。这样一来，西部就有了两个奥古斯都。除非其中一人急流勇退，否则只能兵戎相见了。

不久，西部的状况在东部得以复制。311年前后，罗马有了四个奥古斯都，分别是西部的马克森提乌斯、君士坦丁，东部的李锡尼(Licinius)、马克西明·代亚(Maximinus Daia)。

当过普通士兵的君士坦丁，既有从父亲身上继承的勇敢基因，又有战争实践带给他的军事智慧，他团结一切可以团结的力量，与东部奥古斯都李锡尼结成统一战线，然后挥兵翻越阿尔卑斯山(Alps)，攻入了意大利。312年10月28日，双方军队在罗马郊区的米维安(Milvian)大桥附近发起决战。

据说，在这场决战之前，君士坦丁并不信仰基督教。

关于米维安大桥之战，有两个神奇的传说。其中一个说，君士坦丁在战前梦到一个天使，天使命他在军旗上绘上象征基督的字母，基督将保佑他获胜。另一个传说来自传记作家、主教攸西比乌斯(Eusebius)的记载，君士坦丁也亲口承认了这种说法：大战前一天深夜，忧思满腹的君士坦丁眺望星空，发现苍茫的天空出现了四个硕大无比的火红十字架，伴随着“依靠此，你将大获全胜”的字样，君士坦丁认为这是神的昭示，自己是被上帝选中的天命之子。

神迹降临，使君士坦丁一方士气大振，大胜劲敌，马克森提乌斯在逃跑中落水而死。

313年，君士坦丁与李锡尼在麦地奥兰(今米兰)会晤，前者把同父异母的妹妹君士坦提娅(Constantia)许配给了后者，双方结成了更为巩固的同盟。两位奥古斯都同时签署了米兰敕令，首次官方承认基督教与其他多神教信仰一样是合法宗教，并且归还了基督教会被没收的财产，免除了基督教会的徭役。米兰敕令，是基督教历史上的重大转折点，标志着罗马帝国对基督教从镇压和宽容相结合的政策，转为保护和利用的政策。

不久，李锡尼在小亚细亚战胜了马克西明·代亚，与君士坦丁瓜分了帝国。但是，和睦仅仅维持了一年，双方就为独霸帝国投入了新的战斗。这场波诡云谲、一波三折的较量整整持续了十年，直到324年，君士坦丁才击溃妹夫。经妹妹一再求情，君士坦丁饶了妹夫一命，只是将他软禁起来。但一年后，君士坦丁以阴谋叛变和私通蛮族罪将妹夫绞死，一同丧命的还有妹妹与妹夫的儿子李锡尼二世（Licinius II）。从此，君士坦丁成为罗马世界唯一的皇帝，也是屋大维之后的第42代罗马皇帝。

事后，君士坦丁承认，这场战争之所以持续十年之久，一个重要原因就是东西罗马之间发展不平衡。西部虽然是罗马起源之地，但依然偏重农业。而东部由于沟通黑海和地中海，交通便利，连接欧亚，丝路贸易相当活跃，已经上升为罗马的经济中心。特别是在东征李锡尼时，君士坦丁敏锐地注意到了一座要塞。它建于公元前658年，是希腊城邦迈加拉（Megara）人建立的移民城市，取名拜占蒂翁，拜占庭是它的拉丁名字。

这座要塞位于博斯普鲁斯海峡南端陡峭的岬角上，岬角从海峡的欧洲一面向对面的亚洲沿岸伸出，仿佛要挡住从黑海进入马尔马拉海的激流。因此，这里南有马尔马拉海，北有博斯普鲁斯海峡，从而形成了一个天然良港——金角湾（Hali）。它的重要性在于，南北两面都有一条狭长且能航行的海峡，所以，这座要塞由两扇海上大门保护着，可以禁止无论是从爱琴海还是从黑海来的敌船的通行。占有了它，也就扼住了欧亚交通的要冲。

立时，他脑袋里闪过一个大胆的念头：这里是东西方交界处，罗马要想成为世界级帝国，是否可以考虑在这里建设新都？

二、新罗马

很快，君士坦丁做出了一个影响世界历史的重大决定：在拜占庭建设新都。

为了使新都成为攻不破的堡垒，他修筑了两堵高大的城墙，第一堵墙长6.4公里；第二堵墙长64公里，宽6米，位于第一堵墙西方约48公里处。这两堵防御性城墙，同巴尔干山脉这一天然屏障连在一起，护卫着新都的陆上进口。新都建在七座山丘上，与罗马的七座山丘相映衬。辉煌的宫廷、宽敞的广场、笔直的街道、繁荣的市场相继落成，气势恢宏的圣索菲亚大教堂也在君士坦丁继任者手中完成。这是一座令罗马骄傲、让世人惊叹、使敌人胆寒的伟大城池，也是当时世界上规模最大的城市之一。

公元330年，他将帝国首都从罗马迁到拜占庭。它开始的名字叫新罗马，很快就以创建者的名字君士坦丁堡(Constantinople，又译康斯坦丁堡)著称于世。渐渐地，这里上升为美索不达米亚的政治、经济、贸易中心，伟大的丝绸之路也从泰西封、巴格达、安条克，走到了拜占庭。

他死于337年5月22日，临终前受洗为基督徒。

君士坦丁死后，罗马帝国陷入混乱。直到394年，才由狄奥多西一世(Theodusius I)统一了整个罗马。意外的是，狄奥多西完成帝国统一后仅仅一年就病逝了。

就在这短短一年中，他做出了三项重大决定，每一项都事关未来。

一是宣布基督教为国教，使之成为帝国后期及中世纪欧洲的优势宗教，他也因此被后世冠以"大帝"称号。

二是认为奥运会(Olympic Games)有违基督教教旨，是异教徒活动，宣布停办。就因为他这句话，这项已进行293届、1170年的以和平为目的的伟大体育赛事，于394年戛然而止，直到1500年后方才得到恢复。

三是临终之时，将罗马帝国分给两个儿子，封次子霍诺里乌斯(Honorius)于西罗马，长子阿卡迪乌斯(Arcadius)于东罗马，罗马帝国实行永久分治。那一天是公元395年1月17日。

直接后果是，人为分裂的西罗马失去了优势，81年后轰然倒在半开化的日耳曼人脚下，形同东方中国的晋朝灭于五胡，欧洲从此进入中世纪(Middle Ages)历时千年的黑暗时代。

而在远东，东罗马历经12个朝代，93位皇帝，一直存续到1453年，成为欧洲历史最悠久的君主制国家。

但君士坦丁堡几乎不能算是欧洲的一部分，它已经忘却了自己的西方渊源，它的关注点在东方。渐渐地，罗马语被放弃了，取而代之的是希腊语；罗马字母被废除，东罗马法律用希腊字母写成，并由希腊法官解释；东罗马皇帝变成了一个亚洲君主，像伊斯兰教哈里发一样受到膜拜；就连拜占庭教会也于1054年正式脱离罗马天主教廷，成为东正教的中心，直到把拜占庭宗教文明送进希腊、罗马尼亚(Romania)、保加利亚(Bulgaria)、阿尔巴尼亚(Albania)、格鲁吉亚、亚美尼亚、俄罗斯的边远山区和广阔原野。①当西欧进入黑暗的中世纪之时，东罗马——拜占庭迅速发展繁荣为欧洲唯一拥有先进文明的地方。巅峰时期的拜占庭，与唐帝国、阿拉伯帝国并称“世界三大帝国”。

三、把蚕种偷过来

在公元5世纪罗马沦入蛮族之手后，君士坦丁堡以独一无二的国际大都市形态，吸引着来自世界各地的奢侈品。据说，公元401年，为年幼的皇帝狄奥多西二世(Theodosius II)举行基督教洗礼时，“整个城市被笼罩在花环之下，到处都用丝绸、金光灿灿的宝石和各种各样的饰物装扮起来，其装饰之华丽，无人能加以描绘。”②

但令拜占庭纠结的是，从罗马建立那天起，陆上丝绸贸易就被处在中国和罗马之间的大国垄断着，居中抽取了高额的税。这些垄断者，前有帕提亚帝国，今有萨珊王朝。

那么，怎样才能打破垄断呢？一个办法，当然是与中间商开战，但变数很大，代价很高；另一个办法，是从海上绕过这些陆上垄断者，罗马时期就开通了从红海进入印度洋前往印度的航线，但那时航海技术落后，沉船率过高，往往得不偿失。难道不能采取最后也是最好的办法，直接生产丝绸吗？

---

① 见休斯顿·史密斯《人的宗教》，海南出版社2013年版。

② 见G.F.赫德森《欧洲和中国》，伦敦阿诺德出版社1931年版。

说实话，由于交通被波斯阻断，东西方贸易，特别是丝绸贸易被波斯垄断着，罗马和东罗马只能通过波斯买来纺好的生丝或没有捻好的丝原料，经过加工进行纺织。当时的拜占庭、埃及、叙利亚三个西方纺织业中心，已经能够纺织华丽的丝绸锦缎，这种纺织品就是《魏略·西域传》所说的金缕绣。然而，西方人长期不掌握养蚕缫丝技术，连丝绸是从哪里来的，他们都蒙在鼓里。

在汉代丝路开通时，中国丝绸业已诞生千年了。丝绸原料是由洁白的蚕吐出的丝(Ser)。用桑树叶子喂大的蚕，日夜不停地吐丝，身体随着丝的不断吐出而变小变形，直到把自己包裹在丝中，造成一个洁白的茧。一位古代文人有感于此，发明了一个富于人生哲理的成语：作茧自缚。

汉代桑农发现，如想得到便于纺织的长丝，就不能让蚕变成蛾。蚕一旦变成蛾，就会咬破茧飞出来，茧被咬破，丝就断了，也就无法得到长长的茧丝了。所以养蚕人必须在蚕茧被咬破之前杀死它。于是，一项新技术诞生了：把茧投入开水中，用树枝轻轻搅动，融化掉蚕茧上的那层蜡质树胶，蚕丝也会缠绕在树枝上。一旦找到茧的丝头，就找到了解开整个茧的途径。许多蚕茧丝头集合在一起，形成了丝络，接下来就可以染色、纺织，做成丝织品了。这种水煮茧缫丝，可使蚕丝的细度达到20—30穆(每穆等于0.001毫米)，蚕丝长度可达800—1000米。

文学家元好问有一句诗：鸳鸯绣了从教看，莫把金针度与人。丝绸收入，是中原朝廷一大稳定的赋税来源，也是中原农民除粮食收入之外的一大收入，因而养蚕与纺织技术一直秘不外传，如同当年川剧艺人对待“变脸”一样。技术越保密，丝绸价格也就越高；丝绸价格越高，西方对丝绸的需求就越加急切，这也是“玉石之路”变成“丝绸之路”的主因。

众所周知，罗马是丝路的终点和主要消费地，也是推动中国丝绸走向西方的吸收源。据说，让盖乌斯·尤利乌斯·恺撒(Gaius Julius Caesar)、马克·安东尼(Mark Antony)先后拜倒在石榴裙下的克莉奥帕特拉，在私密场合所穿的丝衣，原料就是中国丝绸。之后，罗马以丝绸为时髦。公主们戴上丝绸面纱，就使脸庞有了“柔如鸽毛”的美丽；贵妇们穿上丝绸衣服，就赋予了胴体“若隐若现”的魅惑；元老们披上紫红绸袍，就有了“高人一等”的尊贵。于是，罗马的黄金、羊毛、琥珀、象牙和玻璃制品源源不断地运往东方,通过中间商去换取丝绸这种西方稀缺的奢侈品,丝绸价格扶摇直上。

那么,这种彩云般明亮、流水般柔软的丝绸,原料到底来自哪里呢?于是,罗马人展开了想象的翅膀。公元前1世纪的罗马诗人维吉尔(Vergilius)在《农事诗》中说:"赛里斯人从树叶上梳下精细的羊毛。"公元1世纪的拉丁诗人西利乌斯·伊塔利库斯(Silius Italicus)在《布匿战记》中畅想:"旭日的光辉已经照遍塔尔泰斯海面,冲破黑夜的重重暗影,照临东国的海岸。晨曦照耀中的赛里斯人,前往小树林中去采集枝条上的绒毛。"直到4世纪,罗马史学家阿米阿努斯·马塞利努斯(Ammianus Marcellinus)还认真地说:"赛里斯人经常向这些树木喷水,这种树生产像绒毛一样的东西。他们将这些绒毛搅之于水,抽出非常精细之线,并将其织成赛里斯布。"他们一直认定这是一种植物纤维,哪里能想到它居然是一种动物蛋白纤维!连西方最智慧的大脑都想不出原料是什么,来自哪里,这是一件多么令人抓狂的事情呀!

于是,西方开始挖空心思地盗取养蚕缫丝技术。

一天,几个从赛林达(Serinda,应该是指新疆和田)来的印度和尚,对拜占庭皇帝查士丁尼一世(Iustinianus I,527—565年在位)信誓旦旦地说,他们不仅精通养蚕技术,而且有办法把蚕种带来,从而保证拜占庭不用向宿敌波斯人或其他任何民族采购这种奢侈品。在得到皇帝重赏的允诺后,他们长途跋涉回到东方。时隔两年,他们真的沿着高加索山路返回了拜占庭,小小的蚕种被他们藏在了挖空的禅杖里。"在他们的指导下,拜占庭人始终非常得法、非常妥善地饲养这些桑蚕,一直到结茧为止……这样,拜占庭就首次使用由本土生长的蚕所吐的丝作纺织丝绸的原料了。"①

从此,拜占庭人学会了养蚕缫丝。这一年,定格在西方史料记录中的552年。

拜占庭虽然掌握了丝织技术,但由于地理条件和种植技术的原因,还不能大量生产蚕丝,所以当地工厂多半进行的是加工业务:把从波斯进口的中国绸缎分解开来,成为一根根极细的丝线,然后掺上麻线,织成绫纱,再染上色,绣上花;或把从波斯进口的中国素绢,染上颜色,绣上

---

① 见法布努瓦《丝绸之路》,新疆人民出版社1982年版。

金线，高价卖给欧洲、北非。蚕丝的加工，成为拜占庭的一大财源。而失去丝绸生产垄断地位的中国，只能靠规模化生产把自己重新打造成最大的出口国。

其实，在养蚕和丝绸技术引入印度、中亚之后，中国的丝绸出口便开始走下坡路。10世纪以后，瓷器取代丝绸成为通过印度转运到西方的主要中国商品。①

四、皇帝被俘

任何强盛的帝国，不可避免地存有两大弊病，一是天然的骄傲情绪，容易在最平坦的路上跌跤；二是过分的繁华，招致众多强盗的垂涎。如同一只易碎的古瓷器，美丽对它来说实际上与危险同义。因此，西罗马倒下后，面对风起云涌的伊斯兰势力的围攻与蚕食，如日中天的拜占庭仍略显吃力。634年到640年，包括大马士革、安条克、耶路撒冷、凯撒利亚（地中海东岸古城）在内的整个叙利亚领土沦入麦地那哈里发国家之手。

到了11世纪，土库曼人建立的塞尔柱政权突然崛起。塞尔柱首领图格里尔率领大军西征，于1055年占领了巴格达，被阿拔斯王朝哈里发授予了“苏丹”称号。令人震惊的是，塞尔柱第二任苏丹阿尔斯兰居然胆敢摸老虎屁股——把扩张的矛头指向了辉煌的拜占庭。

1071年，大战在小亚细亚东部的曼齐刻尔特爆发，塞尔柱人意外获胜，目中无人的拜占庭皇帝罗曼努斯四世（Romanus IV）当了俘虏。

以下是作为战俘的罗曼努斯和作为胜利者的阿尔斯兰之间的一段对话。

阿尔斯兰问：“如果我被你俘虏，你会怎么做？”

脾气暴躁的罗曼努斯回答：“我也许会杀了你，也许会把你拉到君士坦丁堡大街上示众。”

阿尔斯兰说：“我对你的惩罚更严厉，我将饶恕你，你将获得自由。”

---

① 见卜正民《哈佛中国史》，中信出版社2016年版。

罗曼努斯在以重金赎身、割让安条克等一批战略重镇，并承诺向塞尔柱人缴纳年贡后获释。他刚刚回到首都，就被共治皇帝迈克尔七世杜卡斯(Michael VII Ducas)弄瞎了眼睛，并像后来的拿破仑一样，被流放到一座岛上，在毒蛇和虫子的陪伴下默默死去。

这场惨败，成为拜占庭由盛转衰的标志，巨额战争赔款进一步加剧了国内的冲突，引起了拜占庭敌对派系之间的内战。彼此不和的拜占庭军官为了赢得塞尔柱人的支持战胜另一方，竞相将城镇和要塞献给塞尔柱人；农民也因不满拜占庭官吏的腐败与剥削，虽不信任但也没有反抗地接受了新的塞尔柱主人；还有大批的塞尔柱和突厥移民随着他们得胜的战士向北迁移。于是，11至13世纪，小亚细亚大部分地区由希腊和基督教地区变成了突厥语族和穆斯林地区，直至21世纪的今天。

尤其严重的是，拜占庭失去了小亚细亚和亚美尼亚的统治权，特别是作为拜占庭主要兵源地和财源地的小亚细亚的丢失，限制了拜占庭军力的恢复，这也为日后的十字军东征事件埋下了伏笔。

拜占庭变得十分空虚，君士坦丁堡就像一个架在枯瘦躯体上的大脑袋。

五、十字军能帮忙吗

1095年，四面楚歌的拜占庭皇帝被迫向罗马教廷求救。早就期待一统天下基督教的罗马教宗以夺回圣地为号召，以东方的富庶为诱饵，发起了波澜壮阔的宗教战争。从1096年到1291年间，罗马教宗先后发起了9次十字军东征。不过，它给历史留下的，除了艰难的跋涉就是自私的抢劫，对于拜占庭几乎毫无帮助。

没有帮助也就罢了，最要命的是反戈相向。

原因在于，第二次十字军东征之后，十字军将领感觉陆上的行程太乏味也太危险，他们宁愿翻越阿尔卑斯山前往热那亚或威尼斯，从那里乘船去东方。对于热那亚人和威尼斯人来说，为十字军提供横渡地中海的服务，就成了一桩十分赚钱的买卖。1202年，罗马教宗英诺森三世(Innocent III)发起了第四次十字军东征，这是历次东征中最令人啼笑皆非的一次。十字军原计划前往圣地与异教徒作战，解放被埃及阿尤布王朝（Sulalah Ayyubiyya）①控制的耶路撒冷，但由于十字军没有能力支付威尼斯人将他们摆渡过海的巨额资金，只得临时当了威尼斯的工具，由威尼斯共和国执政官恩里科·丹多洛（Enrico Dandolo）带领，转而前去攻打扎拉城（Zadar，今克罗地亚的扎达尔），并保证帮忙解决资金问题。扎拉城被十字军攻克后，一个名为小阿雷克塞的拜占庭王子要求丹多洛帮他夺回拜占庭帝位，条件是帮助十字军付给威尼斯造船和运输费用。于是，丹多洛率十字军在1204年4月13日攻陷君士坦丁堡，大肆抢劫后屠城三日，奸淫掳掠了自己的基督教兄弟，造成的损失就连最精于算数的威尼斯人都无法准确估计。

此次占领，致使拜占庭帝国突然中断。威尼斯共和国占去了拜占庭八分之三的领土，十字军则以君士坦丁堡为中心建立了拉丁帝国。

57年后，拜占庭尽管勉强复国了，但它就像遭遇过一次雷劈的大树，再也找不回此前的茂盛。它更像秋后树上可怜的黄叶，只需一阵轻风，就将彻底凋零。

在东部，一个肌肉强壮的游牧巨人终于摆脱了中国带给他的几个世纪的噩梦，而幸运女神也为他们唱起了雄壮的赞歌。绿草茵茵的中亚草原，一场席卷亚欧大陆的飓风已经酝酿完成。

啊，奥斯曼！

六、奥斯曼苏丹

奥斯曼帝国的编年史给奥斯曼人编造了一份血统高贵的宗谱，说他们的历史可以从中亚的乌古斯突厥人，追溯到人类的狭口诺亚（Noah）。据此推理，不用说，再向上就是人类的始祖亚当（Adam）和夏娃（Eve）。

其实，他们的祖先是5世纪游牧在阿尔泰山一带的突厥人，后来建立了与隋、唐帝国相抗衡的游牧帝国，他们与乌古斯的后人土库曼同属突厥

① 12—13世纪统治埃及、叙利亚、也门的伊斯兰教王国，由库尔德人建立，全盛时期版图延伸至圣城麦加与北伊拉克。1250年，被马穆鲁克王朝代替。

语族，其差别类似月亮与六便士，在血统上没有半点关系。

话说西突厥被唐高宗征服后，群龙无首的各个部落开始闯荡天下。他们知道冒险是有代价的，但不冒险就等于慢性自杀。他们拿生命赌明天，竟然赢得了连想都不敢想的一切。

大概在11至13世纪，西突厥的一支人马由酋长埃尔托格卢尔率领，进入辽阔而富庶的小亚细亚，依附于塞尔柱人建立的鲁姆苏丹国，封地就在塞尔柱帝国西北部，即分割欧亚两大洲的战略要地达达尼尔海峡周围，也就是与拜占庭对抗的前线。

埃尔托格卢尔去世后，儿子奥斯曼一世(Osman I)继承的领地并不比原先大多少。奥斯曼的发迹很大程度上得益于婚姻，他的妻子是伊斯兰教苏菲派(al-Sufiyyah)①长老的女儿。据记载，长老在奥斯曼即位时，向女婿赠送了一把“胜利之剑”，还特别授予他伊斯兰教“圣战者”的光荣桂冠，在他头上罩上了一层神秘的光环。从此，奥斯曼高举着“胜利之剑”东征西掠，一举奠定了帝国600年的宏大基业。此后，通过隆重的仪式颁发“胜利之剑”，成为历代奥斯曼苏丹即位时的传统仪式。

在交口称赞声中，奥斯曼于公元1300年自封为苏丹，塞尔柱人在小亚细亚的地位被取代，许多突厥部落慕名投到奥斯曼麾下。这些突厥部落追随者一律取用他的名字，通称奥斯曼人。从此，奥斯曼率领“信仰武士”开始了对拜占庭潮汐般的征讨。

小战役不过是些铺垫，真正的血战发生在公元1317年的布尔萨(Bursa，旧称布鲁萨)。这是拜占庭在小亚细亚北部的军事重镇，城垣坚固，易守难攻，双方僵持达9年之久。当布尔萨城弹尽粮绝开城投降时，奥斯曼已经生命垂危。为了永久占领此地，他的遗体被安葬在城内一座教堂中，这座教堂很快被改建为清真寺。临终时，他还以微弱的声音告诫儿子奥尔汉(Orkhan)：“要时刻牢记，不要残忍，因为对一个国王最有害的莫过于残暴；要主持正义，因为正义是治国根本；要珍爱学者，身边要有懂法律的学者，因为真主的法律是我们唯一的武器；要公正无私，要仁爱，要时刻保护好你的臣民，这样你就能得到真主的保佑……”

---

① 伊斯兰神秘主义派别的总称，苏菲派赋予伊斯兰教神秘奥义，主张苦行禁欲，虔诚礼拜，与世隔绝。

难怪有人说，哲学总是在死亡的那一刻诞生，因为这是一个人最终的也是全部的生命感悟。

奥斯曼去世后，这个高歌猛进的突厥公国就以他的名字命名，称为奥斯曼帝国。布尔萨城被确定为帝国首都。建立这个国家的突厥人被称为奥斯曼土耳其人(Turkish people)。

随后，他们把目光对准了基督教世界。

七、剑指拜占庭

奥斯曼人征服的第一步，是残留在小亚细亚的属于基督教世界的拜占庭领土。由于基督教农民对拜占庭当局的不满，天主教和东正教之间忙于内讧，以及从中东各地蜂拥而至的伊斯兰教武士的支援，这一征服于1340年宣告完成。接着，他们渡过达达尼尔海峡向欧洲进军，把星月旗插上了亚德里亚堡(Adrianopel)①，进而逼近君士坦丁堡。

圣地告急！直到这时，西方世界才在罗马教宗博义九世(Piero Tomacelli)的号召下匆匆联合起来，发起了最后一次十字军东征。1396年，十字军与土耳其人在尼科波利斯(Nikopol)遭遇，前者一败涂地。

胜利在望的奥斯曼帝国却突遭劫难。公元1402年，轻敌的奥斯曼苏丹巴耶塞特一世被帖木儿打败并被俘身死，军队被迫从欧洲退却。但帖木儿只是昙花一现，他三年后的去世使得奥斯曼人重获自由，并重新开始了一度中断的扩张。年仅21岁的穆罕默德二世(Fatih Sultan Mehmet)发誓要摘下君士坦丁堡这颗"拜占庭皇冠上最后的瑰宝"。

1453年4月5日，一支望不到尽头的奥斯曼军队，像滚滚涌来的大潮，突然出现在君士坦丁堡城外。这时的君士坦丁堡人口已减至7万以下，军队只有8000人，而奥斯曼帝国仅参战军队就达8万人。尽管强弱对比十分明显，但守城将士在皇帝君士坦丁十一世(Constantine XI)的领导下浴血奋战，借助于临海峭壁形成的天然屏障，硬是坚持了接近60天。

陆上进展不利，穆罕穆德二世转而发动海上攻势。但拜占庭在金角

① 今土耳其埃迪尔内(Edirne)，原为拜占庭城市，1361年被奥斯曼帝国占领，1366—1453年是奥斯曼帝国首都。

湾狭窄的入口处设置了粗大的铁链，奥斯曼海军根本无法通过。于是，穆罕穆德二世想出了一招“奇策”——走陆路把船开进金角湾。他派遣5万军人，在博斯普鲁斯海峡和金角湾之间铺设了一条长1.5公里的圆木滑行道，然后在舰船底部绑上圆木，集中大量人力和牲畜，将轻便战舰从博斯普鲁斯海峡由陆路拖进了金角湾。次日黎明，80余艘奥斯曼战舰从天而降，海上舰队与陆上攻城部队形成钳形攻势，同时掐断了欧洲国家从金角湾援助君士坦丁堡的可能。

君士坦丁堡顿时成为孤城，它所能依靠的，只剩下城墙了。

穆罕穆德二世清楚，城市的陷落只是一个时间问题。

而君士坦丁十一世呢？这个在动乱年代继位的皇帝，就像明朝末代皇帝崇祯一样，是个勤勉的人，但幸运女神从未光顾过他，即便幸运女神去了，他也可能正忙于乞求雇佣军留下，或者恰巧因过度劳累睡着了。他完全有机会逃走，但他没有，他自认是一条汉子，不能为光荣的东罗马祖先抹黑。他已做好了与城市共存亡的一切准备。

八、芝麻大的意外

5月27日，穆罕穆德二世检阅了军队，并向全体攻城将士发出了一个令参战者疯狂的诺言：以真主的名义、教祖穆罕默德和4000名先知的名义保证，以父亲的灵魂、孩子的头颅、自己的军刀发誓，攻克君士坦丁堡之后，允许他的部队尽情劫掠三天，城内的财物、珠宝、女人、孩子、男人都属于打了胜仗的士兵，而他放弃所有的东西，只要征服拜占庭首都的名誉。

军营里一片欢腾，接着就是决战前的休整。整个27日，城墙之外一片安静，连乌尔班巨炮也停止了轰鸣。暴风雨来临之前的安静如滚滚的黑云，笼罩在君士坦丁堡军民的心头。

29日凌晨1点，穆罕默德二世发出了总攻的信号。那些未经训练的志愿敢死队率先被送到城墙下方。但这些一穿就透的人肉装甲根本无法抵挡无数的箭矢和石块，所以守在城上的人暂时还处于优势。经过两小时的搏斗，天开始蒙蒙亮，由小亚细亚人组成的第二梯队发起了冲锋，但守城者同仇敌忾，互相照应，进攻者所到之处还是被压制住了。于是，穆罕默德二世不得不把最后预备的精锐部队——奥斯曼帝国的中坚力量——奥斯曼土耳其禁卫军顶了上去。他亲自率领1.2万经过挑选的、身强力壮的士兵,齐声呐喊着向精疲力竭的敌人冲去。千钧一发之际,城里所有的钟被敲响,号召最后还能参加战斗的人都到城墙上来,水兵们也被从船上召集到城墙上。倒霉的是,无比勇敢的热那亚雇佣军指挥官朱斯蒂尼亚被矢石击伤胸部,只能退出战斗,导致守卫者出现了恐慌。但是,皇帝亲自登上城墙,再次成功地将冲锋者的云梯推了下去。在双方殊死搏斗的短暂时间里,拜占庭得到了喘息的机会。最危急的时刻已经过去,最疯狂的进攻又被击退。①

但就在此时,一个悲剧性的意外事件出现了。

在离正面进攻的地方不远,几个土耳其士兵通过城市西北部外层城墙中的许多豁口冲了进去。当他们十分好奇地在第一道和第二道城墙之间四处乱闯时,发现有一座小城门——"凯尔卡门"敞开着。在和平时期,几座大城门紧闭的几小时,这座小门是供行人通过的便门。正因为不具有军事意义,城里的人才忘记了它的存在。

起初,看到这扇门在坚固的工事中间悠闲地敞开着,那几个土耳其士兵还以为是一种军事诡计。通常,防御工事前的每一个缺口、每一个小窗口、每一座大门前,都是尸体堆积如山,燃烧的油和矛枪会劈头盖脸飞下来。而现在,这里却呈现一派和平景象。他们立刻叫来了增援部队。于是,一支军队在没有遇到任何抵抗的情况下冲进了内城,并在门楼上升起了奥斯曼国旗。

在外层城墙上浴血奋战的拜占庭军民,没有料到背部会出现敌人。更糟糕的是,几个士兵不禁喊出声来:"城市被攻下了!"听到喊声,守军长期紧绷的心弦轰然断裂,随之而来的是兵败如山倒。雇佣兵们以为自己被出卖了,纷纷离开坚守的阵地,以便及时逃回港口,逃到自己的船上去。

人可以轻易被毁灭,但不能轻易被征服。君士坦丁十一世带领守军进行了最后的巷战。他脱下紫色皇袍,一马当先冲入敌阵,直至倒在圣索菲亚大教堂的台阶上。

空前惨烈的攻守战结束了,拜占庭长达千年的历史宣告结束。芝麻

---

① 见斯蒂芬·茨威格《人类群星闪耀时》,生活·读书·新知三联书店2009年版。

大的一次意外——一扇被人忘记的便门,就这样决定了历史。

历史之所以震撼人心,就是因为它的创作者是一位把“意外”运用到极致的戏剧大师。不过,历史的深奥或者悲哀实际上在于,每一个意外的背后都隐藏着巨大而沉重的必然。而事后任何的假设,都无关大局且没有意义。

根据战前的承诺,穆罕穆德二世允许土耳其军人尽情劫掠。争先拥入城中的土耳其人,将壮丽豪华的宫殿付之一炬,将珍贵的绘画烧毁,将杰出的雕塑敲碎,将拜占庭军人和老人尽数屠杀,将年轻人、女人、儿童像牲口一样捆起来拖走卖掉,将所有的财产与珍宝洗劫一空。尤其是,凝结着人类千年智慧的大量书籍,或被一把火烧掉,或被漫不经心地扔掉。

一直到当天下午,穆罕穆德二世才在精锐卫队和大臣的陪同下,骑着骏马进入硝烟散尽的城市,并直奔标志性建筑——圣索菲亚大教堂而去。在教堂外,他下马躬身,将一捧泥土从头巾上洒下,感谢为他带来胜利的真主。当进入大教堂,看到高高的穹顶,晶莹的大理石和马赛克,恢弘的大厅,精致的门拱,他惊呆了。他实在不忍心毁掉这座华美绝代的宗教宫殿,于是下令将索菲亚大教堂改为清真寺。君士坦丁堡也被更名为伊斯坦布尔(Istanbul,意为“进城去”),成为奥斯曼帝国的新首都。

尚且让人感到一丝安慰的是,伟大的拜占庭文明并没有完全消失,她以婚姻和宗教的方式继续传承着。拜占庭末代皇帝的侄女索菲娅·帕列奥罗格公主(Sophia Palaiologina)同俄罗斯大公伊凡三世(Ivan III)缔结了良缘。因此,信仰东正教的莫斯科大公成了君士坦丁堡传统上的继承人,古老拜占庭的双鹰图案变成了近代沙俄的盾形纹掌,沙皇的宫殿也按照拜占庭的东方式样重新装修,以至于出现了“俄罗斯就是第三个罗马帝国”的说法。这份垂死的拜占庭的奇怪遗产,以强大的生命力在俄罗斯广袤的平原上存在了6个世纪,直到最后一位沙皇尼古拉二世(Nicholas II)被谋杀于1918年,东正教会的地位也降低到君士坦丁大帝之前的罗马状态。

由于对东西交流极端敌视的奥斯曼帝国的存在,元朝时期再次喧闹起来的丝绸之路重归沉寂,通往东方的贸易大道从此不再为基督教世界提供新鲜养料。无奈之下,欧洲向西寻找新的通道。

一个被称为发现的时代开始了。可以说，是君士坦丁堡的陷落催生了大航海时代的到来，间接地把不为人知的美洲、大洋洲甚至南北极展现在世人面前。

九、“欧洲病夫”

正如灿烂的礼花总是在辉煌的顶点开始谢幕，奥斯曼帝国也是在登上巅峰的那一刻走向了寂寞。

造成帝国下滑的第一位苏丹是个“酒鬼”。

他叫塞利姆二世(Selim II)，懒惰、愚钝、放荡并酗酒成性。1571年，“酒鬼”的海军像喝醉了酒一样到处乱闯，被西班牙和威尼斯联合舰队打败，失去了对地中海的控制权。从此，这个傻子和疯子辈出的帝国开始走下坡路。

之所以出现不正常现象，原因在于怪诞的宫廷制度。帝国后宫在阿拉伯语中叫哈然(译为“禁地”)，只能供苏丹及其直系亲属、妻妾和黑人太监居住。后宫由两座清真寺、300个房间、9座浴室、1座监狱组成，是令外面的人向往和里面的人心凉的“围城”。

与中国后宫一样，里面的佳丽要千方百计引起苏丹的注意，替苏丹生下儿子，再使儿子成为太子，才能母凭子贵，成为人人羡慕的皇后或太后。于是，勾心斗角、尔虞我诈便成为后宫的主旋律。

比中国宫廷更血腥的是，一旦太子登基，他的兄弟必须被处死，理由是社稷不安比丧失几十条人命更为糟糕。残酷的一幕在1595年上演，新上台的穆罕默德三世(Mehmet III)杀死了朝夕相处的19个兄弟。但8年后，他因病去世，留下少不更事的两个儿子。如果按照惯例杀了一个，另一个发生不幸怎么办？于是，游戏规则被迫更改，用软禁在后宫的办法取代了弑兄戮弟，直到上一个苏丹死去，被软禁者方能重见天日登上王位。

这些后来成为继承人的王子们，被幽禁在无边的黑暗中醉生梦死。他们虽然被准许娶妻纳妾，但不是被动了绝育手术，就是生下的孩子被当场弄死。后果是，这些王储登基后或膝下无子、后继无人，或因长期幽禁而性格怪异。

穆拉德四世(Murad Ⅳ)当政时期,他的弟弟易卜拉欣被幽禁长达20多年,长年的与世隔绝使他变得分外癫狂。易卜拉欣一世(Ibrahim I)上台后,一口气赐封了279个王妃,后宫从天花板到地板挂满了珍贵毛皮,而他尤为喜爱肥胖型女子——他最宠幸的爱妃塞其娅·帕拉("蜜糖块"之意)体重达到92公斤。令人发指的是,他对她的宠爱到了丧心病狂的地步,当"蜜糖块"投诉一名王妃与人偷情后,根本没有经过任何调查,他就下令将278名涉嫌偷情的王妃全都绑上石块装入麻袋,如同中国的西施一样被沉入湍急的河中。

掀开新的盖头,却看到旧的面孔。好不容易盼到色鬼易卜拉欣死了,却迎来了烟鬼穆罕默德四世(Mehmet IV)。他鼓励烟草种植,从波斯引进了水烟袋,和全国官员一起享受喷云吐雾的快乐。当时的一位评论家说,烟草、咖啡、美酒和鸦片成为"享乐的宫殿里不可或缺的四张软垫"。

有如此荒唐的苏丹掌舵,奥斯曼大船焉有不沉之理?而且,广大农民和被征服民族的反抗,军事采邑制度造成的诸省各自为政,侵略政策引起的无休止的战争,已经使得帝国骨瘦如柴。并且,文化上的因循守旧和顽固不化,又使得骨瘦如柴的帝国气短与贫血。伊斯兰教被定为国教,其他宗教被宣布为非法。而此时的伊斯兰教已没落到只是一味履行宗教仪式和熟记天赐教典的程度。穆斯林学院为了强调神学、法学和修辞学,不惜舍弃天文学、数学和医学,仿佛宗教成了文明的全部。这些学院的毕业生对西方正在做什么一无所知,而且也不屑知道。虽然有时也会出现一位富有远见的人提醒,不要将奥斯曼与邻近的西方世界隔绝开来,比如土耳其著名科学家卡蒂布·切莱比就在临终前警告同胞们,如果不放弃自己的教条主义,那么很快就会"在观察这一世界时瞪起犹如牛眼一般的大眼睛"。

令人遗憾的是,奥斯曼帝国根本无视这一警告,这种状态很像远在东方的大清帝国。于是,教条主义加盲目自满加穷兵黩武,使奥斯曼陷入了万劫不复的深渊。公元19至20世纪初叶,希腊、塞尔维亚、罗马尼亚、保加利亚先后从奥斯曼独立。1913年,帝国已退缩到伊斯坦布尔近郊。

当时的奥斯曼帝国被称为"欧洲病夫",连军队都要依靠欧洲列强提供军火和指挥。这个羸弱不堪的巨人之所以能够活到20世纪20年代,不过是因为欧洲列强忙于相互争斗而已。正如英国首相丘吉尔(Churchill)

所言："欧洲一直等待奥斯曼帝国的死亡，可是年复一年，这个病人却不甘死亡，衰弱的双手依然抓住巨大家业的钥匙不放。"

十、土耳其"救星"

事实上，真正最知道当时情况的人，正是最看不出历史走向的人。这个"身患癌症"的奥斯曼帝国，在自身难保的情况下，仍卷入了第一次世界大战，并且傻乎乎地站在德奥一方。

战争的结果众所周知，奥斯曼帝国作为战败国，于1918年与协约国（Triple Entente）[①]签署了《摩德洛斯停战协定》（*Mount armistice was Los Secretary*）。按照协定，奥斯曼帝国须解散军队，交出战舰，退出欧洲领土，开放达达尼尔海峡和博斯普鲁斯海峡，允许协约国征用奥斯曼帝国的商船、海港、铁路、通讯等设施，协约国在认为受到威胁时可以派兵进驻。

更大的问题在于，协定签署后，协约国并未信守协定，伊斯坦布尔被英、法、意军占领，企图建立环爱琴海帝国的希腊军队已从伊兹密尔（Izmir）[②]登陆，正向小亚细亚挺进，整个奥斯曼帝国面临被肢解的危险。在民族危亡的历史关头，将军出身的凯末尔（Kemal）挺身而出，于1920年建立了由爱国者组成的国民政府，将各地游击队改编成了正规军。经过两年多的苦战，击退了希腊侵略军，迫使协约国于1923年与土耳其重订了《洛桑条约》（*Treaty of Lausanne*），划定了土耳其与希腊、法国委任统治地叙利亚、英国委任统治地伊拉克之间的国境线，废除了西方列强在土耳其的治外法权。条约虽然放弃了在阿拉伯地区的领土和塞浦路斯（Cyprus），但保留了东色雷斯（Eastern Thrace），取消了亚美尼亚的独立和库尔德（Kurdish）的自治。条约也标志着土耳其作为主权国家的诞生。

尽管地盘比奥斯曼帝国小不止一倍，但真主保佑，总算没有沦为亡国奴。几乎所有土耳其人都松了一口气，许多人甚至想走上街头庆祝。人

---

① 第一次世界大战中以英国、法国、俄罗斯帝国为首的军事同盟。它与德意志帝国、奥匈帝国、奥斯曼帝国、保加利亚组成的同盟国（Central Powers）形成了第一次世界大战的对立双方。

② 今土耳其第三大城市，位于小亚细亚西段的爱琴海沿岸，是重要的海港。

们渴望笑，也渴望哭，但欲笑无泪，欲哭无声。

为教条主义付出了血的代价的土耳其人，从此义无反顾地汇入了学习先进文化、拥抱民主科学的洪流。

1922年11月17日，当凯末尔的军队即将开进伊斯坦布尔之际，“羔羊苏丹”穆罕默德六世（Mehmed VI）与其幼子登上英国军舰逃走。据说，他带走了不少珍宝。同时带走的，还有他的祖先辛辛苦苦创建的历时623年的奥斯曼帝国。直到上船的那一刻，穆罕默德六世仍坚信自己还会回来，此后他辗转流亡于欧洲各地，其间他多次写信给国内，希望能回到祖国定居，并幼稚地表示，哪怕放弃皇位也在所不惜。①

“他的皇位在哪儿？”国内的人看到信，笑得前仰后合。

下一年10月29日，土耳其共和国宣告成立。为了全土耳其人民永恒的利益、荣誉和未来，凯末尔毫无争议地当选为首任总统。共和国驱逐了所有奥斯曼王室成员和最后一位哈里发，废除了以《古兰经》为基础的法律体系，以罗马字母代替了阿拉伯字母，取消了一夫多妻制，鼓励妇女不戴面纱并赋予她们选举权和进入议会的权力，甚至抛弃了世代沿用的土耳其服装而改穿西服，使土耳其变成了政教分离的世俗国家，在穆斯林世界中率先步入了“欧化”的现代社会。正是因为出台了许多至今让穆斯林国家望而却步的惊人举措，凯末尔得以名垂青史。1934年，土耳其议会授予他“土耳其之父”的称号。

凯末尔接手伊斯坦布尔时，这个具有“黄金角”“丰饶角”美称，鱼虾成群、不愁吃喝的著名古城，已经沦落为三流城市。他明智地意识到，伊斯坦布尔已经成为一个大杂烩：希腊人、亚美尼亚人、小亚细亚人、斯拉夫人以及历次宗教战争中的残渣余孽混杂在一起，已无法肩负起把土耳其带向现代化未来的重任。他为自己选择了一个新的都城——安卡拉（Ankara），它正好处于土耳其中心地带。

如今，曾经的巨人伊斯坦布尔已成废都。尽管她已经老态龙钟，并在纽约、东京、上海、深圳等新兴城市面前露出了气喘吁吁的窘态，但她脸上的每一道皱纹都藏着一个动人心魄的故事，每一个故事都足以让人听上很久很久。难怪到土耳其旅行的外国人的第一站，不是首都安卡拉，而是

① 见哈全安《奥斯曼帝国史》，天津人民出版社2016年版。

这座拥有1500万人口的老城。也难怪这座古老都城余晖的苍凉，在旅行者的底片上不厌其烦地闪现。

接下来，就是丝绸之路的终点站——罗马了。如果走近路，只能跨越亚得里亚海，但前往罗马仍有1750公里之遥，其中有260公里海路，大概需要走25天左右。

第210天　罗　马

大秦国，一名犁鞬，以在海西，亦云海西国。地方数千里，有四百余城，小国役属者数十，以石为城郭。其人民皆长大平直，有类中国，故谓之大秦。

——《后汉书·西域传》

一、甘英的想象

我在“泰西封”一章讲到，班超的副使甘英本想前往罗马，因为被安息船员的话吓破了胆，所以在西海边望洋兴叹了一会儿就落寞地返程了，从而错过了让东汉与罗马两个世界级巨人第一次握手的机会。

甘英胆子小，不代表他想象力差。他根据自己听到的口头传说，首先解释了这个国家名称的由来：“这个国家的人身材高大，五官端正，长相类似中国人，这就是为什么这个国家被叫做‘大秦’的原因。”然后，他详细描述了关于罗马的繁华与强盛：“它方圆数千里，有400多个筑有城墙的城市，几十个小国家臣服于它。城市的外墙都是用石头建造，他们也建立了驿站。他们都剃头，穿绣花衣服；他们的国王乘坐小马车，上面支着白色帐篷；在国王出入时，侍从们会敲鼓，手执各种旗帜。国王居住的城市外围周长有一百多里，这座城中有五座宫殿，它们互相之间相隔十里。在这些宫殿里，柱子是用水晶玻璃做成的，跟房间里的器皿一样。”最让他津津乐道的是，“那里的国王并不是终身制的，而一个人被选为国王则是因为他堪当重任。”他还描绘了一幅使人大惑不解的大秦生产丝绸的画面：“他们有一种精美的衣服，有人说这是海羊毛做的，但实际上它是用野蚕茧的丝制成的。”对于这里的物产，他说：“当地大量生产金、银制品和稀有珠宝，包括在夜间发光的夜明珠；惟妙惟肖的犀牛角工艺品、珊瑚、琥珀、不透明玻璃、朱砂；用金线绣花织成各色挂毯、缎子，做成金线绣花的衣服和‘用火洗的衣服’（石棉）。各种各样奇异的、稀有的外来物品都来自这个国家。”然后，他想象力的气球继续膨胀：“在西海，那里有一些市场，买卖双方都看不见对方，价格就摆在货物的旁边，这种市场被叫做‘鬼市’。”①

我想，其中的记叙应该有以讹传讹的成分，有推测与想象的成分，那么真实的罗马是怎样的呢？

二、步希腊之后尘

言罗马必言希腊，如同谈儿子必谈父亲。希腊文明形成于公元前9世纪，在公元前4世纪的亚历山大时代形成高潮，以城邦化为标志的希腊化模式几乎覆盖了大半个欧亚大陆。而罗马城邦要远远晚于希腊城邦。大约在公元前800年前后，一支可能来自小亚细亚的文明民族——伊特拉斯坎人（Etruscan）来到台伯河（Tiber River）流域，征服了南部的罗马人。然后，他们像勤快的蜜蜂一样，将文明的“花粉”——他们信奉的男女诸神，医药和天文的基本原理，有关拱门和拱顶的知识，通过检查动物内脏占卜的习俗，统统“授”给了半开化的罗马人。

但是，就像希腊人不爱戴他们的爱琴海老师一样，罗马人对伊特拉斯坎人毫无感恩之心。不久，一批希腊船只抵达罗马。这些希腊人是来做生意的，却被罗马人作为老师挽留下来。罗马人首先谦逊地学会了使用希腊字母表，然后全盘套用希腊的货币制度和度量衡用于商业，还把希腊诸神请进了罗马神殿，如希腊神话中的宙斯（Zeus）被改名为罗马的朱庇特（Jupiter），赫耳墨斯（Hermes）改名墨丘利（Mercury），阿尔忒弥斯（Artemis）改名狄安娜（Diana）。

约公元前500年，罗马驱逐了最后一任伊特拉斯坎国王，开始了独立城邦的生涯。短短几年，它就征服了周围民族，控制了从亚平宁山脉

---

① 见D.D.莱斯利、K.J.H.加迪纳《汉文史料中的罗马帝国》，罗马巴迪出版社1996年版。

(Gli Appenini)到海岸的整个拉丁平原。

此时罗马的政治体制，几乎就是希腊亦步亦趋的翻版。最初，国王拥有最高权力，只有由贵族组成的咨询委员会和仅能对立法表示赞成或反对的民众大会，对国王具有一定约束力。

公元前510年，罗马人驱逐了国王——暴君卢修斯·塔克文·苏佩布(Lucius Tarquinius Superbus)，结束了王政时代，成立了罗马共和国，建立了给予每一个罗马自由民平等参与城市事务的政治制度。

从此，罗马比希腊更胜一筹。他们不像希腊人那样富于幻想，他们崇尚脚踏实地。他们把管理城市的最高行政权交到两名执政官手中，执政官从贵族中选举产生，任期一年；掌握国家实权的是一个被称为元老院(Senate)的老年委员会，元老院议员从贵族中选出，但权力受到严格限制；部族会议(Comitia Tributa)由男性平民和贵族构成。国家由元老院、执政官和部族会议三权分立。正是这一民主体制，保证了城邦制国家的长治久安。

罗马比希腊成功的另一个原因，是地理。地理学是一门人文学科，它不只是研究地表形态、河道、土壤类型，还研究人类塑造地理环境和被其所塑造的方式，以及它们在空间中互相影响的方式。巴尔干半岛(Balkan Peninsula)到处是交叉重叠的山脉，导致没有一个希腊城邦能够统一希腊本土；而意大利却只有一条南北走向、不难翻越的亚平宁山脉，没有被分割成许多小块的区域，相应地更易保持统一。

还有一个原因，是军事。他们认为，在山地作战时，8000人的方阵过于庞大，难以指挥。于是，他们将军队划分成数个兵团，每个兵团由4500名士兵组成，其中包括3000名重装步兵、1200名轻装步兵，另外还配备了300名骑兵，负责保护步兵方阵侧翼。步兵方阵分割为前部、中部、后部三部分，每个部分又划分成数个调动灵活的小方阵——“支队”。小方阵长20人，宽60人，总人数120人。前部的小方阵一旦出现缺口，后面的小方阵就会立刻上前补位。武器除了剑、长矛、盾和头盔，还有从远处投向敌人的铁尖标枪。

最后的原因，是包容。希腊是一支伸向亚洲的手，抓住了尼罗河和幼发拉底河的古文明，并把这种商品转手贩运到欧洲其他地区，因此一度成为欧洲文明的中心，但雅典(Athens)一味压制这些欧洲伙伴，愚弄他们，赚他们的钱，从不扩大公民权的授予范围；斯巴达(Sparta)一向"认为没有东西能轻易破坏法律，于是尽一切手段阻止外人进入斯巴达城"。而罗马则准许半岛约四分之一的居民享有充分的公民权，其余的人享有拉丁公民权，因而导致历届皇帝中有很多被征服者。罗马人把被征服民族的神，全部当作自己的神来供奉，这样的神有30万个。那时，罗马曾是意大利中部唯一设有坚固城防的城市，但它一直热情地为其他遭受攻击的拉丁部落提供避难所，并给了外来者一个成为共和政体——共和国同盟的机会。于是，外来者十分感激这种慷慨，并通过坚定不移的忠诚来表达感激。这也是罗马人论智力不如希腊人，论体力不如高卢人，论理财不如迦太基人(Phoenician)[①]，却能一一征服这些部族，在战后还能与其和睦共处的根源。一句话，它有着大唐一样面向世界的开阔胸襟。

罗马共和国的崛起，似乎无人能挡。

三、迦太基与罗马

但罗马要崛起，首先要问一问迦太基(Carthage，腓尼基语意为新的城市)答不答应。

迦太基位于非洲北部海岸，是由腓尼基人于公元前7世纪建立的一个独立国家。这是一个商业帝国，拥有强大的海军，是西部地中海绝对的王者。非洲沿岸的大部分地区、西班牙全境、法兰西部分地区都是它的领地，都向它按时缴纳税金、贡品和红利。对于罗马这个冉冉升起的城邦，迦太基不可能感觉不到威胁。于是，迦太基处心积虑地寻衅滋事，以期能够将这一潜在的对手扼杀在摇篮里。

但是，工于心计的商业巨人迦太基，知道仓促行事可能会蚀本，于是向罗马建议，以各自的城邦为中心在地图上画两个圆圈作为自己的地盘，并承诺不进入对方的圆圈。这个协定签订得很迅速，但旋即被撕毁。双方都认为进军西西里岛(Sicily)是明智之策，因为那里土地丰饶但政府腐

---

① 生活在今地中海东岸的一个古老民族，是闪米特人的西北分支，创立了腓尼基字母，善于航海与经商，在全盛期曾控制西地中海的贸易。

唐代丝绸之路从伊斯坦布尔到罗马示意图

败，正等着让外国干预。就这样，长达24年的第一次布匿战争(Punic Wars)①拉开帷幕。

战争是在公海上展开的。开始阶段，迦太基海军用五层桨的大帆船，猛撞相对较小的罗马战船，从侧翼轧断、撞倒对方的船桨，然后用箭或火球杀死失去动力的船上的水手。后来，罗马工匠发明了一种五层橹船，在船上安装了用滑车固定在桅杆上的长吊桥，末端有长钉和抓钩。每逢迦太基战舰从侧面撞击或擦过时，罗马人就将这种称作乌鸦座的吊桥放下，突击队员就可以冲上敌舰。于是，迦太基在埃加迪群岛(Isole Egadi)海战中遭遇惨败，不得不停战求和，西西里被划入罗马版图，迦太基还付出了3200塔伦特(约合350万美元)的战争赔款。

23年后，争端再起。罗马需要铜，占领了撒丁岛(Sardegna)；迦太基需要白银，占领了西班牙南部，双方变成了隔壁邻居。罗马一点儿也不喜欢这个邻居，便派出一支军队穿越比利牛斯山，负责监视那里的占领军。

两个老对手都怀揣着炸药包，只等一个导火索。公元前221年，25岁的迦太基将军汉尼拔·巴卡(Hannibal Barca)接任西班牙统帅。这是一个专为战争而生的年轻人，一个不折不扣的战神，有着炽热得可以灼伤世界的欲望，有着野牛一样可怕的不知疲倦的精力，有着任何时候都能高人一筹的谋略。两年后的一天，汉尼拔围困了西班牙东海岸的希腊殖民地——萨贡托(Saguntum)，萨贡托向罗马求救。罗马元老院派遣以执政官费边(Fabian)为首的使团前往迦太基，要求对方解释汉尼拔的行动是否得到了迦太基元老院的授权。迦太基元老院拒绝对此事负责，并要求罗马人承认现状。费边折起袍子的一角说："我们带来了和平与战争两种选择，你们自己选吧。"

迦太基人用同样专横的态度回答："你们罗马人自己挑。"

费边放下袍子，说："罗马选择战争。"

迦太基人异口同声地回答："我们接受。并且，我们还将以和接受时同样坚决的态度来实行它。"

就这样，第二次布匿战争开始了。接下来，由于汉尼拔将高超的战争艺术发挥到了极致，一度使这场战争成为国家的罗马与汉尼拔个人之间

① 罗马人称腓尼基人为布匿，所以这场战争被称为"布匿战争"。

的较量，因此称其为汉尼拔战争似乎更为恰当。

在听取费边的汇报后，罗马元老院决定：一支罗马军团横渡阿非利加海[①]，在迦太基国土登陆；另一支罗马军团前往西班牙拖住迦太基军队，防止他们赶回故土救援。这是一个尽善尽美的计划，每个人都期盼着一场酣畅淋漓的胜利。

但信心满满的罗马人不知道，如果敌人在你的射程之内，意味着你也在敌人的射程之内。公元前218年秋，攻击西班牙迦太基人的罗马军团已经离开意大利，突然，满身泥污的难民像洪水一样接连不断地涌到罗马城下，带来了令人惊恐万状的消息：迦太基统帅汉尼拔派他的二弟哈斯德鲁巴·巴卡（Hasdrubal Barca）留守西班牙，自己则避开罗马主力，率领一支大军发起了出乎所有人意料的远征。他先是悄悄翻越比利牛斯山，然后率领5万步兵、9000骑兵、37头战象，仅用了33天时间，就行进近900公里，从小道成功翻越了人迹罕至、冰雪覆盖、山高坡陡、气候恶劣、岩多路滑的阿尔卑斯山，像噩梦一样出现在罗马统治区，击败了一支拦截的罗马军队，并同高卢人会师了。随后，迦太基与高卢联军击败了第二支罗马军队，包围了罗马北部的普拉森西亚城（Plasencia）。

面对突如其来的变故，元老院惊慌失措，因为他们手上已经无牌可出。但在表面上，他们只能故作镇定，一方面向市民封锁失败的消息，一方面派出两支新军前去阻截侵略军。两支新军遭到了汉尼拔的突然袭击，结果全军覆没。通往罗马城的道路被打开，罗马危如悬卵。

罗马人出现了一片恐慌，但元老院依旧保持了它的勇气，第三支军队被组织起来，紧急任命费边为独裁官（Dictator）[②]，授予了他"根据挽救国家的需要"决定行动的全权。

费边清楚，他率领的已是最后一批可利用的、毫无经验、未经训练的新兵，根本不是汉尼拔手下老兵的对手，他必须十分谨慎，以免赔光罗马的全部资本。于是，他针对迦太基军队远离本土、孤军深入、后援困难、不能持久作战的特点，采用迁延战术，避免正面决战，而在山区与敌人周旋，

① 阿非利加（Africa）是非洲的全称，这里的阿非利加海指突尼斯周边海域。

② 亦译"独裁者"，音译"狄克推多"，古罗马共和国非常任长官，当国家处于紧急状态时，经元老院提名，由执政官担任，独裁官权力超越并且凌驾于一切之上，包括行政、军事、立法等一切大权。

随机消耗之、疲惫之，使其无所施展，史称“费边战术”。

这种方法尽管使汉尼拔十分难受，但并不能让躲在城墙后面的罗马市民满意，他们需要行动，而且越快越好。一个名叫瓦罗(Gaius Varro)的新贵借机发难，向人们游说自己比绰号“拖延者”的老费边如何如何出色。由于众望所归，他被选为执政官。

公元前216年8月2日，新任罗马执政官瓦罗和保卢斯(L.Aemilius Paulus)最大限度地动员了87200名罗马同盟军，其中步兵8万，骑兵7200人，在坎尼(Cannae)附近与汉尼拔拉开架势，企图毕其功于一役。罗马同盟军将右翼置于奥非都斯河(Aufidus River，今奥凡托河)附近，骑兵放在两翼，重装步兵则集中在中军。

而汉尼拔一方共有5万人，其中步兵4万，骑兵1万。为了对付罗马的布阵，汉尼拔将最不可靠的2万高卢新兵置于中军，辅以8000名久经沙场的西班牙重装步兵；中军并不是一条直线，而是从中央突起的弓形，以诱敌来击；12000名骁勇善战的非洲重装步兵分列两边；1万名精锐骑兵则置于两翼。

汉尼拔的高明之处在于，他的步兵阵型是一个弓形，两侧的非洲重装步兵是坚持不动的，中间的漫长阵列却可以像弓弦一样来回摆动。在作战中，迦太基中央地带的步兵不断后退，慢慢把罗马军团引入一个大的口袋中，两翼的非洲重装步兵则逐渐向中央靠拢，将口袋慢慢扎紧。如果把罗马人比喻成被装在袋子里的猎物，迦太基骑兵则可看作猎人打向袋子的棍棒。对罗马人来说，即使他们突破迦太基的中央阵线，也改变不了被消灭的命运，因为前方就是奥菲都斯河。

战役的进程一如汉尼拔所料，随着迦太基中军的“败退式”后撤，罗马人渐渐陷入口袋阵，被分割包围，进而被各个击破。罗马遭受了历史上从未有过的惨败，7万多名士兵或战死或被俘，两统帅之一的保卢斯与80名元老院成员一同阵亡。直到今天，还常常有人在当年的战场上捡到盔甲的残片。

万幸的是，瓦罗和一个名叫大西庇阿(Scipio Africanus)的年轻人逃过了敌人的追杀。战后，300个席位的罗马元老院出现了166个空缺，8000名罗马市民军俘虏被全部卖给希腊人做了奴隶。

而汉尼拔一方的战死者只有5500人，其中三分之二还是高卢兵。为了扒下死者身上值钱的东西,汉尼拔的军队用了整整一天时间。汉尼拔的幼弟马戈(Mago Barca)奉命返回迦太基向元老院述职,他的随从抬进一个大筐,将罗马阵亡贵族的数千枚金戒指如同泼水一般倾倒在元老院大厅中央。从此,汉尼拔与亚历山大、恺撒、拿破仑一起,被列为欧洲古代"四大名将"。

在绝望中,罗马人终于认识到与汉尼拔决战是多么地愚蠢。他们再次想到了费边,于公元前215年选举他为执政官。费边当选后,继续执行他的拖延战术,主要进攻那些背叛罗马的意大利城市,而避免与汉尼拔正面交锋。从这时起,"拖延者"从讽刺语变成了一个荣誉称号。

尽管在不到30岁的年龄,天才军事家汉尼拔就以四场战争彻底消灭了三支敌军。但毕竟,他面对的是整个罗马共和国,而且这个共和国有着长期积累起来的文化自信心和政治感召力。在连年不断的胜利之后,汉尼拔发觉自己被围困在刚刚征服的国家之中,因为绝大多数罗马城邦不认可他,百姓更是对这位自诩的"摆脱罗马人奴役的救星"嗤之以鼻。他派使者前往迦太基要求补充新兵和给养,可惜这两样东西迦太基都不能送来。但有一个时段,他似乎时来运转了。他的二弟哈斯德鲁巴在西班牙击败了罗马军团,并穿过阿尔卑斯山前来增援。他先是派信使去南方通知二弟前来,并请求另一支军队在台伯河平原与他会师。不幸的是,信使落在罗马人手里。当汉尼拔浑然不知地等着兄弟赶来时,他二弟的头颅已被装在一只篮子里滚进了他的营帐。

哈斯德鲁巴被清除后,罗马军团重新攻克了西班牙。汉尼拔和马戈被召回国,他只带上15000名精兵渡过阿非利加海,全力组织故乡城市的防御。汉尼拔兄弟离开意大利的消息传到罗马,所有神殿挤满了向诸神感谢的人们,元老院成员也纷纷赶往费边家畅饮庆功酒。这位用持久战支撑罗马度过最艰难岁月的老将,在汉尼拔撤离一个月后,就像蜡烛燃尽一样告别人世,享年72岁。

公元前202年,在北非一个叫扎马的地方,胜利女神无情地抛弃了汉尼拔,他所指挥的人数占优的迦太基军团,被在坎尼战役中侥幸逃脱的罗马将军大西庇阿击败。本来,双方的战术各有千秋,战役的进程异常残酷,谁也难以取得压倒性胜利。说起来,汉尼拔的失败只是因为在战役最胶着的时刻,给了对方喘息之机。等追击迦太基骑兵的罗马骑兵返回战场，从背后向苦战中的迦太基军团发起猛攻，一切都晚了。罗马军团以战死1500人的微小代价，杀死迦太基军人2万人，俘虏1.5万人，只有汉尼拔带着少数亲随逃离战场。

这是一场军事艺术大师的对决，而击败汉尼拔的，正是对他进行了细致研究、精准模仿、以他为师的大西庇阿。算起来，这是汉尼拔平生第一次失败，也是最后一次失败。因为这场大捷，大西庇阿光荣地进入世界名将行列，并赢得了"非洲征服者"(Africanvs)的敬称。

迦太基被迫接受投降条件，将西班牙让给了罗马，除留下10艘船外交出全部战舰，50年内偿付1万塔伦特(约合1100万美元)的战争赔款，未经罗马许可不允许攻打任何国家。

扎马战役结束7年后，罗马不愿意看到汉尼拔东山再起，要求迦太基将他交出来，致使汉尼拔成了无家可归者。在此后十几年的流亡生涯中，他先后到过几个国家，出于对提供避难地国家的感激，他帮助这些国家打过不少胜仗，但当最后一个国家按照罗马的通牒，准备把他引渡给咬牙切齿的罗马人时，他愣住了。毁灭一个人容易，但打败一个硬汉，让他在自己深为不屑的人面前弯下腰来，这才是命运最恶毒的惩罚。于是，没等罗马人带着捆人的绳子赶到，汉尼拔就饮鸩自杀了。

一个没有英雄的时代是寂寞的，但英雄带给一个民族的有可能是灾难。即便汉尼拔死了，迦太基投降了，罗马人也忘不了汉尼拔这个百年不遇的战神带给他们的噩梦与屈辱。在第二次布匿战争结束50年后，罗马杀向迦太基本土，悍然发动了第三次布匿战争。绝望的腓尼基人在陷入重围、饥饿难耐的情况下，顽强抵抗了3年，最终也未能摆脱被征服的命运，50万迦太基人只剩下区区5万。在围困中幸存下来的少数几个男人和女人被卖做奴隶，城市被付之一炬。据说，迦太基城内宫殿、库房和大型军械库的熊熊烈焰，一直燃烧了两周。罗马统帅还下令将废墟用犁耕平以示彻底毁灭，并且极其一本正经地诅咒说，任何企图重建此城的人，定遭天谴。

此后一千年，罗马人一直在地中海进行战斗性巡航，好比一个地主天天在自家田地里遛狗。

战争将罗马打造成了一个伟大的帝国，但很不幸，战争也深刻地改变了罗马的政治制度。民主化趋向的夭折，就是许多灾难中的一个。

四、“我来、我见、我征服”

可以说，罗马从一个意大利共和国，转变为一个伟大的帝国，是突然而惊人的。随着三次布匿战争的结束，罗马进入了一个军事惯性，那就是征服导致了进一步的征服。原因之一，迦太基消失后，罗马成了地中海头号强国，拥有了压倒一切的力量；原因之二，征服带来了可观的利益，罗马能从每个新行省获得源源不断的奴隶、贡品和战利品；原因之三，挑战与战争总是不可避免地与辽阔的帝国疆域相联系，譬如马其顿曾在第二次布匿战争中援助汉尼拔，因此罗马灭掉迦太基后转而攻击马其顿，紧接着，与马其顿的战争，必然波及马其顿的同盟国——塞琉古王朝、托勒密王朝等。

于是，罗马人接连吞并了马其顿、希腊和小亚细亚的几个小国，然后是没落的塞琉古王朝。如果不是帕提亚帝国足够强硬，罗马的疆域绝不仅仅限于地中海东岸。

与汉尼拔齐名的恺撒，出生于公元前100年7月13日。这时的罗马已经653岁了，但没有一点儿衰老的迹象。

在18岁时，恺撒遭遇了人生最初的考验。身为大将军盖乌斯·马略(Gaius Marius)的外甥、“平民派”巨头秦纳(Cinna)的女婿，他被罗马独裁官苏拉(Sura)视为一种威胁。苏拉要求他与秦纳的女儿离婚，但被他断然拒绝。

预期落空的苏拉恼羞成怒，派人前去逮捕恺撒。恺撒只有逃离罗马，经希腊到达小亚细亚。直到4年后苏拉病死，他才回到罗马，第一次见到了女儿尤利娅。

尽管上帝没有在他的青年时代送给他显赫的官职，却送给了他一副棱角分明的英俊面孔。据说，他拥有让上流社会贵妇人自愿列队等候他青睐的魅力，元老院三分之一的元老之妻曾与他私通，其中居然有最大的债权人——马库斯·李锡尼·克拉苏(Marcus Licinius Crassus Dives)的妻子、罗马最有权势的人物庞培的妻子。他还是个万花丛中过、片叶不沾身的主，每当与妻子外出遇见旧情人，他会请妻子稍等，然后在众目睽睽之下走向旧情人，温柔地牵起她的手问："近来可好？"因此，他"不只是受众女子青睐，而且具有让这些女人无法怨恨他的罕见本领"。[①]恺撒与多名少妇私通，他的第二任妻子也与一个年轻帅气的贵族私通，东窗事发后，男人之间居然相安无事。这些公元前1世纪的罗马人，让我们这些生活在21世纪的东方人实在无语。

作为令元老院高度警惕的平民派代表人物，恺撒直到30多岁才出人头地，原因是找到了新靠山——年长6岁的庞培。当庞培扫荡海盗、远征东方时，元老院曾反对将大权托付给庞培，而赞成的只有辩论家马库斯·图留斯·西塞罗（Marcus Tullius Cicero）和恺撒。随后，恺撒找到庞培，两人达成默契：由庞培帮助恺撒竞选执政官，而恺撒则在当选后保证庞培在东方的利益。后来，恺撒还将22岁的女儿尤利娅嫁给了47岁的庞培。随后，恺撒又动员克拉苏入伙，暗中组成了"三头政治同盟"。

恺撒成为执政官之后，以行省总督的身份前往高卢（今法国）赴任，终于啃下了这块令人头疼的硬骨头，并以比利牛斯山、阿尔卑斯山、塞文山脉（Cevennes）、莱茵河（Rhine River）和罗讷河（Rhone River）为界，建立了幅员辽阔的高卢行省。特别是高卢战争的第7年，他以不足5万兵力，击破了内侧8万、外侧26万高卢人的攻击，仅就数字而言，较亚历山大之神勇有过之而无不及。战后，随着他亲笔书写的七卷本《高卢战记》的传播，他也成为罗马平民眼中百年不遇的英雄。他还在莱茵河上架起了一座结实的木桥，成为第一个跨河攻击日耳曼人的罗马人。最后，他乘船渡海造访了英格兰。如果不是后来被迫回到意大利，天知道他会打到什么地方为止。

为此，庞培深感惶恐，因为东征帕提亚的克拉苏已经殉国，庞培和恺撒的姻亲关系也因尤利娅病逝不复存在。公元前49年，元老院与唯一执政官庞培合谋，欲置恺撒于死地，发出了"元老院最终劝告"——拒绝恺撒延长高卢总督任期的要求，命令他撤回罗马，否则将宣布他为罗马公敌。

探子来报，庞培已在意大利本土磨刀霍霍，开始征集新兵。恺撒派代表、执政官安东尼也因受到元老院威胁，从罗马逃到恺撒身边。而此时，恺撒身边只有4500人组成的13军团。要么就地等死，要么拼死一搏，他

---

① 见盐野七生《罗马人的故事》，中信出版社2012年版。

已经没有第三条路可走。

卢比孔河(Rubicone)是意大利北部的界河。按照古罗马规定,凡率军跨过此河者,均以“公敌”论处。在河边,恺撒掷下了有名的骰子,作出了主动进攻的选择。然后,对身旁的幕僚们说:“渡河之后,将是人间悲剧;不渡河,我将毁灭。”他转过身来,面向全体将士大声喊道:“前进吧,到诸神等待的地方,到侮辱我们的敌人所在之处,孤注一掷!”想必这段话,一定引起了7年来与他同甘共苦的罗马老兵的心灵共鸣,将士们报以山呼海啸般的回应,表示愿为恺撒赴汤蹈火。那是公元前49年1月10日清晨,四野一片寂静,朝霞血一般涂满天宇。

随即,13军团渡过卢比孔河,像一片冲天的怒涛,卷向阴谋的策源地罗马。

由于庞培事先毫无防备,事后应对迟缓,加上被围攻城市对在高卢战争中名声赫赫的恺撒表现出狂热的拥护,恺撒军团得以在3天内逼近罗马。庞培、两个执政官和元老院共和派元老望风而逃。

进入罗马后,恺撒要求剩余的元老院成员选举他为独裁官。同年,恺撒军团顺利征服了西班牙和希腊。如果说意大利是一只伸向地中海的靴子,那么,有了希腊才有了第二只靴子,有了西班牙则有了头颅。多亏恺撒,罗马共和国方才成为一个完整的欧洲巨人。

公元前48年,恺撒军团在法尔萨拉斯(Pharsalus)会战中击败了庞培军团,并尾随败逃的庞培追到埃及。庞培乘坐的小船刚刚靠岸,就被埃及托勒密十三世(Ptolemy XIII)派人刺杀。

4天后,恺撒的身影出现在亚历山大里亚。浸泡在香油中的庞培首级和他的金戒指被送到恺撒面前。那一刻,恺撒流下了泪水,是为这位过气英雄的命运而流?还是为已经死去的女儿而流?我们无从得知。

此时的托勒密王朝正暗流涌动。公元前51年登基的克莉奥帕特拉七世,是一位年方18岁的绝代美人。依据埃及王朝的古老传统,她不得不嫁给异母弟弟托勒密十三世。并且,按照老埃及王的遗嘱,两人本应共同执政,但埃及艳后野心勃勃,试图独掌大权,两人最终失和,导致托勒密十三世与大臣联合起来,将埃及艳后赶出了埃及。

托勒密十三世将庞培的头颅献给恺撒之后,要求恺撒帮助自己除掉姐姐——埃及艳后。他对恺撒说:“你也不希望我们这个听话的罗马盟国一盘散沙吧。”

埃及艳后也没闲着，她一直通过密探打听恺撒的行踪。当她得知恺撒将要和弟弟结成同盟时，再也沉不住气了。

在别人看来，她手上没有军队，身边没有大臣，除了一个高贵的出身，几乎什么也没有。但她知道自己有什么，而且她所拥有的这个资本，能胜过一支军队。

接下来，她让仆人假扮成商人，她自己则脱得溜光裹进一个大毛毯。机智的仆人躲过了重兵把守的关口，带着这捆毛毯进入恺撒的住处。毛毯缓缓展开，当那万年一遇的鲜活胴体，像贫瘠荒原上的一朵绝色鲜花，在浩荡的春风里尽情摇曳的时候，恺撒——这个战无不胜的人间英雄，立刻失去了往日的骄傲，丢掉了全部的伪装，变得像溺水一样窒息……一个21岁的高鼻梁女子与一个52岁的硬骨头男人，像海藻一样纠缠在一起。

第二天，恺撒做了姐弟俩的和事佬，促成双方共同执政埃及。但弟弟不满意，随后发动暴乱；不出意料地做了恺撒军团的刀下冤鬼。遗憾的是，在平息暴乱中，恺撒军团发射的火箭命中了亚历山大里亚大图书馆，60多万册图书毁于大火。

战后，恺撒与埃及艳后携手登上洒满鲜花、装满美酒的小舟，在尼罗河上整整逍遥了两个月。克莉奥帕特拉七世的王位被恢复，成为真正意义上的埃及艳后。她为恺撒生下一子，取名托勒密·菲罗帕托·菲罗墨托·恺撒，恺撒里昂（Caesarion）是孩子的昵称，意思是“小恺撒”。

不久，带着俘获美人心的激情，恺撒发兵征讨破坏协约的潘特斯（Pontus）王国。胜利之后，他给元老院写去一封信，里面只有三个字：“Veni，Vidi，Vici（我来、我见、我征服）。”难怪孟德斯鸠（Montesquieu）评价恺撒说：“不论率领任何军队，他都会是胜利者；不论生于何种国度，他都将是领导者。”

公元前46年，恺撒率军返回罗马，举行了长达十天的凯旋礼。在仪式上，最负盛名的恺撒军团反复齐声高喊着一段话：“快藏好娇妻呀，罗马市民们，我们领来了秃顶的淫棍（指半秃顶的恺撒）！”听到士兵们善意的调侃，围观的罗马市民忍不住哈哈大笑，而恺撒只能用手捂住自己的秃头。

公元前45年，埃及艳后应邀前往罗马，以第一夫人的姿态住进了台伯河对岸的恺撒私人宅邸，还常常像孔雀一样神气十足地招摇过市。恺撒在罗马为她建造了一座祭祀其祖先的神庙——维纳斯神庙，并且把她的黄金塑像竖立在女神旁边。

按说，恺撒该知足了，因为美女、权力、名声，该有的他都有了。但他向来以血做酒、不醉不休。他认为，现有体制仅元老院就有600名议员，不仅意见难以统一，政策的出台更是"千呼万唤始出来"，随着罗马地域的持续扩大，体制的效率性上升为国家的首要因素。他决定，把600人的元老院共和制，改成一人做主的帝制。改革一经拉开，声望已经高耸入云的恺撒，就被元老院和公民大会授予了"终身独裁官"，享有了"伟大总指挥"称号，被尊为"国父"，有权在平时穿紫色披风，将月桂冠作为日常佩饰，在元老院会议上座次高于执政官，拥有元老院会议的首席发言权，拥有对公职人员的任免权且公民大会不能否决，有权在普通货币上加刻他的肖像，建造以"恺撒的宽容"为名的神坛。恺撒已成为事实上的帝王，尽管他一再声称："我不是皇帝，我是恺撒。"

但这场改革，对元老院利益的损害是致命的，因此带来的反抗也同样致命。

公元前44年3月15日，恺撒应邀前往元老院，但他的第三任妻子卡尔普尼娅(Calpurnia)突然有了一种不祥的预感，她试图阻止丈夫，甚至还给埃及艳后捎信，请她把丈夫留在家中。

正如恺撒所说，人不管是谁都无法看清现实中的一切，大多数人只希望看到自己想看到的和想要的现实而已。其实，在妻子规劝他之前，他事先已经得到警告，说有人要在15日谋害他，但他仍然拒绝带上卫队。安东尼也在清晨得到了有人要行动的消息，赶忙跑到元老院的阶梯上阻挡恺撒，可预谋者捷足先登，在召开元老院会议的庞培剧院前找到了恺撒，并把他领到了剧院东侧的大回廊。

就在大回廊里，悲剧发生了。参与刺杀恺撒的共有14人，刺杀主谋有3个，分别是他的情妇塞薇利娅的儿子、被他高度信任、时任大法务官的马可斯·布鲁图斯(Marcus Brutus)，马可斯·布鲁图斯的妹夫、时任法务官的该尤斯·卡西乌斯(Gaius Cassius Longinus)，马可斯·布鲁图斯的堂兄弟、恺撒的手下爱将和绝对亲信德奇姆斯·布鲁图斯(Decimus Brutus)。当看到两个布鲁图斯持剑向他扑来时，恺撒放弃了抵抗，只是对着其中一个布鲁图斯用希腊语说："我的孩子，也有你吗？"恺撒身上共有23处剑伤，致命的一剑来自前胸。临终，恺撒不愿将死后的惨状展示于人，于是用中国产紫色丝绸披风裹住全身，倒在手下败将——庞培塑像的脚下。

恺撒被杀后，马可斯·布鲁图斯宣称："我爱恺撒，但我更爱罗马！"当凶手们手提血淋淋的短剑走出元老院时，和他们预料的欢呼场面相反，看到的只是表情冷漠、目光焦虑的人群。

在一片惊慌失措中，辩论家西塞罗证明自己是唯一表现出果敢的人。他器宇轩昂地走上元老院讲坛，把刺杀行动誉为共和思想的一次胜利。他说："你们，布鲁图斯和卡西乌斯，你们完成了不仅是罗马最伟大的行动，而且也是人世间最伟大的行动。"

但很多人不认同他的看法，尤其是一般民众，因为被害者是罗马的保护神，是罗马市民心中永远的偶像。

一个人不管官位多大，总要还原为人；不管寿命多长，总要变为鬼魂。只有极少数人有幸被民众筛选，被历史推崇为神，享四时之祀，得到永恒，恺撒就是这样的人。因此，就连丝路另一头的中国，至今仍有一位叫韩磊的歌手纵情歌唱他：

天边的白云
好像你儿时放飞的鸽群
天际的星辰
就似你心中慈祥的母亲
恺撒 恺撒
你仗金戈浩荡叱咤风云
你驾铁骑雄风山河气吞
仰望苍穹问时光
多少风流爱恨相随
抚摸大地问江山
多少风雨风光生死无悔

五、第一顺序继承人

恺撒遇刺的噩耗传到恺撒宅邸,他的妻子卡尔普尼娅当场晕厥。当天下午,三位忠心耿耿的奴隶潜入庞培大回廊,将主人的遗体偷了出来。

恺撒的亲密战友安东尼首次公开了恺撒的遗嘱。在遗嘱中,恺撒指定姐姐的三个孙子为继承人,其中他的甥外孙盖乌斯·屋大维·图里努斯(Gaius Octavian Thurinus)是第一顺位继承人,继承了恺撒四分之三的遗产,自动成为恺撒的养子,并改用恺撒家族的姓氏;财产赠给全体罗马市民,每人300赛斯特斯银币;恺撒在台伯河西岸的几座庭院捐给国家作为公众场所。

极具讽刺意味的是,遗嘱中写道,如果屋大维放弃继承权,德奇姆斯·布鲁图斯是第二顺位继承人。不仅如此,这个刺杀恺撒的主谋与安东尼,是遗嘱执行监督人和恺撒未来孩子的监护人。当确认了遗嘱内容,德奇姆斯·布鲁图斯面色异常,沉默无言,他也因此被公认为恩将仇报者,受到了罗马市民的无情攻击,并在避难途中被高卢居民擒获,脑袋被切下来送到罗马广场(Roman Forum)的讲坛上示众。罗马市民纷纷前往参观,一边向那个脑袋吐唾沫,一边告诉自己的孩子,这个人是全天下最没有人性的人,就是他,背叛了像他父亲一样的恺撒。

遗嘱公开后,最失望的莫过于埃及艳后了。当时,她与她和恺撒的私生子“小恺撒”正住在罗马。按说,像恺撒这样敢作敢当的伟岸男人,不会不承认私生子,他之所以在遗嘱中只字未提,或许认为跟自己保持距离,反而是对埃及艳后母子最好的保护。然而,她没法理解恺撒行为背后的深意,于是带着孩子秘密乘船返回埃及,永远离开了这块伤心之地。

遗嘱中关于赠给市民银币和将庭院捐给国家的内容,在市民中引发了轰动。3月18日,人们在罗马广场为恺撒举行了盛大的火葬仪式,尔后仪式变成了大规模的民众示威,大批人群前去捣毁了刺杀恺撒者的住宅。

第一继承人屋大维虽然年轻,也不是气象专家,但是哪朵云彩能下雨,他心里清楚得很。公元前43年8月19日,屋大维当选执政官,随即撤销元老院关于安东尼和恺撒的骑兵长雷必达(Lepidus)为国家公敌的法令。随后,屋大维主动降低姿态,与安东尼和雷必达秘密结成"后三头同盟",带兵进入罗马。11月28日,"后三头"公布了"黑名单"上的16名要犯:直接参与刺杀的14人和一直为刺杀叫好的西塞罗兄弟。300多位共和派元老被杀,西塞罗的脑袋被钉在罗马广场讲坛上示众,刺杀主谋马可斯·布鲁图斯、卡西乌斯则逃往东部。

公元前42年,"后三头"在腓力比城(Philippi)以西击败了共和派军团。共和派军队两统帅之一的该尤斯·卡西乌斯阵亡,另一位统帅马可斯·布鲁图斯侥幸活了下来。忠诚的部下劝他向东逃亡,以图东山再起。

一个人命再大,要是自己想死,那就怎么也活不了。面对部下的劝说,马可斯·布鲁图斯选择了自杀。他说:"Escape, yes, but this time with my hands, not the feet."("逃亡?是啊,但是这一次我选择用我的双手。")

战后,"后三头"瓜分了罗马共和国,屋大维据有罗马西部,回到罗马;安东尼据有罗马东部,前往埃及;而雷必达只获得了西班牙行省和阿非利加行省。

在消灭了共同的敌人之后,也就是从三人握别的那一刻起,屋大维与安东尼之间的权力斗争就开始了。而雷必达一直小心翼翼地避免卷入安东尼与屋大维的争斗,并得以善终。

按说,每一个竞争者都应该拿出全部精力励精图治,积攒人气,年轻的屋大维就是这样做的。但令人遗憾的是,年轻英俊的安东尼已经掉进了和恺撒一样的玫瑰色陷阱。

最大的靠山恺撒被杀后,埃及艳后开始寻找新的猎物,并用相似的手段色降了安东尼。公元前37年,安东尼与埃及艳后正式结婚,公开宣称要把地中海世界的东半部分赠给埃及女王及安东尼与她所生的子女。

消息传到罗马,激起了罗马人的强烈不满,屋大维趁机大肆渲染,并一再说:安东尼越来越像个埃及人,而非罗马人。

公元前32年,屋大维将安东尼的遗嘱公布于众,安东尼在遗嘱中肯定了"小恺撒"的合法性,明确将罗马东部省份传给克莉奥帕特拉七世。这一重磅炸弹一经抛出,再次引发罗马人的公愤,他们一致决定剥夺安东尼的一切职权,宣布他为"罗马公敌"。同时,罗马市民宣誓向屋大维效忠。

矛盾不可调和，只有择日决斗。

公元前32年，一场决定罗马未来方向的战役，在希腊西海岸的亚克兴角(Actium)拉开，屋大维的260艘战舰与安东尼—埃及联合舰队的200艘战舰展开对决。战事很快见出分晓：安东尼战败逃往埃及，在埃及再战再败，最后自杀。

埃及艳后还想苟且偷生，她深信自己的魅力能让屋大维像此前的恺撒和安东尼一样就范。39岁的她和33岁的屋大维见了一面，把自己打扮成一个忧郁的美女，淡妆素抹，体罩轻纱。但当她看到屋大维冷漠的眼神，并且得知他对她的关怀主要是为了把她作为俘虏在罗马凯旋队伍中展出时，她授意两个女仆把一条毒蛇放在无花果的篮子里，瞒过罗马哨兵，偷偷送给她，蛇用毒牙帮她结束了传奇的一生。

在埃及艳后的子女中，只有17岁的"小恺撒"被屋大维无情地杀死，而她与安东尼所生的三个子女都平安无事。因为对于屋大维而言，恺撒只有一个。

安东尼和埃及艳后之死，使屋大维扫清了通向权力和荣耀巅峰最后的障碍。公元前30年，他被确认为"终身保民官"(tribune)；公元前29年，获得"大元帅"(Imperator，又译皇帝)称号；公元前27年，被元老院赐封为"奥古斯都"；公元前13年，成为"大祭司长"(Pontifex Maximus)。明明成为皇帝了，他却谦虚地自称罗马帝国"第一公民"，也就是元首(Princeps)。

罗马共和国寿终正寝，西方世界最强大的罗马帝国诞生了，恺撒的帝国梦由他的第一继承人实现了。

行笔至此，我想，真实的历史如此跌宕而迷人，为什么还有人去读虚构的小说呢？

六、奢华的罗马

罗马给了屋大维近乎绝对的权力，他给了罗马40年的和平与繁荣，史称"罗马和平"(Pax Romana)。屋大维创立了罗马第一支常备军，让其长期驻扎在边境，以防止他们干预内政；创立了禁卫军(Praetorian

Guard），负责卫戍京畿并保卫皇帝本人；建造了阿波罗神庙（Epicuriusat Bassae）、恺撒神庙（Aedes Divi Iulii）、卡披托里乌姆（Capitoline）神殿，还在大角斗场（Circus Maximus）附近建了神龛，以至于自夸"一座砖城在我手里变成了大理石的城市"。

随后继任的4个皇帝，都不称职。但是，帝国经受住了他们的暴政，并在随后的"五贤帝"时期繁盛起来，帝国的疆域超出了罗马人想象的范围，玉化为千年前盛世的最佳标本。作为帝国象征的罗马城，也膨胀为欧亚非民众翘首期待的世界级大都市。

那是个什么样的罗马呀！它建在七座山丘上，占地16万亩，人口超过100万。向它供水的渠道有11条，水能通过管道输送到富人住宅、公共澡堂和广场喷泉。街道上建有大理石座位，街道旁是装饰着诸神与英雄雕像的公共厕所。戴克里先时期的公共浴室占地近200亩，浴室内除了提供热水浴、温水浴、冷水浴之外，还设有运动器械、休息室、花园和图书馆。罗马大竞技场有14万个座位，是罗马6个赛马场中最大的一个。角斗赛定期在拥有5万个座席的罗马大斗兽场举行，有的场次让凶猛的熊、象、犀牛、狮子互相搏斗或与持有武器的人相斗，有的场次安排装备着各种武器的角斗士互相格斗直至死去。史载，在罗马皇帝提图斯（Titus）为罗马大斗兽场举办落成仪式那天，格斗共杀死5000头动物。罗马皇帝图拉真曾让1万名达契亚（Dacia，今罗马尼亚）俘虏互相角斗而死。

随着罗马的壮大与繁荣，贵族开始追逐奢华和享乐。面对造型精美、薄如蝉翼的丝绸，以亚麻织物为主要面料、设计简单、创新性弱的罗马服饰相形见绌。贵族妇女对丝织品如醉如痴，因为这种柔软的半透明面料不仅让人感到凉爽，还能起到展示女性魅力的意外效果。其实，早在罗马征服埃及之后，中国丝织品就畅销到罗马境内的各个地区。到公元2世纪，即使是在罗马帝国极西端的英伦海岛，丝绸的流行也不亚于中国的洛阳。公元4世纪，罗马人已不分贵贱都穿绸缎了。

即便是信息传递极其缓慢的古代，万里之外发生的变化，也会直接刺激当地奢侈品的需求，进而影响市场的供需和奢侈品价格。早在罗马共和制末期，丝绸之价已贵比黄金。后来，中国丝绸的价格持续飙升，曾达到12两黄金买1磅丝绸的天价，但罗马贵族家庭仍趋之若鹜。

博物学家盖乌斯·普林尼·塞孔都斯(Gaius Plinius Secundus)悲叹,丝绸布料的成本要比实际成本高100倍。他进而抱怨说,罗马每年至少有价值相当于2000万美元的黄金在与中国、印度和阿拉伯半岛的贸易中丧失,其中大多用来购买丝绸。很多人也担忧,丝绸会让罗马经济崩溃。

从社会学意义上说,任何消费需求只要不违背法律与人伦,政府就无权干涉。可偏偏有些自认为学问大如天的人,与这种天经地义的社会需求作对,其中辩论家西塞罗(后来因为多嘴被杀)气呼呼地说:“人们花费巨资,从不知名的国家进口丝绸,我见过用这些丝绸制成的衣服,既不蔽体也不遮羞。(这种交易)损害了贸易,却只是为了让我们的贵妇人在公共场合能像在她们的房间里一样,裸体接待情人。”

按说,一个辩论家过把嘴瘾也就罢了。可令历史惊诧的是,那个老男人云集的罗马元老院,居然在这类长舌头男人的鼓噪下,出台了禁止穿着丝绸的法律,理由是丝绸衣服使罗马社会腐化堕落,少女们没有注意到她们放浪的举止,以至于春光乍泄;男人们为此想入非非,以至于无心恋战。

这个法律的意思是,女人不许爱美,没有选择穿什么面料的衣服的权利。这与要求太阳不许发光,玫瑰不许开花,桃李不许结果,有什么两样?!但即便是这样的要求,如果放在中国古代肯定无人反驳。因为中国古代是典型的男权社会,女人是男性的附属品,根本不存在什么人权,叫你束腰你必须节食,叫你裹脚你不敢放脚。但罗马女人可不吃这一套。有一年,爱美心切的妇女们甚至围攻元老院,呼吁取消丝绸禁令。据说,元老院成员的夫人们还达成了一个协议,这项法律不取消,就不和自己的男人上床。

见罗马贵妇不好惹,提比略大帝(Tiberius Caesar)于公元14年下令,禁止男性公民穿丝绸衣服。此令一出,引来外国政治家一片讥笑。

公元301年,皇帝戴克里先强制调高中国生丝价格,达到每磅约合274个金法郎,以期用价格战术遏制丝绸消费,但依然收效甚微。

更好笑的是,就连“不开化”的哥特人也通过罗马知道了中国丝绸的大名。公元408年,哥特人围攻罗马城,哥特王开出“4000件丝质短袍”作为撤退的条件。罗马官兵只得一家一户地敲门,然后用刀逼着那些有钱人含泪脱下身上的丝袍，来换取城市的暂时安宁。

七、条条大路通罗马

也许是历史的巧合，公元前3世纪，地球的东方和西方都在大兴土木。

在东方是万里长城。公元前3世纪秦始皇修建的长城，加上16世纪明朝修建的长城，总长度超过2万公里。

在西方是罗马道路网。公元前3世纪到公元2世纪，罗马人铺设的公路干道总长达8万公里，加上支线则长达15万公里。

为什么同时大兴土木，一个重点选择了修筑长城，一个重点选择了铺设道路呢？

众所周知，壁垒是为了断绝人的往来，道路则是为了促进人的往来。那么，国家防卫这一目的，是通过断绝与其他民族的往来去实现，还是通过促进本国人们的往来去实现呢？这就是东西方观念上的差异。东方人采取的是内敛型理念，认为高筑墙是最好的防守，如果不是这道至今让中国人引以为傲的万里长城，中国的势力范围早就延伸到北冰洋(Arctic Ocean)了。而西方人采取的是开放型理念，认为进攻是最好的防守，正如只有通过血管将血液输送到全身，人才能活下去一样，国家要生存下去，必须将道路这样的国家动脉打通，所以没有像同时期的中国人那样修筑翻山越岭、绵延万里的长城，而是选择了修筑数倍于长城的道路网。

虽然人们常说“条条大路通罗马”，但也许“条条大路出罗马”更为贴切。罗马是国家的心脏，从这个心脏向身体各个部分输送血液的动脉便是罗马大道。在罗马大道中，源于罗马的共有12条，北至寒风凛冽的北海，南至热气逼人的撒哈拉沙漠(Sahara Desert)，西至波涛汹涌的大西洋(Atlantic Ocean)，东至绿水荡漾的幼发拉底河，仅全线石头铺设的干道便多达375条，全长8万公里。加上铺设石子的支线，这张庞大的道路网贯通了罗马帝国的整个躯体。在所有道路中，首屈一指的，当数有“大道女王”之称的阿匹亚大道(via Appia)。

阿匹亚大道开工于公元前312年，是一条从罗马通往加普亚(Capua)[①]的大道。当时，加普亚刚刚被罗马攻占，周围仍在激战。新任监察官(censor)阿匹乌斯(Appius Claudius Caecus)动员一切人力和财力修建了这条大道，他甚至动用自己的财产支付部分工程费用。这条大道的修筑标准，成为随后新建和改造的所有罗马大道的模板：车道最底层通常挖一道4米—4.2米宽、1米—1.5米深的壕沟，平整后铺上30厘米厚的石子；将石头、石子、黏土混合后铺在第二层；第三层使用人工砸碎的小石块，将顶部铺成平缓的弧形；最顶层铺满切割整齐、单边70厘米高的大石块。车道路基不用一点水泥，却严丝合缝。车道两侧各有一道排水沟，排水沟两侧是各3米左右的人行道。人行道两旁严禁种树，以防止树根延伸到地下破坏路基。罗马大道总体路宽超过10米。从罗马广场开始，每隔一罗马里(约1.485公里)竖立一根里程碑，碑面刻有皇帝的大名，并标有到某地的距离。路边还有随处可见的石椅。平时人车分流，战时中间车道上大摇大摆前进的，则是排成三列纵队行进的罗马军团。

这条全长43公里的笔直道路完工后，两地的时间距离大大缩短，加普亚再也没有沦陷过。此后，将首先用于军事目的的大道修往每一个新征服的行省，成为罗马坚定不移的战略选择。这就是依靠不足20万人的军团兵，就能维持庞大帝国安全的最大原因。

在此之前，罗马的道路以其所到达的终点——如阿尔德阿大道、道路的用途——如盐路大道、周边的人群——如拉丁大道来命名。阿匹乌斯之后，罗马大道开始以修建者的名字来命名，如此一来，既可以奖掖建设者，也不必因道路加长不断更换名称。公元前244年，阿匹亚道路就一直修到意大利半岛西南端的布林地西(Brundisi)。

随着罗马的持续扩张，罗马大道也呈放射状伸向四面八方，把政令和资源高效率地传输到帝国的每个角落。公元前120年左右，罗马颁布了《森普罗尼乌斯道路法》，这是世界上最早的公路法。公元前100年左右，已经有近20条主要大道将意大利半岛连为一体。屋大维当政后，帝国设立了交通部，规划并完成了庞大的交通网，开始有了“条条大路通罗马”的

---

① 古城名，在今意大利那不勒斯附近，原是坎尼亚人部落居地，公元前4世纪初被罗马占领，公元5世纪曾遭汪达尔人破坏，9世纪为阿拉伯人所毁。

说法。

无论从政治体系、宗教信仰还是交通设施来看,罗马都是一个开放的政权。据说,当时从意大利半岛乃至欧洲的任何一条大道开始旅行,只要不停地走,最终都能抵达罗马。

八、帝国末路

从表面上看,公元1世纪之后的罗马帝国,巨大得连亚历山大的帝国也只是它的一个小小行省。其实,在光鲜的外表下,隐藏着巨大的危机。历史教科书一般都把公元476年作为罗马覆灭的年岁,但正如罗马不是一天建成的一样,罗马的覆灭也经历了一个暗流涌动的漫长时期。这个过程是如此缓慢而渐进,以至于大多数罗马人没有意识到危机的临近。

他们怎能意识到日益逼近的危机呢?在公元后的前四个世纪里,罗马依然呈现着表面的繁荣,各个赛马场和角斗场一如既往地欢声雷动;边防军依旧保持着高度的警惕,随时准备痛击北方任何敢于来犯的蛮族;四通八达的罗马大道仍畅通无阻,世界各地的商品依旧在此中转;各大行省仍向强大的罗马进贡,皇帝和贵族的生活水准没有明显下降的迹象;天主教宗驻跸于此,世界各地的基督徒仍以光临罗马的教堂和神庙为荣。

本质的东西用眼是看不见的,所以我们没有理由埋怨这些罗马皇帝的迟钝,也没有必要谴责他们在当时看来无关痛痒,但后来却被实践证明导致了罗马灭亡的诸多举措。只有站在历史的峰巅鸟瞰,才能发现罗马衰退的蛛丝马迹:

第一,戴克里先对罗马实行分治的举措,尤其是君士坦丁在拜占庭建立新都的决策,当时看来是天经地义和鼓舞人心的,但后来却直接导致了东、西罗马的分裂。这就使得军力被严重分散的西罗马,在面对北方蛮族的进攻时捉襟见肘,力不从心。

第二,以农业为主的西罗马相对落后,而经济相对发达的东罗马地区再也不能为西罗马输血,这也是西罗马先于东罗马灭亡的一大原因。

第三,帝国第一,皇帝至上。普通公民则无足轻重,一钱不值。国家的年轻人在无尽的战斗中相继战死。农民因为长期的兵役和税赋而民不聊生，不是变成职业乞丐，就是变成任人驱使的奴隶。他们在皈依了基督教之后，情愿为教宗去进行可以使他们进入天国的美好战斗，也不愿意为皇帝去参加所谓的伟大远征。也就是说，因为国家是皇帝的，当国家遭遇危险时，人们再也没有了共和国时代为自由而战的使命感和原动力。

这是否就是西罗马何以匆匆逝，东罗马何以泱泱兴的历史禅机，我还拿不准。

接下来，野蛮部落开始频频敲击西罗马北部边境的大门。既然已经很难再有罗马当地人组成的军队前去抵抗敌人的入侵，只有使用外国雇佣军去打击侵略者了。然而，当雇佣军所面对的敌人恰巧属于同一民族时，便很容易在战斗中产生恻隐之心。于是，西罗马开始尝试让一些蛮族部落住在境内，其他部落也纷纷仿效。当这些雇佣军和移民部落得不到应得的利益时，便会像敌人一样与皇帝讨价还价，甚至提刀闯进皇宫。

没等这些雇佣军首领提刀闯进皇宫，一群黑头发、黄皮肤、身材短粗但强悍雄健的亚洲骑兵——匈奴人就挥舞着马刀前来造访了。公元4世纪，匈奴人先是对北欧地区的哥特人进行了疯狂而无情的蹂躏。西哥特联军遭遇溃败，军队连同家属数十万人潮水般涌到多瑙河（Danube）沿岸，向西罗马帝国提出了入境申请，表示愿做罗马的顺民，为罗马守卫边防。正为兵源发愁的罗马皇帝欣然同意，条件是西哥特人解除武装并交出妻子和孩子作为人质。其情景和后果恰如中国南北朝时期的梁武帝接纳侯景。公元376年，疲惫不堪且饥寒交迫的西哥特人忍辱答应了罗马的要求，争先恐后地登上独木舟，仓皇渡过多瑙河进入罗马境内，在新主人的压榨下苟且偷生。

接下来，欧洲匈奴帝国单于阿提拉提议迎娶西罗马皇帝瓦伦丁尼安三世（Placidius Valentinianus）的妹妹霍诺莉亚（Honoria），并要求得到西罗马的一半管制权作为嫁妆。被严辞拒绝后，阿提拉于451年亲率50万各族联军，沿莱茵河攻入西罗马的高卢，高卢名城一个接着一个陷落。在渡过莱茵河时，阿提拉军团顺便拦截了1万多名从不列颠前往罗马朝圣的处女，这些圣女坚定地拒绝了阿提拉军团的侵犯要求。一怒之下，阿提拉将万名圣女全部屠杀。

残酷的暴行震惊了罗马教会，也震惊了西罗马帝国的所有蛮族，几个蛮族与西罗马人组成联合军团，在今法国东北部的香槟平原将阿提拉一举击败。

现实的敌人被赶跑了，但那些前来避难的北方蛮族已经成群结队驻扎在罗马腹地。后来，这些不堪凌辱的哥特人发动起义，于410年和455年两度洗劫了罗马。最后，也就是476年，西罗马最后一位皇帝——年仅13岁的罗慕路斯·奥古斯都（Romulus Augustus），在日耳曼雇佣军军官奥多亚塞（Odoacer）逼迫下退位，这个逼迫皇帝退位的人成为意大利第一个日耳曼族国王。

这座象征着奴隶制强权的“永恒之城”，从此匍匐在了“野蛮人”奴隶的脚下。

九、文艺复兴

西罗马的陷落，既是波澜壮阔的欧洲古代史的结束，也是死气沉沉的欧洲中世纪的开端，从而被认为是世界历史的一个转折点。因为这个强权帝国的消亡，在使欧洲贵族阶层万念俱焚的同时，也为早应发生的技术革命扫清了道路。

“文艺复兴”（Renaissance），就是在中世纪黑暗背景上开出的一朵思想的玫瑰。而玫瑰萌芽的地方，居然也是我们讲了半天的古罗马土地。

但在“文艺复兴”的红日即将喷薄而出时，西欧呈现出“黎明前的黑暗”。天主教会成了社会唯一的精神支柱，文学、艺术、哲学必须服从《圣经》，否则宗教法庭就要干涉、制裁，甚至动刑杀人。人们从清晨起床到晚上就寝期间的所作所为，全部受到教会的监督和控制，只许有肠胃，不许有头脑，人们变得麻木与迟钝，甚至能容忍让我们咋舌的高死亡率，文学艺术万马齐喑，科学技术毫无进展。尤其是“黑死病”（Firenze）[①]的蔓延，更加剧了人们心灵的恐慌和对宗教神学绝对权威的质疑。这是一个多么黑暗多么无助的时代呀，儿童缺少天真，男人没有主见，女人没有大腿，时间和世界变得毫无意义。

---

① 又称鼠疫、瘟疫。从1347至1353年，鼠疫夺走了2500万欧洲人的性命，占当时欧洲总人口的三分之一。受灾最严重的是“文艺复兴三杰”但丁、彼特拉克、薄伽丘的故乡佛罗伦萨，80%的人染病而死。

在黑暗的幕布前，一个孤独而愤怒的身影踱上舞台。他叫但丁·阿利基耶里(Dante Alighieri)，1265年出生在意大利佛罗伦萨(Firenze)，是一个律师的儿子。长大后，他认为意大利除非团结在唯一的领袖之下，否则将因为上千小城市的纷乱嫉恨而走向灭亡。于是，他到阿尔卑斯山的另一侧寻求支持，希望有一个铁腕皇帝能来家乡重建秩序，一统山河。可惜，他被赶出了故园，成了一名政治流亡者。实际上，他曾获得机会重返故乡，但条件是，需要交纳大量罚金，还必须在教堂中当众忏悔。他觉得自己从未犯下任何过错，因而不需要请求任何人原谅，从而拒绝接受返乡的苛刻条件。在漫长的流亡生涯中，为了排遣无尽的乡愁，也为了证明自己的清白，他营造了一个幻想的世界，创作了长诗《神曲》。这部长达14000多行的史诗，分为《地狱》《炼狱》《天堂》三部分，叙述了他在“人生的中途”所做的一个梦，他在梦中抨击了中世纪的蒙昧主义，揶揄嘲笑了教廷，顺便将许多仇人安排进了地狱，还将自己一生暗恋的25岁就去世的贝雅特莉奇安排到了天堂。这是他用苦难之蚌分泌的珍珠，用纸和墨筑就的丰碑，是烁亮这个黑暗年代的一块燧石。

就在死亡的大门即将对这位不幸的诗人关上时，生命之门就为文艺复兴第一人开启了。他叫弗兰齐斯科·彼特拉克(Francesco Petrarca)，1304年出生于佛罗伦萨，父亲是著名的法律公证人。尽管他遵从父愿学习法律，进入了宗教界，成了一名教士，但他更喜欢但丁，偶有闲暇就摇头晃脑地写诗。23岁时，他在教堂偶遇了一个骑士的妻子——20岁的劳拉。她的鼻梁像滑雪台般画出优美柔和的弧线，眼睛如高山湖般闪着清纯鬼魅的光。他一下堕入情网，爱得死去活来，直到21年后对方被“黑死病”夺去生命。漫长的教会生涯，使他有机会洞悉教会的腐败、贪婪与虚伪；对劳拉的深情爱恋，使他对人性的本原、本真、本能有了超然感悟，从而能够挣脱宗教思想的束缚，在“文艺复兴”舞台上捷足先登。1341年，他完成了叙事诗《阿非利加》，用优美的拉丁诗句，对第二次布匿战争作了诗意的描述，热情讴歌了罗马大将西庇阿。这部史诗使他一举成名，被巴黎大学和罗马市加冕“桂冠诗人”称号。此后，他脱下教士衣冠，一门心思钻研古典文化，把自己的文艺和学术思想称之为“人学”，矛头直指“神学”。他大声疾呼，要来“一个古代学术——它的语言、文学风格和道德思想的复兴”。他被称为“文艺复兴发起者”“人文主义之父”，可谓实至名归。

1349年，彼特拉克与比自己小9岁的乔万尼·薄伽丘(Giovanni Boccaccio)相识，这是一次著名的遇见，一如唐代的李白遇到比自己小11岁的杜甫。在茫茫人海中，遇到一个真正的知音，一直是小概率事件，得之我幸，不得我命，对于万马齐喑的欧洲思想界更是如此。时隔两年，彼特拉克毅然辞去教宗秘书职务，由薄伽丘推荐，到刚刚成立的佛罗伦萨大学讲学。在这里，两位人文主义代表人物，高举着回归古罗马的道德旗帜，联手将“文艺复兴”推向了高潮。薄伽丘的《十日谈》，是欧洲文学史上第一部现实主义巨著，曾被看作是与《神曲》并列的“人曲”，它通过“黑死病”横行期间在一所乡村别墅避难的十名男女之口，嘲笑了教会的黑暗与罪恶，鞭挞了贵族的堕落与腐败，讴歌了甜美的爱情，谴责了禁欲主义，并用故事中人物的体验昭示人们：抛弃眼前的苟且，热情拥抱诗、爱与远方吧，因为这才是人性、人文与人生。

《十日谈》横空出世之后，“文艺复兴”在意大利各个城市迅猛兴起，科技与文化变革的浪潮再也不可阻挡。就连最难突破的艺术，也在意大利“美术三杰”拉斐尔·桑西(Raphael Sanzio)、米开朗基罗·博那罗蒂(Michelangelo Buonarroti)、列奥纳多·达·芬奇(Leonardo Da Vinci)手上实现了伟大的腾飞。

到了16世纪，当教宗变成人文主义者，梵蒂冈成为希腊、罗马文物的博物馆时，黑暗而漫长的中世纪结束了，欧洲走向了新生。

迎着新世纪的曙光，一批又一批航海家扬帆世界，宗教革命、启蒙运动随之而起，欧洲昂首走上世界领导者的圣坛。

当地中海不再是一个世界海，美洲的发现使得大西洋对于商业和文明变得极其重要的时候，意大利就丧失了往日的优势。代之而起的，是具有更大航海优势的葡萄牙、西班牙、荷兰、德国，特别是四面环海的英国、日本，更少不了距离战场最为遥远但又濒临两个大洋的美国。如果您不信，请放眼眺望，世界上最富饶美丽的国家和城市，如今都在沿海。

十、教宗国

同一阵风，拔起了树，却让小草生辉。西罗马帝国坠落了，罗马教会的宗教与政治作用却日益凸显，并最终成为西方天主教的中心和宗教圣地。

但宗教的力量远不止于此。不过，舞台已经为一位强人的出场搭建就绪了。590年，格里高利一世（Gregory I）当选罗马教宗。他出身于罗马元老院贵族家庭，家族拥有巨额财富，他还担任过罗马执政官，后来弃官隐修，把家产全部捐给了教会，成了修士。作为第一个隐修士出身的教宗，他抓住瘟疫肆虐的机会，经常举办大规模的救济事业，将千千万万的灾民从死神手中夺回；他还在593年伦巴第人（Lombard，日耳曼人的一支）大举进犯罗马时，以罗马城主教的身份成为保卫城市的真正组织者，并孤身出城与伦巴第王交涉，说服对方改宗基督教并撤兵而去。595年，他兼任了罗马行政长官，对意大利中部、西西里、科西嘉、撒丁岛实施了政教合一的统治，从而宣布了教宗国的诞生。随后，他创制了公众礼拜仪式和格里高利赞美圣咏（Gregorian Chant），发表了《司牧训话》，称罗马主教之位来自耶稣的门徒圣彼得（Petrus），彼得受命负责照管所有教会，所以罗马主教应当成为普世教会之首，"教宗"的称号只能属于罗马主教，其他主教不得再称"教宗"。从此，罗马教会演变为罗马教廷。

公元8世纪，伦巴第人在意大利建立的伦巴第王国与罗马教廷矛盾激化，教宗转而寻求与更为强大的法兰克王国（Frankish Kingdom）[①]结成政治与宗教同盟。当时，法兰克国王是一个虔诚的教徒，不理朝政，实际独裁者是身材矮小的宫相丕平（Pepin）。丕平请求教宗指点迷津，教宗说："国家权力应当属于实际拥有他的人。"矮子心领神会，于公元751年成为国王。随后，矮子投桃报李，于756年挥戈意大利，灭掉了伦巴第王国，并把他夺到的意大利中部22个城市献给罗马教廷，史称"丕平

---

① 481年到843年，由日耳曼人的一支——法兰克人建立的王国，都城设在巴黎，疆域为欧洲西部。

献土”。

799年12月，教宗利奥三世(Leo III)受到一伙罗马无赖的袭击，被丢在街上等死。一些好心人为他包扎了伤口，然后帮他逃到法兰克王国避难。随之，一支法兰克大军平息了事态，将教宗送回了罗马。次年，教宗利奥三世以罗马城和人民的名义，在罗马为法兰克国王查理大帝(Charlemagne)加冕，称他为“奥古斯都”，承认他为“罗马人的皇帝”。从此，查理大帝成为继教宗之外的整个基督教世界的“第二把剑”。

皇帝由罗马教宗加冕承认，等于宣布罗马教廷拥有了最高神权的地位。后来，连欧洲最有权势的德意志国王奥托一世(Otto I)和法兰西皇帝拿破仑，都请求教宗加冕“罗马帝国皇帝”。12世纪，教宗甚至可以废黜君主，拥有了超越世俗的无上权力。1336年，东方的元顺帝派出使臣访问极西的教廷。时隔6年，教宗本笃(Benedict)派出的使节马黎诺里(Giovanni di Marignolli)沿草原丝路抵达元朝上都，轰动一时。

接下来，罗马大部分时间都是教宗国首都和“圣城”。直到1861年，撒丁王国(Kingdom of Sardinia)①改名意大利王国(Kingdom of Italy)。

意大利王国的诞生，对拥有世俗和宗教双重权力的罗马教廷形成了直接冲击。尤其是1870年，意大利王国乘拿破仑三世(Napoleon III)调回驻罗马的法军之机，出兵攻击依附于法国的教宗国，占领了罗马城并定都于此，教宗庇护九世(Pius IX)被迫退居梵蒂冈宫。

梵蒂冈，意为“先知之城”，是圣彼得殉道处，位于罗马西北角的高地上。尽管这里建有梵蒂冈图书馆、西斯廷礼拜堂(Sistine Chapel)和圣彼得大教堂，周边还筑有高大的城墙，但处于意大利国土的包围之中，面积仅有0.44平方公里，从东部边界放一枪，西部边界的人就有可能中弹，是典型的“弹丸之地”。此后的历任教宗均将活动范围收缩于梵蒂冈，被称为“梵蒂冈之囚”，但始终不向意大利屈服。

贝尼托·墨索里尼(Benito Mussolini)，意大利总理，法西斯主义(fascism)的创始人，第二次世界大战的元凶之一，一个坏事做绝、臭名昭著、被处决后暴尸广场的人。他一生所做的唯一上台面的事，就是解决了意大利与罗

① 成立于1720年，最初只领有意大利西北部，首都设在都灵。1815年，热那亚共和国领土并入。1860年，中意大利联合省公投加入，南意大利也被征服，从此实现了意大利统一。1861年改名意大利王国。

马教廷几十年的争端。1929年2月11日,他与教廷国务卿伯多禄·加斯帕里(Pietro Gasparri)协商签订了《拉特兰条约》(*Patti Lateranensi*)。依照条约,教宗国正式解体,教宗承认罗马作为意大利的首都;意大利承认教宗对梵蒂冈具有主权,部分教堂具有治外法权和豁免权。

罗马教宗从此被称为梵蒂冈教宗。2013年上任的方济各——本名豪尔赫·马里奥·贝尔格里奥(Jorge Mario Bergoglio),出生于阿根廷,是天主教第266任教宗。

十一、张开怀抱的丝路终点

对于丝路尽头的罗马,远方的中国从来不曾陌生。尤其是近代以来,中国知识界始终在希腊文明中捕捉思辨的知音,在印度文明中寻找失落的安慰,在罗马文明中汲取宽容开放、兼收并蓄的精神养分。即使它曾经遭遇过蛮族的残酷蹂躏,即使历史的铁钳曾在某个时期扼住过它的喉咙,即使历史的洪流不止一次使罗马奄奄一息,但这座千年古城的光芒从未熄灭。那天生的璀璨与骄傲,即使被打碎,也只会幻化为历史银河中的星辰,在之后的千年岁月中留下无数闪耀的亮点。

站在废墟之上仰望,历史倒挂着惆怅。罗马从旧日的黑暗中重新站起,在熊熊烈火中历练,从重重束缚中破茧成蝶。当往日的光彩重新笼罩在这座城市上空,罗马宛如第一次披上紫色丝袍的恺撒那般容冠群雄。余秋雨曾说:"罗马的伟大,在于每一个朝代都有格局完整的遗留,每一项遗留都有意气昂扬的姿态,每一个姿态都经过艺术巨匠的设计,每一个设计都构成了前后左右的和谐,每一种和谐都使时间和空间安详对视,每一回对视都让其他城市自愧弗如,知趣避过。因此,罗马的伟大是一种永恒的典范。欧洲其他城市的历代设计者,连梦中都有一个影影绰绰的罗马。"千百年了,阅尽人间千万色,还是罗马颜色好。

2019年3月23日,本书刚刚封笔,中国国家主席习近平到访意大利,中意双方签署了共同推进"一带一路"建设的谅解备忘录。意大利总统马塔雷拉(Mattarella)在双方会谈时说:"意大利和中国曾位于古代丝绸之路两端,这是我们两国密切联系的纽带。意大利支持习近平主席倡导的共建'一带一路'(The Belt and Road)[①]倡议,相信这将有利于欧亚大陆互联互通和共同发展,使古老的丝绸之路在当代焕发新的活力。"

我想,意大利一定能深度融入"一带一路",因为意大利从来就没离开过"一带一路"。

历尽千年沉浮而褪去铅华的罗马,依旧矗立在丝绸之路的终点,等待着新一轮文明的交汇。而处于丝绸之路开端的中国,不仅重塑着千万重盛唐光景,更将旧时路走出了新姿态。历史深处的古老丝路,已被彻底唤醒,并被赋予了合作共赢的崭新时代内涵,展现出了经济联系、道路联通、贸易畅通、货币流通的灿烂前景,世界的中心将再次回到千年之前的位置。

驼铃不再,丝路依然。

---

① "丝绸之路经济带"和"21世纪海上丝绸之路"的简称,是中国国家主席习近平在2013年向陆上和海上丝路沿线国家提出的合作倡议。

我与丝路(代后记)

一

我曾经被两部小说深深吸引。

一部是阿拉伯民间小说《天方夜谭》,倒不是因为马云先生的公司名称源于小说中“阿里巴巴(Ali Baba)与四十大盗”的故事,而是因为小说的背景是阿拔斯王朝时期的巴格达,小说里的主要人物都实有其人,其中就有喜欢在夜间化装出行的哈伦,他是我很欣赏的一个帝王。

一部是中国神话小说《西游记》,说实话,唐僧、孙悟空、猪八戒、沙僧师徒四人我一个也不喜欢,真正吸引我的,是九九八十一难,那可是大到一个民族、小到一个人都必须经历的,少一难都不可能抵达辉煌的终点。而且,与小说中人妖不分、唉声叹气的唐僧不同,现实世界里孤身前往印度取经的玄奘,拥有钢铁般的意志、大海般的智慧、流水般的韧性、普罗米修斯(Prometheus)般的胆魄,是我最佩服的人。

因此,我一直期望穿越时间与时空的隧道,像玄奘一样冒死远行,甚至可以像杜环一样被押着西去,前往远方拜会巴格达的哈伦和罗马的恺撒。也就是说,我想写一部关于丝绸之路的书。

二

在习近平主席提出“一带一路”倡议之后,关于丝绸之路的书籍如雨后春笋出现在书店的醒目位置。尽管远未达到铺天盖地的程度,但似乎已经写尽了丝绸所涉及的所有领域。很长一段时间,我四顾茫然,无从下笔。

但19年的业余写作,使我形成了一种笔耕不辍的惯性。尤其是张炜先生提醒我:“写作就像跑步,千万不能停下,一停下来就跑不动了。”因此,无论日常工作多么繁忙,我都会按时在书房坐下来,进入自己心仪的历史空间,收集关于丝路、关于西域、关于美索不达米亚的线索,尽管我尚且拿不准这部关于丝绸之路的书从哪里下笔,尽管月儿已经西垂,楼道里已经听不到婴儿的啼哭,围子山边的农舍已经传来第一声鸡鸣。

我天资平平,一向不太相信什么灵感。但有一天,一则消息像闪电般贯过我的大脑。

2018年6月14日新华社消息:“13日上午,习近平冒雨来到位于山东半岛北端的蓬莱市,这里曾经是古代海上丝绸之路的一个起点。”

蓬莱,这不正是我下笔的起点吗?

三

对呀,蓬莱是古代海上丝绸之路的一个起点,也是陆上丝绸之路的东部起点。因为只有通过蓬莱,中国的丝绸、陶瓷才能运往东北亚,因为山东是丝绸的故乡,还是古代王朝分裂时期丝绸的集散地。于是,新华社消息发布当天,我把书名定为《丝绸之路——从蓬莱到罗马》。

从此,这本书占用了我所有的夜晚和节假日。在此期间,我没有陪父母遛过一次弯儿,逛过一次银座,也没有和妻子儿女出过一次远门,还谢绝了朋友们多次聚餐的邀请。春节假期共7天,除了抽出半天时间看望在一线坚持工作的员工,其他时间我都在书房埋头写作,每天超过16小时,每每母亲轻轻推开门,看着我,然后低声唤我的名字,我才知道又该吃饭了。

但令我抓狂的是,本书动笔仅仅半个月,我就从一个服务了14年的相对安逸的事业单位,在没有丝毫征兆的情况下,被一纸任命调入一个20万人的企业。一时间,精神紧张得形同面对点球的守门员,业务繁忙得恰似翻滚的潮汐,身心疲惫得如同失控的海啸,三个月感冒了三次,身体进入了亚健康状态。尽管如此,我仍然没有忘记挤时间敲击键盘,即便是在高铁和飞机上。

好在，曾经的地质同事依然支持我：宋超、穆宏、徐稚晔、刘道华、鲁楠、吴善虎、谢兴友、赵伟、赵民、赵欣、马宁、陶会林、赵盾、马先举、张文涛、徐其成、李雪峰、闫博善、孙钦柱、曹峰、芦东旭、王伟伟、赵衍峰、刘广琦、刘吉伦帮我开展了项目立项、资料征集、初稿组织及图片制作等繁琐事务。王红勇、王伟、齐焕美参与了选题策划。袁晓春、刘莉提供了关于蓬莱的第一手资料。黑龙江测绘地理信息局、哈尔滨地图出版社依照国家规范制作了地图。可以说，这本书是团体智慧的结晶。

9个月后的一个周末，我清楚地记得是2019年3月15日15时，我在女儿洁如房间的键盘上，敲下了本书初稿的最后一行字。

那一刻，时间仿佛静止。我呆呆地盯着那行字，它模糊得像一个远古的梦，也像一行横流的泪。

四

有人告诉我，你写的这些城市，许多连听都没听说过，写它们有意义吗？

的确，我所书写的15座丝路古城，再也不复曾经的辉煌，而且接近半数被战火摧毁了，被岁月湮没了，被人类遗弃了，现代读者对它们知之甚少，有的甚至闻所未闻。但无一例外，它们都有着显赫的身世，跌宕的过往，惊艳的传奇；都是远古民族迁徙的福地，稀缺商品交易的平台，各大文明交汇的天堂；部分城市还曾经是世界文明的伟大中心，引领过数百年的风骚，左右过人类文明的进程，决定过世界历史的走向。因此，我们有必要再次走近它们，重新审视它们，永远记住它们，起码也应该知道它们。否则，我们就对不住这些曾赋予我们的祖先以无限希冀的城市。甚至，会有数典忘祖之嫌。

而且，我从来不特意追求什么意义。有时候，偏偏是所谓的意义，打扰了人世间的安宁。我想，一部作品好不好，不在于你写的是什么，更不在于题材多么宏大，关键在于给读者留下了什么，是否让读者跟着你一起笑，一起哭，一起纠结，一起醒悟。

五

初稿完成的第6天，习近平主席到访丝路尽头的罗马，中意双方签署了共同推进“一带一路”建设的谅解备忘录。我问自己，这是巧合吗？似乎不是，应该是历史的必然。

为此，我才敢大胆地把这本书付梓印刷，向丝路两头的伟大国家，向本书写到的15座丝路古城，向为世界各大文明交汇奉献热血、汗水与智慧的人们，向张骞、甘英、班超、法显、宋云、阿倍仲麻吕、杜环、居鲁士、亚历山大、塞琉古、阿罗本、麦蒙、马可·波罗，向我最喜欢的玄奘、哈伦和恺撒致敬。

亲爱的读者，如果我恰巧写到了您所在的国家与城市，请您指正，并对我在许多问题上的无知予以宽容；如果没写到您的家乡，请您谅解，因为丝路有多条，我只能写其中最繁忙的一条。

2019年4月9日午后于济南历下

汉代陆上丝绸之路示意图

唐代陆上丝绸之路示意图